Otto Krabbe

Heinrich Müller und seine Zeit

Otto Krabbe

Heinrich Müller und seine Zeit

ISBN/EAN: 9783743658998

Hergestellt in Europa, USA, Kanada, Australien, Japan

Cover: Foto ©Raphael Reischuk / pixelio.de

Weitere Bücher finden Sie auf **www.hansebooks.com**

Heinrich Müller

und

seine Zeit.

Dargestellt

von

Dr. Otto Krabbe,

b. Z. Rector der Universität.

Rostock.

Druck von Adler's Erben.

1866.

Vorwort.

Heinrich Müller, dessen Leben und Wirken diese Schrift darzustellen sucht, kann als eine der hervorragendsten Erscheinungen der vorpietistischen Periode, die in ihrer wissenschaftlichen Eigenthümlichkeit noch wenig erkannt und bearbeitet ist, angesehen werden. Unleugbar hat sie mit der kirchlichen Richtung der Gegenwart, wie sehr dieselbe sonst auch von ihr sich unterscheidet, das gemeinsam, daß sie das Bekenntniß der Kirche in Kraft und Leben zu verwandeln trachtete. Mit der ganzen Kraft seines geistlichen Lebens, seiner ganzen gläubigen Persönlichkeit, hat Müller nach einer für unser ganzes deutsches Vaterland unaussprechlich traurigen Zeit dem Aufbau des zerrütteten Zions gedient.

Sein ganzes Leben war dieser seiner Arbeit im Glauben gewidmet. Alles, was er that zur geistlichen Erneuerung der Kirche, war von dem unablässigen Bitten begleitet: Du wollest Dich aufmachen HErr, und über Zion Dich erbarmen. Denn es ist Zeit, daß Du ihr gnädig seiest, und die Stunde ist kommen, und Deine Knechte wollten gern, daß sie erbauet würde!

Und der HErr hat seinem Pflanzen und Begießen das Gedeihen geschenkt. Durch sein ganzes Wirken geht ein solcher Geist des Zeugnisses, eine solche Kraft des Glaubens und eine solche Macht heiligen Ernstes, daß Mitwelt und Nachwelt in gleicher Weise davon ergriffen, bewegt und erbaut worden sind.

Die vorliegende Monographie schließt sich an meine Schrift: Aus dem kirchlichen und wissenschaftlichen Leben Rostocks. Zur Geschichte Wallensteins und des dreißigjährigen Krieges *) näher an.

-----

*) Berlin, Verlag von Gustav Schlawitz. 1863.

Die hier geschilderten Zustände der Kirche, welche dieser unheilvolle Krieg hervorrief, sind es, die Müller überall vor Augen hat, wo er die concreten Zustände seiner Zeit in Bezug nimmt. Die gegenwärtige Arbeit aber zeigt, wie Müller, mit seltenen Gaben des heiligen Geistes ausgerüstet, als einer der würdigsten und in seinem Einflusse tiefgreifendsten Repräsentanten seiner Zeit die Wiedererneuerung der Kirche angestrebt hat.

Müller gehört der Universität und dem geistlichen Ministerium Rostocks gemeinsam an, welche beide noch im Bekenntniß der Kirche standen. Die Gegensätze der Zeit treten daher in ihm uns in wissenschaftlicher und practischer Beziehung entgegen, aber wir werden zugleich angeweht von dem frischen Lebensodem einer-lebendig im Glauben wurzelnden Persönlichkeit, welche durch ihr Zeugniß Leben in die Todtengebeine wiederum haucht. Er ist mit vielem Segen geschmückt worden, und hat einen Sieg nach dem andern erhalten, daß man sehen muß, der rechte Gott sei zu Zion.

Möchten viele Lehrer aus seinem Zeugniß ge=
boren werden, die wie er mächtig zur Buße und
zum Glauben treiben, und in allem Leide mit ihm
jubiliren: „Wol denen, HErr, die in Deinem Hause
wohnen, die loben Dich immerdar! Wol uns, HErr,
und aber wol, wenn Du uns auffnehmen wirst in
Deine Freude! Dann wird unser Mund voll Lachens
und unsere Zunge voll Rühmens seyn!"

Rostock, den 10. Junius 1866.

Otto Krabbe.

Inhalts-Verzeichniß.

Erster Abschnitt.

Vierter Abſchnitt.

Fünfter Abſchnitt.

Sechster Abſchnitt.

Heinrich Müller

und

ſeine Zeit.

Erster Abschnitt.

Characteristik dieser Periode. Zurückweisung ihrer gangbaren Auffassung. Die lutherische Lehrentwickelung in ihrem Verhältniß zu Hutter und Johann Gerhard. Die practische Herzenstheologie Gerhard's. Calov's Orthodoxie und ihre Lehreigenthümlichkeit. Das Verhältniß der Philosophie zur Theologie. Verwerfung einer philosophischen Theologie.

Kaum hatte die lutherische Kirche in dem letzten ihrer Bekenntnisse ihren Bekenntnißstand wiederum festgestellt, und durch das aus dem Worte Gottes stets erneuerte Zeugniß zu bewahren und aufrecht zu halten gewußt, als sie wiederholt schweren Prüfungszeiten entgegenging. Die Aggression des Calvinismus setzte sich auch im siebzehnten Jahrhundert fort, und erschütterte die lutherische Kirche vielfach in ihrem Bestande, so daß sie genöthigt war, sowohl auf wissenschaftlichem als auch auf practischem Gebiete dagegen ernst und kräftig zu reagiren. Denn es handelte sich um nichts Geringeres als um ihre Existenz, welche durch ihr völlig fremde Grundanschauungen, die von den verschiedensten Seiten aus in sie einzubringen suchten, und ihren Lehrbegriff zu zersetzen bemüht waren, in Frage gestellt und gefährdet ward.

Dazu bedrohte der Socinianismus in seiner beschränkten durchaus rationalistischen Richtung, deren Einseitigkeit und

1

Dürftigkeit nichtsbestoweniger häufig nicht erkannt ward, so daß er selbst weitere Kreise in sein Interesse zu ziehen nicht ohne Erfolg hie und da bestrebt war, die transcendenten und metaphysischen Grundlagen des kirchlichen Dogmas. Denn im Wesentlichen kam derselbe nicht über den Unitarismus hinaus, und war überhaupt bei seiner discursiven Verstandesrichtung nicht im Stande, den speculativen Inhalt der Trinitätslehre und der lutherischen Christologie entsprechend aufzufassen, dogmatisch zu durchbringen und zu begreifen. Die abstracte Einseitigkeit des Socinianismus zersetzte die lebendige Einheit des göttlichen und menschlichen Factors in der Christologie, und griff nicht selten zurück auf Bestimmungen des Arianismus und der antiochenischen Christologie. Um so weniger konnte sich die lutherische Kirche der Aufgabe entziehen, ihm entgegenzutreten, und das Eindringen seiner rationalistischen Grundanschauungen abzuwehren. Selbst die dem Katholicismus bedenkliche, in ihren Consequenzen gefährliche, Concessionen machende synkretistische Richtung mußte bekämpft werden, da sie berechtigte Gegensätze abschwächte, und die specifische Eigenthümlichkeit der lutherischen Kirche in dogmatischer und liturgischer Beziehung verflüchtigte. Durch dies Alles ward der Gang der lutherischen Lehrentwickelung nothwendig bestimmt. Es erhielt dieselbe dadurch in dieser Periode zu Zeiten einen fast durchgängig und überwiegend polemischen Character.

Die Drangsale und Wechselfälle des dreißigjährigen Krieges stellten nicht nur häufig den äußeren Bestand der lutherischen Landeskirchen theilweise in Frage, sondern führten auch ihre innere Zersetzung, die Auflösung ihrer kirchlichen Sitte und ihrer übrigen äußeren Lebensordnungen zum Theil herbei. Mitten in dieser schweren Leidenszeit mußte in allen au dieselbe sich knüpfenden äußeren und inneren Kämpfen das Bekenntniß der Kirche, wo es bedroht, durch ernste und tüchtige wissenschaftliche und practische Bezeugung desselben aufrecht erhalten, wo es gefährdet, umsichtig bewahrt, wo es noch in Geltung und Wirksamkeit stand, gepflegt werden. Die treue seelsorgerliche Arbeit ward mit Ernst und heiligem Eifer an den während der langen Kriegszeit verfallenen, des kirchlichen Lebens und der kirchlichen Zucht entwöhnten Gemeinden theils wieder aufgenommen, theils fortgesetzt. Katechese und Predigt nahmen einen neuen Aufschwung, und namentlich die aus dem Worte Gottes geschöpfte, in frischerer Unmittelbarkeit bezeugte Predigt, die sich allmälg aus den hergebrachten Fesseln loswand, trug nicht wenig dazu bei, die Gemeinden wiederum den Segnungen des kirchlichen Lebens zugänglich zu machen, und in ihnen ein lebendigeres Ergreifen der Heilsgüter anzubahnen. Dieser innere allmälige, aber stetig fortgehende Wiederaufbau der Kirche stützte sich eben auf das Bekenntniß der Kirche, welches sowohl in saurer Arbeit des innern Lebens und durch mannigfache Vermittelung der theologischen Wissenschaft angeeignet, als auch nach Außen gegen manche häretische Abschwächung oder Zersetzung in vielen Kämpfen vertreten und geschirmt wurde.

Es zeigt uns aber die Lehrentwickelung jener Zeit eben so sehr die eingehende, in den Schacht des göttlichen Wortes sich vertiefende Verarbeitung seines reichen Inhalts in wissenschaftlicher dialectischer Fassung und dogmatischer Formulirung als selbst das unverkennbare Streben, auch den Erwerb der Philosophie, sei es negativ, sei es formell, zu dem Ausbau der theologischen Wissenschaft zu verwenden. Die ganze Lehrentwickelung dieser Zeit hat zu ihrem letzten Ziele die Verwirklichung der practischen Zwecke, welche die lutherische Kirche nie außer Augen ließ. Die noch vom Glauben an das Heil in Christo durchdrungene und getragene theologische Wissenschaft wollte recht eigentlich der Entwickelung und Kräftigung des christlichen Gemeindelebens dienen.

Dies ist bei der bisherigen, vielfach noch so mangelhaften Kenntniß des siebzehnten Jahrhunderts nicht selten verkannt oder doch unterschätzt worden. Es hat die Lehrentwicklung dieser Zeit eben so wenig eine gerechte, auf specieller Kenntniß der factischen Zustände und der dogmatischen Lehrweisen dieser Periode ruhende Beurtheilung erfahren, als im Ganzen und Großen jenes Jahrhundert in seinen characteristischen Bestrebungen auf theologischem und kirchlichem Gebiete richtig gewürdigt worden ist. Noch weniger hat man ein Auge dafür gehabt, wie großartig die wissenschaftlichen Keime und Anfänge sind, welche auf dem Gebiete der Philosophie in dieser Zeit hervortreten, und theilweise als schöpferische Neugestaltungen zu betrachten sind. Bei der verhältnißmäßig nur geringen Kenntniß der factischen Zustände dieser Periode im Einzelnen haben sich die ererbten Vorurtheile in Bezug auf die Theologie des siebzehnten Jahrhunderts mit sehr geringen Ausnahmen und Modificationen bis auf die neuere Zeit fortgesetzt. Man hat sich darin gefallen, die Lehrentwickelung dieser Zeit als Dogmatismus zu bezeichnen *), ja dieselbe als eine neue scholastische Theologie

---

*) W Gaß, Geschichte der Protestantischen Dogmatik in ihrem Zusammenhange mit der Theologie überhaupt. Bd. I. S. 147 ff.

zu characterisiren und hinzustellen. Es giebt kaum einen Vorwurf, der nicht gegen diese scholastische Theologie erhoben wäre. Und doch dürfte keiner dieser Vorwürfe, welche selbst in neuerer Zeit noch gang und gäbe geblieben sind, sich als ein völlig begründeter ausweisen können.

Zunächst muß gesagt werden, daß mit großem Unrecht dieser Periode aufgebürdet ist, als ob ihr in dem wissenschaftlich formulirten und auseinandergelegten Dogma der letzte Zweck aller Lehrverkündigung und aller Glaubensbezeugung gelegen hätte. Es ist dies nur eine nicht zu billigende Entstellung, beziehungsweise Verschiebung der Lehrauffassung der lutherischen Kirche in dieser Zeit. Die lutherische Theologie mußte sich damals vor Allem die Aufgabe setzen, die Lehre thetisch uud antithetisch auseinander zu legen, und nach den verschiedensten Seiten zu fixiren. Die theologische Wissenschaft befand sich noch nicht im Gegeusatze zu der gläubigen, bekenntnißtreuen Kirche, aber grade um deßwillen mußte sie die in den Bekenntnissen ausgesprochene Lehre weiter ausbilden und ausbauen. Nur so konnte die kirchliche Wahrheit nicht nur gegen die Gefahren geschützt werden, von denen sie durch häretische Lehrmeinungen bedroht war, sondern die Wissenschaft konnte auch nur auf diesem Wege den Inbegriff der kirchlichen Wahrheit zum rechten und vollen Verständniß bringen. Damit war aber weder eine neue Scholastik begründet, noch war ein Dogmatismus in dem vorhin entwickelten Sinne ins Leben gerufen. Vielmehr stand die Theologie als Wissenschaft in dem rechten Verhältniß zur Kirche, weil sie dem Lebensbedürfniß der Kirche entsprach, die geoffenbarte Wahrheit, welche in ihrer Objectivität von der Kirche bezeugt wird, der Erkenntniß in wissenschaftlicher

Form und Beweisführung zugänglich zu machen. Und dabei mag es kaum eine Zeit gegeben haben, welche so entschieden an den von der Offenbarung bezeugten Heilswahrheiten und Heilsthatsachen festhielt, und so bestimmt Alles auf den letzten Zweck der Glaubensbezeugung, auf der Seelen Seligkeit, zurückgeführt wissen wollte als diese. Es war nicht bloß die tiefe Noth der Zeit, die darauf hindrängte, sondern alle Lehrentwickelung des bekenntnißtreuen Lutherthums hat in ihren verschiedenen Lehrweisen, die uns in ihr begegnen, stets das in Christo der Welt geschenkte Heil zum lebendigen Mittelpunkt ihrer wissenschaftlichen Erkenntniß gehabt.

Ein anderer Vorwurf, der zum Theil mit dem des Dogmatismus zusammenhängt, ist der, daß die lutherische Theologie jener Zeit in dem Wahne befangen gewesen sein soll, die volle Wahrheit zu besitzen, weshalb sie sich auch der Mühe überhoben habe, aus dem Schachte des göttlichen Wortes neue Bausteine zu gewinnen, und zu ihrem dogmatischen Lehrsystem zu verwenden *). Allerdings war die lutherische Kirche, was durchaus zuzugeben ist, überzeugt, daß sie in ihrem Bekenntniß die aus dem geoffenbarten Worte Gottes geschöpfte Wahrheit besitze, aber in Bezug auf die theologische Wissenschaft stellte sie die Aufgabe, die Lehrentwickelung nach allen Seiten hin zu begründen, weiter auszuführen und festzustellen. Und so wenig kann man der lutherischen Theologie jener Zeit bei der Verfolgung dieser wissenschaftlichen Aufgabe der Vernachlässigung der Exegese zeihen, daß vielmehr von ihr mit dem Schriftprincip voller

____

*) Heinrich Schmid, Die Geschichte des Pietismus. Nördlingen 1863. S. 33 f.

Ernst gemacht, und alle Lehre als Lehre des Wortes Gottes
betrachtet und auf dasselbe allein gegründet wurde. Nirgends
finden wir früher oder später so umfassende und eingehende
Schriftstudien, und niemals ist, wenn auch der wissenschaft=
liche Apparat der Exegese in dieser Zeit noch ein sehr man=
gelhafter war, ein solcher Ernst mit der Aufgabe gemacht
worden, aus allen Theilen der heiligen Schrift Alten und
Neuen Testaments den ganzen Inbegriff der Heilswahrheit
herauszuheben, dogmatisch zu verarbeiten, in das Ganze der
Lehrauffassung einzureihen, und somit zur Anerkennung zu
bringen. Freilich begegnet uns in dieser Periode nicht eine
Exegese, welche rein subjectiver Art ist, und auf deren
Grunde sich eine eben so subjective Doctrin aufbauet. Wohl
aber finden wir eine Exegese, die secundum analogiam fidei
sich vollzieht, so daß die aus der heiligen Schrift gewonnenen
Schätze, die nicht willkürlich gefunden sind, sich auch ein=
reihen in den ganzen Zusammenhang der dogmatischen Lehr=
auffassung und Lehrbildung der lutherischen Kirche*).

Es darf aber auch nicht übersehen werden, daß die kirch=
liche Lehrauffassung mit den schärfsten Gegensätzen, die sich
in der Zeit gebildet, zu kämpfen hatte, welche, wenn sie auch
noch außer der Kirche standen, doch recht eigentlich in dieselbe
einzubringen suchten, und ihre dogmatischen Grundlagen be=

---

*) Der schon von Flacius in seinem im Jahre 1567 erschienenen
Werke Clavis Scripturae Sacrae ausgesprochene Grundsatz: omnis in-
tellectus ac expositio Scripturae Sacrae sit analoga fidei ist nicht
willkürlich aufgestellt, sondern weiset principiell zurück auf den bereits
von Melanthon Apol. Conf. Aug. Art. XIII. geltend gemachten Canon:
Caeterum exempla juxta regulam, hoc est, juxta scripturas certas
et claras, non contra regulam seu contra scripturas interpretari
convenit.

drohten. Es waren die neueren Samosatenianer oder Pho-
tinianer, welche man auch als die Neu-Arianer zu bezeichnen
pflegte, welche recht eigentlich die Lehre von der Person
Christi zum Objecte ihrer unausgesetzten Angriffe machten,
welche, mehr oder minder verdeckt, auf eine Abschwächung
oder Zersetzung dieses Central-Dogmas der lutherischen Kirchenlehre hinausliefen. Daß Christus Jesus der ewige Sohn
Gottes von Ewigkeit her vom Vater gezeugt sei, wurde in
Abrede genommen und bestritten. Man sah in ihm den
bloßen Menschen, welchem von Gott dem Vater göttliche
Macht und göttliches Wissen mitgetheilt sei. Mit der Läug-
nung der ewigen Zeugung des Sohnes und mit der Schmä-
hung seiner Gottheit ward auch der Grund des Heils in
Frage gestellt. Es sind dies aber wesentlich die Anschauungen,
welche der Socinianismus von der Person Christi negativ
und positiv vertrat *). Es bedurfte deßhalb um so mehr der
sorgfältigen wissenschaftlichen Entgegnung und Beweisführung,
als gerade auch der Socinianismus sich in seinen verschiedenen Stimmführern des wissenschaftlichen Materials der
kirchlichen Theologie und namentlich auch der wissenschaftlichen
Waffen bemächtigt hatte, mit denen er von seinem einseitigen
und beschränkten Standpunkte aus dasselbe erörterte, und
durch eine verkehrte Analysis des Verstandes, die er geschickt
zu handhaben wußte, auflöste und zersetzte **).

---

*) F. Socin. Christianae Religionis Breviss. Inst. B. F. P. I,
p. 656: Ego vero antequam respondeo, te monitum volo, me ex
iis, quae ad Christi seu filii Dei essentiam pertinent, nihil magis
nobis credendum ac cognoscendum esse statuere, quam illum
natum fuisse verum hominem.

**) Vgl. die Characteristik der Häupter des polnischen Socinia-
nismus sowohl der älteren als der jüngeren Generation in: Otto Fock,

In der That ist es der große lutherische Dogmatiker Johann Gerhard, welcher auch in dieser Beziehung weit mehr, als dies von Leonhard Hutter *) wird gesagt werden können, den Gang und die Entwickelung der Theologie des siebzehnten Jahrhunderts in seinen wesentlichen Eigenthümlichkeiten bedingt hat. Zwar hat Hutter die lutherische Orthodoxie in bestimmter Ausdehnung durch engen Anschluß an die lutherischen Symbole vertreten, und es kann auch nicht geleugnet werden, daß er den in der Concordienformel zum Ausdruck gekommenen Lehrtypus weiter auseinander legte, und somit diese theologische Lehrbildung in seinem Compendium **) nicht

---

Der Socinianismus nach seiner Stellung in der Gesammtentwickelung des christlichen Geistes, nach seinem historischen Verlauf und nach seinem Lehrbegriff dargestellt. Abth. I. S. 187 ff. S. 193 ff.

*) Leonhard Hutter (deutsch Hütter) geboren im Jan. 1563 zu Nellingen, einem der damaligen freien Reichsstadt Ulm angehörenden Orte, bezog, nachdem er seine gelehrte Vorbildung zu Ulm erhalten hatte, die Universität Straßburg im Jahre 1581, wo er längere Zeit den philologischen und philosophischen Studien, später aber dem theologischen Studium mit großem Eifer und Energie sich widmete. Nach der Sitte der Zeit besuchte er nach Beendigung seiner Studien noch Leipzig und Heidelberg und endlich Jena, wo er im J. 1594 zum Doctor der Theologie promovirt wurde und zu lesen begann. Im J. 1596 nach Wittenberg berufen, wirkte er sowohl als Lehrer wie als Schriftsteller eben so unermüdlich als erfolgreich bis zu seinem Tode, den 23. October 1616. Witten, Memoriae theologorum, Decas I., p. 90 sq. A. Tholuck, der Geist der lutherischen Theologen Wittenbergs im Verlauf des 17. Jahrhunderts S. 63. W. Gaß, Geschichte der Protestantischen Dogmatik in ihrem Zusammenhange mit der Theologie überhaupt Bd. I., S. 155. 247. S. 251 ff. L. Th. Henke, Georg Calixtus und seine Zeit. Bd. I., S. 222. Bd. II. Abth. 2, S. 133. 212. 216. 218. J. Wagenmann in Herzogs Real-Encyklopädie für protestantische Theologie und Kirche. Bd. VI. S. 346 ff.

**) Compendium locorum theologicorum ex Scriptura S. et libro Concordiae collectum. Wittenb. 1610, 1618, 1624, cum notis Candisii, 1629, 1660 cum praefat. Meisneri, 1696, 1727, 1730 und öfter.

bloß allgemein zugänglich machte, sondern auch für die Folge=
zeit kirchlich fixirte. Es ist auch gewiß, daß die formale
Behandlung des materialen Inhalts der Lehre, wie sie sich
in diesem Compendium darstellt, wohl berechnet war, um
auf weitere Kreise einzuwirken. In der That ist dadurch
die ganze Lehrbildung des Lutherthums in ihrer objectiven
Fassung und Haltung der lutherischen Kirche vor Augen ge=
stellt worden, um in ihrer innern Geschlossenheit, Klarheit
und Bestimmtheit das Verständniß der lutherischen Lehre für
die Folgezeit zu entwickeln. Aber dennoch wird sich nicht
sagen lassen, daß Hutter die Lehrbildung des siebzehnten
Jahrhunderts characterisirt, oder gar daß er sie beherrscht,
und in ihren verschiedenen Richtungen durchbringt. Es ist
Hutters dogmatische Arbeit eben nur die geschickte und glück=
liche Zusammenfassung und prägnante Darlegung der früher
stattgehabten Lehrbildung und Lehrentwickelung *), aber es
wird sich nicht sagen lassen, daß in ihm ein Ansatz zu
neuer Lehrentwickelung sich fände, oder gar daß in ihm die=
jenigen Factoren der theologischen und kirchlichen Lehrent=
wickelung enthalten wären, welche wir im Laufe des sieb=
zehnten Jahrhunderts hervortreten und sich geltend machen
sehen **).

Ueber die ältere Literärgeschichte: Walch, Bibl. theol. selecta I, 37.
Buddei Isagoge p. 390 sqq. Neuerdings herausg. von A. Twesten.
Addita sunt excerpta ex Jo. Wollebii et Ben. Picteti Compendiis.
Berolini MDCCCLV.

*) Dies erweist sich auch durch sein Werk: Libri Christ. Con-
cordiae explicatio plana et perspicua Wittenb. 1608. 1609. 1611,
welches den ganzen Inbegriff der Concordienformel erläutert und im
Einzelnen commentirt.

**) Die Tendenz des Hutterschen Compendiums war auf das ent=

Dies Alles wird nur von Johann Gerhard gesagt werden können, der zwar nach der dogmatischen Seite in seiner Bedeutsamkeit im Allgemeinen anerkannt, keineswegs aber in der Mannigfaltigkeit seiner innern Begabung ausreichend gewürdigt, und in seinem Einflusse auf die geistliche Belebung der theologischen Wissenschaft und Kirche genugsam in Anschlag gebracht worden ist *). Wäre dies der Fall gewesen,

---

schiedenste gegen den Melanthonschen Typus gerichtet, und sollte auch im Uebrigen wesentlich dazu dienen, das lutherische Dogma, wie es symbolisch formulirt war, in seiner prägnanten Fassung zu erhalten, es im Gegensatze zu jeder häretischen Abschwächung objectiv festzustellen, und diesen seinen Lehrstoff durch die innegehaltene katechetische Methode möglichst für Viele zu vermitteln.

*) Johann Gerhard, am 17. Oct. 1582 in der Abtei von Quedlinburg geboren, ging anfangs durch manche Schwankungen des innern Lebens hindurch, bis Johann Arndt sein geistlicher Rathgeber wurde und zu seiner inneren Kräftigung nicht wenig beitrug. Durch dessen Einfluß bewogen, wandte er sich, nachdem er seit dem Jahre 1599 zwei Jahre lang zu Wittenberg Medicin studirt hatte, zum Studium der Theologie, dem er darauf zu Jena sich mit großem Ernste und völliger Hingebung widmete. Nach Erwerbung des Magisteriums fing er an, dort einzelne Privatvorlesungen über philosophische und selbst schon über theologische Disciplinen zu halten. Als er im Jahre 1603 eine schwere Krankheit überstanden hatte, ging er im J. 1604 nach Marburg, wo er mit Balthasar Mentzer und Winkelmann in nahe Beziehungen trat, und unter ihrer Leitung und Einwirkung seine theologischen Studien fortsetzte. Nachdem er darauf seine theologischen Vorlesungen in Jena wieder aufgenommen hatte, folgte er einer Berufung des Herzogs Kasimir von Koburg in die Superintendentur von Heldburg, in welcher Stellung er auch die Kirchenordnung für die herzoglichen Lande verfaßte. Wiederholt nach Jena im J. 1610 und 1611 berufen, ohne die Einwilligung seines Landesherrn zur Annahme des Rufes erlangen zu können, wurde ihm dieselbe endlich durch die Vermittelung des Churfürsten Georg I. zu Theil, als er im Jahre 1615 aufs Neue nach Jena berufen ward. Seine academische Thätigkeit war hier eine äußerst umfängliche, und neben seiner bedeutsamen wissenschaftlichen Thätigkeit übte er auch auf die Verhältnisse der lutherischen Kirche in den weitesten Kreisen einen

so würde man weder die Anschuldigung des Dogmatismus, noch den Vorwurf der Vernachlässigung der Exegese haben erheben können, da gerade Gerhard nach seiner ganzen theologischen Persönlichkeit und Richtung beiden Abirrungen gleich ferne steht. Es wird von ihm gesagt werden müssen, daß seine Theologie eben so wissenschaftlich exact als geistlich contemplativ, und in ihren letzten Zwecken und Zielen wahrhaft practisch ist. Hatte er selbst noch die größere Hälfte des dreißigjährigen Krieges erlebt und den gewaltigen Nothstand erfahren, den derselbe in allen seinen furchtbaren Wechselfällen für die lutherische Kirche, insbesondere auch für den Lehrstand derselben und dessen Wirksamkeit an den Gemeinden, herbeiführte, so begreift sich, wie seine dogmatische Richtung ungeachtet ihrer exacten und prägnanten Form, doch in ihrem tiefsten Grunde eine practische Tendenz hatte.

Es war auch nicht etwa nur der allgemeine äußere Nothstand, insofern der unheilvolle Krieg die lutherische Kirche in ihrer Existenz und in allen ihren Institutionen bedrohte,

---

bedingenden Einfluß aus. Wie nahe Arndts Verhältniß zu Gerhard war, den er mit väterlicher Liebe umfaßte, zeigt sein Brief an denselben über das wahre Christenthum. Zahlreiche Berufungen ins Ausland lehnte Gerhard ab, da er Gottes Segen bisher in seiner Berufsarbeit in Jena verspüret hatte, und er die Universität nicht ohne Verletzung seines Gewissens glaubte verlassen zu können. Er starb im fünfundfunfzigsten Lebensjahre am 20. Aug. 1637. Vgl. Erdm. Rud. Fischer, Vita Jo. Gerhardi. Lips. 1723. p. 38 sqq. Johann Arndt, weiland General-Superintendent des Fürstenthums Lüneburg. Ein biographischer Versuch von Friedrich Arndt. S. 80 ff. Henke, Calixts Briefwechsel III., 18, und dessen: Georg Calixtus und seine Zeit. Bd. I. S. 323 ff., 491 ff. A. Tholuck, der Geist der lutherischen Theologie Wittenbergs, S. 108. A. Tholuck, Herzogs Real-Encyklopädie Bd. V., p. 40 ff. A. Tholuck, Lebenszeugen der lutherischen Kirche aus allen Ständen vor und während der Zeit des dreißigjährigen Krieges, S. 177 ff.

welcher seiner Theologie in ihren Grundzügen eine practische Richtung gab, sondern es war zugleich die tiefe innere Noth, welche
damals in den weitesten Kreisen an jeden Einzelnen heran-
trat, und die ernste Frage nach seinem Seelenheil und nach
dem Wege zur Seligkeit ihm unmittelbar nahe legte. Daher
finden wir denn auch bei Johann Gerhard eben so wohl
das confessionelle Element mit vollem Rechte scharf betont
und entsprechend ausgeprägt, weil die Confessionen den Weg
zur Seligkeit verschieden lehren, und es nicht gleichgültig ist,
welcher Weg eingeschlagen und gegangen wird, da die anderen Confessionen den Heilsweg verdunkeln, als andererseits
in allen dogmatischen Erörterungen auch auf das, was zum
Heil und Frieden dient für jeden Einzelnen, von ihm hingewiesen wird. So wenig kann daher die Gnosis als Grund-
typus seiner Richtung ausgesagt werden, daß es vielmehr
die Praxis in dem angedeuteten Sinne ist, welche als das
Ziel seiner Theologie sich darstellt. Und grade auch in dieser
Beziehung hat Johann Gerhard wesentlich die theologische
Richtung seiner Zeit auf verschiedenen Punkten und nach
verschiedenen Seiten bestimmt.

Gerhard giebt zwar zu, daß die Theologie contemplativ
sei, ja er spricht ihr selbst das speculative Element nicht ab,
aber doch ist sie ihm überwiegend practisch mit Bezug auf
das schließliche Ziel *). Das Wort des HErrn: So ihr
solches wisset, selig seid ihr, so ihr es thut, war ihm der

---

*) Joh. Gerhardi Meditationes Sacrae ad veram Pietatem
excitandam: Quod si Theologia est doctrina practica, utique etiam
finis ejus non erit nuda $\gamma\nu\tilde{\omega}\sigma\iota\varsigma$ et subtilis $\vartheta\epsilon\omega\varrho\iota\alpha$, sed potius praxis.
Haec si sciveritis, beati eritis, si feceritis, dicit Salvator ad dis-
cipulos. Non in verbis, sed in factis res nostrae religionis con-
sistunt, dicit Justinus etc.

feste Grund eines lebendigen thätigen Glaubens. So großes
Gewicht er auch auf die wissenschaftliche Darstellung und Vertheidigung der reinen Lehre legt, und so hoch er auch die
Erkenntniß schätzt, so weist er doch stets hin auf die Praxis,
und fordert, daß das Leben dem Bekenntniß Christi
entspreche *). Ueberall in seinen ascetischen Ausführungen
bringt er darauf, daß auf die Erkenntniß der gottseligen Geheimnisse, die doch immer eine geringe sei, nicht zu großes
Gewicht gelegt werde, sondern daß die Sünde gehaßt, und
dem Vorbilde des Lebens Christi nachgewandelt werde.
Gerhard hängt in dieser Beziehung auf das innigste mit
Johann Arndt zusammen, welcher einerseits eben so sehr
Erkenntniß der Sünde und seiner selbst und Erkenntniß unserer eigenen Nichtigkeit fordert, als er anderseits auf Erkenntniß
der Gnade Gottes in Christo, auf rechtfertigenden Glauben
und auf lautere aus diesem erwachsende Liebe bringt. Freilich fordert Gerhard, daß auf die genaue Erkenntniß der
Glaubensartikel Fleiß und Eifer verwandt werde, und er
hält es für Recht und Pflicht, daß die Orthodoxie gegen die
Haeresen vertheidigt werde. Aber der Glaube ist ihm nutzlos,
wenn er sich nicht im Leben in den Früchten der Heiligung
erweist. Diese Gedankenreihen durchziehen zugleich im Wesentlichen auch seine wissenschaftlichen Arbeiten. Ihm fließt
die wahre Theologie aus dem Licht der Gnade, das allein
in dem geoffenbarten Worte dem Menschen angezündet ist.
Die Theologie der irdischen Pilgrimschaft ist ihrem Wesen
nach eine Theologie der Offenbarung, deren Ziel die Theo-

---

*) Recte quidem fit, quod ὀρθοδοξία libris, disputationibus,
concionibus et modis omnibus defendatur, sed et vita professioni
Christianae ut respondeat, opera danda.

logie der Seligen ist, eine Theologie des Schauens, die eben so vollkommen und bleibend als diese unvollkommen und vorübergehend ist.

Dabei ist es characteristisch, daß Gerhard vollen Ernst macht mit der Begründung der lutherischen Lehre aus der Schrift, nicht etwa indem er sich stützt auf einzelne herausgerissene Aussprüche aus derselben, sondern indem er einen Schriftgebrauch in der umfassendsten Weise versucht, und im Ganzen und Großen zur Geltung bringt *), welcher alle einschlagenden Punkte aus dem geoffenbarten Worte Gottes heraus beantwortet, und auf diesem Grunde in seiner dogmatischen Erörterung schließlich feststellt **). Dabei hält er in allen dogmatischen Controversen und Ausführungen die Cardinalfrage nach der Erlangung des Heiles fest, und vermag dabei auch die heilige Schrift in der bezeichneten Weise zu gebrauchen und zur Geltung zu bringen, weil diese in sich vollkommen ist, da sie überall das, was zum Heil nothwendig ist, bezeugt. So ist ihm das in den prophetischen und apostolischen Schriften enthaltene Wort die feste unwandelbare Grundlage, auf welcher alle Theologie sich erbaut.

---

*) Es erweiset sich dies aus der Art und Weise, wie Gerhard den Schriftbeweis handhabt, insbesondere aus der Gewissenhaftigkeit, mit welcher er bestrebt ist, jede dogmatische Beweisführung auf Schriftargumente zu basiren. Der zehnte Band seiner loci theologici, der nach Vollendung des großen Werks als Nachtrag im J. 1625 erschien, ist aus demselben Grunde und in der erwähnten Richtung hin bemüht, die ausführlichere Exegese des Anfangs des Werkes zu geben.

**) Vgl. die verdienstvolle, nach der editio princeps besorgten Ausgabe von: Joannis Gerhardi Loci Theologici cum pro adstruenda veritate tum pro destruenda quorumvis contradicentium falsitate per theses nervose, solide et copiose explicati. Ed. E. Preuss. Berolini 1863 sqq.

Eine tiefe Frömmigkeit durchdringt alle seine theologischen Ausführungen. Die vier Stützen, auf welche unsere Zuversicht sich stützt, sind ihm die allmächtige Güte Gottes, die untrügliche Wahrhaftigkeit desselben, die Vertretung des Mittlers Christi und die Bezeugung des heiligen Geistes *). Durch die ganze Masse des gelehrten Stoffes, welchen Gerhard in seinen großen wissenschaftlichen Werken beibringt, durch die Menge seiner Thesen und Antithesen, seiner dogmatischen Analysen und Synthesen gehen die Grundgedanken einer inneren Theologie, man möchte sagen einer Herzenstheologie hindurch, deren Principien durchaus supernaturalistisch sind, und zugleich auf eine Vertiefung in das göttliche Wort hinausgehen. Ueberall ist ihm die Erkenntniß Gottes, Seine Ehre, das letzte Ziel, aber mit der Erkenntniß unser und der Erkenntniß des Verlustes des ursprünglichen Heils ist ihm auch als zweites Ziel die Wiedergewinnung des Heils, die Seligkeit des Menschen, gegeben, womit der Glaube an Christum, den die Gnadenmittel wirken, und der den Weg zur Seligkeit weiset, auf das engste verknüpft ist.

Insgemein wird Abraham Calov **) als der eigentliche

---

*) Exercitium pietatis quotidianum quadripartitum, peccatorum confessiones, gratiarum actiones, precationes et obsecrationes complectens, collectum opera et studio Joh. Gerhardi: In cujus corde Spiritus sanctus extraxit domicilium, is quotidie tanquam spiritualis Sacerdos Deo offeret istud precationis incensum. Sunt autem quatuor immota fulcra, quibus fiducia nostra innititur, ut de clementissima precum exauditione possit esse certa, videl. 1. omnipotens Dei bonitas, ac. 2. infallibilis ejusdem veritas; 3. Christi mediatoris intercessio, et 4. Spiritus sancti contestatio.

**) Abraham Calov (eigentlich Kalau) ward in Morungen in Ostpreußen im J. 1612 geboren, und studirte seit 1626 zu Königsberg, wandte sich im Jahre 1634 nach Rostock, wo er sich vorzugsweise an

Typus lutherischer Streittheologie betrachtet, und es ist seiner hier um so mehr zu gedenken, als seine Thätigkeit den ganzen Zeitabschnitt, der für uns in Betracht kommt, umfaßt, er zu Rostock in mehrfachen Beziehungen steht, und er unverkennbar zu Zeiten auf die Verhältnisse der Rostocker Facultät, die ihm im Einzelnen bekannt waren, eingewirkt hat. Ueberdieß hat auch seine theologische Entwickelung, nachdem er auf der Universität Königsberg seine philosophischen und theologischen Studien vollendet hatte, in Rostock, wohin er im J. 1634 im zweiundzwanzigsten Lebensjahre gekommen war, ihren Abschluß gefunden. Zwar waren die beiden Tarnove, Johann Tarnov am 22. Jan. 1629 und Paul Tarnov am 6. März 1633, bereits heimgegangen, aber die von ihnen gepflegten exegetischen, biblisch theologischen und dogmatischen Studien blühten damals in Rostock, und der dogmatische Gegensatz gegen den Calvinismus hatte hier um so mehr seinen Aus-

---

Johannes Quistorp anschloß, und wurde dort am 20. April 1637, nachdem der Churfürst von Brandenburg die Kosten der Promotion bestritten hatte, erst 25 Jahre alt zum Doctor der Theologie promovirt. Etwas, J. 1741, S. 573. Nachdem er eine Zeit lang in der ihm verliehenen außerordentlichen Professur in Königsberg gewirkt hatte, nimmt er im J. 1643 einen Ruf als Rector des Gymnasiums zu Danzig und als Pastor an der dortigen Trinitatiskirche an. Im J. 1645 nimmt er an dem Colloqium Charitativum Theil, welches Wladislaus IV. von Polen zu Thorn veranstaltet hatte, um eine Ausgleichung der Differenzen zwischen den Diffidenten herbeizuführen. Im J. 1650 nach Wittenberg berufen, wird die Universität durch seine Wirksamkeit bedeutend gehoben. Seine literarische wie academische Thätigkeit ist gleich umfänglich und intensiv. Selbst auf practischem Gebiete ist er thätig, und sein Einfluß im Oberconsistorium ist lange Zeit überwiegend. Er stirbt im J. 1686 im fünfundsiebzigsten Lebensjahre. Vgl. E. L. Ch. Henke, Georg Calixt und seine Zeit, Bd. II., Abth. 2, S. 268 ff., S. 296 ff. A. Tholuck, Der Geist der lutherischen Theologen Wittenbergs, S. 185 ff.

bruck gefunden, als durch den Uebertritt des Herzogs Hans Albrecht zur reformirten Kirche mehrfache Versuche direct ober indirect hervorgetreten waren, das lutherische Mecklenburg wenigstens theilweise zum Calvinismus hinzuleiten *). Die Universität hatte sich schon seit anderthalb Decennien dem drohenden Einbringen der calvinistischen Richtung entgegengesetzt, und hatte Calov hier Gelegenheit, die mannigfache Aggression gegen die lutherische Kirche, welche von Zeit zu Zeit thatsächlich unternommen war, kennen zu lernen, und von der scharfen und entschiedenen Polemik Kenntniß zu nehmen, mit welcher Affelmann und andere Theologen diesen Bestrebungen entgegen getreten waren.

Calov fand in Rostock die wohlwollendste Theilnahme und insbesondere war es Johann Quistorp der Aeltere, welcher die große theologische Begabung des jungen Calov, seinen seltenen Scharfsinn in der Auffindung und Erörterung disparater, dem lutherischen Bekenntniß entgegenstehender Elemente, seine Schriftbelesenheit und dogmatische Gewandtheit schon damals erkannte, und sich seiner vielfach annahm. Er war eine Zeitlang Quistorps Tischgenosse. Unter seiner Leitung und Führung betheiligte Calov sich an den zahlreichen theologischen Disputationen, die mit großem Eifer damals noch in Rostock gehalten und mit Liebe gepflegt wurden **). So sind auch unter Quistorps Moderamen

---

*) Krabbe, Aus dem kirchlichen und wissenschaftlichen Leben Rostock's. Zur Geschichte Wallensteins und des breißigjährigen Krieges. S. 27 ff. S. 43 f. S. 53 ff.

**) Albertus Magnus war es gewesen, der einen bedingenden Einfluß auf die Disputationen und ihre überwiegend logische Richtung ausgeübt hatte. Von Cöln aus verbreiteten sich diese Disputirübungen, die nicht bloß von der Artisten-Facultät, sondern von sämmtlichen Facultäten hoch-

jene 24 disputationes in Augustanam Confessionem *) von Calov und Christian Dreier gehalten worden, welche zuerst Calovs Namen, da ihm der bei weitem größte Theil derselben angehörte, weiteren Kreisen bekannt machte. Es wird in ihnen der Schriftbeweis für die Glaubensartikel des lutherischen Bekenntnisses mit Geschick und Einsicht geführt, und werden die Aufstellungen der modernen Häretiker gegen dieselben gründlich zurückgewiesen, so daß diese Disputationen und das in ihnen dargebotene Material vielfach später in den verschiebenen theologischen Kämpfen zu polemischen Zwecken benutzt wurden. Obwohl erst fünfundzwanzig Jahre alt, hatte Calov sich bereits den Ruhm ausgebreiteter Gelehrsamkeit und entschiedener Bekenntnißtreue in so hohem Grade erworben, daß die theologische Facultät kein Bedenken trug, ihn zum Doctor der Theologie zu promoviren **), nachdem

---

gehalten wurden. Zwar war es die Artisten-Facultät, welche bis in die neuere Zeit hinein das logische Substrat vorzugsweise in den Disputationen verwandte, doch gingen von ihr eine Reihe aristotelischer Bestimmungen in die Form und Methode über, in der sich die Disputationen überhaupt, insonderheit die theologischen, bewegten. Noch im siebzehnten Jahrhundert nehmen wir in der Form der Disputationen die Spuren der Einwirkung der alten scholastischen Schulphilosophie wahr.

*) Augustana Confessio quantum ad articulos fidei e verbo Dei adversus modernos haereticos consequentiis perpetuis firmata disputationibus XXIV. comprehensa, quas concedente et moderante venerabili Facult. Theolog. Seniore et Profess. primario D. Johanne Quistorpio — — publice proposuere praesides et auctores viginti et unam M. Abraham Calovius, Morunga Borussus, tres vero M. Christianus Dreier, Stetin. Pomer. Rostoch. A. MDCXXXVI. 4.

**) Johannes Quistorpius, D. Theol. Facult. Senior et hoc tempore Decanus suo et Dominorum suorum Collegarum nomine omnes et singulos Academiae Cives ad disputationem inauguralem Clarissimi Viri Dn. M. Abrahami Calovii, Borussi, Theol. Candidati,

der Churfürst von Brandenburg unter der Voraussetzung, daß solches geschehe, die Beförderung Calovs zu einem ansehnlichen dieser hohen Würde entsprechenden Amte in Aussicht gestellt *), und die Kosten der Erlangung des Doctorats hergegeben hatte. In der That wird ihm auch bald darauf, nachdem er nach Königsberg zurückgekehrt war, von demselben eine außerordentliche Professur übertragen. Schon bei diesen Anfängen seiner Lehrthätigkeit erfreuten sich seine dogmatischen und polemischen Vorlesungen besonderer Theilnahme.

Allerdings repräsentirt Calov, wie seine ganze spätere Entwickelung erkennen läßt, vorzugsweise den Gegensatz der lutherischen Lehrentwickelung sowohl gegen die reformirte Lehrbildung als auch gegen die synkretistische Richtung, welche innerhalb der lutherischen Kirche entstanden war, und mehr und mehr festen Fuß zu fassen drohte, und zwar nach beiden Seiten in der schärfsten und ausgeprägtesten Weise. Und es kann auch nicht in Abrede genommen werden, daß Calov in seinen überaus zahlreichen polemischen Schriften die reine lutherische Lehre zwar unermüdlich, aber nicht selten mit großer Heftigkeit und Bitterkeit vertheidigte. Aber während dies ihm ohne alle Frage persönlich zur Last fällt, kann es doch der von ihm vertretenen lutherischen Orthodoxie nicht entfernt irgendwie zum Nachtheil gereichen. Der lutherischen

---

20 Aprilis habendam invitat. Rostochii literis Nic. Kilii, Ac. typ. Anno MDCXXXVII in IV.

*) In dem Programm, welches d. 14. April 1637 gegeben ist, wird von dem Nutzen der graduum Academicorum überhaupt gehandelt, und zugleich die Mittheilung gemacht, daß von dem Churfürsten zu Brandenburg Calovio ein ansehnliches Amt versprochen sei, wenn er zuvor würde in Doctorem Theol. promovirt haben. Etwas J. 1741 S. 573 f.

Orthodoxie und ihren Vertretern war es um die reine Lehre in ihrer vollen Integrität und Objectivität zu thun, und wenn sie für diese in die Schranken traten, bewiesen sie damit nur, daß sie principiell richtig erkannten, wie die Lehre auf allen Gebieten des kirchlichen Lebens das Grundlegende ist, und selbst jede weitere Entwickelung bedingt. Die Vertretung dieser Richtung kann also an sich Calov in keiner Beziehung zum Vorwurf gereichen, und da selbst insgemein zugestanden wird, daß er sich in seiner Polemik von kleinlichen Persönlichkeiten frei zu erhalten gewußt hat, wird auch nicht geleugnet werden können, daß das objective Interesse an der Sache bei ihm überall hervortritt, und um so mehr sich geltend macht.

Die dogmatische Behandlung ist bei Calov offenbar darauf gerichtet, die verschiedenen Lehrstücke aus ihrer Vereinzelung herauszuheben, und sie zu einem in sich zusammenhängenden und geschlossenen System organisch zu verbinden. Die methodologische Behandlung des Stoffes, die immer wiederkehrt, und eine gewisse Uniformität erzeugt, hängt zusammen mit der damals üblichen Art logischer Operationen zum Zweck der analytischen Ordnung und Gliederung, worin uns die ihm eigene philosophische, wenn auch den Character seiner Zeit an sich tragende Bildung entgegentritt *), die sich

---

*) Die logischen und dialectischen Schriften des Aristoteles wurden neben den rhetorischen Schriften des Cicero noch immer mit Vorliebe gelesen. Melanthons Dialectik, über welche lange eigene Vorlesungen gehalten waren, stand noch immer in Ansehen. Die mächtige Bewegung aber, welche innerhalb der Philosophie zu dieser Zeit stattfand, wirkte zwar noch nicht materiell auf die Theologie zurück, übte dagegen in formeller Beziehung unverkennbar einen Einfluß aus. Die Institutiones Logicae begegnen uns auf allen Universitäten. Je weniger aber die

auch in der Erörterung der metaphysischen Probleme der Dogmatik geltend macht. Das Schriftprincip wird dabei von ihm mit aller Schärfe gehandhabt, und wie zur Begründung der Lehre der lutherischen Symbole, so auch zur Reinigung und Ausscheidung aller jener entgegenstehenden häretischen Irrlehren angewandt. Ueberall findet sich bei ihm eine klare, umsichtige, auf dem Schriftzeugniß ruhende eben so positive und thetische als das häretische bestreitende antithetische Exposition. Dabei geht er stets auf den Kern der Gegensätze ein, und weiß die theologischen Fragen eben so sehr mit erschöpfender Umständlichkeit als mit dialectischer Gewandtheit zu erörtern. Es zeigt aber auch seine biblia illustrata, in welchem Umfange er trotz der theilweise vorwaltenden Tendenz gegen Grotius sich des exegetischen Stoffes bemächtigt hat. Erwägt man die beschränkten Mittel, welche jener Zeit für die Exegese zu Gebote standen, so hat jenes durch umfassende Gelehrsamkeit und Belesenheit wie durch Scharfsinn und Einsicht sich auszeichnende Werk nicht Geringes in der Auslegung geleistet, wenn auch diese selbst häufig von dogmatischen Voraussetzungen abhängig ist.

Der Vorwurf, daß sich bei ihm nicht eigentlich eine historische Auslegung finde, ist nicht unberechtigt; aber er trifft nicht sowohl ihn als die ganze Theologie seiner Zeit, welcher die Anerkennung der successiven geschichtlichen Entwickelung der Offenbarung noch ferne lag, und statt der Ein-

---

in den philosophischen Systemen jener Zeit sich anbahnende Erkenntniß-lehre schon Eingang sich hatte verschaffen können, desto mehr herrscht noch der alte Aristotelismus vor, dessen Hauptstärke in der scharfen Analysis der Begriffe und in der Folgerichtigkeit der abgeleiteten Conclusionen bestand.

heit beider Testamente von vorneherein die Einerleiheit derselben prädicirte, eine Anschauung, die sich durch das ganze
Werk Calovs hindurchzieht. Auch die Geschichte der Exegese,
kaum im Entstehen begriffen, hatte noch nicht angefangen, im
Einzelnen zu orientiren, und die Wege der Auslegung vorzu-
zeichnen oder anzubahnen*). Dennoch hat sich Calov des
massenhaften Materials in seltener Weise bemächtigt, und
weiß dasselbe für den systematischen Ausbau der Glaubens-
lehre in treffender Weise zu verwenden. Er konnte in der
That in dieser Beziehung der Theologie seiner Zeit zum
Vorbilde dienen. Wie er auf exegetischem und biblisch theologischem Gebiete bei mannigfacher Kritiklosigkeit im Einzelnen durch tieferes Eindringen in den Gedankenzusam-
menhang sich vielfach auszeichnet, so entwickelt er auf syste-
matischem Gebiete eben so scharfsinnig und exact als klar
und faßlich die dogmatischen Gesichtspunkte, welche sich ihm
in Bezug auf ein bestimmtes Dogma als die eigentlich constitutiven erwiesen hatten. Seine polemischen Ausführungen
endlich sind bei aller Schärfe, mit welcher sie die häretischen

---

*) In der That wird noch jetzt von den meisten exegetischen Ar-
beiten gesagt werden müssen, daß nur in sehr vereinzelter Weise die
Vorgänger benutzt werden, und daß von einer eigentlichen Benutzung
der Geschichte der Exegese als solcher noch immer kaum die Rede sein
kann. Zwar sind die beigebrachten Auszüge und Collectaneen aus den
vorhandenen Vorarbeiten oft massenhaft genug, daß dadurch die Selbstständigkeit der exegetischen Operationen fast ganz erdrückt wird, aber
dennoch fehlt viel, daß die heutige Exegese die Geschichte der Auslegung
im großen Ganzen geschichtlich zu verwerthen wüßte. Dazu kommt, daß
die sogenannte reproductive Exegese der modernen Theologie, die sich
meistens einer formellen Klarheit und einer materiellen Tiefe rühmt,
häufig durchaus subjectiver Art ist, und nicht bloß factisch, sondern
auch principiell von dem wissenschaftlichen Gewinne absieht, den die

Momente bekämpfen und auszuscheiden bemüht sind, doch zugleich darauf gerichtet, die dogmatische Beweisführung des kirchlichen Lehrbegriffs in helleres Licht zu setzen, sie zu stützen und zu consolidiren. Es trägt daher auch sein System überall den confessionell lutherischen Character an sich, ist aber in seiner dogmatischen Exposition keinesweges die bloße Repetition des schon Dagewesenen, sondern erweist sich als eine durchaus selbstständige, mit den Mitteln der damaligen Formalphilosophie unternommene Entwickelung des lutherischen Lehrtypus.

Schon Johann Gerhard war weit davon entfernt, das Studium der Philosophie als ein der wissenschaftlichen Theologie feindliches oder auch nur fremdes ansehen zu wollen. Im Gegentheil ist er von dem Nutzen derselben auch für die Theologie durchdrungen, obwohl er eine philosophische Theologie als solche verwirft, und bei dem Festhalten der heiligen Schrift als Erkenntnißquelle der Wahrheit verwerfen mußte. Ueberhaupt war ihm eine philosophische Theologie in dem Sinne, wie dieselbe von der neueren Zeit aufgestellt ist, unbekannt; er versteht darunter nur eine solche, welche durch irrige Vernunftschlüsse sich zu falschen Schlußfolgerungen verleiten läßt. Dagegen ist es der richtige Gebrauch der Philosophie in der Theologie, den er hervorhebt, indem er der Philosophie eine zwar untergeordnete und dienende, aber doch immer bedeutsame Stellung zuweist. Auch Calov ver-

---

Geschichte der Auslegung gebracht hat. Die phantasiereiche Exegese der Neuzeit, die zwischen den Zeilen liest, und überall sich befugt hält, das inferre zu üben, kann sich eben nicht befreunden mit den geschichtlichen Resultaten der Auslegung, die ihr überall entgegenstehen und widersprechen.

warf nicht die Philosophie überhaupt, wohl aber stand ihm der aus der Offenbarung geflossene Inhalt der Theologie so hoch, daß er weit über alle Philosophie hinausging, und recht eigentlich von der letzteren nicht berührt werden konnte. Während derselbe jeglichen Einfluß der Philosophie auf den materialen Inhalt der Theologie auf das entschiedenste in Abrede stellt, ist er durchaus geneigt, den formellen Einfluß jener auf diese anzuerkennen. Und seine dogmatischen wie polemischen Ausführungen zeigen, wie sehr derselbe die formalen Hülsen der Philosophie seinen Zwecken dienstbar zu machen gewußt hat.

Zweiter Abschnitt.

Der Verlauf der Philosophie in dieser Periode innerhalb der lutherischen Kirche. Die gereinigte aristotelische Richtung Melanthons. Hieronymus Cardanus. Die Theosophie Jacob Böhmes. Die pantheistische Richtung. Campanella und Jordano Bruno. Empirie und Induction. Baco von Verulam. Joachim Jungius. Die naturrechtliche Richtung. Herbert von Cherbourg. Hugo Grotius. Thomas Hobbes. Der Pantheismus Spinozas.

Es dürfte indessen hier zur weiteren Characteristik dieser Periode zweierlei nothwendig sein; einmal, daß wir uns kurz an den Verlauf erinnern, welchen die Philosophie seit der Reformation innerhalb der lutherischen Kirche genommen hatte; sodann aber, daß wir uns die verschiedenen Richtungen vergegenwärtigen, welche die Philosophie in der ersten Hälfte des siebzehnten Jahrhunderts einschlug, welche zum Theil nicht nur das geistige Leben dieser ganzen Zeit bedingten, sondern auch weit über das Jahrhundert hinaus bis in die Gegenwart hinein auf die Entwickelung der Philosophie und auf den Gang der Theologie im Ganzen und Großen ein, wirkten. Kaum möchte sich eine andere Zeit finden lassen, die so viel Großes in sich vereinigte, und nämentlich eine solche Wechselwirkung der verschiedensten wissenschaftlichen Bestrebungen aufzuzeigen vermöchte.

Im Allgemeinen ist es zwar richtig, daß von der Reformation an die eigentliche Trennung der Theologie und der Philosophie erfolgte, daß sie als selbstständige Wissenschaften sich von einander schieden, und jede ihren Weg für sich fortsetzte, und die ihr eigenthümlichen Bahnen einschlug. Im Uebrigen aber war es schon Melanthon *), welcher die Philosophie als ein Organon betrachtete, welches der Theologie zu dienen habe. Im Gegensatze zu der scholastischen Dialectik und der Art ihrer Beweisführung, gegen welche von Anfang an die Reformatoren Zeugniß abgelegt hatten, begann allmälig eine freiere, von dem altherkömmlichen Apparat gelöste Dialectik sich Anerkennung zu verschaffen. Melanthon war es, der in diese Richtung eintrat, und der Dialectik einen hohen Werth auch für die Schriftauslegung beimaß. Daher sein bekannter Ausspruch: omnis theologus et fidelis interpres doctrinae coelestis necessario debet esse primum Grammaticus, deinde Dialecticus, denique testis. Melanthons im Jahre 1520 herausgegebene Dialectik wirkte auch in den weitesten Kreisen bedingend ein, und trug nicht wenig dazu bei, sowohl überhaupt das Studium der Philosophie zu beleben, als auch dem Studium der Fachwissenschaften neue Impulse zuzuführen und zur Klarheit und

----

*) Melanthons Rückkehr zum Aristotelismus war insbesondere durch das Bedürfniß der Logik und Dialectik für die theologische Wissenschaft bedingt. Diese letztere hatte ihm die Bedeutung jener erschlossen. Nunquam potui intelligere, quid sit philosophia aut quos haberet usus, priusquam hanc sinceram evangelii doctrinam attigi, quae nuper admodum singulari Dei beneficio renata est. Multos existimo in hoc esse consensu, qui idem ingenue fateantur, dignitatem, vim et usum philosophiae primum se cognita Christi doctrina intellexisse. C. R. X p. 688.

Durchsichtigkeit ihrer wissenschaftlichen Methode mitzuwirken *). Die Lehrbücher, welche wir von Melanthon über die verschiedenen Disciplinen der Philosophie besitzen, characterisiren sich ihrem Inhalte nach zum Theil durch eine willige Anerkennung dessen, was den Forschungen des Aristoteles zum Grunde liegt. Melanthon will nur den gereinigten Aristoteles gelten lassen. Ueberall nimmt er die aristotelischen Lehren von der Ewigkeit der Welt, von dem Fatum und von der Vergänglichkeit der Seele auf das Bestimmteste in Abrede, aber anderseits ist er auch stets bemüht, an christliche Lehren anzuknüpfen, und die Harmonie der Offenbarung aus der Vernunfterkenntniß aufzuweisen. Auch in der Physik wird von Melanthon stets der lebendige persönliche Gott der christlichen Offenbarung als die prima causa hervorgehoben, und auf ihn die Existenz alles Wirklichen zurückgeführt **).

Die späteren Versuche, die Philosophie der Stoa sowie die Lehren des Epicurs zu erneuern, hatten nur einen geringen Erfolg, und übten noch weniger einen allgemeinen Einfluß aus, so daß sie hier übergangen werden können.

---

*) Schon Rudolph Agricola war in dieser Richtung, welche durch Vereinfachung der Logik der Rhetorik dienen wollte, vorangegangen. Melanthon faßte das Verhältniß beider Wissenschaften als ein so nahes auf, daß er bemerkt: tanta est dialecticae et rhetoricae cognatio, vix ut discrimen reprehendi possit. Elementa Rhetoric. in Corp. Ref. Vol. XIII. p. 419.

**) Dies erweist auch sein Lehrbuch der Physik: Initia doctrinae physicae, dictata in academia Vitebergensi. Philipp. Melanth. Excusa Vitebergae per Jo. Lufft, anno 1549. In demselben wird die Physik und die Metaphysik durch den Grundgedanken verknüpft, daß Gott die oberste Ursache alles Wirklichen ist. Vgl. auch Corpus Reformatorum ed. C. G. Bretschneider Vol. VII. p. 472 sqq. Lange Zeit bedingte sein Lehrbuch den Gang und die Tendenz des Studiums der Physik auf den deutschen Universitäten.

Aber im sechszehnten wie im siebzehnten Jahrhundert zeigt sich eine antiaristotelische Richtung, welche, obschon sie auf die Erfahrung Gewicht legt, dennoch die aristotelischen Formen der philosophischen Forschung zu modificiren bemüht ist. So geht Hieronymus Carbanus in seiner Schrift de subtilitate et varietate rerum noch größtentheils von aristotelischen Sätzen aus, aber er sucht sie zu beschränken durch ein Zurückgehen auf Mathematik und Erfahrung. Er vermißt in der aristotelischen Physik die Angabe der wirkenden Ursachen, und hebt vorzüglich die durch das Universum gehende Wechselwirkung hervor, durch welche eine allgemeine Sympathie stattfinde zwischen den entlegensten Stufen des Daseins, so daß jene selbst zwischen den Himmelskörpern und den Gliedern des menschlichen Leibes sich manifestirt. Die Principien aller Veränderung und alles Werdens sind ihm die himmlische Wärme und die irdische Feuchtigkeit *). Obwohl nun alles Bestreben des Carbanus auf Physik und deren Begründung gerichtet ist, so ist es doch anderseits characteristisch, daß ihm der eigentliche Zweck des Menschen die Erkenntniß Gottes ist **). Wir sehen in diesem Zusammenhang ab von der antiaristotelischen Richtung, wie sie

---

! *) Diese Grundgedanken finden sich insbesondere in der angezogenen Schrift von der Feinheit und Verschiedenheit der Dinge, wo der Begriff der Sympathie (Sympathiam rerum voco consensum rerum absque manifesta ratione) erläutert wird, gleichwie dort die Principien aller Zeugung (Principia generationis sunt calor coelestis et humidum — altera harum qualitatum est agens, altera patiens: aliae autem qualitates rerum primariae sunt nullae; nam siccitas non est nisi humidi privatio, neque frigus est nisi privatio caloris) dargelegt werden.

**) Ueberhaupt findet sich auch in ihm ein mystischer Zug, der in einer Schrift de aeternitatis arcanis seinen Ausdruck fand.

Petrus Ramus vertritt, der die Unzulänglichkeit der aristotelischen Principien zu zeigen, und die Mangelhaftigkeit der Anweisungen des Aristoteles für die Erkenntniß aufzuweisen suchte. Doch hat derselbe die Thatsachen des Bewußtseins, auf die er vorzugsweise Gewicht legte, überall an die Spitze gestellt, und dadurch implicite dazu beigetragen, den großartigen Umschwung der Philosophie im siebzehnten Jahrhundert vorzubereiten.

Dagegen darf die Theosophie Jacob Böhme's hier nicht unberührt bleiben, da dieselbe in ihrer mystischen Tendenz einen tiefen Gegensatz gegen die kirchliche Lehre des Lutherthums in sich barg, obwohl dennoch diese Theosophie in ihrer Genesis mit Grundgedanken der lutherischen Reformation wesentlich zusammenhängt. Alle Philosophie führte Böhme auf unmittelbare Erleuchtung zurück *). Die Dualität der Principien, welche Böhme annahm, setzte er nicht etwa einander gegenüber, sondern er setzte sie in das Wesen Gottes selbst, in welchem der Gegensatz von Licht und Finsterniß ist. Die Genesis aller Dinge aber wird von ihm aus dem Urgrunde des göttlichen Wesens abgeleitet. Die Dreieinigkeit wird von ihm als die ewige und nothwendige Geburt des sich selbst gebärenden Gottes aufgefaßt, da Gott ohne dieselbe nicht ein in sich lebendiger Gott ist. Die Weltschöpfung war ihm recht eigentlich der Entwickelungsproceß der natura

---

*) F. Chr. Baur, Die christliche Gnosis. S. 558 ff. Hegel, Geschichte der Philosophie III., S. 305 ff. J. Hamberger, Geschichte des deutschen Philosophen Jakob Böhme in einem systematischen Auszug aus dessen sämmtlichen Schriften dargestellt und mit erläuternden Anmerkungen begleitet, S. 35 ff. Heinr. Ritter, Die christliche Philosophie nach ihrem Begriff, ihren äußeren Verhältnissen und in ihrer Geschichte bis auf die neuesten Zeiten II., S. 165 ff.

naturans, den er als einen geistig chemischen aufgefaßt wissen will. Alles Sein stellt sich ihm dar unter dem Begriffe der pneumatischen Leiblichkeit. Alles aber ist durch ihn und zu ihm geschaffen, gleichwie auch Alles, was von Böhme, um jede pantheistische und materialistische Vorstellung abzuhalten, stets betont wird, durch den lebendigen Gott als Urgrund aller Dinge bestehet. Zugleich ist Böhme überall bemüht, den tiefen Zusammenhang des Reiches der Natur und der Gnade darzulegen. Dabei ist ihm die wesentliche Gleichheit der Seele des Menschen mit Gott gewiß, aber dennoch sehen wir ihn überall das Endliche vom Unendlichen auf das bestimmteste scheiden, und diesen Unterschied in formeller Beziehung geltend machen und beharrlich festhalten. Nichtsbestoweniger aber findet sich bei Böhme eine gewisse durch den Dualismus der Principien vermittelte Verwandtschaft mit manichäischen Elementen und nicht minder mit spinozistischen Elementen, insofern jener innere Entwickelungsproceß des dreieinigen Gottes alle Dinge, die in ihm enthalten sind, aus Gott heraussetzt.

Characteristisch ist es für die Genesis der neueren Philosophie, welche sich in dieser Zeit mehr und mehr vorbereitet, daß die Lehre vom Erkennen und Sein skeptisch eingeleitet wird. So suchte namentlich Campanella zu zeigen, wie unsere Erkenntniß von den Dingen höchst unvollständig sei, wie auch der geringste Theil bedingt sei von der Allheit der Wechselwirkung, diese aber nicht von uns umfaßt werden könne. In dieser skeptischen Grundlegung erhebt er sehr bedeutende Zweifel gegen die aristotelische Philosophie, die also auch von dieser Richtung bekämpft wird *). Leitet nun Campanella

---

*) J. H. ab Elswich, De varia Aristotelis in scholis Prote-

aus der Nachwirkung der Empfindung die Erinnerung ab, aus dieser das Dichtungsvermögen und das Vermögen des vermittelnden Denkens, so scheint seine Ansicht dualistisch zu sein. Zwar behauptet er, daß wir die Dinge nur soweit zu erkennen vermögen, als wir von ihnen afficirt werden, und er will sogar die empfindende Seele als ein körperliches gesetzt wissen, und meinte, sie habe ihren Sitz im Gehirn als Mittelpunkt des Nervensystems. Aber was am entschiedensten jener Ansicht widerspricht, ist, daß Campanella klar erkannte, daß eben die sichersten Erkenntnisse sich nicht auf sinnliche Wahrnehmung zurückführen lassen, daß die Erfahrung nur Anregung giebt zur Entwickelung jener Erkenntnisse*). Es ist hier der Punkt, wo Campanellas Auffassung mit der neueren Erkenntnißlehre zusammenhängt. In Bezug aber auf das Sein und Werden der Dinge stellt er den Satz auf, daß allem Veränderlichen und Bedingten ein anderes zum Grunde liegen müsse. Solle aber das Bedingte Realität haben, so könne es eben so wenig ganz außer dem unbedingten Sein liegen, eben so wenig wie es jenes Sein selber sei. Auf die Frage aber, wie sich das bedingte Sein

---

stantium fortuna p. 23 sq. und p. 48 sqq. Eine Zeit lang hatte sich der alte Einfluß des Aristoteles wiederum erneuert, und zwar nicht bloß in Bezug auf das Studium der Physik, sondern auch namentlich in der lutherischen Kirche in Bezug auf die Logik. Matthias Flacius junior erklärte als Professor Organi Aristotelis zu Rostock vorzugsweise die logischen und bialectischen Schriften des Aristoteles. Krabbe, die Universität Rostock im 15. und 16. Jahrhundert, S. 713 ff. S. 733. Erst mit dem Beginn der skeptischen Richtung verliert sich dieser Einfluß.

*) Cognitio divinorum vera et viva non habetur per syllogismum, qui est quasi sagitta, qua scopum attingimus a longo absque gustu; neque modo per auctoritatem, quod est tangere quasi per manum alienam, sed per tactum intrinsecum in magna suavitate, quam abscondit Deus timentibus se. Proëm. metaphysic.

von dem unbedingten Sein unterſcheidet? antwortet er damit, daß es kein reines Sein ſei, ſondern gemiſcht mit
Nichtſein, worauf von ihm alle accidentia zurückgeführt
werden. In der That findet ſich hier bei ihm ſchon eine
ſehr beſtimmte Hinneigung zum Pantheismus, indem er ver-
ſucht, nachzuweiſen, wie das göttliche Sein überall Grund
der Dinge ſei. Dies zeigt ſich auch in der Annahme von
primalitates, die in ihrer Reinheit nur der Gottheit beigelegt werden könnten, dennoch aber in all und jedem Sein
als Principien ſich finden müßten. Auch iſt ihm das Göttliche in den Dingen nicht tranſcendente Urſache derſelben, ſondern ihr immanenter Grund. Campaňella leitet aber auch
alles Stoffartige aus dem Nichtſein ab, und iſt ſomit außer
Stande, eine Sonderung nachzuweiſen, ſo daß er einer pan-
theiſtiſchen Grundanſchauung verfällt auch da, wo es ihm
darum zu thun iſt, die göttliche Cauſalität in den Dingen
nachzuweiſen.

Noch entſchiedener und ausgebildeter tritt uns dieſe
pantheiſtiſche Tendenz in Jordano Bruno entgegen. Die
Trennung der Theologie und der Philoſophie hatte ſich damals
ſchon in dem Maaße vollzogen, daß die Philoſophie bereits der
theiſtiſchen Grundlagen ſich entäußerte. Nach ihm kann das
Bedingte nicht ohne ein Unbedingtes gedacht werden. Dieſes
muß ſowohl als letzte Urſache wie als erſtes Princip gedacht
werden *), iſt ſowohl innerlicher als äußerlicher Grund. Die

----

*) Vgl. Jac. Bruckeri Historia critica philosophiae T. V.
p. 12—62. VI. p. 809 sqq. Friedr. Heinr. Jacobi's Auszug aus
Jordano's de la causa, principio, et Vno. Ueber die Lehre des
Spinoza in Briefen an den Herrn Moſes Mendelsſohn. Neue ver-
mehrte Ausgabe. Breslau 1789. Was Jacobi's eigene Stellung zur
Identitäts-Philoſophie anlangt, ſo findet ſich dieſelbe vorzugsweiſe

Gottheit zeigt sich ihm als innerer Grund der Dinge in der Allbelebtheit des Universums. Nichts ist völlig unbelebt. Es müsse daher eben so wohl gesetzt werden, daß der Weltgeist gleichmäßig durch den Stoff verbreitet sei, daß er von ihm nicht könne getrennt werden, wie auf der andern Seite, daß er den Stoff doch nicht eingeschlossen habe, und nicht durch denselben bedingt sei. Der Mensch aber hat wie jedes Einzelwesen Theil an der Gottheit, und um so mehr, je bestimmter er sich seiner bewußt ist. Die Substantialität seiner Seele sucht er aus der Einheit des Selbstbewußtseins nachzuweisen. Bruno sah aber ein, welche Schwierigkeiten entständen, wenn man jeden Theil des Universums belebt und bewußt dächte. Auch er nimmt an, daß die Gottheit als äußere und innere Ursache, als immanentes Princip und transcendente Ursache nachgewiesen werden müsse. Zugleich versucht er mit großer Schärfe zu zeigen, daß alles Reale auf die Gottheit zurückzuführen sei. Bruno hebt recht eigentlich den Unterschied zwischen dem Bedingten und Unbedingten auf, indem er die untheilbare Einheit des Unbedingten und Bedingten festhält. Ueberdieß lehrt er, daß der Stoff gleiche Realität habe mit dem Kraftthätigen, und daß derselbe ein nothwendiges und ewiges Attribut der Gottheit sei, aber da der Stoff in der Gottheit selber kein bestimmter ist, und alle Formen in sich begreift, habe er deßhalb selber keine Form.

---

in seiner gegen Schelling gerichteten, im Jahre 1811 erschienenen Schrift: „Von den göttlichen Dingen und ihrer Offenbarung" ausgesprochen. Im Spinozismus sah Jacobi die in sich consequente, auf mathematische Genauigkeit sich gründende Darstellung der Alleinheitslehre. Vgl. auch Kuhn, Jacobi und die Philosophie seiner Zeit, S. 79 ff. H. M. Chalybäus, historische Entwickelung der speculativen Philosophie von Kant bis Hegel, 5. Aufl. Leipz. 1860. S. 62 f.

Aus Allem ergiebt sich, daß bei Bruno der Pantheismus in der prägnantesten Weise ausgedrückt ist*), da beide characteristische Momente desselben sich bei ihm finden, sowohl daß alles Endliche nur Modification des Unendlichen sei, als auch daß der Stoff gleichwie der Geist nothwendige Attribute der Gottheit selbst seien. Obwohl nun Brunos System wie der Pantheismus überhaupt an der großen Schwierigkeit leidet, die Identität des Endlichen und Unendlichen, des ewigen und des gespaltenen Seins denkbar zu machen, so läßt sich doch nicht leugnen, daß es einen eben so weit sich ausdehnenden als tief greifenden Einfluß gehabt hat, der bis in unsere Tage hineinreicht. Aber verhältnißmäßig ist dieser auf seine Zeit ein nur geringer gewesen, obschon Bruno das System Spinozas wesentlich vorbereitet hat**). Die Theologie ist wesentlich von diesen Gedankenreihen unberührt geblieben, nicht etwa beßhalb, weil es dieser pantheistischen Philosophie nicht gelingen wollte, ihre Ungedanken klarer zu entwickeln, und der Erkenntniß, dem Verstande, näher zu bringen, sondern wesentlich aus dem Grunde,

---

*) In diesem Sinne hat schon Jacobi bemerkt, daß man schwerlich einen reineren und schöneren Umriß des Pantheismus im weitesten Verstande geben könne, als ihn Bruno gezogen. Hatte Lessing gesagt, es gebe keine andere Philosophie, als die Philosophie des Spinoza, so antwortet Jacobi: das mag wahr sein; denn der Determinist, wenn er bündig sein will, muß zum Fatalisten werden; hernach giebt sich das übrige von selbst.

**) Epist. XXIX. Si quis omnes materiae motus, qui hucusque fuerunt, determinare volet, eos scilicet, corumque durationem ad certum numerum et tempus redigendo: is certe nihil aliud conabitur, quam substantiam corpoream, quam non nisi existentem concipere possumus, suis affectionibus privare et quam habet naturam, ut non habeat, efficare. Opp. Posth. p. 469.

weil sie durch und durch noch theistisch gerichtet war, und sie von vorne herein diesen alle christliche Erkenntniß ausschließenden fremdartigen Grundgedanken abweisend gegenüberstand.

Anders stellt es sich mit derjenigen Richtung, welche damals in der Empirie und Beobachtung eine neue Grundlage für die Philosophie zu gewinnen suchte. Je mehr die exacten philologischen Studien hintenangesetzt wurden, und die Disciplinen, welche sich mit der Kenntniß des Alterthums beschäftigten, zurückgestellt und unterschätzt wurden, desto mehr traten die naturwissenschaftlichen Studien in den Vordergrund, und begannen ihren bedeutsamen, tief eingreifenden Einfluß auf die Philosophie und dadurch indirect auf die Theologie auszuüben, wenn gleich dieser der Natur der Sache nach erst allmälig nachhaltiger sich bemerkbar machen konnte.

Auf philosophischem Gebiete zeigt sich vor Allem das Bestreben, jeder leeren Speculation durch Benutzung der Erfahrung vorzubeugen *). Dies führte aber zur näheren Untersuchung der Fundamente der Erfahrung und der Methode ihrer Erforschung. Abgesehen von dem Ziele, welches Baco von Verulam in seinem Novum organon scientiarum verfolgt, und von dem Streben, eine Architectonik des Wissens aufzustellen, ist er bemüht, eine Methode der Erfahrung zu gewinnen, durch welche sowohl den Irrthümern einer mangelhaften Erfahrung, als auch dem falschen Vernunftgebrauch

---

*) De augmentis scientiarum l. 5, c. 4: Immediate semper per sensum sui veritas cognoscitur, quando uno eodemque mentis opere illud, quod quaeritur, et invenitur et judicatur non per medium aliquod, sed eodem modo, quo fit in sensu.

bei der Ermittelung der Erfahrungserkenntnisse vorgebeugt werde, da er sehr wohl die mannigfachen Täuschungen erkannte, denen wir bei ihnen ausgesetzt sind. Darum ist er bemüht nachzuweisen, wie die Erfahrung durch richtige Versuche geleitet und festgestellt werden müsse. Nicht genug, daß er die Nothwendigkeit zeigt, willkürliche Voraussetzungen zu vermeiden, er fordert auch, daß allgemeine Principien nicht vorangestellt, und daß noch weniger aus ihnen argumentirt werde, weil auf diesem Wege nur Anticipationen sich einschöben und Schlüsse entständen, denen die sichere Grundlage fehle. Daher will er an die Stelle des Syllogismus die Induction gesetzt wissen, da jede Erweiterung des realen Wissens nur sich ergeben werde, wenn man von dem Einzelnen ausgehe.

Baco will eine innere Verbindung zwischen der empirischen und rationalen Methode herstellen. Das Allgemeine ist ihm der Endzweck der Induction *). Der Weg, zu jenem zu gelangen, ist ihm Erkenntniß des Stoffes und der wirkenden Ursachen, so daß wir uns die Aufgabe setzen müssen, in die verborgenen Gestaltungen einzubringen **). Die Kenntniß ihrer Gesetze will er theils auf chemischem, theils

---

*) Novum organon, Libr. II. aphorism 3: Qui causam alicujus phaenomeni in artis tantummodo subjectis novit; ejus scientia non nisi imperfecta adhuc est: ast qui formas novit universales, is naturae unitatem in materiis dissimilibus complectitur.

**) Ibid. Libr. I. aphorism. 105: Inductio, quae procedit per enumerationem simplicem, res puerilis est, et precario concludit, semperque periculo exponitur, ut ab instantia contraria evertatur, non enim pronuntiat, nisi ex his, quae praesto sunt, quae saepe etiam pauciora sunt, quam par est. Ast inductio, quae ad inventionem et demonstrationem scientiarum et artium erit utilis, naturam secare debet per rojectiones et exclusiones debitas. etc.

auf dynamisch mathematischem Wege erreichen. Aber wie sehr auch Baco Alles auf Erfahrungserkenntniß zurückführt, so erkannte er noch durchaus an, daß das Streben der Naturwissenschaften nicht auf die Endursachen gerichtet werden könne, daß vielmehr diese Object der religiösen Betrachtung seien und ihr überlassen werden müßten. Er bringt sehr bestimmt auf die Scheidung der Philosophie und Theologie, und will beide Disciplinen auch in Bezug auf ihre Erkenntnißquelle geschieden wissen. Sein Plan ging darauf hinaus, den ganzen Umfang der Wissenschaft und die verschiedenen sie constituirenden wissenschaftlichen Disciplinen in ihrem Verhältniß zu einander zu bestimmen, aber obwohl die Eintheilung, die er giebt, und das fundamentum divisionis, das er aufstellt und dieser zum Grunde legt, wohl nicht haltbar sein dürfte, so kann doch nicht entschieden genug hervorgehoben werden, daß er stets darauf hinweiset, wie alle besonderen Disciplinen durch die Erkenntniß Gottes erst ihre wahrhaftige, allein feste und dauernde Stütze erhalten *).

Es ist sein Ausspruch bekannt, daß zwar ein oberflächliches Studium der Philosophie vielleicht zum Atheismus verleiten könne, daß aber eine tiefere Beschäftigung mit derselben zur Religion zurückführe **). Darin spricht sich allerdings eine

---

*) De augmentis scientiarum, lib. III, c. 4: Tantum ergo abest, ut explicatio phaenomenorum per causas physicas homines a Deo et providentia abducat, ut potius philosophi illi, qui in iisdem eruendis occupati fuerunt, nullum exitum rei reperirent, nisi postremo ad Deum et providentiam confugerent.

**) De augmentis scientiarum lib. I, 5: Certissimum itaque atque experientia comprobatum: leves gustus in philosophia movere fortassis ad atheismum, sed pleniores haustus ad religionem reducere. Analog ist der Ausspruch De augm. scient. lib. III, c. 4:

richtigere Erkenntniß aus über das Verhältniß beider Wissenschaften zu einander, aber noch bedeutsamer ist, daß er nicht
nur zwischen Glauben und Wissen eine feste Grenze gezogen
wissen will, sondern daß er die Erkenntniß Gottes auf
Offenbarung zurückführt, und alle anderen media ihm trüg-
lich erscheinen, seitdem das Licht der Natur, das uns mitgetheilt war, durch den Fall verfinstert ist *). Auch in dieser
Beziehung steht er Joachim Jungius einigermaßen näher,
obwohl er dessen gläubige Tiefe in der Erfassung und Ergreifung
des Heils in Christo nicht entfernt erreicht. Aber wie bei
ihm, so fand sich auch bei Joachim Jungius das Bedürfniß
durch Hervorhebung der Erfahrung und Induction die naturwissenschaftlichen Studien zu erneuern, zugleich aber auch eine
tiefere Grundlegung der Principien der philosophischen Erkenntniß anzubahnen **). Jungius hat mit ihm die Bekämpfung des falschen Aristotelismus gemein und das Bestreben, zu der Erkenntniß der Grundformen auf dem Wege

---

Neque vero ista explicatio per causas physicas providentiae Dei
quidquam derogat, sed eam potius miris modis confirmat et evehit,
cum utique mirabilius sit, naturam aliud agere et providentiam
aliud exinde elicere, quam si singulis schematibus et motibus natu-
ralibus providentiae characteres essent impressi.

*) Novum organon aphorism. 23., 124: Etenim non leve
quidquam interest inter divinae mentis ideas et humanae mentis
idola h. e. inter veras signaturas et impressiones factas in crea-
turis prout reapse inveniuntur et inter phantasiae placida quaedam inania.

**) Henschel, Janus, Zeitschrift für Geschichte und Literatur der
Medicin: Joachim Jungius, der Baco der Deutschen, J. 1846 S. 814 ff.
G. E. Guhrauer, Joachim Jungius und sein Zeitalter, S. 181 ff.
Krabbe, Aus dem kirchlichen und wissenschaftlichen Leben Rostocks. Zur
Geschichte Wallensteins und des dreißigjährigen Krieges, S. 58 ff.,
S. 143 f., S. 266 ff.; S. 277 ff.

der Zerlegung, der empirischen Beobachtung und der Induction, zu gelangen. Während auf den Universitäten die formale Logik vorherrschend als die eigentliche Philosophie betrachtet wurde, und auch in Rostock die Professio Logices der Lehr- stuhl der Philosophie war, bahnte sich bereits die Erneuerung der Philosophie an sowohl dadurch, daß die Erfahrungs- wissenschaften in ein bis dahin noch nicht stattgehabtes Ver- hältniß zur Philosophie traten, als auch daß sich unter den philosophischen Disciplinen die Metaphysik neu zu gestalten begann.

In der ersten Hälfte des siebzehnten Jahrhunderts treten aber auch schon jene Versuche hervor, allgemein gültige Er- kenntnisse von Gott, von Unsterblichkeit und von Sitten- geboten als angeboren nachzuweisen. Diese Richtung vertritt vorzugsweise Eduard Herbert Graf von Cherbury *), welcher durch Baco scheint Anregung empfangen zu haben. Die Sätze seiner natürlichen Religion ruhen wesentlich darauf, daß jene Erkenntnisse weder durch Offenbarung uns mitge- theilt sind, noch durch Schlüsse von uns erzeugt werden, sondern uns unmittelbar einwohnen. Gelang es ihm auch nicht, für die dem Bewußtsein einwohnenden Erkenntnisse ge- nügende Kriterien nachzuweisen, so war es doch schon einiger- maßen bedeutsam, daß dieselben auf die Merkmale der Allgemeinheit und der Nothwendigkeit zurückgeführt wurden. Dabei fing man jetzt an, diese natürliche Religion, die sich aus solchen Erkenntnissen zusammensetzte, im Christenthum gleichsam wieder hergestellt zu sehen.

----

*) Vgl. dessen Tractatus de veritate prout distinguitur a re- velatione, a verisimili, possibili et a falso. Londini 1624.

Mit diesen Grundanschauungen hängen aber wesentlich diejenigen zusammen, welche von Hugo Grotius auf verschiebenen Gebieten seiner Wirksamkeit vertreten und geltend gemacht werden. Obschon diese vorzugsweise in der Sphäre des Rechts und des Staatslebens Einfluß gewinnen, und eine weitere Verbreitung finden, so liegen doch seinen naturrechtlichen Ausführungen Anschauungen zum Grunde, welche wesentlich die constitutiven Momente der Positivität und der Geschichtlichkeit in Abrede nehmen, und mehr oder weniger geeignet sind, sowohl auf dem Gebiete der Philosophie als auch der Theologie destructiv einzuwirken. Vom Standpunkt einer allgemeinen Religionsphilosophie aus werden die Dogmen des Christenthums vielfach umgedeutet, und wird die geschichtliche Basis dem abstracten Begriff gegenüber mehrfach alterirt. Ueberhaupt zeigt sich, daß abstracte Principien der Positivität und der Geschichtlichkeit gegenüber zur Geltung gebracht werden. Der Umschwung, welcher in dieser Zeit eintritt, macht sich besonders bemerkbar auf dem Gebiete des Rechts und des Staatslebens, wo eine der specifisch christlichen Auffassung, wie die lutherische Kirche sie stets festgehalten hatte, entgegenstehende sich ausbildete.

Schon Melanthon war es, der in seiner berühmten oratio de legibus *) die unter mannigfachen Vorwänden hervorgetretene Abneigung gegen das Studium der Gesetze

---

*) Orationem solemnem ipso quo annis trecentis ante obiit Philippus Melanthon die XIX. mensis Aprilis hora XI. ut celebretur praeceptoris Germaniae et vitae memoria et mortis in publico habendam indicunt Albertinae universitatis Prorector et Senatus. Inest Philippi Melanthonis de legibus oratio denuo edita a Jo. Georg. Theod. Muther, J. N. Dre etc. Regiomonti Prussorum. A. D. MDCCCLX.

bekämpfte und das völlig Unbegründete derselben aufzeigte. Er führt den Gebrauch der Gesetze auf die heilige Schrift zurück, und weist nach, wie dieselbe sich zu ihnen in den verschiedensten concreten Fällen verhält. Ueberall ist es ihm darum zu thun, die auch von Christo anerkannte Objectivität der Gesetze hervorzuheben und somit darzuthun, daß auch das Christenthum nicht mit den bürgerlichen Gesetzen streite. Die Auctorität der Obrigkeiten sieht er enge verknüpft mit dem Schutz der vom Staate recipirten Gesetze. Vor allem hebt Melanthon mit tiefer Einsicht die Bedeutung der überkommenen und geschriebenen Rechte und Gesetze hervor, insbesondere des Römischen, von allen Nationen zu Rathe gezogenen Rechts. Die Erlernung des vorhandenen positiven Rechts wird daher von ihm mit eben so großer Umsicht als Entschiedenheit gefordert. In Allem zeigt Melanthon ein eingehendes Verständniß der Grundlagen des Rechts und seiner geschichtlichen Entwickelung, und es ist dies um so höher anzuschlagen, als gerade in der Zeit, wo er diese Rede hielt, die revolutionaire Bewegung des Bauernkrieges sich gegen die geschriebenen Rechte, insbesondere gegen das Römische Recht, wandte *). Doch vermochte diese Auffassung

----

*) Ueber die erst dem 16. Jahrhundert angehörende unechte Reformation Kaiser Friedrichs III. und über die Tendenz der damals hervortretenden Forderungen, über das Verlangen nach Einführung des jüdischen Nationalrechts anstatt des römischen, und über den gegen die weltliche und noch mehr wider die geistliche Obrigkeit überhaupt sich richtenden Haß der damaligen Agitatoren, vergleiche Homeyer, Ueber die unechte Reformation Kaiser Friedrichs III. im Monatsberichte der Königl. Akademie der Wissenschaften zu Berlin, 1856 2. Juni. Sitzung der philosophisch-historischen Klasse, und Theob. Muther, Zur Quellengeschichte des deutschen Rechts, in der Zeitschrift für Rechtsgeschichte, Band IV., S. 381 ff.

des Rechts auf wissenschaftlichem Gebiete nicht Platz zu greifen; es wird die ungeschichtliche Auffassung des Rechts überall zurückgedrängt, und vollzieht sich immer allgemeiner die Reception des Römischen Rechts. Erst durch Hugo Grotius *) wird in den allmälig hervortretenden Anfängen des Naturrechts von der Geschichtlichkeit des Rechts abgesehen. Er glaubte, völlig von der geschichtlichen Erscheinung desselben abstrahiren zu können. Das Recht als solches wird von ihm als ein natürliches, dem Menschen einwohnendes betrachtet, das aus demselben nur abzuleiten ist **). So wird das Recht in den Menschen selbst verlegt, er wird als die Quelle betrachtet, aus welchem das Recht fließt. Daß ein Gebot Gottes über den Menschen besteht, das sich in der geschichtlichen Rechtsordnung manifestirt, und dem Individuum gegenübertritt, wird von ihm verkannt. Ist aber das Recht ein Ursprüngliches, das dem Individuum zueignet, und wird es bloß aus ihm hergeleitet, so daß das geschichtliche Recht nichts Anderes ist, als die aus den Individuen entnommene und sich vollzogen habende Objectivirung des in ihnen sich findenden Rechts, so sind auch die Grundlagen des Staatslebens, Recht und Gesetz, in bedenklicher Weise von der Auctorität Gottes emancipirt.

Diese Richtung erstarkte im Laufe des siebzehnten Jahrhunderts ungeachtet ihrer mangelhaften Begründung, ja un-

---

*) Vgl. Lehmann, Manes Grotii vindicati II., p. 482 sq. Hugo Grotius von H. Luben, S. 338 ff. Krabbe, Aus dem wissenschaftlichen und kirchlichen Leben Rostocks, S. 381 ff.

**) In dem Werk von Grotius de jure belli ac pacis werden vom Standpunkt des Naturrechtes aus auch die internationalen Verhältnisse der Staaten betrachtet und erörtert.

geachtet ihrer großen wissenschaftlichen Schwäche, da sie mit der Hinneigung der Zeit zu subjectivistischen und rationalistischen Vorstellungen zusammenhängt. Diese rechtsphilosophischen Fragen, welche die Genesis des Rechts und des Staates betrafen *), und in ihrer damals versuchten Lösung den geschichtlichen Bestand wenigstens principiell alterirten, drangen mit der Zeit immer allgemeiner in das öffentliche Bewußtsein ein. Es kam hinzu, daß nothwendig von dieser Rechtsauffassung auch solche Institutionen berührt werden mußten, auf denen wie z. B. auf der Ehe der Bestand des Staates ruht, und von denen, wie z. B. von der Obrigkeit, die Ordnung und Aufrechthaltung des Staatslebens abhängt. Waren nun auch alle Keime der Zersetzung des Bestehenden in dem Naturrecht von Grotius enthalten, so traten dieselben aber noch nicht so sichtbar und am wenigsten in diesen ihren Consequenzen hervor. Dennoch aber mußten diese Principien überall, wo man an dem überlieferten Glauben, an der überkommenen Sitte und an dem geschichtlichen Recht festhielt, Bedenken hervorrufen, und so erklärt es sich, daß auch in dem wissenschaftlichen Leben Rostocks diese Grundanschauungen zur Sprache kamen, einer principiellen Discussion unterzogen, und vielfach vom Standpunkt der Positivität und der Geschichte bekämpft wurden.

Das durch Thomas Hobbes **) aufgestellte Lehrgebäude

---

*) Vgl. über das Naturrecht und über die Widersprüche, mit welchen dasselbe in seiner ganzen Entwickelung zu kämpfen hat: F. J. Stahl, die Philosophie des Rechts nach geschichtlicher Ansicht, Bd. I., S. 91 ff., Bd. II., Abth. 1, S. 131 ff.

**) Vgl. auch über die Fortbildung des von Hugo Grotius begründeten Naturrechts durch Hobbes, Pufendorf, Thomasius, und über

des Materialismus wirkte zwar nicht unmittelbar und sofort practisch ein, aber die Theorie, welche derselbe vom Staate aufstellt, ist nur eine Consequenz jener materialistischen Ansichten, nach denen jeder Mensch mit seinem Streben darauf gerichtet ist, sich so viel Lustempfindung als möglich zu verschaffen, und beziehungsweise sie Anderen zu entziehen. Ist ihm auf solche Weise der natürliche Zustand unter den Menschen ein Krieg Aller gegen Alle, so war dies auch der Gesichtspunkt, aus welchem allein er die Nothwendigkeit der Staatseinrichtungen ableitete *). Er sieht daher den Staat auch nur an als eine Zwangsanstalt, deren Zweck kein anderer ist, als jenen Krieg niederzuhalten, und nicht zum Ausbruche kommen zu lassen. Seine Aufgabe ist, die verschiedenen Interessen auszugleichen, und das äußere Gleichgewicht zu erhalten. Sank dadurch nun der Staat zu einem durch Uebereinkunft gestifteten Institute herab, und barg diese Auffassung sehr bedenkliche Consequenzen in sich, so mußte sie auch von allen denen bekämpft werden, welche vom kirchlichen Standpunkte aus den Staat als eine von Gott gewollte und herbeigeführte Lebensordnung des Volks betrachteten, und diesen von Gott gefügten Bau nicht irgend welcher Zersetzung preisgegeben wissen wollten. Die lutherische Kirche mußte mehr und mehr Bedacht darauf nehmen, eben so wohl die göttliche Stiftung des Staates als die Objectivität der Staatsgewalt zu vertreten.

Es fällt aber in diese Periode noch der große Wende-

---

seinen Abschluß in Kant: Die gegenwärtigen Parteien in Staat und Kirche. Neunundzwanzig akademische Vorlesungen von Stahl. Berlin 1863. S. 14 ff.

*) Krabbe, Der christliche Staat und seine Aufgaben in der Gegenwart. Rostock 1866. S. 7 f.

punkt, welcher in der Philosophie mit Cartesius eintrat *).
Die Philosophie, vom Zweifel ausgehend, suchte sich über
den Weg klar zu werden, auf welchem das denkende Subject
zur Erkenntniß der Wahrheit gelangt. Diese Richtung aber
tritt theils als Reaction auf gegen die in Campanella und
Jordano Bruno vertretene pantheistische Richtung, theils
reagirt sie durch die Geltendmachung des Selbstbewußtseins,
in welchem sich das Denken vollzieht, gegen diejenige Richtung, welche die Erforschung der Natur zum Object hat, und
auf Empirie und Beobachtung ruht. Die Gründung der
philosophischen Forschung auf die absolute Bezweifelung alles
dessen, was nicht unmittelbar gewiß ist, drohte auch auf die
dogmatische Beweisführung eine nicht zu verkennende Rück-
wirkung zu äußern.

Vor Allem aber ist noch darauf hinzuweisen, daß dieser
Zeit das System Spinozas angehört **). Sein tractatus
theologico politicus, der in den Principien der Politik mit
Hobbes zusammenstimmt, ihn aber in denselben noch über-
bietet, handelt von der Offenbarung und den damit zusammenhängenden Begriffen Prophetie und Wunder, und enthält
manche für die Kritik des A. T. schätzbare Gesichtspunkte.
Aber dabei ist sein Hauptaugenmerk auf die Trennung von

---

*) Heinrich Ritter, Die christliche Philosophie nach ihrem Begriff,
ihren äußeren Verhältnissen und in ihrer Geschichte bis auf die neuesten
Zeiten, Bd. II. (Gött. 1859), S. 239 ff. Vorlesungen über Geschichte
der neuern Philosophie von Dr. Kuno Fischer. (4 Bde. Stuttgart
1852—1860.) Bd. I., S. 101 ff.

**) Sigwart, Der Spinozismus, historisch und philosophisch erläutert.
Tüb. 1839. J. Erdmann, Geschichte der neueren Philosophie, I.,
S. 155 ff. Kuno Fischer, Baruch Spinozas Leben und Character.
Heidelb. 1865.

Religion und Staat gerichtet *). Die Religion wird von ihm nicht als Doctrin angesehen, weßhalb er auch die Lehr= sätze in die Philosophie verwiesen wissen will. Es ist ihm aber auch die Religion nicht Cultus, da dieser als Ausbruck der Gesinnung das tugendhafte Leben ist. Das System Spinozas aber, wie es in seiner Ethik vorliegt, war contra= dictorisch gegen die Offenbarung gerichtet, da es das Wissen von Gott und der Welt selbstständig aus sich herleitet. Seine Lehre von der Substanz **), deren Begriff ihm ein unmittel= bar Gegebenes ist, und von den Attributen, welche wir ihr beilegen müssen, der Ausdehnung und dem Denken, führte zu einem Pantheismus, welcher annahm, daß die Gottheit ihrer ganzen Wesenheit nach eingehe in das Bedingte, und in dem= selben Maaße Grund des stoffartigen materiellen Seins sei, als des intellectuellen. Das ewige Werden wird bei Spinoza dem ewigen Sein gleichgesetzt.

Alle diese Lehren Spinozas trugen den tiefsten Gegensatz

---

*) Tractatus theol. polit. c. XVI.: De reipublicae fundamentis; de jure unius cujusque naturali et civili; deque Summarum Potentatum jure, c. XVIII.: Ad haec ergo mala vitanda nihil reipublicae tutius excogitari potest, quam pietatem et religionis cultum in solis operibus, hoc est, in solo exercitio charitatis et justitiae ponere, et de reliquis liberum unicuique judicium relinquere.

**) Ethices Pars I. Propos XI. Deus, sive substantia constans infinitis attributis quorum unumquodque aeternum et infinitam essentiam exprimit, necessario existit. Cogitata Metaphysica Pars II. c. 1: Jam antea docuimus, in rerum natura praeter substantias earumque modos nihil dari; quare non erit hic exspectandum, ut aliquid de formis substantialibus et realibus accidentibus dicamus: sunt enim haec et hujus farinae alia plane inepta. Substantias deinde divisimus in duo summa genera extensionem scilicet et cogitationem, ac cogitationem in creatam, sive Mentem creatam et increatam, sive Deum.

gegen die Offenbarung, ja die Zerstörung des Offenbarungs=
glaubens in sich. Wahre Gottesverehrung konnte da nicht
stattfinden, wo man sich selbst für eine Modification der
Gottheit hielt. Auch war Spinozas Lehre von der Freiheit
und Zurechnung nicht vereinbar mit den Thatsachen des sitt=
lichen Bewußtseins. So kann daher mit Fug gesagt werden,
daß schon in dieser Periode, die negativen Tendenzen der
Philosophie eine solche Höhe erreichten, daß sie später kaum
stärker hervorgetreten sind und sich geltend gemacht haben.
Die Theologie ward genöthigt, mehr und mehr sich ihrer zu
erwehren *).

*) Vgl. auch Heinrich Ritter, Geschichte der christlichen Philosophie,
Bd. VII., S. 3 ff. W. Gaß, Geschichte der Protestantischen Dogmatik
in ihrem Zusammenhange mit der Theologie, Bd. II., S. 221 ff.

Dritter Abschnitt.

Stand und Entwickelung der homiletischen Literatur in der luthe=
rischen Kirche. Luthers und Melanthons Stellung zur Homiletik.
Die Postillen=Literatur. Die Predigt=Methoden jener Zeit. Johann
Arndt und sein Einfluß in formeller und materieller Beziehung
auf die Predigt.

Es wird aber nothwendig sein, daß wir hier noch den
Stand der practischen Theologie ins Auge fassen, den diese
in der Mitte des siebzehnten Jahrhunderts einnahm. Als
eigentliche wissenschaftliche Disciplin innerhalb des ganzen
Organismus der theologischen Wissenschaft datirt die practische
Theologie bekanntlich viel später. Dennoch treten uns constitu-
tive Elemente der verschiedensten Art entgegen und zwar schon in
der patristischen und scholastischen Periode. Sie tragen zwar
noch nicht den streng wissenschaftlichen Character an sich, und
beschränken sich meist auf Winke für die practische Amtsführung, aber sie bereiten doch die einzelnen Disciplinen der
practischen Theologie, insbesondere die Katechetik und Homiletik
vor, und bieten zugleich reiche Schätze katechetischen, vorzugsweise aber homiletischen Substrates dar *). Waren auch

---

*

*) So Alanus ab insulis in der summa de arte praedicatoria.
Es begegnet uns schon bei Albertus Magnus die Synthesis der Predigt,
und hängt dies wohl damit zusammen, daß er überhaupt auf philoso-

die Anfänge des Mittelalters der Predigt und ihrer Entwickelung höchst ungünstig gewesen, so daß die Kirche in dieser Beziehung fast nur von dem Ueberkommenen lebte, so finden sich doch in der späteren Zeit des Mittelalters unter dem Einflusse der scholastischen Theologie vereinzelte Versuche, auf die Entwickelung des homiletischen Stoffes in der Predigt systematisirend einzuwirken.

Die Reformation aber war es, welche, wie sie die Kirche und die Theologie erneuerte, so auch auf die Predigt regenerirend einwirkte, und mit frischem Lebensinhalte aus dem Worte Gottes erfüllte. Das kirchliche Lehrwesen erfuhr eine völlige Umgestaltung, die Predigt trat in die Mitte desselben, und je lebendiger sich durch den mächtigen, Alles erneuernden Einfluß der Reformation die kirchliche Lehrthätigkeit gestaltete, desto zahlreicher wurden die Predigten, desto mannigfacher je nach dem Predigtstoffe, der behandelt wurde, ihre Arten und Formen. Luther selbst durchbringt das homiletische Substrat mit der Kraft des persönlichen Glaubens an das Verdienst Christi. Seine Ueberzeugung, daß es nothwendig sei, das Wort Gottes den Gemeinden nahe zu bringen, veranlaßte seine Kirchenpostille oder Auslegung der Evangelien und Episteln auf alle Sonn- und Fest- und Heiligentage, die in vier Theile zerfällt, so daß der erste Theil die Episteln und Evangelien an den Sonntagen von Advent bis Ostern, der zweite Theil die epistolischen und evangelischen Texte der fürnehmsten Feste der Heiligen, der dritte Theil die Texte von Ostern bis Advent und der vierte Theil die Heiligentage, welche in diese

---

phischem Gebiete die Logik mit Vorliebe anbaut, die ihm in die Lehre vom Einfachen, dem Objecte der Definition, und in die Lehre von der Zusammensetzung, der Beweisführung, vorzugsweise zerfällt.

Zeit fallen, umfaßt. Der Text, in dessen Tiefen er insgemein eingeht, erfährt eine den Bedürfnissen der Gemeinden gemäße Behandlung, und seine ganze volksthümliche Persönlichkeit giebt auch seiner geistlichen Beredtsamkeit eine körnige Kraft und seiner practischen Entwickelung des Predigtstoffes eine individuelle und concrete Haltung, welche zugleich die Verhältnisse des Lebens in Bezug nahm, dieselben klar, scharf und prägnant auffaßte, und sie bei der geistlichen Anwendung des Textes zu benutzen, und in das rechte Licht zu setzen wußte *). Das Wort Gottes gewinnt durch ihn in der Predigt wiederum eine das Gemeindeleben erfassende und durchdringende Macht **).

Der ganze Gang der Studien Melanthon's erklärt es zur Genüge, daß er bei seiner Kenntniß und Werthschätzung

---

*) Aus den zahlreichen Sammlungen der Predigten Luthers sind Auszüge veranstaltet worden: Benjamin Lindner, Das Nutzbarste aus den gesammelten Schriften des sel. Dr. M. Luther in umständlicher Auslegung alles dessen, was darin zur Erbauung dienen kann. Salfeld 1738. 9 Bde.

**) J. L. Mosheim, Anweisung, erbaulich zu predigen. Erl. 1763 S. 75 ff. Philipp Heinrich Schuler, Beiträge zur Geschichte der Veränderungen des Geschmackes im Predigen unter den Protestanten von der Reformation bis auf jetzt. Halle 1799. S. 6 ff. C. F. Ammon, Geschichte der Homiletik seit der Wiederherstellung der Wissenschaften. Göttingen 1804. Th. I. C. G. H. Lentz, Geschichte der christlichen Homiletik, ihrer Grundsätze und der Ausübung derselben in allen Jahrhunderten der Kirche. Th. II. S. 18 ff. C. F. G. Schenk, Geschichte der deutsch-protestantischen Kanzelberedtsamkeit bis auf die neuesten Zeiten. Berl. 1841. W. Beste, Die bedeutendsten Kanzelredner der älteren lutherischen Kirche von Luther bis zu Spener. Bd. I. Leipz. 1856 (auch unter dem Titel: Die Kanzelberedtsamkeit der lutherischen Kirche des Reformations-Zeitalters) Bd. II. Die nachreformatorischen Kanzelredner der] lutherischen Kirche des 16. Jahrhunderts. Leipz. 1856.

der classischen Rhetorik *) ihre Formen, Normen und Regeln auch auf die kirchliche Beredtsamkeit übertrug, und sie für die kunstmäßigere Einrichtung, Ordnung und Gruppirung der Predigt zu verwerthen suchte. Die Genesis der synthetischen Predigtmethode dürfte daher wohl auf ihn zurückzuführen sein, wenn dieselbe auch erst später in ihren Consequenzen von Melanthons Schülern ausgebildet ist. Wenn bei Luther die textuelle Predigt vorwaltete, und sein Augenmerk auf die Auslegung und Anwendung des Textes vorzugsweise gerichtet war, weil die Rücksicht auf den Inhalt bei ihm überwog, so lag es der ganzen Eigenthümlichkeit Melanthons nahe, auf den Bau der Rede nach dem Muster der classischen Rhetorik, insbesondere aber auf die Form der Entwickelung Gewicht zu legen **). Darin aber, kam die ganze homiletische Lehrthätigkeit der Reformationszeit überein, daß alle Predigten sich auf das Wort Gottes gründeten, daß sie aus ihm geschöpft, und auf der Seele Noth und ihre Heilung vom sündlichen Verderben gerichtet waren.

Als die Regeneration der Predigt nach dieser Seite hin im reformatorischen Zeitalter sich vollendet hatte, mußte allmälig mehr und mehr das Bedürfniß hervortreten, den Begriff und die Gliederung der Predigt schärfer ins Auge zu fassen und über den Zweck der Predigt, was sie als Aufgabe

---

*) Im Jahre 1519 erschien Melanthons Rhetorik in drei Büchern.

**) Vgl. auch Des. Erasmi Ecclesiastes sive de ratione concionandi. Bas. 1535. ed. Klein. Lips. 1820. Crome, Theoretisch-practische Anleitung zur Vervollkommnung der geistlichen Beredtsamkeit durch das Studium der alten Classiker. 2. A. Hannov. 1838. G. C. J. Hoffmann, Philosophie der Rede oder Grundlinien der Rhetorik. Stuttg. 1841.

verfolgen und leisten solle, ins Klare zu kommen. So entstehen die verschiedenen Versuche eines Andreas Hyperius *), eines Hieronymus Weller **) und Anderer, eine Homiletik aufzustellen, die sich indessen überwiegend nur mit der Form des Predigens beschäftigten ***). Doch ist ihnen die Predigt noch wesentlich Schriftauslegung für die Gemeinde, und in diesem Sinne erörtern sie auch den Inhalt der Predigt. Im Uebrigen aber werden von denjenigen Schriftstellern, welche das Lehrwesen der Kirche in Betracht ziehen, diejenigen Regeln zusammengestellt, deren Befolgung zur Erreichung des eigentlichen Zweckes der Predigt gefordert werden müsse. Hier findet sich auch schon die Forderung des Textwortes für die Predigt, sowie daß alle ihre Ausführungen und Beweise sich auf die Schrift zu stützen haben, um aus ihr heraus alle Argumente für die vorangestellten Hauptgedanken der Entwickelung aufzustellen.

Auf Luthers Postillen folgten die Postille von dem Professor der Theologie zu Wittenberg J. Avenarius (Habermann) †) und die Postille oder Erklärung der ordentlichen Sonn- und Festtags-Evangelien von Martin Chemnitz ††),

---

*) Andreas Hyperius, De formandis concionibus sacris seu de interpretatione scripturae sacrae populari. Marb. 1553.

**) Hieronymus Weller, Modus et ratio concionandi. Norimb. 1562.

***) Nicolaus Hemming, Pastor oder Unterrichtungen, wie ein Pfarrherr und Seelsorger in Lehr. Leben und Wandel sich christlich verhalten soll. Leipz. 1566.

†) Jena 1575. Fol., in welcher eine äußerst populäre Auslegung der Evangelien und Episteln gegeben wird.

††) Magdeb. 1592. Fol. Die homiletische Thätigkeit richtete aber auch ihr Augenmerk auf das geistliche Bedürfniß der einzelnen Stände. So entstand die Bauernpostille des Dr. Lucas Osiander, Abt zu Adel.

in denen sich noch unverkennbar das Bestreben zeigt, in einfacher und herzlicher Bezeugung das Wort Gottes zu verkündigen, und an die Herzen zu bringen. Doch wird die
practische Schriftauslegung allmälig verlassen, und wird der
homiletische Stoff unter eine Menge abstracter Regeln gestellt, welche nicht geeignet waren, die Predigt zu beleben
und fruchtbar zu machen. Veit Diebrich, Pastor zu St. Se-
balbus in Nürnberg, machte jedoch in seiner Kinderpostille
und Hauspostille *) den Versuch, die lautere Milch des
Evangeliums den einfachen und geringen Leuten zu geben,
ihnen den Gegensatz gegen die Römische Kirche zu verdeut-
lichen, und sie zum Gebet und zur Fürbitte anzuleiten und
zu vermahnen.

Es blieb aber nicht aus, daß die homiletische Kunst diesen
Weg der Beweisführung zu einseitig einschlug, und die rhetorischen Regeln des Alterthums auch da anwandte, wo doch
der christliche Inhalt, das Object, um welches es sich in der
Predigt handelt, einen anderen Standpunkt und eine andere
Art der Behandlung erforderte, als die argumentative und
rhetorische Art, deren man sich in den Vertheidigungsreden
des Alterthums bedient hatte. Allmälig entfernte man sich
auch von dem früheren Bestreben, den Inhalt des Textes
nach allen Seiten aus einander zu legen und practisch anzu-

---

berg in Würtemberg, welche für das einfältige christliche Volk auf den
Dörfern berechnet war, und sich insbesondere vorsetzte, diesem das Schriftwort klar und faßlich auszulegen. Aus derselben Tendenz ging die
Bergpostille des M. Joh. Matthesius hervor, welche, obwohl für die Berg-
leute der Bergstadt Joachimsthal bestimmt, doch neben ihrem einfachen und
herzlichen Ausdruck nicht selten zu hoch greift.

*) Die Hauspostille ist neu herausgegeben von J. T. Müller.
Stuttg. 1845.

wenden. Dogmatische und polemische Ausführungen traten dafür an die Stelle.

Man fing an, sich einer besonderen Terminologie zu bedienen, und gefiel sich nicht selten in den willkürlichsten Distinctionen. Die homiletische Topik, welche in den verschiedenen homiletischen Lehrbüchern aufgestellt wurde, wußte nur ganz allgemeine und höchst unfruchtbare Kategorien und Gesichtspunkte anzugeben, nach denen der geistliche Predigtstoff behandelt und methodisch aus einander gelegt ward *). Nimmt man die Masse der Theile und der Untertheile hinzu, in welche man nach dem Eingange, dem Exordium und dem Transitus, den homiletischen Stoff, sowohl was seine Ausführung als was seine Anwendung anlangt, zerfallen ließ, so begreift sich, wie die Predigt, welche von keiner lebendigen Einheit des Gedankens getragen und zusammengehalten wurde, ihres Zweckes verfehlte. Die verschiedenen Predigt-Methoden bezogen sich entweder auf die Eintheilung und Erklärung des Textes und dessen Paraphrase, oder auf die Art und Weise, in welcher einzelne hervorragende Theologen den Text sachlich oder formell behandelt, oder das Thema direct oder geschichtlich oder allegorisch gefaßt hatten und zu bestimmen pflegten **).

----

*) Philipp Heinrich Schuler, Geschichte der Veränderungen des Geschmacks im Predigen, insonderheit unter den Protestanten in Deutschland, mit Actenstücken im Auszug belegt. Th. I. Von der Reformation bis auf Speners Zeiten und Stiftung der Hallischen Universität. S. 180 ff. C. J. Nitzsch, Practische Theologie Bd. II., Abth. 1, S. 18 f.

**) Instructiv in mancher Beziehung sind auch die Streitschriften, welche zwischen den Orthodoxen und Pietisten über die verschiedenen Predigt-Methoden gewechselt worden sind. Denn wenn sie auch meistens die Frage nach der Erbaulichkeit und Erwecklichkeit der Predigten behandeln, so weisen sie doch mehrfach hin nicht bloß auf den damaligen,

Die ganze Menge rhetorisch gangbarer Unterscheidungen wurde herangezogen, um daraus neue und möglichst prägnante Predigt-Methoden abzuleiten, ohne daß dadurch die Predigt selbst als Heilsverkündigung etwas gewann *). Selbst auf den einzelnen Universitäten hatten sich verschiedene Predigtformen gebildet, die sich mehr oder minder entgegenstanden, oft aber auch sehr fließender Art waren, und in einander übergingen, so daß auch nicht selten diese Predigt-Methoden, wenn sie ganz willkürlich dieser oder jener Universität beigelegt wurden, nur als Aushängeschilder dienten, sei es nun, um von vorneherein ein günstiges Vorurtheil für sich zu erwecken, sei es, um einen bestimmten Gegensatz oder eine bestimmte Richtung anzudeuten. Aber freilich konnte durch dies Alles die Predigt als Heilszeugniß nur verlieren; der Nerv ihrer Wirkung wurde durch die Form, in welcher sie vielfach auftrat, und durch das Beiwerk, mit welchem sie meistens umgeben war, gelähmt. Die allmälig herrschend werdende Sitte, lateinische, griechische und hebräische Citate, überhaupt gelehrte Ausführungen der Predigt einzufügen, mußte der Predigt den Character des Gemeinbemäßigen nehmen, den sie bis dahin bewahrt hatte. In dem steifen, fremdartigen Zuschnitt dieser Predigtmethoden mußte der geist

---

sondern auch auf den voraufgehenden Stand der Predigt-Literatur und insbesondere auf die bis dahin inne gehaltene Predigtweise. Vgl. Joach. Lange, Oratoria sacra. Francof. 1707, und gegen diese Schrift: Val. Ernst Löscher im Breviarium homileticum. Viteb. 1720.

*) Vgl. auch A. H. Schott, Theorie der Beredtsamkeit mit besonderer Anwendung auf die geistliche Beredtsamkeit, in ihrem ganzen Umfange dargestellt. Lpz. 1815—28. 2. Aufl. 1828—1847. 3 Bde. in 4 Abth. F. Theremin, Die Beredtsamkeit, eine Tugend, oder Grundlinien einer systematischen Rhetorik. Berl. 1814. 2. Aufl. 1837.

lliche Pulsfchlag ber Predigt nothwendig leiben. Verlor fich auch nicht bas Bewußtfein ganz, baß es fich in ber Predigt um ber Seelen Seligkeit handelte, fo trat es boch fehr zurück, und ber tiefe Ernft evangelifchen Zeugniffes wurde in ihnen nicht felten vermißt *).

Dennoch aber wirb fich nicht leugnen laffen, baß bei bem Reichthum an homiletifchen Lehrformen, welche bie lutherifche Kirche ausgebilbet hatte, und bei bem Eifer, mit welchem bie Predigt gepflegt wurde, bas kirchliche Lehrwefen zu noch kräftiger Entwickelung unb zu tiefer gehenber Einwirkung hätte kommen müffen, wenn nicht theils bie Unterweifung ber Jugenb im Katechismus unb bie Erklärung beffelben höchft mangelhaft gewefen **), theils auch bie fchriftauslegenbe Predigt, woburch bie Gemeinbe näher in bie Kenntniß ber heiligen Schrift unb ihres Zufammenhanges eingeführt wurbe,

*) Im Gegenfaße hierzu beginnt bie in neuerer Zeit ftattgehabte Umgeftaltung unb geiftliche Erneuerung ber Homiletik mit G. A. F. Sickel, Grunbriß ber chriftlichen Halieutik ober einer auf Pfychologie unb Bibel gegrünbeten Anweifung, burch Predigten bie Menfchen für bas Reich Gottes zu gewinnen, insbefonbere aber mit R. Stier, Kurzer Grundriß einer biblifchen Keryktik ober Anweifung, burch bas Wort Gottes fich zur Predigtkunft zu bilben. Halle 1830. 2. A. 1844. Erft allmällg beginnt ber kirchliche Character ber Homiletik fich wieberum zu entwickeln. Ch. Palmer, Evangelifche Homiletik. Stuttg. 1842. 4. A. 1857 bilbet ben Uebergang, obwohl bie homiletifchen Werke von W. Schweizer, Guft. Baur, K. F. Gaupp unb J. H. F. Beyer theils ben reformirten Character, theils ben Character ber mobernen Theologie an fich tragen, unb fomit noch immer ben kirchlichen Typus ber Predigt-Construction unb bie kirchlichen Grundlagen ber Predigt vermiffen laffen.

**) Vgl. über ben feelforgerlichen ober Kirchen-Katechumenat fowie über bie fonntäglichen Katechifationsgottesbienfte: Carl Abolph Gerharb von Zezfchwiß, Syftem ber kirchlichen Katechetik. Erfter Banb: Der Katechumenat ober bie Lehre von ber kirchlichen Erziehung nach Theorie unb Gefchichte. S. 413 ff.

in weiten Kreisen, namentlich auf dem Lande, fast ganz
zurückgetreten wäre. Es bedurfte der Zurückführung der
Predigt in allen ihren gangbaren Formen auf den frischen
Quell des göttlichen Worts und zugleich unter Beiseitesetzung
alles äußeren Beiwerks der Vertiefung in den göttlichen
Rathschluß der Erlösung und in die Ordnung des Heils.
Dies kräftig angebahnt zu haben ist das wesentliche Verdienst Johann Arndt's *), welcher in dieser Beziehung recht
eigentlich der Vorgänger Heinrich Müllers ist, welcher den
Weg einschlug, auf welchem ihm Müller in seiner ihm eigen-
thümlichen Art folgte.

Die schweren Zeitverhältnisse und die ungeachtet derselben
damals auf das heftigste in der lutherischen Kirche statt-
findenden theologischen Händel und Streitigkeiten mußten auf
das kirchliche Leben einen betrübenden Einfluß üben. So
nothwendig auch die Polemik gegen diejenigen häretischen
Richtungen war, welche die reine Lehre zu zersetzen drohten,
so hatte darunter doch die Pflege der innern Heilserfahrung
gelitten, wenigstens war in den Gemeinden der tiefere geistliche Verstand des Evangeliums wenn auch nicht geschwunden,
doch vielfach verringert worden. Arndts ganze Predigtweise
war darauf gerichtet, das Wort Gottes wiederum den Gemeinden in möglichst einfacher und schriftmäßiger Form nahe
zu bringen und werth zu machen, und sie durch das gepre-
digte Wort, welches sich immer und überall bei ihm auf die
Zeugnisse der heiligen Schrift gründete, in den Heilsrath
einzuführen, den lebendigen, rechtfertigenden Glauben zu wecken,

---

*) Johann Arndt, weiland General-Superintendent des Fürsten-
thums Lüneburg. Ein biographischer Versuch von Friedr. Arndt.
S. 126 ff.

und dadurch auch rechtschaffene Gottseligkeit, Früchte der Gerechtigkeit in den Gemeinden, zu pflanzen *).

Aller Wort-Kunst entgegen war er vor Allem bestrebt,
in einfacher, erbaulicher Weise die Weisheit, die zum Himmel-
reiche gelehrt ist, schriftgemäß vorzutragen. Wahre Buße
und lebendiger Glaube an die durch Christum erlangte Vergebung der Sünden, die tägliche Erneuerung des Herzens
durch das Wort Gottes und das Fruchtbringen aus solchem
geistlichen Samen, das waren die Hauptstücke, welche in
allen seinen Predigten eingeschärft werden. War es ihm
dabei zu thun vor Allem um die Erbauung des innerlichen
Menschen, um das Sterben Adams in uns und um das
Leben Christi in uns, um die brünstige Liebe Gottes und
des Nächsten, um die rechte Weltabsagung und um die Ergreifung des himmlischen Erbes, so wußte er in dieser Darlegung des ganzen christlichen Lebens mit großem Geschick

---

*) In der Vorrede zu seiner christlichen Auslegung und Erklärung
der evangelischen Texte, in welcher Arndt die Ursachen vermeldet hat,
warum er diese Auslegung über die Sonntags- und Fest-Evangelien an
den Tag gegeben hat, führt er als die fünf wichtigsten und nöthigsten
Punkte der ganzen Theologie und christlichen Religion, die in diesen
Predigten getrieben werden, an: 1. Erkenntniß der Sünde und seiner
selbst, wie gründlich böse das Menschenherz sei. 2. Erkenntniß der
menschlichen Nichtigkeit, wie gar nichts er von sich selber sei. 3. Erkenntniß der unaussprechlichen Gnade Gottes in Christo Jesu unserm
Herrn. 4. Den rechten Verstand des Glaubens im Artikel der Rechtfertigung vor Gott, nämlich daß sich der wahre, lebendige, seligmachende
Glaube einzig und allein gründet auf Gottes Gnade und Barmherzigkeit
in Christo, und daß er müsse lauter, rein und unbefleckt sein. 5. Die
reine, lautere, brünstige und getreue Liebe des Nächsten, daß ein jeder
Mensch lerne, daß ihn Gott erstlich zu seiner göttlichen Erkenntniß und
Ehre geschaffen, und darnach zu einem Werkzeug seiner Gnaden und
Gaben, und dessen soll sich ein Christenmensch freuen, daß er ein Werkzeug Gottes sein möge, durch welches Gott Andern viel Gutes thue.

die Historien des Alten und des Neuen Testaments heranzuziehen, und in die Entwickelung des Predigtstoffes zu ver-
flechten *). Auch in der allegorischen und symbolischen
Deutung derselben geht er seiner Zeit voran, obwohl sie bei
ihm noch einfacher und ungekünstelter auftritt, als dies später,
auch in den Predigten Müllers, der Fall ist. Dem bloßen
Wissen von Gottes Wort stellt er die lebendige, thätige
Uebung, die geistliche Erfahrung des inwendigen Menschen
gegenüber. Es ist die Praxis des wahren Glaubens, in
welchem alle christlichen Tugenden enthalten sind, die Arndt
vertritt. Da Christus ihm der Weg und die Wahrheit und
das Leben ist, ist auch der rechtfertigende Glaube an ihn der
Mittelpunkt aller seiner Predigten. Und so wenig entfernt

---

*) Vorzugsweise kommt die Postille Arndts in Betracht, welche
reichen Segen gestiftet hat; sie besteht aus vier Theilen, und enthält
nach der Lüneburger Ausgabe vom J. 1644 im Ganzen 340 Predigten
über die Evangelien der Sonntage und vornehmen Feste des Kirchen-
jahres, über die Historie des Leidens und Sterbens unseres Herrn Jesu
Christi, sowie über viele Texte des A. und N. Testaments. Außerdem
erschien Arndts Auslegung des ganzen Psalters in 451 Predigten mit
einer Vorrede D. Joh. Gerhards 1617. Auslegung des Catechismi
Lutheri in 60 Predigten, und Auslegung in 8 Predigten. Auslegung
der Haustafel in 10 Predigten. Außer einzelnen Huldigungs-, Land-
tags- und Leichenpredigten sind noch zu nennen: Zehn lehr- und geistreiche Predigten von den zehn grausamen und schrecklichen ägyptischen
Plagen, was maßen alle solche Plagen geistlicher Weise vor dem Ende
der Welt wiederkommen und über das menschliche Geschlecht, insonderheit über die jetzt verstockte böse Christenheit ergehen und verhängt
werden sollen. Vgl. die Gesammt-Ausgabe der Schriften Arndts, Leipzig
und Görlitz. 3 Bde. Fol. 1734—36, und die Uebersicht sowohl der
ächten als ihm mit Unrecht beigelegten Schriften bei Fr. Arndt, Johann
Arndt, weiland General-Superintendent des Fürstenthums Lüneburg.
S. 197 ff. De Joanne Arndio ejusque libris de vero christianismo
von H. L. Pertz. Hannover 1852. A. Tholuck, Lebenzeugen der
lutherischen Kirche. S. 261 ff.

er sich in der stofflichen Entwickelung dieses Artikels von dem Lehrbegriff der lutherischen Kirche, daß er sowohl in demselben als auch im Artikel vom freien Willen sich auf das engste sachlich an die Exposition der symbolischen Bücher anschließt, und mit Ausschließung des katholischen Irrthums eben so sehr die majoristische als synergistische Lehre bestreitet. Alle Predigten aber haben als letztes Ziel die Seligkeit des Menschen und Gottes Ehre vor Augen.

In formeller Beziehung finden wir bei Arndt*) ein Zurückgehen auf größere Einfachheit sowohl in der Anlage als auch in der Durchführung. Die Predigt ist thetisch, und disponirt ihren Stoff eben so kurz und gewandt, als in meist scharfer und prägnanter Weise. Die insgemein klare und übersichtliche Disposition wird festgehalten, und die Ausführung im Einzelnen läßt überall den tief gegründeten geistlichen Lehrer des Evangeliums erkennen, dem es hauptsächlich um die innere Erfahrung des Heils zu thun ist. Die bereits von uns erwähnte Sitte der Citate theilt auch Arndt, aber sie ist doch nicht so störend, daß die Einheit der Gedanken und der geistliche Character der Predigt darunter litte. Die reiche Schriftkenntniß, die sich überall durch die treffliche Auswahl geeigneter Schriftstellen bemerkbar macht, erweiset sich auch in ihrer Erklärung, so daß der Text treffend auseinandergelegt, und durch Heranziehung und Entwickelung von Parallelstellen erläutert wird. Dabei hat Arndt sein Augenmerk auch darauf gerichtet, die Uebereinstimmung des Alten und Neuen Testaments darzuthun, und insbesondere die Er-

____

*) Vgl. auch das Lehrbuch eines Schülers von Arndt: W. Baier, Compendium theologiae homileticae. 1677.

füllung der Weissagungen und Vorbilder, in denen Moses und die Propheten von Christo zeugen, als in ihm erfüllt aufzuweisen. Die Bezugnahme auf das Alte Testament war ihm gerade deßhalb so wichtig, auf daß man sehe, wie herrlich und tröstlich das Alte Testament in dem Neuen erfüllet sei.

Die Ursprünglichkeit des innern geistlichen Lebens, das die ganze Persönlichkeit Arndts characterisirt, spiegelt sich auch in seinen Predigten ab*). Die Glaubenswahrheiten werden in denselben von ihm mit einer Wärme bezeugt, welche erkennen läßt, daß sie in ihm zu einer Macht des Lebens geworden waren. Dabei wird die Disposition stets innegehalten, und die Theile werden auseinandergelegt, aber nicht selten gehen dieselben ziemlich äußerlich neben einander her, wenn sie auch im Großen und Ganzen durch das aus dem Text hergeleitete Thema zusammengehalten und zu einer Einheit verbunden werden. Ueberall aber ist es ihm als

---

*) Eine neue Ausgabe der Postille erschien unter dem Titel: Johann Arndts, weiland des Fürstenthums Lüneburg General-Superintendenten und Pfarrherrn zu Zelle, christliche Auslegung und Erklärung der evangelischen Texte, so durch das ganze Jahr an den Sonntagen und vornehmen Festen geprebigt werden, mit sonderem Fleiße zur Fortpflanzung des wahren Glaubens, Uebung der reinen Liebe, Bekräftigung der lebendigen Hoffnung, Erneuerung des inwendigen Menschen, Erweckung wahrer Gottseligkeit und eines heiligen christlichen Lebens und Erbauung des wahren Christenthums gestellet. In einer neuen, nach der Lüneburger Ausgabe vom Jahre 1644 veranstalteten, einhundert und elf vollständige, auf die Sonntage und Festtage geordnete, von Neuem durchgesehene Predigten enthaltenden Auswahl abermals an das Licht geförbert. Mit dem kurzen Lebenslaufe und dem Bildnisse des Verfassers. Gütersloh 1852. 4. Diese Ausgabe ist ein Auszug aus der ursprünglichen Postille Arndts, welche im Ganzen 340 Predigten enthält, und zuerst im Jahre 1615 erschien, gleich darauf zu Jena 1617 und 1624.

einem rechtschaffenen evangelischen Lehrer darum zu thun, dem HErrn Jesu Christo Seelen zu gewinnen. Ihn predigt er, nicht sich. Und darin liegt die Macht seiner Predigt, daß, wie sie geschöpft ist aus dem Worte Gottes und mit dem Zeugnisse der lutherischen Kirche zusammenstimmt, sie mit großer geistlicher Kraft alle um ihre Sünde und Schuld geängstigte und angefochtene Seelen mit dem Troste der Vergebung der Sünden erquickt, und sie in der Rechtfertigung allein durch den Glauben ihrer Seligkeit gewiß macht. Er selbst hatte die tiefste Erfahrung vom wahren Christenthum, und darum konnte er auch in rechter Weise auf solche Erfahrung im Glauben dringen. Daß der Glaube an Christum auch ein Leben in Christo bedinge, und zur nothwendigen Folge habe, war eine Grundvoraussetzung, die sich in allen seinen Predigten findet, und diese innere Stellung Arndts erklärt seinen gesegneten, weit über seine Zeit hinausgehenden Einfluß. Die lutherische Kirche ging mit ihm in eine pastorale und ascetische Richtung ein, welche sich in Heinrich Müller in eigenthümlich ausgeprägter Weise fortsetzte.

Vierter Abschnitt.

Zustände während des dreißigjährigen Krieges. Heinrich Müllers
Geburt in Lübeck. Die Verhältnisse des elterlichen Hauses in
Rostock. Müllers Erziehung und gelehrte Vorbildung durch Nigrinus
und Fabricius. Studien unter Lütkemann und Quistorp. Besuch
Greifswalds. Abschluß des Westphälischen Friedens. Einfluß
desselben auf die Universitäts= und Studien-Verhältnisse. Rückkehr
nach Rostock und Erlangung des Magisteriums. Müllers gelehrte
Reise. Aufenthalt und Beziehungen in Danzig, Königsberg, Leipzig,
Wittenberg und Jena.

Inmitten der tiefsten Noth des dreißigjährigen Krieges,
welcher fast überall das kirchliche Leben zersetzt, seine Grund=
lagen zerstört und Uebelstände schreiender Art hervorgerufen
hatte, sollte der Mann das Licht der Welt erblicken, welcher
von dem HErrn der Kirche recht eigentlich dazu erschen war,
durch sein lebendiges, geistliches Zeugniß sowohl unmittelbar
auf die Abstellung kirchlicher und sittlicher Nothstände hinzu=
wirken, und die Regeneration des kirchlichen Lebens seiner
Zeit mit herbeizuführen, als auch insbesondere mittelbar
durch die Kraft seiner gläubigen, aus dem Worte heraus=
zeugenden Predigt, welche den heilsbedürftigen und theilweise
auch heilsbegierigen Herzen den lebendigen und vollkommenen
Trost des Evangeliums in frischer und geistlich anfassender
Weise darzureichen wußte, auf Generationen hinaus bis in

die Gegenwart hinein das innere Leben der lutherischen Kirche zu erneuern, und mit den rechten Heilsmitteln zu durchdringen. Die tiefen Gebrechen der Zeit, welche durch die langwierige Kriegsnoth hervorgerufen waren, und wesentlich damit zusammenhingen, daß ein Geschlecht herangewachsen war, welches theilweise unter dem Einflusse der fast allgemein herrschenden Verwilderung und Entsittlichung der kirchlichen Erziehung und Führung entwöhnt war, sollten von Innen heraus gehoben, und allmälg geheilt und beseitigt werden.

Die Pflanzung eines neuen geistlichen Lebens in der lutherischen Kirche konnte sich aber nicht vollziehen durch die alleinige Vermittelung der theologischen Wissenschaft. Zu tief waren die Schäden der Kirche, welche in Folge des Krieges eingetreten waren. Das Volksleben selbst war von ihnen ergriffen. Es mußten die Verkehrtheiten und Sünden der Zeit mit dem Worte Gottes gestraft, aber es mußten auch wiederum vor Allem die Wurzeln des kirchlichen Lebens durch die Predigt der Buße und des Glaubens an das in Christo der Welt geschenkte Heil gelegt, und mächtig eingesenkt werden in das Bewußtsein der Zeit, um der stattgehabten Verwüstung in der Kirche zu wehren, und sie aufs Neue zu erbauen. Es bedurfte einer Persönlichkeit, der es gegeben war, mit heiligem Ernste und selbstentäußernder Liebe aus dem Glauben und Leben der lutherischen Kirche heraus den Heilsrath Gottes zur Seligkeit lebendig zu bezeugen, und mit der zündenden und weckenden Kraft des Wortes die Herzen zu erfassen, und ihnen den ganzen Reichthum der Heilswahrheit geistlich aufzuschließen. Diese sollte in Heinrich Müller der lutherischen Kirche geschenkt werden.

Wallenstein hatte nach Vertreibung der Herzoge Adolf

Friedrich und Hans Albrecht von Mecklenburg sich der Stadt Rostock auf Grund einer voraufgegangenen am 17./27. Octbr. 1628 abgeschlossenen Capitulation und Assecuration bemächtigt, und eine Kaiserliche Besatzung in dieselbe gelegt. Obwohl Wallenstein aus Rücksichten der Staatsklugheit und in seinem Interesse die Stadt verhältnißmäßig schonte, litt sie nichtsbestoweniger manche Unbill und Bedrückung. Ungeachtet der ihr geworbenen Zusicherung völliger Religionsfreiheit, der Erhaltung ihrer selbstständigen Stellung sowie ihrer übrigen Gerechtsame und Privilegien waren in vielen Einwohnern die lebhaftesten Besorgnisse entstanden, und nicht wenige waren geflüchtet *). Als später seit der Invasion Gustav Adolfs in Deutschland Rostock von den Schweden bedroht ward, und die in der Stadt liegende kaiserliche Besatzung bedeutend verstärkt worden war, trat zu Zeiten ein drückender Mangel an Lebensmitteln ein, dem Manche sich dadurch zu entziehen suchten, daß sie sich nach auswärts begaben **).

Bei den vielfachen und nahen Beziehungen, in welchen Rostock zu Lübeck seit Alters her stand, hatten dorthin, besonders in den Drangsalsjahren 1628—1631, viele Einwohner Rostocks ihre Zuflucht genommen. Hier in Lübeck ward Heinrich Müller, als seine Eltern Peter Müller ***),

---

*) Vgl. über alle hier in Betracht kommenden Verhältnisse meine Schrift: Aus dem kirchlichen und wissenschaftlichen Leben Rostocks. Zur Geschichte Wallensteins und des dreißigjährigen Krieges. Berlin 1863. S. 112 ff. S. 154 ff. S. 169 ff.

**) Des Dr. Joachim Jungius aus Lübeck Briefwechsel mit seinen Schülern und Freunden &c. Von Dr. C. B. Avé-Lallemant. Lübeck 1863. S. 111 ff. S. 150 f.

***) Peter Müller, der Vater Heinrichs, war 1590 bei Tundern in Holstein geboren. Er verheirathete sich im J. 1612. Von seinen

ein angesehener Kaufmann und Sechzehen-Mann, auch Kirchen-
Vorsteher zu St. Marien in Rostock und seine Mutter Elisabeth (Ilsabe) Stubben dort in dieser Drangsalszeit ver-
weilten, am 18. October 1631 geboren *), und erhielt bald

---

breizehn Kindern waren bei seinem Absterben 4 Töchter und 2 Söhne,
Heinrich und Peter, ein Kaufmann, am Leben. Er starb Dominica
Rogate 1658. D. March schrieb d. 21. Maii 1658 das Progr. Exeq.
Etwas J. 1743 S. 291.

*) Rector Academiae Rostochiensis Henricus Rudolphus Re-
deker, JCt. & Professor Publ. ad exequias, quas Viro maxime
Reuerendo, & Clarissimo Dn. Henrico Mullero, S. S. Theol. D.
& Profess. celeberrimo, Facult. suae Seniori venerando, Ecclesiae
Rostochiensis Superintendenti fulgidissimo & Pastori Mariano
fidelissimo, moestissima ejus conjux hodierno die paratas cupit,
Ciues academiae omnes et singulos amanter inuitat. Rostochii
(in IV.) P. P. sub Sigillo Rectoratus ad diem 5. Octobr. Anno
1675. Programma, quo Decanus et reliqui Doctores & Professores
Facultatis Theol. in Academia Rostoch. ad lugubrem funeris de-
ductionem Viri plurimum Reuerendi, Amplissimi et Doctissimi Dni.
Henrici Mulleri, Theologiae D. & Prof. celeberrimi, Facultatis
Theol. Senioris grauissimi, Pastoris templi Mariani fidelissimi, ac
Ecclesiarum Rostochiensium Superintendentis meritissimi, quam
relicta vidua moestissima fieri expetit, omnes omnium ordinum
ciues Academicos, ea, qua par est, diligentia inuitant. Rostochii
(in IV.) P. P. sub. sig. Fac. Theol. die 5. Oct. Anno 1675. Klag-
stimmen über den unheilbahren Schaden Babels, welche mit dem trewen
Propheten Jeremia ganßer zwey und zwantzig Jahr aus dem LI. Capittel seiner Weissagung v. 9 & 10 geführet der weyland HochEhr-
würdiger Großachtbahre und Hochgelahrter Henricus Müller, S. S.
Th. D. P. P. der Theologischen Facultät Senior und der Kirchen in
Rostock hochverdienter Superintendens und Pastor an St. Marien.
So Donnerstags, war der 13. (23.) Septembris, Abends umb halb
5 Uhr willig, sanfft und seelig im HErrn Jesu entschlaffen: und darauff
den 5/15. Octobris mit Christlichen ceremonien, bey ungemeiner volkreicher Versammlung zu St. Marien, bey seinem kurß vorhin geschickten
hertzgeliebten Söhnlein zu Ruh gebracht; zum unsterblichen Nachruhm
seiner Amts Trew, schrifftmäßig ausgelegt und nochmahls auff fleißiges
Anhalten im Druck gegeben von Ludovico Barclaio, Archidiacono

5*

barauf das Wasserbad der heiligen Taufe, bei welcher er den Namen Heinrich empfing. Wie Joachim Jungius seiner Vaterstadt Lübeck auch in seinem späteren Leben während seiner Wirksamkeit in Rostock Anhänglichkeit und Theilnahme bewahrte, so gedachte auch Heinrich Müller gerne und oft mit besonderer Liebe der alten Hansestadt, die seinen Eltern in schweren Zeitläufen Aufnahme gewährt hatte. So theuer ihm

---

selbiger Kirchen. Rostock 1675 in IV. Diese Programmata Exequ., die Leich-Prebigt sowie die Personalia, welche bem Leichenrebner schriftlich eingehändigt waren, bie Epicedia, lateinisch unb beutsch, finben sich als Anhang hinzugefügt ber Schrift: Gräber ber Heiligen, mit Christlichen Leich-Prebigten bey Volkreicher Versammlung in öffentlichen Gotteshäusern beehret unb geschmücket von Heinrich Müllern, weylanb ber heil. Schrifft Doctorn unb Professorn ber Theologischen Facultät Seniore unb Superintenbenten in Rostock. Nunmehro auff Anhalten vieler Gottliebenden Herßen zum Druck beförbert von Johanne Casparo Heinisio ber Gemeine Gottes zu Bentwisch in Mecklenburg Pastore. Frankfurt am Mayn. Im Jahr Christi MDCXXCV. Memoriae Theologorum nostri seculi clarissimorum renovatae Centuria, curante M. Henningo Witten. Francofurti ad Moenum. Anno MDCLXXXV. Decas decima quinta p. 1883 sqq. Johannis Molleri Flensburgensis Cimbria Literata sive Scriptorum ducatus utriusque Slesvicensis et Holsatici, quibus et alii vicini quidam accensentur, Historia Literaria Tripartita. Havniae Anno MDCCXLIV. T. I., p. 440, 450. T. III., p. 488—496. Weitere Nachrichten, von gelehrten Rostockschen Sachen, für gute Freunbe. MDCCXLIII., S. 250 ff. S. 296 ff., 398 f. Zach. Grapius, Evangelisches Rostock. S. 180 f., 197. J. G. Walch, Historische unb theologische Einleitung in bie Religions Streitigkeiten ber evang.-luth. Kirche von ber Reformation an bis auf jeßige Zeiten. IV. S. 912 ff. J. B. Krey, Beiträge zur Mecklenburgischen Kirchen- unb Gelehrtengeschichte Bb. I., 287 ff., 347 ff. Bb. II., S. 80 f. J. B. Krey, Die Rostockschen Theologen seit 1523, S. 35 f. Krey, Anbenken an bie hiesigen Gelehrten aus ben brei leßten Jahrhunberten. Zweites Stück, S. 54 ff. A. Tholuck, Das acabemische Leben bes siebzehnten Jahrhunberts. Abth. II., S. 117 ff. A. Tholuck, Das kirchliche Leben bes siebzehnten Jahrhunberts. Abth. II., S. 183 f.

auch Rostock war, und so enge und unauflöslich er sich mit demselben als der gesegneten Stätte seiner theologischen und geistlichen Wirksamkeit verbunden wußte, so war doch die Erinnerung an seine Geburtsstadt in ihm auch noch in späteren Jahren lebendig, und sprach sich insbesondere den jungen Lübeckern gegenüber aus, die damals zahlreich in Rostock studirten, und bei ihm besondere Theilnahme und Pflege ihrer Studien fanden. Auch unterhielt er mit Vorliebe seine übrigen Beziehungen zu Lübeck*).

Bereits aber hatte, noch kurz vor der Geburt Heinrich Müllers, der kaiserliche General-Wachtmeister Baron von Virmont, welcher die Besatzung Rostocks befehligte, den Beschluß gefaßt, die Stadt aufzugeben, nachdem die Kunde von der Niederlage Tillys am 7. September 1631 die kaiserlichen Truppen, wenn auch nicht entmuthigt, doch mit der Besorgniß erfüllt hatte, daß sie abgeschnitten werden könnten. Je größer die Erfolge waren, welche sich an diesen Sieg Gustav Adolfs geknüpft hatten, und je beunruhigender für die Katholischen die rasch hinter einander eintretenden Verluste gewesen waren, desto weniger konnte sich die kaiserliche Besatzung dem Einflusse dieser Thatsachen entziehen. Da die Besorgniß unter seinen Truppen von Tage zu Tage stieg, räumte Virmont, nachdem es ihm gelungen war, eine ehrenvolle Capitulation abzuschließen, bereits am 6. October 1631 Rostock, und verließ mit sämmtlichen Beamten Wallensteins das Land. Die Hoffnung auf eine für die kaiserlichen Waffen glücklichere Wendung der Dinge verlor sich völlig.

―――――――

*) So bezeichnet er selbst Lübeck als patria sua et dulce solum natale. Epist. dedic. Semicenturiae I. Quaestionum theologicarum ad Senatum Lubecensem.

Als die Herzoge Adolf Friedrich und Hans Albrecht unmittelbar nach dem Abzuge der kaiserlichen Truppen ihren feierlichen Einzug in Rostock am 6. October 1631 gehalten hatten, und die friedländische Herrschaft in ganz Mecklenburg zu Ende gegangen war, kehrten auch allmälig diejenigen Landeskinder zurück, welche unter den schweren Wechselfällen des Wallensteinschen Dominats nach dem Auslande geflüchtet waren *).

Auch Müllers Eltern kehrten bald darauf nach Rostock zurück, da sie nur wider Willen und gedrängt von den unleiblichen Verhältnissen, in denen sich die Stadt zur Zeit ihrer Occupation durch die Kaiserlichen befunden hatte, des Entschlusses geworden waren, sich nach Lübeck zu begeben. Schon frühe hatte der junge Müller einen innern Zug zum theologischen Studium, und bereits der Knabe war von dem Gedanken durchdrungen, einst in den Dienst der Kirche treten zu wollen. Die Verhältnisse des elterlichen Hauses waren in dieser Beziehung äußerst günstig, da von früher Jugend an er die gesegnete Wirksamkeit, welche der ältere Quistorp an der Marianischen Gemeinde übte, vor Augen hatte, und die Stellung seines Vaters als Vorstehers der Marienkirche ihm

―――――――――

*) In dem zu Weihnacht 1631 erschienenen Festprogramm der Universität, in welchem das Weihnachtsfest als das Fest aller Feste geschildert wird, spricht sich der Dank und die Freude über die stattgehabte Befreiung der Stadt am Schlusse desselben in folgenden Worten aus: Precibus hanc Academiam et urbem Deo commendabimus, ut eam hostili praesidio, divino plane et mirabili modo liberatam suisque Dominis hereditariis redditam, in tutelam suam recipere dignetur, ut ab onere, quo jam bene diu pressa fuit, respirare ei aliquantum liceat. Etwas von gelehrten Rostockschen Sachen, J. 1740 S. 8 f.

manche Gelegenheit bot, einen tieferen Blick in die kirchlichen Zustände und in die Gemeinde-Verhältnisse zu thun. Aber auch die glückliche äußere Unabhängigkeit, in welcher Müllers Vater sich befand, welcher dem Sohne alle Mittel zu seiner Ausbildung gewähren konnte, wirkte vortheilhaft ein, und aus dem Zusammenwirken aller dieser Umstände dürfte sich zum Theil die frühzeitige Entwickelung erklären, welche wir in dem ganzen Gange seiner Bildung wahrnehmen. Doch ist es darum nicht minder gewiß, daß die ganze Ursprünglichkeit seiner inneren Lebensrichtung auch in dieser Beziehung bedingend einwirkte, und eine in seltenem Maaße frühe und doch richtig bemessene und tief gegründete Ausbildung herbeiführten. Ueberall macht sich aber auch schon der geistliche Grundzug bemerkbar, welche seine ganze wissenschaftliche und pastorale Thätigkeit durchbrang.

Durch Elementar-Unterricht genugsam vorgebildet, ward er von seinen Eltern, welche mit großer Umsicht und Sorgfalt seinen bisherigen Bildungsgang überwacht hatten, der großen Stadtschule zu Rostock übergeben, welche seit dem Jahre 1639 von dem Rector Jeremias Nigrinus (Schwarz), wo er von Wismar nach Rostock berufen wurde, geleitet wurde*). Hier erwarb er sich eine gründliche Kenntniß der griechischen und lateinischen Classiker, und weckte sowohl durch seine Begabung als auch durch die Unermüdlichkeit seines Fleißes begründete Hoffnungen für die Zukunft. Der Ernst und der Eifer, den er auf seine griechischen Studien ver-

---

*) Schröders Wißmarische Prediger-Historie S. 268. Grape, Das evangelische Rostock S. 439. Etwas, J. 1740, S. 247, 374. J. 1742, S. 213 f. Krey, Andenken III. S. 44 f. Anhang S. 19. Krabbe, Aus dem kirchlichen und wissenschaftlichen Leben Rostocks S. 358 ff.

wandte, sollten ihm später für die academische Stellung, die er zuerst erlangte, reiche Früchte bringen, aber auch abgesehen hiervon wußte er dankbar den inneren Gewinn zu rühmen, welche ihm jene Studien für seine ganze gelehrte Bildung ausgetragen hatten. Ein trefflicher junger Philologe, der Magister Johannes Fabricius aus Westphalen, welcher später Pastor zu Zwoll und Sulzbach war, widmete sich ihm privatim mit großer Hingebung, leitete seine humanistischen Studien, und führte ihn in die Kenntniß der orientalischen Sprachen ein, in denen er durch seine Bemühungen äußerst rasche Fortschritte machte. Ihm bewahrte Müller stets ein dankbares Gedächtniß, und rühmte von ihm später, daß, was er Gutes gewußt, er nächst Gott ihm vorzugsweise zu danken habe *). Ehe er sich aber zum Studium der Theologie wandte, beschäftigte er sich näher mit den auf die Theologie vorbereitenden Wissenschaften, unter denen die Philosophie voranstand, welche damals bei weitem mehr, als dies von der Gegenwart gesagt werden kann, geschätzt und mit Ernst und Eifer studirt wurde. Es war nicht etwa bloß der formale Gewinn, den man von der Philosophie in logischer Beziehung erwarten mochte, sondern man erkannte überhaupt, wie durch das Studium der Philosophie der Sinn für die Wahrheit und das Forschen nach der Wahrheit geweckt, und zu dem wahren Gebrauche der Philosophie in der Theologie angeleitet werde.

In den philosophischen Studien ward Joachim Lütkemann sein Führer, welcher seit dem Jahre 1643 als Professor der Physik und Metaphysik in Rostock lehrte. Daß sich Müller

---

*) Gottfr. Arnold, Leben der Gläubigen S. 951.

grabe ihm anschloß, begreift sich um so mehr, als Lütkemann den philosophischen und den theologischen Standpunkt in sich glaubte vereinigen zu können *) und bemüht war, die Probleme der Philosophie, unbeschadet des Festhaltens an den Lehren der heiligen Schrift und des Bekenntnisses der Kirche, bis ins Einzelne hinein zu verfolgen. Müller brachte von vorne herein eine Glaubensüberzeugung zu seinen philosophischen Studien mit, und schloß sich um so unbefangener an Lütkemann an, als dieser die positiven Wahrheiten der Offenbarung nicht leugnete, auch nicht zu alteriren wähnte, wenn gleich er die eigenthümlichen Ideen der Zeitphilosophie auf Grund allgemeiner platonischen Anschauungen nicht verwarf, sondern ihnen selbst einen gewissen Einfluß auf die

---

*) Lütkemann, an Stelle des verstorbenen Corsinius seit dem 12. September 1639 Diaconus und seit dem 17. December 1639 an Stelle des M. Zacharias Deutsch Archibiaconus zu St. Jacobi, hatte bereits seine pastorale Wirksamkeit mit Erfolg ausgeübt, als er sich zu Greifswald im J. 1646 die Würde eines Licentiaten der Theologie, und später im J. 1648 diejenige eines Doctors erwarb. Dennoch setzte er für sich mit großem Eifer die ihm schon durch Dannhauer liebgewonnenen philosophischen Studien fort, und suchte den Ertrag derselben insbesondere für seine academischen Zwecke nutzbar zu machen. Unverkennbar war bei ihm das Bestreben vorhanden, die academische Jugend in den Kreis seiner metaphysischen Grundanschauungen hineinzuziehen, und sie für seine eigenthümlichen Auffassungen zugänglich zu machen. Ph. J. Rehtmeyers, Pastors zu St. Michaelis und E. E. Minist. Sub-Senioris in Braunschweig, Nachricht von Dr. J. Lütkemann, mit Zusätzen vom Hof-Diaconus Märtens in Braunschweig, angehängt der Ausgabe von Lütkemanns Vorschmack der göttlichen Güte. Braunschweig 1740. Joh. Geo. Walch, Historische und theologische Einleitung in die Religionsstreitigkeiten der evangelisch-lutherischen Kirche, vierter und fünfter Theil, S. 638 ff. Krabbe, Aus dem kirchlichen und wissenschaftlichen Leben Rostocks. Zur Geschichte Wallensteins und des dreißigjährigen Krieges, S. 305 ff., S. 398 ff., 401 ff., 409 ff.

Gestaltung bestimmter Fragen gestattete, in denen das philosophische Denken und der Inhalt der Offenbarung nicht mit einander übereinzustimmen schienen.

Da indessen die Gegensätze, in denen Lütkemann mit seiner philosophischen Richtung zu den Wahrheiten der Offenbarung stand, noch keineswegs klar hervorgetreten waren, schloß sich Müller bei seiner großen Jugend um so unbefangener ihm an, als Lütkemann bei mannigfacher Begabung für die Erörterung philosophischer Quästionen auch die Gabe besaß, seine Zuhörer anzuregen, und sie für die logische Behandlung und Auseinanderlegung der zur Frage stehenden philosophischen Probleme zu interessiren. Es kam hinzu, daß Müller auf theologischem Gebiete in der geistlichen Auffassung einzelner Glaubenswahrheiten mit Lütkemann zusammentraf, und sich ihm dadurch innerlich verbunden wußte, wenn gleich er auf manche der scholastischen Quästionen, mit denen sich Lütkemann eingehend beschäftigte, kein Gewicht zu legen vermochte, und er überhaupt in diesem ersten Stadium seiner wissenschaftlichen Entwickelung die Gegensätze, um die es sich hier handelte, noch nicht zu übersehen im Stande war.

Das eigentliche Studium der Gottesgelahrtheit hatte er noch nicht begonnen, da die vorbereitenden Disciplinen ihm bis dahin noch die Hauptsache gewesen waren. Als diese beendigt waren, war es Johannes Quistorp der Aeltere, der ihn von frühster Jugend an in seinen Studien berathen hatte, auf dessen Anrath er im Jahre 1647 im sechszehnten Lebensjahre nach Greifswald ging, um dort sich dem theologischen Studium zu widmen. Dort waren seit einigen Jahren die erledigten Professuren der Theologie und die städtischen Pastorate durch Mitglieder der philosophischen Facultät wieder

befetzt worden *). Quistorp empfahl ihn an Abraham Battus,
der selbst früher in Rostock studirt hatte, seit 1632 in Greifswald Logik und Metaphhsik lehrte, jetzt grade aber eine Professur der Theologie erhielt, und zum Pastor an St. Jakobi
ernannt wurde, in welchen Aemtern er bis zu seiner Ernennung zum General=Superintendenten in Schwedisch=Pom-
mern rastlos thätig war. Von ihm ward Müller, da Battus
die Calvinischen und Socinianischen Lehrsätze bekämpfte, in
das Studium der theologia polcmica näher eingeführt **).
Zugleich war Müller an Johann Beringe gewiesen, welcher,
nachdem er sieben Jahre die Professur der Mathematik bekleidet hatte, im Jahre 1643 Professor der Theologie und
Pastor zu St. Marien geworden war. Vorzugsweise beschäftigte dieser sich mit der Erörterung der dogmatischen
Lehrstücke, so daß Müller von ihm in der Behandlung dogmatischer Lehren, die eine strenge, in sich scharf zusammenhängende Entwickelung forderten, angeleitet wurde ***). Unter
dem Präsidium dieser Theologen vertheidigte Müller zuerst
vier von ihm geschriebene Abhandlungen †).

----

*) Dähnert, Pommersche Bibliothek Bd. II., S. 175.

**) Battus schrieb in seiner früheren Lehrthätigkeit hauptsächlich über
die wichtigeren philosophischen Probleme, daher seine Abhandlungen:
De causa et causato, De necessario et contingente, De anima
rationali, Disquisitiones miscellaneae. Unter seinen theologischen
Schriften werden genannt: De materia interna sacrae coenae und
De materia coenae externa. Vgl. J. G. L. Kosegarten, Geschichte
der Universität Greifswald mit urkundlichen Beilagen. Th. I., S. 249, 256.

***) Besonders hervorgehoben werden unter seinen Abhandlungen:
De omnipraesentia carnis Christi, De Jesu Christo theanthropo,
De principiis religionis. Ibid. p. 256.

†) Disputationes IV. Theologicae, proprio Marte elaboratae,
et in Acad. Gryphiswaldensi ab A. 1647 ad 1650, Praesidibus

Während Müller in Greifswald studirte, erfolgte am 14./24. October 1648 der lang ersehnte, aber immer vergeblich gehoffte Friedensschluß, der wiederholt von fremdländischer Seite verzögert und gehindert war. Alle Jugenderinnerungen Müllers waren voll von den furchtbaren Nothständen, welche dieser unheilvolle Krieg sowohl in ganz Deutschland, als auch insbesondere in seinem engeren Vaterlande hervorgerufen hatte. Bei der Tiefe seines inneren Gemüthslebens hatte Müller vom Anfange seiner jugendlichen Entwickelung an schwer an den Drangsalen getragen, durch welche Deutschland nicht nur verwüstet und entvölkert, sondern auch innerlich auf Generationen hinaus in seinem Volksleben geschädigt, und in seinen kirchlichen Verhältnissen zerrüttet und theilweise zu Grunde gerichtet war. Auch Müller hatte mit so vielen geistlichen und treuen Herzen fürbittend manches Jahr den Friedensschluß herbeigefleht, welcher den heillosen Zuständen im Reiche ein Ziel setzen sollte. Die Besorgniß, daß Deutschland noch mehr zerrissen werden möchte, als es bereits durch die Invasion der fremden Mächte geschehen war, war eine weit verbreitete *).

Auch in Greifswald hatte man dem Friedensschlusse mit gespannter Erwartung entgegengesehen, da es sich in demselben entscheiden mußte, wie weit Schweden seine Ansprüche auf ganz Pommern werde haben durchzusetzen vermocht.

D. Joh. Beringio et D. Abr. Batto, publice defensae, testibus Programmatum funebrium Autoribus & Ludov. Barclajo in Serm. exequiali.

*) Vgl. über die Verhandlungen und Feststellung des Friedensinstrumentes: Krabbe, Aus dem kirchlichen und wissenschaftlichen Leben Rostocks. Zur Geschichte Wallensteins und des dreißigjährigen Krieges, S. 424 ff., S. 435 ff.

Vermöge des zehnten Artikels des Westphälischen Friedens kamen die westliche Hälfte Pommerns von der Oder an, ferner die Stadt Wismar, das Erzstift Bremen und das Stift Verden als säcularisirte Fürstenthümer an die Krone Schweden, welche diese Länder als deutsche Reichslehen hinfort besaß*). Die Schwedische Regierung hatte, so lange sie Greifswald besetzt gehalten hatte, schon in früheren Jahren die Universität, die aus ihren liegenden Gründen während der Kriegszeit nicht ausreichende Einkünfte beziehen konnte, da diese verwüstet und völlig entwerthet waren, mannigfach unterstützt. Als ihr die Landesherrschaft durch den Osnabrücker Frieden zugefallen war, geschah von der Schwedischen Regierung Alles, das in den Eldenaer Gütern wesentlich bestehende Patrimonium der Universität zu conserviren, wie denn der erste Schwedische Visitationsreceß vom 19. Septbr. 1646 bereits die Verwaltung desselben ordnet**), und überhaupt durch geeignete Fürsorge auch in wissenschaftlicher Beziehung die Universität zu heben sucht. Es machte sich in dieser Beziehung ein höchst günstiger Einfluß augenblicklich bemerkbar.

Für Müller aber hatten vor Allem die freudigen Nachrichten, die er aus der Heimath empfing, etwas Erfrischendes und Anregendes. Denn obwohl in dem Friedensschlusse sich manche berechtigte Wünsche Rostocks nicht erfüllt hatten, da noch immer die Mündung der Warnow wegen der Fort-

---

*) Pütter, Historische Entwickelung der heutigen Staatsverfassung des Teutschen Reiches, S. 56 f. Gadebusch, schwedisch-pommersche Staatskunde, Th. I., S. 5 ff.

**) J. G. L. Kosegarten, Geschichte der Universität Greifswald, I., 252.

erhebung der Licenten durch schwedische Kriegsschiffe nicht befreiet war, so war doch in Rostock ganz allgemein die lauteste und ungetheilteste Freude über das Zustandekommen des Friedensschlusses. Das freudige Jauchzen über die gnädige Errettung aus der schweren und so langwierigen Kriegsnoth durchdrang die Herzen Aller; auch Müller fühlte sich nicht weniger erquickt durch die mannigfachen Aeußerungen dieser Freude, die ihm aus dem elterlichen Hause, aus der Vaterstadt und ihrer Hochschule zugingen *).

Im Jahre 1650 kehrte Müller nach Rostock zur Fortsetzung seiner theologischen Studien zurück. Dort hatte sich indessen manche Veränderung zugetragen. Quistorp war bereits am 2. Mai 1648 im vierundsechzigsten Lebensjahre nach einer vierundbreißigjährigen gesegneten Wirksamkeit heimgegangen, und diese Lücke mußte für Müller um so schmerzlicher sein, als derselbe in Quistorp einen väterlichen Freund, der ihm mit Rath und That zur Seite gestanden, besessen hatte. Auch als leuchtendes Vorbild im geistlichen Amte hatte Quistorp ihm von Jugend auf vor der Seele gestanden.

---

*) In dem Rostocker Weihnachtsfest-Programm des Jahres 1648 spricht sich die Freude über den Westphälischen Frieden auf das lebhafteste aus: Si quis hodie Germanorum, postquam funestissimo et pestifero illi bello per 30 annos gesto finis impositus et Jani clausum, pacis aureae vero templum per Dei gratiam denuo reseratum est, non toto pectore laetaretur, an non ab omni humanitate aversus stupidus et potius Bellona ferrea aut Hyrcana tigride edita fera proles quam homo isque Germanus vel Christianus dicendus et abominandus esset? Tantis enim votis, tot gemitibus, suspiriis, precibus tandem expetita et nunc (quod bene vertat) composita cujus mentem non afficeret, cum ejus dulcedine non solum illi, quibus natura sensum dedit, sed et agri, nemora, tecta et parietes laetari et cum tripudio exaltare videantur. Etwas, J. 1741, S. 10, 11.

Vor Allem schloß er sich jetzt an Caspar Mauritius an, welcher der Nachfolger Quistorps in die Professur der Theologie und in den Archidiaconat zu St. Marien geworden war *). Zugleich trat er in ein näheres Verhältniß zu August Varenius, welcher, schon am 28. Junius 1643 in die Professur der hebräischen Sprache berufen, am 9. März 1648 zugleich mit Mauritius Doctor der Theologie geworden war, und seitdem mit großem Eifer theologische Collegien las, und die jüngeren Theologen persönlich mit sich näher zu verbinden suchte. Unter ihrer Leitung setzte Müller seine theologischen Studien fort, und beide haben mehrfach auf die Entwickelung seiner theologischen Richtung in wissenschaftlicher Beziehung einen Einfluß geübt. Insbesondere rühmte er später Varenius als seinen Vater in Christo; unter seinem Präsidium disputirte er zwei Mal in dieser Zeit. Schon am 13. Mai 1651 erlangte er unter dem Decanat des Professors der Physik und Pastors zu St. Marien Johannes

---

*) Bereits im Mai 1644 hatte Mauritius von Herzog Adolf Friedrich die Professur der Logik erhalten, doch hatte er sich überwiegend den theologischen Studien zugewandt, wenn gleich er Sinn und Verständniß für die philosophischen, namentlich auch rechtsphilosophischen, Fragen seiner Zeit hatte. Es verband sich aber damit bei Mauritius eine dogmatische Richtung, welche entschieden am Bekenntniß der lutherischen Kirche festhielt, und dasselbe sowohl gegen die socinianischen Irrlehren als auch gegen die Einflüsse einer in die Theologie einbringenden Popularphilosophie zu rechtfertigen bemüht war. Zugleich bestritt er wissenschaftlich die wesentlichen Lehren des Calvinismus, und suchte die antithetischen Lehren des Lutherthums aufs Neue näher zu begründen und festzustellen. Henn. Wittenii Centuria memoriae Theologorum renovatae, Dec. XV. p. 1858 sqq. Moller, Cimbria literata Vol. I., p. 389 sq. Krabbe, Aus dem kirchlichen und wissenschaftlichen Leben Rostocks. Zur Geschichte Wallensteins und des dreißigjährigen Krieges. S. 298 ff.

Corfinius das Magisterium, und wurde darauf, unter dem folgenden Decanat des M. Christian Arnbius, in die Facultät recipirt *).

Nach der Sitte der Zeit, welche im Laufe des siebzehnten Jahrhunderts sich gebildet hatte, und meistens nach erfolgter Promotion zum Magisterium in Ausübung kam **), trat Müller darauf eine gelehrte Reise an, welche den Zweck hatte, die Zustände auswärtiger Universitäten, insbesondere aber berühmte Theologen und die von ihnen verfolgte theologische Richtung, näher kennen zu lernen. In Danzig, wohin er sich zuerst gewandt hatte, ward er von Botsack ***) mit

---

*) Etwas J. 1740, S. 380 und S. 497.

**) A. Tholuck, das academische Leben des siebzehnten Jahrhunderts mit besonderer Beziehung auf die protestantisch-theologischen Facultäten Deutschlands. Abth. I., 308 ff.

***) Johannes Botsaccus, zu Herford in Westphalen am 11. Junius 1600 geboren, besuchte, nachdem er zu Lübeck, wohin seine Eltern sich gewandt hatten, erzogen worden war, das Gymnasium zu Hamburg, und studirte später vom Jahre 1617 an in Leipzig, Wittenberg, Königsberg und Rostock, wo er im J. 1625 Magister wurde. Am 15. Febr. 1631 zu Wittenberg zum Doctor creirt, ging er bald darauf nach Danzig, wohin er von dem dortigen Rath zum Rector des Gymnasiums und zum Professor der hebräischen Sprache, sowie zum Pastor an der Trinitatis-kirche berufen war. Später nach Vertreibung des Johannes Corvinus ward er an dessen Stelle im J. 1643 zum Pastor an St. Marien gewählt. Er betheiligte sich lebhaft an den Kämpfen wider die Katho-liken, Reformirten und Socinianer, wie denn auch unter den Reformirten der ältere Joach. Stegmann, welcher während einer kurzen Zeit refor-mirter Prediger zu Danzig war, im J. 1633 gegen ihn schrieb, (vgl. Henke, Georg Calixtus und seine Zeit, Bd. II., 2, S. 24), aber auch innerhalb der lutherischen Kirche vertrat er in mehreren Schriften den kirchlichen Standpunkt gegen diejenigen, welche sich des Synkretismus verdächtig gemacht hatten. Unter den Lutheranern stand er nicht mit Unrecht in großem Ansehen als Vertheidiger der seligmachenden Wahr-heit. Im J. 1672 wurde er wegen Altersschwäche quiescirt, und starb zwei Jahre darauf am 16. September 1674 im fünfundsiebenzigsten

großer Theilnahme aufgenommen, und verhandelte mit ihm über den Gang, den er in seinen weiteren Studien werde einzuschlagen haben. Botsaccus hatte selbst in Rostock studirt, und theilte die entschieden lutherische Richtung der Rostocker Facultät. Diese hatte er auch auf dem im Jahre 1645 angesetzten Colloquium Charitativum zu Thorn, wohin er von dem Magistrat zu Danzig gesandt worden war, vertreten. Je mehr er bedauert hatte, Quistorp dort nicht zu finden, welcher mit Rücksicht auf sein Alter und das doppelte Amt, das er bekleidete, die Theilnahme am Thorner Gespräch, zu welcher er eingeladen war, abgelehnt hatte *), desto mehr war er erfreut, durch Müller die alten Beziehungen zu Rostock erneuern zu können. Dieser aber hatte von dem Verkehr mit ihm den Gewinn, daß ihm dadurch ein tieferer Einblick in die damals obwaltenden confessionellen Differenzen und theologischen Gegensätze gewährt wurde.

Von Danzig aus begab sich Müller nach Königsberg, wo er mit Cölestin Myslenta und Christian Dreier bekannt wurde. Myslenta hatte nach manchen Wechselfällen seines Lebens, nachdem er nach Königsberg als Professor und Prediger berufen worden war, dort eine angesehene und einflußreiche Stellung gewonnen, sowohl weil er polnischer Abkunft

---

Lebensjahre. Vgl. Memoriae Theologorum nostri seculi clarissimorum renovatae Centuria curante M. Henningo Witten, Decas XIV, p. 1815 sqq. Erdm. Uhsei Vitae doctorum Sec. XVI. et XVII. ecclesiasticorum Germ. p. 516 sqq. Cimbria Literata Vol. II., p. 85.

*) Vgl. den betreffenden Briefwechsel zwischen Churfürst Friedrich Wilhelm zu Brandenburg, Herzog Adolf Friedrich und D. Quistorp: Arch. Min. Vol. IV., p. 301—310. Krabbe, Aus dem kirchlichen und wissenschaftlichen Leben Rostocks, S. 385 ff.

war, als auch weil er mit großer Entschiedenheit und Energie
das Lutherthum vertrat, wobei er vorzugsweise von dem
Königsberger geistlichen Ministerium unterstützt wurde, da
allmälig die Facultät in ihren übrigen Gliedern sich der
calixtinischen Partei zuneigte. Gerade deßhalb war er auch
nicht zum Thorner Religionsgespräch zugezogen worden. Die
Rostocker Facultät hatte in dem Streite Myslentas mit Latermann, welcher, ein Schüler Calixts, durch die mit diesem
befreundete Prinzessin Anna Sophia von Brandenburg an
den Churfürsten empfohlen war, und von diesem im Jahre
1647 eine außerordentliche Professur *) der Theologie in
Königsberg erhalten hatte, eine vermittelnde Stellung eingenommen, und noch kurz vor seinem Tode hatte Johannes
Quistorp Myslenta ermahnt, gegen den jungen Latermann
sich christlich zu verhalten **). Müller hatte daher zu Myslenta manche Beziehungen, und fand bei ihm freundliche
Aufnahme. Dessen ungeachtet aber verkehrte Müller auch
mit Christian Dreier, welcher zwar auch im lutherischen
Bekenntniß stand, aber doch manche calixtinische Anschauungen in sich aufgenommen hatte, so daß er schon früher von
Myslenta deßhalb angegangen war ***). Die Theilnahme

---

*) In welchem Umfange die Landesherrschaft in Königsberg von
bem der Universität abgerungenen Rechte, Extraordinarien frei ernennen
zu können, ohne an die Mitwirkung der Facultäten und der Universität
gebunden zu sein, Gebrauch gemacht hat, zeigt Th. Muther, Zur Ver-
fassungsgeschichte der deutschen Universitäten, in dessen: Aus dem Uni-
versitäts- und Gelehrtenleben im Zeitalter der Reformation. Erlangen
1866, S. 55.

**) Litterae apologeticae D. Myslentae S. 35. A. Tholuck, Das
academische Leben des siebzehnten Jahrhunderts. Abth. I., S. 82.
Abth. II., S. 76 ff.

***) Censurae theologorum orthodoxorum, quibus errores varii,

Dreiers am Thorner Colloquium hatte nicht grade dazu beigetragen, die Beziehungen der beiden Theologen zu einander freundlicher zu gestalten, da theils der Kurfürst Dreier als einen gemäßigteren Theologen gewählt, theils auch Dreier sich Calixt persönlich genähert hatte *). Seitdem war Dreier mehr und mehr auf die Seite des Synkretismus getreten, und erweiterte die Doctrinen desselben in bedenklicher Weise, ja trat nach dem Tode von Calixt selbst als Apologet der calixtinischen Richtung auf **). Müller scheint hier eine tiefere Einsicht in den Stand der Lehrstreitigkeiten gewonnen zu haben, welche durch den Synkretismus herbeigeführt waren, und mußte erkennen, welch ein vergebliches Bemühen es sei, die Unterscheidungslehren der Confessionen abschwächen, und bis auf Unwesentliches herabdrücken zu wollen. Die mannigfache Zerrissenheit, welche durch die Lehrgegensätze dort hervorgerufen war, zeigte ihm warnend die Nothwendigkeit, an dem Bekenntniß festzuhalten, und es nicht synkretistisch verflüchtigen zu lassen, wenn nicht ein Abfall vom lutherischen Bekenntniß die Folge sein sollte.

Dies mag auch der Grund gewesen sein, daß Müller, als er Königsberg nach einem Aufenthalte von einigen Mo-

---

iique periculosi, utpote in S. S. ac libellos symbolicos ecclesiarum invariat. A. C. impingentes, a. D. Jo. Latermanno tum in exerc. de praedestinatione, tum alibi propugnati, examinantur et damnantur etc. studio et opera ministerii respectivo Tripolitani Regiomontani. Dant. 1648, p. 183.

*) Henke, Georg Calixtus und seine Zeit. Th. II., 1., S. 103, 113.

**) Hieher gehören insbesondere seine im J. 1661 erschienenen oratio de syncretismo und seine Predigt über die einige sichtbare und bedrängte Kirche Christi. H. Schmid, Geschichte der synkretistischen Streitigkeiten in der Zeit des Georg Calixt, S. 368 ff.

naten verlassen hatte, und sich nach Leipzig begab, zwar über Helmstädt seinen Weg nahm, dort aber nicht verweilte. Schon vor den Calixtinischen Streitigkeiten hatten die Orthodoxen mit Besorgniß auf die in Helmstädt vorherrschende humanistische Richtung geblickt, und es hatte sich selbst hie und da in der lutherischen Kirche der Argwohn festgesetzt, als leiste dieser Humanismus calvinistischen Anschauungen irgendwie Vorschub. Auch das Verhältniß, in welches die Philosophie zur Theologie auf der Universität Helmstädt gesetzt wurde, gereichte zum Anstoß, insofern es den Anschein gewann, als ob jene diese in ihrer Entwickelung bedingen solle. Insbesondere aber war seit dem Ausbruch des synkretistischen Streites die Spannung zwischen Helmstädt und den die Principien des lutherischen Bekenntnisses vertretenden Universitäten auf das äußerste gestiegen. Trotz aller Versicherung seiner Uebereinstimmung mit der Lehrauffassung der lutherischen Kirche, hatte sich doch Calixt von derselben in wesentlichen Punkten seiner Lehrentwickelung entfernt. Je größer allmälig der Zwiespalt und die dadurch hervorgerufene Entfremdung geworden war, desto mehr machte sich eine gewisse Zurückhaltung in Bezug auf Helmstädt bemerkbar. Ohne Zweifel vermied daher auch Müller jede Beziehung zu den Helmstädtern, mit deren hervorragenden Gegnern er näher bekannt geworden war.

In Leipzig trat er vor Allen in ein näheres Verhältniß zu Johann Benedict Carpzov *), aber auch mit Hülsemann

---

*) Johann Benedict Carpzov, der Sohn des berühmten Juristen gleichen Namens, ward anfangs Archidiaconus an der Thomas-Kirche in Leipzig, später im J. 1643 außerordentlicher und im J. 1646 ordentlicher Professor der Theologie, als welcher er im J. 1657 stirbt. Er betheiligt sich nicht an den synkretistischen Streitigkeiten, hielt am luthe-

und Geier wurde er näher bekannt, die ebenfalls bemüht
waren, Müller in seinen wissenschaftlichen Studien zu förbern.
Hülsemanns Studienzeit zu Rostock lag freilich ein Menschen-
alter zurück, aber doch hing derselbe an Rostock noch immer,
da er dort seine theologische Richtung durch Johannes Affelmann, durch Paul Tarnov und Johann Tarnov erhalten
hatte, der er im Wesentlichen treu geblieben war *). Müller
konnte sich mit ihm sehr wohl verständigen, da ihm die
streng logische und gewandte Art seiner dogmatischen Argumentation und Entwickelung aus seinem Werke: breviarium
theologiae exhibens praecipuas fidei controversias schon
bekannt war. Bei der im Ganzen milden Richtung Carpzov's und bei den überwiegend practischen Interessen, welche
dieser verfolgte, sagten Müller die Beziehungen zu ihm sehr

rischen Bekenntniß fest, stand aber nichtsbestoweniger persönlich in freundlicher Beziehung zu Calixt. Unter seinen Arbeiten tritt vorzugsweise
hervor seine Isagoge in libros ecclesiarum lutheranarum symbolicos.
1665, ed. altera 1675. A. Tholuck, Das acabemische Leben des 17. Jahrhunderts, Abth. II., S. 89 ff.

*) Johann Hülsemann, zu Esens in Ostfriesland 1602 geboren,
studirte seit 1620 in Rostock, wo er sich vornämlich an Affelmann (Krabbe,
Aus dem kirchlichen und wissenschaftlichen Leben Rostocks, S. 33, 39,
52 ff.) anschloß, dann seit 1622 in Wittenberg. Nachdem er noch als
Magister im J. 1627 die Erlaubniß erhalten hatte, theologische Vorlesungen zu halten, erhielt er im J. 1629 die vierte ordentliche Professur der Theologie zu Wittenberg. Im Thorner Colloquium vertrat er
einsichtsvoll und umsichtig das lutherische Bekenntniß, kam sodann im
J. 1646 als Professor der Theologie nach Leipzig, wo er bis 1661 eine
bedeutende Wirksamkeit als Systematiker hatte. Als Schwiegervater
Calovs ward er später in die synkretistischen Händel mehrfach verwickelt,
und betheiligte sich stärker an denselben, als ihm selber erwünscht war.
Vgl. Tholuck, Der Geist der lutherischen Theologen Wittenbergs, S. 164 ff.

zu. Aber auch Martin Geier *) war eine Persönlichkeit, durch welche sich Müller angezogen fühlte. Mit ihm theilte er die Verehrung für Johann Arndt, und mußte er sich insbesondere von dem tiefen Ernste und der geistlichen Haltung Geiers, welche sich sowohl in seiner wissenschaftlichen, als auch practischen Wirksamkeit zeigte, angesprochen fühlen.

Hatte der Aufenthalt in Leipzig Müller vielen und reichen Gewinn ausgetragen, so wünschte er doch Wittenberg kennen zu lernen, dessen früherer, im Zeitalter der Reformation erworbener und weit über dasselbe hinaus behaupteter Ruhm noch immer nicht erloschen war. War auch die Stellung Wittenbergs in der lutherischen Kirche allmälig eine andere geworden, so waren nichtsbestoweniger auch jetzt noch viele geneigt, der Universität, auf welcher Luthers Lehrcanzel gestanden, einen gewissen Vorzug zuzugestehen. In Wittenberg lernte Müller vor Allen Abraham Calov und Meisner kennen, die ihn auf das entgegenkommenste aufnahmen. Die persönlichen Verhältnisse, in denen Müller zu seinem väterlichen Freunde Quistorp gestanden hatte, ließen ihn auch bei Calov eine herzliche Aufnahme finden. Hatten doch Calov und Dreier ihre vierundzwanzig Disputationes in Augustanam Confessionem unter Quistorps Moberamen gehalten **), und war doch Calov nach dreijährigem Aufenthalt zu

---

*) Martin Geier ward 1639 Professor der hebräischen Sprache, 1657 Professor der Theologie, 1664 Oberhofprediger. In seinen grammatischen und exegetischen Arbeiten zeigt sich der eigenthümliche Character der lutherischen Kirche auf dem Gebiete der Exegese. Tarnov war darin vorangegangen, Geier und Calov folgten, und prägten die Eigenthümlichkeiten der lutherischen Exegese in sehr bestimmter Weise aus.

**) Augustana Confessio quantum ad articulos fidei o verbo Dei

Rostock am 20. April 1637 zum Doctor der Theologie promovirt worden *). Für die Rostocker Facultät und für alle
Rostock angehörende Theologen hatte Calov stets ein besonderes Interesse, und auch Meisner **) empfing den jungen
Müller mit großem Wohlwollen, da damals noch nicht der
bittere Streit zwischen ihm und seinem Collegen Calov ausge-
brochen war.

Noch immer war Wittenberg sehr stark besucht, und von
dort aus erwartete man mehr oder weniger in der luthe-

---

adversus modernos haereticos consequentiis perpetuis firmata disputationibus XXIV. comprehensa, quas concedente et moderante
venerabili Facult. Theolog. Seniore et Profess. primario D. Johanne Quistorpio — — — publico proposuere praesides et auctores
viginti et unam M. Abraham Calovius, Morunga Borussus, tres vero
M. Christianus Dreier, Stetin. Pomer. Rostoch. A. MDCXXXVI. 4.
Krabbe, Aus dem kirchlichen und wissenschaftlichen Leben Rostock's
S. 229.

*) Johannes Quistorpius, D. Theol. Facult. Senior et hoc
tempore Decanus suo et Dominorum suorum Collegarum nomine
omnes et singulos Academiae Cives ad disputationem inauguralem
Clarissimi Viri Dn. M. Abrahami Calovii, Borussi, Theol. Candidati, 20. Aprilis habendam amanter invitat. Rostochii literis Nic.
Kilii, Acad. typog. Anno MDCXXXVII. in IV. Im Programm
handelt Quistorp von dem Nutzen der academischen Grade, und theilt
zugleich mit, daß von dem Churfürsten von Brandenburg Calovio ein
ansehnliches Amt versprochen worden, wenn er zuvor in Doctorem
Theol. promovirt sei. Etwas J. 1741, S. 573 f.

**) Johann Meisner, nicht zu verwechseln mit dem älteren Witten-
berger Theologen Balthasar Meisner, welcher bereits am 29. Dec. 1626
gestorben war, war kurz vor Müllers Besuch im J. 1650 ordentlicher Professor in Wittenberg geworden, und starb dort nach lang-
jähriger Wirksamkeit im J. 1681. A. Tholuck, Der Geist der lutherischen
Theologen Wittenbergs im Verlauf des 17. Jahrhunderts, S. 225 ff.
Ueber die Streitigkeit zwischen Calov und seinem Collegen J. Meisner.
Ebendas. S. 381 ff.

rischen Kirche die Entscheidung derjenigen Controversen, welche in dem Gange der theologischen Entwickelung allmälig hervortraten. Von der ganzen Eigenthümlichkeit Wittenbergs, welches eine so bedingende Stellung zur sächsischen Reformation von Anfang an eingenommen und bis dahin bewahrt hatte, fühlte Müller sich angezogen, wenn gleich dies nicht in demselben Maaße von den Persönlichkeiten galt, welche damals die lutherische Theologie in Wittenberg vertraten. Nach kurzem Aufenthalte in Wittenberg kehrte Müller nach Leipzig zurück, wo er unter dem Präsidium Carpzovs seine vom orthoboxen Standpunkt aus geschriebene Abhandlung de concursu bonorum operum ad salutem, Lipsiae 1652, 4, vertheidigte *). Mit lebhaftem Danke gegen die Leipziger Theologen, denen er für seine theologische Ausbildung Vieles verdankte, schied er von dort.

Zwar beabsichtigte Müller anfangs, seine wissenschaftliche Reise auch auf entferntere Länder auszudehnen, aber bei der Schwäche seiner Gesundheit, mit welcher er von Jugend auf zu kämpfen gehabt hatte, sah er sich genöthigt, diesen Plan aufzugeben. Doch besuchte er noch das nahe liegende Jena, welches durch Gerhard so bedeutsam gehoben, und noch während des dreißigjährigen Krieges emporgeblüht war **). Unter den dortigen Theologen ist es vor Allen Johannes Musäus, dessen Bekanntschaft er sich erfreute. Früher den philosophischen und humanistischen Studien obliegend, hatte

---

*) Recusa est sub finem Voluminis Disputationum Theol. Joh. Bened. Carpzovii Sen. Lipsiae 1701 in 4 editi. Acta Erud. Lips. M. Aug. A. 1701, p. 350.

**) A. Tholuck, Das acabemische Leben des siebzehnten Jahrhunderts. Abth. II., S. 61 ff., S. 66 f.

er, seitdem er im Jahre 1646 Professor der Theologie geworden war, sich mit Erfolg den dogmatischen Studien zugewandt, vertrat indessen auf diesem Gebiete eine verhältnißmäßig freiere Richtung, als die Wittenberger Theologen *). Nur kurze Zeit verweilte Müller hier, da seine Eltern lebhaft seine Rückkehr wünschten. Auf seiner Reise durch Anhalt hatte er mit dem reformirten Theologen Wendelin eine Unterredung, und kehrte dann durch die Mark Brandenburg nach Rostock zurück, wohl im Ganzen mehr befriedigt durch die geistliche Anregung, welche ihm die Reise mehrfach gewährt hatte, als durch den Einblick, den er in die theologischen Gegensätze und Kämpfe wie in die academischen Zustände gewonnen hatte.

---

*) Johannes Musäus, geboren am 17. Febr. 1613 im Schwarzburgischen, wirkte bereits seit 1643 als Prof. eloquentiae et historiarum in Jena. Schon im J. 1642, wo er noch Assessor der philosophischen Facultät war, trat er in dem Streite über die Originalsprache des Neuen Testaments für Jungius auf, und bekämpfte Grosse mit großer Gewandtheit und Sachkenntniß in zwei rasch hinter einander folgenden Abhandlungen de Stylo N. T. Philologica. Vgl. Krabbe, Aus dem kirchlichen und wissenschaftlichen Leben Rostocks, S. 283 f. Joachim Jungius, Ueber die Originalsprache des Neuen Testaments vom J. 1637. Aufgefunden, zuerst herausgegeben und eingeleitet von Joh. Geffken. Hamb. 1863. Seine philosophische Bildung ließ ihn manche Fragen freier und richtiger würdigen. In ihm verband sich die Orthodoxie mit einer mehr practischen Richtung. Er starb 1681.

Fünfter Abschnitt.

Müllers beginnende acabemische unb schriftstellerische Thätigkeit;
seine methodus politica. Müllers Predigten unb practische Schrift=
auslegung. Müllers Wahl zum Archidiaconus an St. Marien.
Die Anfänge seines Predigtamtes. Pastorale Bestrebungen. Seine
Verheirathung unb Familienverhältnisse. Feier des Augsburgischen
Religionsfriedens. Müllers wissenschaftliche Schriften in bieser
Zeit, insbesonbere sein Orator Ecclessiaticus, seine ascetischen
Schriften, insbesonbere seine geistliche Seelen=Musik.

Von jetzt an wibmete er sich mit rastlosem Eifer ber
acabemischen Thätigkeit, nachbem er im Jahre 1651 in bie
philosophische Facultät recipirt worden war *). Als Magister
legens hielt er in bieser Zeit vorzugsweise philosophische
Vorlesungen über verschiebene Disciplinen der Philosophie,
welche von ben Stubirenben gerne gehört wurden. Zugleich
leitete er bie Uebungen ber Stubirenben im Disputiren. In

---

*) A. 1651 von Ostern bis Mich. war Decanus M. Christianus
Arndius, welcher in Facult. recipirte:

M. Daniel Lipstorpium, Lubec. hic promot.

M. Fridericum Büthnerum, Francensteina Silesium, 1647,
Wittenb. promot.

M. Henricum Müllerum, Rostoch. hic promot.

M. Johann Geitonium, Coloniensem, Wittenb. promot.

Müller war bereits unter bem Decanate bes Licent. Jo. Corfinius,
Phys. Profess. & Past. Marian. mit acht Anberen Magister geworben.
Etwas J. 1740, S. 380, 497.

Rostock hatten sich die schon in den alten Statuten vorgeschriebenen Disputationen erhalten, und zwar noch in allen
Facultäten. Vorzugsweise aber fanden in der theologischen
und philosophischen Facultät Disputationen Statt, welche
hauptsächlich unter der Leitung der Magistri standen. Hatten
auch seit der Reformation die Disputationen mannigfache
Modificationen erhalten, und herrschte die alte aristotelische
Schulphilosophie in ihnen nicht mehr vor, so ward nichtsbestoweniger noch immer großes Gewicht auf dieselben gelegt.
Müller unterzog sich mit vielem Geschick der Leitung dieser
Disputationen, und erwarb sich sowohl durch diese, als auch
durch seine Vorlesungen, welche gerne gehört wurden, die
Liebe der Studirenden. In diese Zeit fallen auch die Anfänge seiner schriftstellerischen Thätigkeit *). Bereits hatte er
im Jahre 1652 eine Untersuchung über den neunten Psalm **)
veröffentlicht, die mehr als eine kurze Gelegenheitsschrift anzusehen ist ***). Im darauf folgenden Jahre ward von ihm

---

*) Ueber die Schriften Müllers vgl. Witten, Memoriae theologorum nostri seculi clarissimorum renovatae centuria p. 1810 sqq.
Weitere Nachrichten von gelehrten Rostock'schen Sachen J. 1743, S. 296 ff.
Molleri, Cimbria Literata III., p. 492 sqq.

**) Scrutinium Dauidicum quod exhibet titulum et oeconomiam
Psalmi noni. Examini subjiciunt Praeses M. Henricus Muller,
Rostochiensis et Respondens Antonius Zwickius, Lipp. Westph.
d. 3. Julii. An. CICICCLII. Rostochii iu 4. Nach den Verfassern
des Etwas wird in 10 § 1. genus cantoris H. musici, 2. argumentum Psalmi, 3. genus cantici, 4. auctor Psalmi ministerialis,
erwogen; die oeconomia aber in einer Tabelle auf drei Seiten vorgestellet.

***) Gleichzeitig erschienen von ihm in demselben Jahre: Cerva matutina gemens et jubilans, seu Disp. in Ps. XXII., 2 cum Spicilegio
passionali. Rost. 1652. 4. Disp. de egressu Messiae Bethlehemitico

seine erste größere Schrift, methodus politica, publicirt *),
welche politische Doctrinen entwickelte, für welche Beweise
aus dem göttlichen Rechte, aus dem Naturrecht und dem
Civilrecht geführt wurden. Zugleich wurden biese aus der
alten und neuern Geschichte erläutert. Daß Müller sich in
bieser Schrift an den politischen und staatsrechtlichen Fragen
betheiligte, wird weniger auffallen, wenn man bebenkt, baß
biese Betheiligung eine rein wissenschaftliche ist und nicht, wie
bies in der Gegenwart häufig der Fall ist, eine politische Partei-
Tendenz hatte. Grabe bamals, wo bas Naturrecht, worauf
bereits von uns hingewiesen ist **), in ben Kreis der wissen=
schaftlichen Disciplinen getreten war, warb auch der Staat,
seine Genesis und seine Institutionen und Ordnungen in bie
philosophische Erörterung hineingezogen. Je eigenthümlicher
bie Theorien waren, welche über ben Staat in der Mitte
bes siebzehnten Jahrhunderts aufgestellt waren, und je fremb-
artigere, bem Christenthum widersprechenbe Doctrinen über
bie Staatseinrichtungen sich geltenb zu machen suchten, besto

---

in Mich. V., 2. Rostoch. 1652. 4. Conf. M. Jac. Frid. Wildes-
husii Biblioth. Dispp. in V. et N. T. p. 28, 48.

    *) M. Henrici Mulleri, Rostochiensis, methodus politica, ex-
hibens et praecepta politica, ex Diuino, Naturali, Gentium et Ci-
uili jure probata, variisquo tam recentis, quam prisci aeui historiis
illustrata, et quaestiones tum politicas, tum Juris publici nonnullas,
easque utilissimas, Dispp. in illustri Academia Rostochiensi proposita, Anno 1653. Mense Februario et Martio. Rostochii in 8.
13 Bog. Die Schrift ist bem Herzog Gustav Abolph von Mecklenburg-
Güstrow zugeeignet, unb Domin. Palmarum 1653 batirt; sie besteht
aus bem prooemio unb 3 Büchern. 1. de Reipublicae constitutione,
welches 6 Capitel in sich faßt. 2. de administratione Reipublicae in
8 Capiteln. 3. de Reipublicae labentis erectione in 2 Capiteln.

    **) Vgl. S 43 f.

begreiflicher wird es, daß auch Müller die Verfassung und Verwaltung des Staates sowie die Aufrichtung des gesunkenen Staatslebens zum Gegenstande wissenschaftlicher Untersuchung und Erörterung machte. Hatte doch auch Caspar Mauritius in seinen in den Jahren 1644—1646 gehaltenen Disputationes Politicae eine Reihe verwandter Fragen erörtert. Müller trat somit durch seine Schrift nur in den Kreis der philosophischen Controversen ein, welche durch das Naturrecht auch nach dieser Seite hin hervorgerufen waren. Er nimmt daher mit derselben nur an der wissenschaftlichen Bewegung Theil, welche damals, auch durch die bekannten Schriften von Hobbes, deren Richtung von uns characterisirt worden ist *), veranlaßt, den Staat und die Staatseinrichtungen einer eingehenden Analysis unterzog.

Vor Allem aber zog Müller die Aufmerksamkeit der Rostocker Gemeinden durch seine Predigten auf sich, welche sich durch die ihnen eigene Ursprünglichkeit, Frische und Tiefe des innern Lebens auszeichneten. Es machte sich in ihnen bereits eine Art der Schriftbenutzung bemerkbar, welche sich von der bis auf ihn gangbaren und hergebrachten wesentlich unterscheidet. Er verläßt die überwiegend logische und darum trockene, fast ausschließlich argumentative Methode des Predigens, und weiß durch ein tieferes Eindringen in den Inhalt der Schrift den ganzen Reichthum derselben heranzuziehen, und der practischen Behandlung und Benutzung dienstbar zu machen. Die Heilswahrheiten, welche Müller in seinen Predigten mit tiefem Ernste und innerer Wärme bezeugte, traten so unmittelbar in der neuen Predigtform, die Müller

---

*) Vgl. S. 45.

eigen war, an die Herzen der Gemeindeglieder heran, daß dieselben sich eben so sehr angesprochen als ergriffen fühlten. Grade damals war das Archidiaconat zu St. Marien erledigt, nachdem durch die Berufung des D. Johann Corfinius des Jüngeren nach Hamburg als Pastor zu St. Catharinen daselbst *), der Professor der Theologie und Archidiaconus zu St. Marien D. Caspar Mauritius an Stelle des D. Corfinius Pastor zu St. Marien geworden war. Müller war zur Wahl mit aufgestellt worden. Die Aussicht, das köstliche Predigtamt an St. Marien, wo sein Vater Vorsteher war, und an einer Gemeinde, in deren Mitte und unter deren Augen er aufgewachsen war, zu erhalten, bewegte ihn tief.

Diese ganze Zeit war für ihn eine Zeit innerer Selbstprüfung und Läuterung und eines steten Gebetslebens. Er war durchdrungen davon, daß das Amt, welches er begehrte, ein köstliches sei,

---

*) Johann Korffen, Corfinius, der Aeltere starb am 16. Julius 1638 als Diaconus zu St. Jacob, Prediger des Klosters zum h. Kreuz und Rev. Ministerii Senior. Ihm folgte sein Sohn M. Joh. Corfinius der Jüngere als Diaconus zu St. Jacobi, in welchem Amte er von 1640 bis 1646 wirkte. Als D. Joh. Quistorp im J. 1645 Pastor zu St. Marien ward (Krabbe, Aus dem kirchlichen und wissenschaftlichen Leben Rostock's, S. 380 f.), wurde er an dessen Stelle im J. 1646 Archidiaconus zu St. Marien. Arch. Min. T. IV. p. 467 sq. Als er im J. 1649 zum Pastor in St. Marien erwählt war, erfolgte seine Confirmation durch Herzog Adolf Friedrich d. 12. Jan. 1650. Ebendas. IV., p. 417. Bereits war er am 12. October 1641 Magister geworden, und wurde im J. 1647 unter dem Decanat von Varenius in die philosophische Facultät recipirt. Nach der Amtsentsetzung Lütkemanns (vgl. über dieselbe Krabbe, a. a. O., S. 402 ff., 417 f.) erhielt er dessen Professur der Physik und Metaphysik, vertauschte aber nach dem Tode Huswedels im J. 1652 diese Professur mit derjenigen der Moral, nachdem er im J. 1651 zum Prof. Th. Extraord. berufen worden war. Er stirbt am 19. Mai 1664. Grape, Evang. Rostock, S. 187. Etwas, J. 1737, S. 436, 446, 606, 629, 633. Molleri, Cimbria Literata V. II., p. 150 sq.

und gerade in Rostock es zu erlangen an der Gemeinde, in welcher er aufgewachsen war, und unter den Augen der Universität es zu führen, welcher er seine theologische Bildung verdankte, war ihm eine so große und über sein Hoffen hinausgehende Gnade, daß er sich anfangs kaum darein zu finden wußte, als die Wahl zu dem erledigten Archidiaconat an St. Marien auf ihn fiel *). Ungeachtet seiner Jugend, da er erst im zweiundzwanzigsten Lebensjahre stand, hatte er sich bereits in weiten Kreisen Liebe und Anerkennung erworben. In seinen acabemischen Verhältnissen war er bestrebt gewesen, alles das zu leisten, was von ihm erwartet werden konnte, und wozu er nach den Verhältnissen berechtigt und befugt war, da er bisher noch keinen theologischen Grad sich erworben hatte. Er hatte mit Erfolg philosophische Collegia gelesen, und öffentliche und private Disputationen über die verschiedensten Gegenstände gehalten. Seine Berufung in das Predigtamt ließ ihn jetzt das Bedürfniß recht empfinden, zunächst mit den Gemeindeverhältnissen sich näher bekannt und vertraut zu machen.

Je mehr er erkannte, daß es ihm bei seinem jugendlichen Alter an geistlicher Erfahrung mangele, um den tieferen, überall ihm entgegentretenden Bedürfnissen der ihm anvertrauten Seelen zu genügen, und als ein rechter Hirte sie zu weiden und zu führen, desto eifriger wandte er sich dem Schriftstudium zu, und war unablässig bemüht, in die Schachten des göttlichen Wortes immer tiefer einzubringen, um die köstliche Perle des Evangeliums immer reiner und leuchtender

---

*) Müller erhielt das Judicium Ministerii b. 3. October und die Herzogliche Confirmation b. 8. October 1653. Arch. Minist. Vol. IV., p. 507, 509.

aus ihnen zu gewinnen. Indem er sich mit seinem inneren Leben in das Verständniß der heiligen Schrift vertiefte, und gläubig dem Zeugniß des heiligen Geistes in derselben nachging, vermochte er auch die ganze Herrlichkeit des Schriftwortes zu reproduciren und in frischer Unmittelbarkeit des innern Lebens auszulegen. Schon gleich im Anfange seiner pastoralen Thätigkeit tritt diese Eigenthümlichkeit seiner Schriftauslegung und die Selbstständigkeit seiner Predigtweise erkennbar hervor, und weiß er namentlich durch Einführung in das Schriftwort und dessen wunderbare Tiefen geistlich zu erquicken und mächtig anzuregen.

Schon vor Beendigung des dreißigjährigen Krieges in den letzten Jahren, welche dem Abschluß des Osnabrücker Friedens vorangingen, hatte das Ministerium Rostocks *) seine Lehrthätigkeit nach den verschiedensten Seiten hin auszudehnen versucht **). Es war bestrebt, den unmündigen und einfältigen Gliedern der Gemeinde möglichst das Verständniß der Catechismusstücke zu erschließen, zumal da es der Ansicht war, daß es nicht ausreiche, wenn neben den

---

*) Vgl. über diese Bestrebungen zur Hebung der katechetischen Lehrthätigkeit: Des Ministerii Ecclesiastici in Rostock Bedenken, Wie in dem Catechismo oder in den Hauptstücken der christlichen Lehre die Kinder und Einfältigen zu unterweisen, und wie sie daraus zu examiniren. Rostock, Anno MDCXLVI. Krabbe, Aus dem kirchlichen und wissenschaftlichen Leben Rostocks. S. 258 ff.

**) Auch an anderen Orten Mecklenburgs zeigen sich ähnliche Bestrebungen. So las im J. 1611 der Prediger Friedr. Frilius an St. Marien den Katechismus von Juber von der Kanzel vor, und erklärte ihn der Gemeinde. Vgl.: Das Kleine Corpus Doctrinae von Matthäus Juber. Ein Katechismus aus Meklenburg. Nach der Rostocker Ausgabe von 1565 wortgetreu herausgegeben von Dr. C M. Wiechmann. Schwerin 1865. Nachrede. S. 13 f.

Catechismus-Predigten ein caput aus dem corpore doctrinae Judicis, wie es herkömmlich, bei den Predigten öffentlich in den Kirchen hergesagt werde. Die kirchliche Katechese wurde in den verschiedensten Formen gepflegt, und in gleicher Weise wurden die verschiedenen Predigten in den Sonntags= und in den Wochengottesdiensten mit großem Eifer benutzt, um die Gemeinden wiederum in die Kenntniß der biblischen Ge= schichte und der christlichen Heilswahrheiten einzuführen, und so die durch die Drangsalszeiten des Krieges gelockerten Fundamente des christlichen Gemeinbelebens aufs Neue zu legen. Müller betheiligte sich an allen diesen Bestrebungen von Anfang seines Predigtamtes an auf das eifrigste, und hatte er die Freude, daß seine Gemeinde sich zu seinen Pre= digten ununterbrochen hielt, und sichtlich durch dieselben ge= fördert wurde.

Im Jahre 1654, am 24. Januar, verheirathete sich Müller mit der Jungfrau Margaretha Elisabeth Sibrands, ehelichen Tochter des Vorstehers der Kirche zu St. Marien Michael Sibrands. Die Ehe, auf vorhergegangenes fleißi= ges Gebet und Beirath der Eltern geschlossen, war eine in jeder Beziehung gesegnete. Beide Ehegatten führten nicht bloß eine ruhige und friedfertige Ehe, sondern trachteten mit einander nach dem Einen, was noth thut. Bei Beiden war die rechte Willigkeit der Herzen, sich gegenseitig zu fördern, und zu wandeln, wie sichs gebührte ihrem Beruf. Ihr ge= meinsames Trachten war darauf gerichtet, alles Eigene, Selbstsüchtige und Sündliche durch die Kraft des göttlichen Wortes zu überwinden, und bei aller Gebrechlichkeit und Schwachheit des Lebens doch den Herrn Jesum durch leben= digen Glauben und gottseligen Wandel zu preisen. Sie

verstanden es, einander in der Liebe zu tragen und zu ver=
tragen, und mit einander in ihrer Ehe, die zugleich ein Zeug=
niß ihrer christlichen Gemeinschaft war, zu wachsen, und dem
Einen Ziele, dem himmlischen Erbe, nachzustreben. Müllers
Ehe erfuhr daher auch reichen Segen vom Herrn während
ihrer einundzwanzigjährigen Dauer *). Läßt sich auch nicht im
Einzelnen nachweisen, welchen Einfluß seine Gattin auf den
Gang seiner innern Entwickelung ausgeübt hat, so ist doch
so viel gewiß, daß Müller stets dankbaren Herzens die ihm
in ihr geschenkte Gnade pries, und rühmte, wie er durch
das Band der Liebe in Einem Glauben und Einer Hoffnung
mit ihr verbunden sei.

Müller war in dieser Zeit neben seiner pastoralen Thä=
tigkeit, welche bei der verhältnißmäßigen Größe der Maria=
nischen Gemeinde seine Kräfte bedeutend in Anspruch nahm,
mit theologischen Studien eifrig beschäftigt, um sich auf das,
bei der theologischen Facultät öffentlich und privatim zu be=
stehende, theologische Examen zur Erlangung des theologischen
Doctorgrades vorzubereiten. Im Mai 1655 zu denselben
zugelassen, absolvirte er dieselben, ohne doch den Doctorgrad
selbst erhalten zu können, da seine amtliche Stellung noch

---

*) Müllers Ehe war auch durch die Geburt von fünf Söhnen und
einer Tochter gesegnet. Doch hatte er den Schmerz, daß zwei Söhne,
Peter und Christian Bernhard, und die einzige Tochter, Catharina Elisabeth, im zarten Alter von dem HErrn abgerufen wurden. Seine
Gattin und seine drei Söhne, Joh. Michael, Heinrich und Caspar Matthäus, überlebten ihn. Vgl. Personalia in: Klag-Stimmen, Ueber den
unheilbaren Schaden Babels, welche mit dem treuen Propheten Jeremia
ganzer zwei und zwanzig Jahr auß dem LI. Capitel seiner Weissagung
v. 9 & 10 geführet etc. von L. Barclai. Rost. 1675, S. 57 ff.
Weitere Nachrichten von gelehrten Rostockschen Sachen J. 1743, S. 285.

nicht demselben entsprach *). Dies führte zu den später von uns zu erwähnenden Differenzen mit der Facultät.

Das im Jahre 1655, am 25. October, einfallende hundertjährige Jubelfest des Augsburger Religionsfriedens **)

---

*) Liber Tertius Facultatis Theologicae Rostochiensis p. 132.

**) In der Matrikel der Universität findet sich darüber folgende Mittheilung: Ao. Christi 1655 sub Rectoratu Augusti Varenii S. S. Theolog. D. Hebraicorum & Catecheseos Christianae Profess. Jubilaeum, ob Pacem Religionis ante seculum, anno 1655, d. 25. Septembris Augustanae confessioni, in Comitiis Augustanis, satam et consummatam, solemni cerimonia celebravit Academia. Ipso die XXV. Septembr., occasione publicae Legum recitationis a me, Rectore, Deo pro tanto beneficio gratiae sunt habitae: ipsa autem solemnitas Jubilei, ex jussu et gratiosissima ordinatione Serenissimorum Principum ac Dominorum Dn. Adolphi Friderici et Dn. Gustavi Adolphi, Ducum Meckelburgicorum etc. die 26. Octobris in Academia solemni ritu est peracta, cum ex eorundem Serenissimorum mandato die 25. Octobris in Ecclesia eadem laetitia secularis esset celebrata. Verba formalia Serenissimorum ex gratiosissimis ad Academiam literis, utriusque Principis manu et sigillo conspicuis, haec sunt: So ist demnach an Euch unser gnädiger Befehl hiemit, daß ihr folgenden Tag (26. October) in Unser Universität mit Anordnung und Haltung einiger dazu dienlichen Orationum und Disputationum, wie ihr das am bequemsten und dienlichsten erachten werdet, solemniter begehen, und durch solche pia und eucharistica vota und exercitia dem Allerhöchsten Gott für solche große Gnade herzlich danken, und seine Göttliche Allmacht, solchen hochtheuern, werthen Schatz seines hochheiligen Göttlichen Worts etc. auf unsere Nachkommen bis an den lieben jüngsten Tag in Gnaden zu erhalten, inniglich und von Herzen bitten und anruffen sollet. Fecimus, quod secularis beneficii memoria et pietas Principum imperavit. Affixa sunt duo Programmata, unum generale, quo intimatio Jubilei Ecclesiastici facta Civibus Academiae, iisdemque mandatum, ut debita eucharistia et beneficii meditatione diem a Serenissimis Ecclesiae praescriptum secularem celebrent, et Jubilei Academici speciali intimatione propediem futura, ad illum celebrandum sese praepararent. Affixum illud Dom. XIX. Trinitatis seu XXI. Octobr. Alterum Programma speciale affixum d. XXV. Octobr. Ordinationem Academia specialem

wurde von Seiten der Kirche und der Universität auf das festlichste begangen. Auch die Glieder der Universität waren davon lebendig durchdrungen, daß es sich bei der Reformation im tiefsten Grunde um der Seelen Seligkeit gehandelt habe, da Luther aus der Erkenntniß der seligmachenden Wahrheit heraus den Heilsweg, der von der Römischen Kirche verdunkelt war, klar und mächtig bezeugte. Die Kämpfe jener vielbewegten Zeit um den Glauben hatten in ihrem Gefolge auch schwere Leiden und Drangsale über die treuen Bekenner herbeigeführt, und insbesondere nach dem Siege Kaiser Karls V. über die schmalkaldischen Bundesgenossen war die Unterdrückung des lutherischen Glaubens und der übermäch=

---

respectu illius Jubilaei expressit, et ad Actus tum praecipue duos Oratorios, tum Disputatorios Cives Academicos omnes invitavit. Die XXVI celebratus est in Academia Jubileus magnus, gemina oratione in Auditorio majori. Ego, p. t. Rector Academiae, ex Decreto Rev. Concilii, ab hora 9 ad usque 11 historiam Pacis Religiosae et circa illam insigniora quaedam documenta Providentiae oratione complexus, pro eadem seculum explente, gratias, pro servanda per successura, si quae sunt inter mortales speranda secula, preces solemni forma conceptas elocutus, in commemoratione tandem Serenissimorum Confessorum Saxonum et Mecklenburgicorum Actum oratorium matutinum obsignavi. Hora secunda postmeridiana Excellentissimus Academiae nostrae Poeta, Dn. Andreas Tscherningius eleganti gravique Heroico Carmine seculari eandem solemnitatem Academicam ex Decreto Rev. Concilii, sed et ex respectu beneficii sacri celebravit. Utrique Actui Musica tam vocalis quam instrumentalis, cum sono Jubileae buccinae passim distincta est addita. Die proxime 27. Octobr. a me, p. t. Rectore, habita est Disputatio solemnis prima: habebuntur etiam aliae Dnn. Theologorum Dispp. solemniores illo modo, quo in Programmate secundo sunt nominatae.

Haec ad posteritatis Academicae memoriam dum jam Pax Religionis secundum in Germania seculum ingreditur, hic consignare volui. Deus illam Germaniae porro servet, et det Confessorum exercitum amplum: dispergat autem populos bella appetentes.

tige fremde Einfluß, der fich in dem Einführen fremden Kriegsvolkes in das Reich und in der Geringfchätzung der deutfchen Nation und ihrer Rechte immer aufs Neue äußerte *), auf das fchmerzlichfte überall empfunden worden. Der Um= fchwung aller Verhältniffe durch das kühne Vorgehen des Herzogs Moritz hatte den Paffauer Vergleich herbeigeführt, in welchem bereits die Aufrichtung eines beftändigen Friede= ftandes, fo daß die ftreitige Religion nicht anders, benn durch freundliche, friedliche Mittel und Wege, zu einhelligem, chrift= lichen Verftande und Vergleichung gebracht werden folle, in Ausficht geftellt worden war **).

In der That war es aber erft der Augsburgifche Religions= friede, welcher die Sicherheit des lutherifchen Bekenntniffes ver= bürgte, da nach den Beftimmungen deffelben kein Stand des Reiches von wegen der Augsburgifchen Confeffion und derfelben Lehre Religion und Glauben halber gewaltfam follte überzogen, befchädigt und vergewaltigt werden dürfen, und in benen aus= brücklich feftgefetzt ward, daß die ftrittige Religion nicht anders, benn durch chriftliche, freundliche, friedliche Mittel und Wege, zu einhelligem, chriftlichen Verftand und Vergleichung gebracht werden folle ***). Daß damit eine fefte Bafis für die Bekenner der Augsburgifchen Confeffion gewonnen war, war ganz allge=

---

*) Vgl. Moritz, Herzog und Churfürft zu Sachfen. Eine Dar= ftellung aus dem Zeitalter der Reformation von Dr. Friedr. Alb. von Langenn. Th. I., S. 534 ff.

**) Hortleber, Handlungen und Ausfchreiben etc. p. 1325. C. F. A. Kahnis, Vindiciarum pacis religionis Augustanae Particula prima, p. 28 sqq.

***) Christoph Lehenmann, De pace Religionis acta publica et originalia, wo das Friedensinftrument, als Reichsverordnung von König Ferdinand ausgeftellt, fich findet. S. 136.

mein um so lebhafter empfunden worden, als ausdrücklich in dieser Reichsverordnung erklärt worden war, daß dieser Fried-stand bis zu christlicher Vergleichung fest und unverbrüchlich zu halten sei, und daß, wo dann solche Vergleichung durch die Wege des General-Conciliums, National-Versammlung, Col-loquien oder Reichshandlungen nicht erfolgen würde, alsdann nicht desto weniger dieser Friedstand in allen oberzählten Punkten und Artikuln bei Kräften bis zu endlicher Vergleichung der Religions- und Glaubenssachen bestehen und bleiben solle. Die schweren Drangsalszeiten des dreißigjährigen Krieges, dessen Nachwehen nach sieben Jahren noch immer allgemein empfunden wurden, hatten erkennen lassen, welches kostbare Gut der Augsburgische Religionsfriede vor hundert Jahren den Augsburgischen Religionsverwandten gebracht hatte. Der Schatz des göttlichen Wortes war dadurch ihnen und ihren Nachkommen gesichert worden.

In richtiger Erkenntniß der, den Evangelischen zu Theil gewordenen, göttlichen Gnade ordneten Herzog Adolph Friedrich und Herzog Gustav Adolph *) die Feier des Jubelfestes an, welche

---

*) Herzog Gustav Adolf von Mecklenburg-Güstrow, geboren am 26. Februar 1633, von seinem Vater Herzog Hans Albrecht zum An-denken an den König von Schweden, der zu seiner Restitution mitge-wirkt hatte, Gustav Adolf genannt, war unter der Vormundschaft des Herzogs Adolf Friedrich im streng lutherischen Bekenntniß erzogen, um dem Einfluß der dem calvinischen Bekenntniß ergebenen Herzogin-Wittwe Eleonora Maria abzuwehren. Im J. 1654 trat er die Regie-rung der Güstrowschen Lande an. Von tief geistlicher Gesinnung durchdrungen, und voll des Bewußtseins der ihm als Oberbischof ob-liegenden Verantwortlichkeit, war er aus allen Kräften bemüht, eine ge-deihliche Entwickelung seiner Landeskirche herbeizuführen. Er starb am 6. October 1695. Vgl. über ihn: Oratio Funebris in Obitum Beat. Principis Gustavi Adolphi habita a Nicolao Wasmuthio, Gymnasii h. t. Rectore 1695. Etwas J. 1742, S. 261 ff. F. Thomas, Ana-

eine allgemeine und lebhafte Betheiligung fand. Varenius, als
damaliger Rector, leitete nicht nur die Feier durch umsichtige
Anordnung der einzelnen Festacte, sondern gab auch in seiner
Festrede eine eingehende Darstellung der Geschichte des Religionsfriedens. Er wies zugleich in Bezug auf denselben auf die
merkwürdigeren Beweise der göttlichen Vorsehung hin, sprach
den Dank für seine hundertjährige Dauer, und die Bitte für
seine Bewahrung durch die folgenden Jahrhunderte aus, und gedachte auch der fürstlichen Bekenner Sachsens und Mecklenburgs,
an deren Namen sich so große Erinnerungen knüpfen. In
einem zweiten solennen Act der Academie, welcher am Nach-
mittage stattfand, verherrlichte Andreas Tscherning *) den
Gegenstand des Festes in einem Carmen seculare. Daran
schlossen sich am folgenden Tage, am 27. October, solenne
Disputationen, welche sowohl von Varenius, als auch von
den übrigen Gliedern der Facultät gehalten wurden. Zur
Säcular-Feier des Religionsfriedens erschienen damals gleichzeitig mehrere Jubelschriften **), welche die allgemeine Theil-

---

lecta Gustroviensia p. 189 sq., 211 sq. Nettelbladts Schreiben von
gelehrten Mecklenburgischen Fürsten, S. 23 f. J. B. Krey, Beiträge
zur Mecklenburgischen Kirchen- und Gelehrtengeschichte, Bd. I., S. 293 ff.
Krabbe, Aus dem kirchlichen und wissenschaftlichen Leben Rostocks,
S. 179, 204 ff., 251 ff., 440 ff., 451 ff.

*) Vgl. über M. Andreas Tscherning, Poeseos Professor: Etwas
J. 1742, S. 455 ff., 460 ff., 525 ff., 591 f. J. B. Krey, Andenken
an die Rostockschen Gelehrten VII., S. 48 ff. Krabbe, Aus dem kirchlichen und wissenschaftlichen Leben Rostocks, S. 320 ff.

**) Unter den damals herausgegebenen Jubelschriften sind zu
nennen:

1. Jubilus secularis, quae diei festo, felici, solemni, VII. ante
Kalend. Octobres, quo ante C annos abhinc Anno Christi MDLV. in
Pacem Religionis inter Augustissimum Imperatorem Carolum V. A. M.

nahme, welche in Rostock an dem Feste herrschte, bezeugten.

In der wissenschaftlichen Auffassung und Behandlung des Alten Testaments stand Müller auf orthodoxem Standpunkte, und ging bei der Exegese wesentlich davon aus, daß die Propheten das zuvor gesehen, wovon sie weissagten. Das historische Verständniß des alttestamentlichen Wortes ward noch zurückgestellt, und überwiegend das prophetische und typische Moment in der Auslegung hervorgehoben. Die alttestamentliche σκιά fiel der orthodoxen Richtung damals noch ganz zusammen mit der εἰκὼν τῶν μελλόντον ἀγαθῶν (Hebr. 10, 1). Dies zeigt sich uns auch in seiner Auslegung des 16. Psalms *). Der Inhalt der ersten Hälfte desselben ist ihm das Leiden unseres Erlösers Jesu Christi, der Inhalt der zweiten Hälfte ist der Triumph des

---

& Serenissimos Electores Statusque Imperii feliciter Augustae Vindelicorum consensum est, nunc vero edicto III. atque Cels. Principum Mecklenb. hac VII. Kal. Novembrium Anni MDCLV. merito solenniter celebrato dixit Christianus Klein. Rostochii. Der Verfasser, geboren ben 8. October 1627, promovirte den 22. Jan. 1656 unter bem Decanat Schuckmanns. Er war Prof. juris vom December 1663 bis 16. April 1664, wo er unerwartet starb. Etwas J. 1737, S. 283, J. 1740, S. 667. Geschichte der Juristen-Facultet in der Universität zu Rostock, S. 113 f., S. 135.

2. Pro seculari Memoria Pacis Religionis sancitae anno 1555, Meditationes o Sacris, do Pace, Praeside Herm. Schuckmann, Theol. D. & Prof. Resp. M. Theod. Jordano, Luneburg. d. 29. Dec. Anno 1655. 4. Vgl. auch Arch. Min. Vol. XII. p. 369.

*) Disp. Philologica in primam Clinodii Dauidici, quod continetur in Psalmo XVI., partem, exhibens passionem Saluatoris nostri Jesu Christi, Resp. Georg. Bolenio, Norda-Frisio d. XX. Febr. 1656. Rostochii in IV., umfaßt außer dem Titel die sechs ersten Verse des Psalms.

HErrn *). Auf Grund des Zeugnisses des Neuen Testaments **) wird angenommen, daß David von dem Messias in seinem Leiden und in seiner Verherrlichung geredet habe. Die Beziehung auf David lag ihm wie der ganzen Zeit fern. Wie Müller nun in dem Psalm eine Weissagung auf Christum fand, so war ihm auch darin das Leiden des Erlösers bezeugt. Der Heilige mit seinem Leiden ist ihm zugleich der triumphirende HErr, der Grab und Tod überwindet, und in den Stand der Erhöhung zur Rechten Gottes sich erhebt, so daß er die in der Weissagung und Erfüllung liegenden Momente zu einer lebendigen Einheit zusammenschaut.

Müller lebte ganz seinem practischen Amte neben seinen wissenschaftlichen Studien, aber er war bemüht, das, was seine pastoralen Arbeiten ihm brachten, auch wissenschaftlich zu verwerthen. Je mehr er sich in die Schrifttexte vertiefte, über welche er predigte, desto mehr empfand er das Bedürfniß, sich auch theoretisch Rechenschaft zu geben von der Methode des Predigens. Homiletische Anweisungen waren verhältnißmäßig wenige vorhanden, und es entbehrte die Theorie der Predigt bisher einer eingehenden und relativ erschöpfenden Behandlung der an den Begriff der Predigt sich knüpfenden, Inhalt und Form derselben betreffenden Fragen. Dieß Alles bestimmte Müller, seine Kräfte nicht bloß practisch, sondern auch theoretisch auf dem Gebiete der Homiletik zu versuchen. So entstand seine, zuerst im Jahre 1659, zum zweiten Male

---

*) Disp. Philologica in secundam Clinodii Dauidici, quod continetur in Psalmo XVI., partem, exhibens triumphum Saluatoris nostri Jesu Christi. Resp. Arn. Lassenio, Pomerano, d. XII. Martii A. 1656. Rostochii in IV., begreift v. 7—11 des Psalms.

**) Act. 2, 25—31. Act. 13, 35—37.

im Jahre 1670 erschienene Schrift „Orator Ecclesiasticus"*), welche er dem Herzog Gustav Adolph als dem Beschützer aller acabemischen Bestrebungen, dem Förderer der Frömmigkeit und der Wissenschaft, dem Alles verdankt werde, was von den Gliedern der Acabemie ausgehen könne, zueignete**).

Der allgemeine Theil der Schrift handelt zunächst de inventione, bestimmt den Begriff der Predigt***), und zeigt, wie die inventio sich entweder auf den Text oder auf das aus dem Text abzuleitende Thema, oder auf die das Thema beweisenden, erläuternden und erweiternden Argumente beziehe. Der eigentliche Quell der inventio für die Predigt ist ihm die Bibel, bei deren Lesung der eigenen Weisheit entsagt werden müsse. Der Leser soll sein Herz so bereiten,

---

*) Orator Ecclesiasticus, Sistens, praeter Methodum Concionandi, complures alias materias Theologicas, item Comment. in Psalm. VI., XVI. & XXII. Rostochii in 8. A. MDCLIX. Eine zweite, durch Indices vermehrte und auch sonst erweiterte und verbesserte Ausgabe, die mir vorliegt, erschien unter folgendem Titel: Orator Ecclesiasticus, Sistens, praeter Methodum Concionandi, complures alias materias Theologicas, item explicationem variorum dictorum Biblicorum, exhibitus a D. Henrico Müllern, Theol. Prof. & Pastore Mariano. Editio secunda priori correctior. Rostochii, Impensis Joachimi Wilden, Typis Johannis Kilii, Universit. Typogr. Anno MDCLXX.

**) In beiden Ausgaben findet sich die Wibmung an Herzog Gustav Abolf, und zwar heißt es am Schlusse: Dabam Rostochii Domin. Quasim. Anno 1659. Als Motiv der Zueignung wird besonders hervorgehoben, daß, als er vor sechs Jahren ihm seine Politica bargeboten, ihm seine schwachen Versuche nicht mißfallen hätten, und er sich auf das wohlwollendste und auf das gnäbigste geäußert habe.

***) Concio est oratio ex verbo-Dei, fidem vel mores spectans et ad suasionem directa. Consideratur concio vel ut formanda vel ut habenda. Ad formationem pertinent inventio et dispositio: illa res tratandas suppeditat; haec ordine suo apte locat.

daß es gleich einer unbeschriebenen Tafel ist, auf welche der heilige Geist seine Wahrheit einschreiben könne. Der Leser der Schrift muß daher Gott beständig anrufen, damit er durch die Gnade des heiligen Geistes zu dem lauteren Ver= ständniß des Wortes hinführe *). Aber mit der Lesung soll meditatio und tentatio Hand in Hand gehen, damit die Ge= wißheit, die Lieblichkeit und die Wirksamkeit des gelesenen Wortes empfunden werde. Da die Summe des Gesetzes und des Evangeliums Christus ist, muß auch Alles auf Christum als auf das einzige Ziel bezogen werden. Die analogia fidei Rom. 12, 6 ist ihm die Norm für die Aus= legung der heiligen Schrift, und ist die Schrift durch die Schrift zu erklären. Im Uebrigen steht Müller, was die Schrifterklärung anlangt, auf dem Standpunkt der alten Linguistik und ihrer Auffassung der verschiedenen Dialecte und Idiotismen.

Characteristisch für die homiletische Methode jener Zeit ist die Anwendung der logischen τόποι auf die inventio. Die Argumente werden hergenommen ab Etymologia, ab Synonymia, ab Homonymia, a Definitione, a Genere, a Differentia, a Specie, a Propriis, ab Accidente ante- cedente, ab Accidente consequente, ab Accidento con- comitante, a Distributione totius in partes, a Distributione in causas, a Distributione in effectus, a Subjecto, a Sub- jecto, in quod tendit, a modo habendi, a comparatis

---

*) Müller beruft sich auf den Ausspruch Luthers: Scripturae liber librorum omnium sapientiam evacuat, ideo de tui ingenii acumine in percipienda hujus libri sapientia, penitus despera; flexis vero genubus in vera humilitate serio Deum precare, ut det tibi Spi- ritum, qui te illuminet.

affirmatis, a comparatis negativis, ab oppositis, a testimonio divino, ab experientia. Wie diese Methode, welche ihr Substrat nach allen Seiten hin durch logische Spaltung aufzufinden bemüht ist, auch das fern liegende heranzieht, und dadurch unfruchtbar und abstrus unter Umständen werden muß, zeigt schon die Masse der loci. Beschränkt man aber dies, wie Müller es will, auf die loci, welche der amplificatio dienen, so können dieselben der homiletischen Ausführung unverkennbar wesentliche Dienste leisten*), wenn auch nicht geleugnet werden soll, daß der Erfolg dieser Methode vorzugsweise davon abhängt, wer sie handhabt, und sie mit geistlichem Leben zu erfüllen weiß.

Die homiletischen Anweisungen Müllers erstrecken sich über das ganze Gebiet der Homiletik, und beschäftigen sich sowohl mit der Anordnung des Stoffes, mit der Gliederung der einzelnen Theile, als auch mit der Ausführung des Pre-

---

*) Wie ausgezeichnet Müller diesen logischen Schematismus zu handhaben, Bild und Sache recht zu scheiden und zu verbinden, und geistlich zu beleben wußte, zeigt beispielsweise seine Anwendung auf die epistolische Perikope Dom. 2 post Trinit. Meine Kindlein liebet. Hoc thema commode amplificari potest 1. a Definitione: Die Liebe ist eine Verknüpfung und freundliche Zuneigung der Herzen unter einander. 2. a Comparatis: Wir mögen sie vergleichen einem Zünglein auf der Waage, das sich dahin neiget, da die schwerste Last lieget: Die Liebe hält sich zu dem, der viel Elendes und wenig Trostes fühlet. 3. ab Oppositis: Nicht die falsche Weltliebe, die sich nur zum Glücke neiget, mit dem Glücke blühet, und mit dem Unglücke verwelket. Nicht die Zungenliebe, die Rosen spricht, und Dornen meinet, Honig im Munde, und Galle beim Herzen trägt. Nicht die Wortliebe, die viel verheißet, und wenig leistet, gleich einer tauben Nuß, die mit den Schalen pranget, und keinen Kern drinnen hat. 4. a Distributione in Species: die reine Liebe ist theils innerlich, theils äußerlich, inwendig lauter Wahrheit, auswendig lauter That. 5. a Modo: sie wurzelt im Herzen, blühet in Worten, und fruchtet in der That und Werken.

digtstoffes, und nicht minder mit dem Vortrage der Predigt. Weit entfernt, bloß willkürliche Regeln aufzustellen, erkennt man zwar, daß er sich die Alten in formeller Beziehung vielfach zum Muster genommen hat, aber es ist ihm bei aller und jeder Anweisung stets um den letzten Zweck aller Heilsverkündigung in der Predigt zu thun, so daß er der letzteren auch stets den geistlichen und specifisch christlichen Character zu bewahren weiß. Auf die Disposition legt Müller ein entscheidendes Gewicht *). Ohne in ihr ein bloßes Gerippe zu sehen, betrachtet er vielmehr die Disposition als die innere Bedingung einer naturwüchsigen, aus dem Kern des Wortes Gottes sich entwickelnden, ihres Zieles sich bewußten Predigt.

Wie sich über das Exordium manche feine, den Alten, besonders Cicero, entnommenen, Fingerzeige finden **), so giebt Müller auch treffende practische Bemerkungen über die Propositio ***) und deren Nothwendigkeit, über die Partition,

---

*) Ibid. Res inventae accurate disponendae sunt: sine Dispositione Concio et cadaver. Certe si Oratio careat Dispositione, necesse est, ut tumultuetur et sine rectore fluitet, nec cohaercat sibi, multa transeat, velut nocte locis ignotis errans, nec initio nec fine proposito, casum potius quam causam et consilium consequatur. Dispositio autem est partium concionis ordinata collocatio.

**) Ibid. Neque enim Exordium est mensura thematis, sed thema Exordiorum; jam mensuratum mensurante est posterius. Cic. lib. 2 de Orat.: Quod primum est dicendum, postremo soleo cogitare, quo utar Exordio. Et aliquanto post: Exordia, inquit, ex ipsis causae visceribus sumenda sunt.

***) Ibid. Propositio in Concione semper et absolute est necessaria, quia et scopum Auctoris et seriem medullamque totius contextus et basin habendae concionis demonstrat. Hinc ejus artificium necessitate et dignitate primum.

ihre Zweckmäßigkeit und ihre entsprechende Beschaffenheit, sowie über die Confirmatio, welche ihm wiederum in die explicatio und in die applicatio oder den usus zerfällt *). Doch will er keine unfruchtbare, in bloßen Wortklaubereien sich ergehende Erklärung des Textes, auch keine solche, die Verschiedenartiges, ferner liegende Parallelstellen und aus einander gehende Auslegungen der Interpreten und der Ueber-setzungen, herauzieht, sondern nur das, was der Erläuterung des Textes dient. Insgemein ward ein fünffacher usus ange-nommen: 1. didascalicus, 2. elenchticus, 3. paracleticus, 4. epanorthoticus, 5. paedenticus. In Bezug auf den usus epanorthoticus geht Müller näher auf die Frage ein, wie der Diener der Kirche sich bei der Ausübung seines officium elenchticum zu verhalten habe. Er schließt sich an Augustinus **) an, und will dasselbe mit Einsicht, Liebe und Vorsicht geübt wissen. Der Ernst der nothwendigen Bedeutung soll durch Milde gemäßigt werden, aber nach Lage der Sache und ihrer Schwere will er auch scharfen Tadel angewandt wissen. In Bezug auf notorische Scandala ver-weist er auf Matth. 18, 17, aber er fordert eine sichere Kenntniß, die nicht nach Vermuthungen und Argwohn, son-dern nach dem Geständniß der Sache selbst und nach aus-

---

*) Ibid. Confirmatio est thematis seu Propositionis tractatio per argumenta illustrantia, si thema sit simplex; vel probantia, si sit compositum, item amplificantia, applicantia, moventia. Juxta communem doctrinam complectitur duo: Explicationem, seu para-phrasin textus, et applicationem seu usum.

**) Augustini Epist. 61 ad Aurelium: Non aspere quantum existimo, nec duriter, non modo imperioso delicta tolluntur, sed magis docendo quam jubendo, magis monendo quam minando. Misericorditer corripiat homo quod potest, quod autem non potest, patienter ferat, et cum dilectione gemat ac lugeat.

reichender Ueberführung beurtheilt werden müffe. Ueberall fühlt man den tiefen, heiligen Ernft hindurch, von welchem Müller bei allen Vorfchriften und Winken, die er gab, durchdrungen war, wie fchmerzlich ihn die tiefen Schäden der Kirche berührten, und wie fehnlichft er ihre Abhülfe wünfchte*).

Müller giebt aber auch in feinem Orator ecclesiasticus eingehende Anweifung über das Halten der Predigten, wo in dem Abfchnitte de Memoria auch die für das Gedächtniß fich eignenden Hülfen, und nicht bloß vom rhetorifchen, fondern, eigenthümlich genug, auch vom medicinifchen Standpunkt, befprochen werden, fo daß felbft Arzneimittel und Recepte für diefelben von ihm mitgetheilt werden. Abgefehen aber von diefer, in dem ganzen Geifte jener Zeit liegenden Eigenthümlichkeit, welche fich gerne Geheimmitteln zuwandte, zeigt fich auch hier Müllers klares Urtheil und verftändige Ein-

---

*) Müller geht bei diefer Gelegenheit auch in eine Erörterung des Begriffs der Kirche ein, und befpricht die älteren und neueren Auffaffungen des Begriffs derfelben mit Rückfichtnahme auf die Stelle bei Matthäus, und fchließt dann die von ihm gegebene Ueberficht und Kritik mit den Worten: Quidquid autem sit vel de Synodo, vel de coetu, vel de Presbyterio; misere sane agitur cum illa Ecclesia, in qua nec Presbyterium vel constitutum est, vel agnoscitur; nec de Synodo aut coetu cogendo ii, quibus curae esse debebat animarum salus, unquam cogitant. Multa (quod dolendum!) in istiusmodi Ecclesiis animarum millia detruduntur in inferni abyssum: Multa suspiriorum millia fidelibus Christi ministris, quibus damnum Josephi cordi est, extorquentur. Unius enim non est, quod toti Ecclesiae a Christo tribuitur. Dolendum eheu! et gemendum est sinceris Christi amatoribus. Ibid. p. 37 sq. Es hängt dies zufammen mit dem tiefen Schmerze Müllers über den Nothftand der Kirche, über das in die Kirche eingedrungene weltliche Verderben, und mit Müllers eigenthümlichen Anfichten, wie jenem am beften entgegengewirkt werden könne. Wir werden fpäter Gelegenheit haben, auf Beides ausführlicher einzugehen.

sicht, wenn er unter den rhetorischen Mitteln, welche der Stärkung des Gedächtnisses dienen, crebrum a juventute exercitium, ordo et artificiosa dispositio und scriptio her= vorhebt, ohne doch dem sclavischen Memoriren das Wort zu reden *). Werde auch, wie einige meinen, die Predigt ganz aufgeschrieben, so will Müller doch, daß der Predigende sich frei bewege, und dem Zuge des heiligen Geistes beim Halten der Predigt folge. Er ist selbst geneigt, es für passender zu halten, daß nicht die ganze Predigt von dem einigermaßen Geübten aufgeschrieben werde, doch will er es dahin nicht umgedreht wissen, als ob nur die allgemeinsten Hauptsätze der Predigt aufgeschrieben werden sollten, und erklärt sich entschieden gegen diejenigen Prediger, welche nicht eher be= denken, was sie reden, als wenn sie reden **).

---

*) Müller pflichtet mit Recht Hunnius bei, welcher bemerkt: Memo- riam onerare certo certorum verborum conceptu et se ad certa verba adstringere, esset laboris immensi, und setzt dann hinzu: Imo et revelationi Spiritus S. fit injuria, qui ad pias preces in cathedra meliores subinde suggerit meditationes, quam succurrerant pri- vatim.

**) In dem Abschnitte De Elocutione, p. 55 sqq., unterscheidet Müller Schemata seu Figurae vel Dictionis vel Sententiae, und bemerkt sodann: Ex Figuris Dictionis praecipuum usum in Oratoria Ecclesiastica habent Anaphora, Anadiplosis, Climax, Paronomasia. Ex Figuris Sententiae: Exclamatio, Apostrophe, Interrogatio, Com- pellatio, Obsecratio, Adjuratio, Optatio, Sustentatio, Admiratio, Dubitatio, Aposiopesis, Communicatio, Prosopopoeia, Dialogismus et Occupatio. Müller erläutert diese und zeigt, wie von denselben eine kirchliche Anwendung zu machen sei, um zu überzeugen, und die Ge- müther zu bewegen. Die Beispiele der Behandlung, die er von allen giebt, lassen erkennen, wie seine eigene Predigtweise in methodologischer Beziehung damit enge zusammenhängt. Wir setzen daher ein solches Beispiel her. Compellatio: Gehet in euch, liebe Christen, und bedenket,

Müller will, daß vor Allem die Sprache des heiligen Geistes geredet werde, 1. Petr. 4, 11. 1. Cor. 1, 17, und daß jene Beredtsamkeit geübt werde, welche durch das Gewicht wirksamer Worte die Dinge bezeichnet. Das Schriftwort ist ihm daher, wie schon den Kirchenvätern, das eigentliche, wahrhaft beredt machende Wort *). Es ist indessen

ob etwas abscheulicheres möge erdacht werden, als die Sünde. Interrogatio. Sollte die Sünde nicht scheußlich sein, die des allerscheußlichsten Geistes, des Teufels, Bilde ist, und uns für Gott zum Stank und Greuel machet? Admiratio. Wie eine schöne, reine, edele Creatur ist der Mensch, Gott hat ihn nach sich gebildet. Sustentatio. Gott hat ihn mit dem Blute seines Sohnes in der Taufe gewaschen: Gott hat ihn durch seinen Geist geheiliget. Anaphora. Aber die Seele, die Seele, die nach Gott gebildet, durch das Blut Jesu gereinigt, und mit dem allerheiligsten Geiste Gottes gezieret ist, wird durch die Sünde in des Teufels Cloak und Schandgrube verwandelt. Prosopopoeia. Da alle anderen Creaturen in ihrem Wesen bestanden, wie sie Gott erschaffen, fällt allein der Mensch ab, zeucht des Teufels Larve an, und schändet das Wort, das ihn hat erschaffen, das Blut, das ihn hat gewaschen, den Geist, der ihn hat geheiligt. Exclamatio. O wehe des boshaftigen Saamens. Compellatio. Was gewinnet ihr dann, ihr Sünder? Wie der Saame ist, so ist auch die Frucht: gesetzt, ihr habt auf Erden goldene, süße Tage: so häufet ihr euch doch den Zorn am Tage des Gerichtes. Interrogatio. Wer will denn gnädig sein, wenn der HErr zürnet? und wer will denn lossprechen, wenn er verdammet? o weh des erschrecklichen Tages, da werdet ihr ernten, was ihr gesäet habet, Schand und Pein mit allen Teufeln in der Höllen. Innerlich wird euch der nagende Wurm, äußerlich das brennende Feuer ängsten. Anaphora. Feuer wird durch Leib und Seele: Feuer wird durch Mark und Bein bringen. O der unaussäglichen Pein, o der unerträglichen Pein, o der unerträglichen Schmerzen. Dialogismus. Da stehet der reiche Mann und schreiet euch zu: Hütet euch, ihr Menschenkinder, daß ihr auch nicht kommt an den Ort dieser Qual, denn ich leide Pein in diesen Flammen. Optatio. O daß ihr weise wäret, und dies zu Herzen nehmet. Apostrophe. O Herr, erleuchte doch die blinde Welt!

*) Clemens Alex. Strom. lib. VI. Sine scriptura loquimur nihil. Gregorius Nazianz.: Loquere, quae sunt spiritus, et si possibile est, nihil aliud. Augustinus de doctrina christiana lib. IV.,

unverkennbar, daß Müller in allen seinen homiletischen Ar= beiten große Sorgfalt auf die Darstellung verwendet, und namentlich auch auf den Wortausdruck seine Aufmerksamkeit gerichtet hat. Daß der dreißigjährige Krieg überhaupt auf die Ausbildung der deutschen Sprache einen nachtheiligen Einfluß ausgeübt hat, ist bekannt. Die fremden Heerhaufen, welche drei Decennien hindurch Deutschland überschwemmten und verheerten, hatten eine Masse von Fremdwörtern all= mälig eingebürgert. Die deutsche Sprache, welche von Nie= mandem geschirmt und gepflegt war, verkümmerte.

Eine Mischung der verschiedensten fremdländischen Wörter, Wortbildungen und Satzverbindungen machte sich bemerkbar, und rief das Bedürfniß einer Reaction hervor *). Selbst die homiletische Ausdrucksweise hatte darunter gelitten, und die Sprache der Predigten war nicht ganz unberührt geblie= ben von diesen allgemeinen, nachtheiligen Einflüssen, welche der langwierige Krieg ausgeübt hatte **). Schon seit Carl= stadt, der in seiner Eitelkeit etwas darin suchte, war es auf= gekommen, lateinische, griechische und hebräische Wörter der Predigt einzumischen, und diese Sitte dauerte auch jetzt noch fort ***). Bei Müller aber findet sich die entschiedene Ten=

---

c. 28: In ipso sermone Doctor malit, placere quam verbis: nec existimet dici melius, nisi quod dicitur verius: nec Doctor verbis serviat, sed verba Doctori.

*) F. W. Barthold, Geschichte der fruchtbringenden Gesellschaft. S. 104 ff.

**) L. Meister, Beiträge zur Geschichte der deutschen Sprache, Th. I., S. 326. P. H. Schuler, Beiträge zur Geschichte der Veränderungen des Geschmacks im Predigen unter den Protestanten, von der Reformation bis auf jetzt, S. 16 f.

***) Bereits Jacob Andreä in seiner Methodus concionandi, Tab.

benz, die Sprache rein zu erhalten, und ihr die Frische, die Ursprünglichkeit und die Anmuth zu geben und zu erhalten, welche ganz besonders geeignet ist, Eindruck zu machen, den Weg zu den Herzen zu finden, und dieselben innerlich zu überwinden und zu erneuern *).

Müllers geistliches Leben und pastorale Thätigkeit wuchs unverkennbar zusehends mit dem köstlichen Amte, das ihm zu Theil geworden war. Er trug seine Gemeinde auf einem betenden Herzen, und wünschte nichts sehnlicher, als auch das Gemeindeleben zu heben, und zu einer lebendigen und geistlichen Theilnahme am Gottesdienst hinzuleiten. Es schmerzte ihn, daß er nicht diejenige Mitbetheiligung am Gesange in seiner Gemeinde glaubte wahrzunehmen, welche er für uner-

---

1595, bemerkt in dieser Beziehung: Alia ratio docendi est et tractandi locos communes in schola, alia in Ecclesia coram promiscua et imperita multitudine. Hic enim omnia non modo artis vocabula, verum etiam ipsa ars, magno studio celanda etc. — — Popularis et perspicua explicatio scripturarum sit oratio — vocabula artis absint — Latinismis in concionibus abstinendum est. Ph. H. Schuler, Geschichte der Veränderungen des Geschmacks im Predigen, Th. I., S. 116 ff.

*) Es ist auffallend, daß Müllers Orator Ecclesiasticus so wenig Berücksichtigung in der homiletischen Literatur gefunden hat, und fast ganz in Vergessenheit gerathen ist. Vielleicht mag das Uebergewicht seiner ascetischen, überall gleich geschätzten Schriften dazu mitgewirkt haben. Dennoch ist derselbe, wie wir glauben, auch im Einzelnen nachgewiesen zu haben, eine noch immer sehr beachtenswerthe Leistung, welche die rhetorischen Anweisungen der Alten mit christlichem Geiste und Leben zu durchbringen gewußt hat. Zugleich aber ist die Schrift in historischer Beziehung ein wichtiges Denkmal nicht nur für den Stand der Homiletik als Wissenschaft in jener Zeit, und für die damals herrschende Predigtweise, sondern auch für den Umschwung, der sich nicht nur in der Methodologie der Predigt anbahnt, sondern auch in der geistlich lebendigen Auffassung der Predigt und ihres letzten Zieles.

läßlich hielt, wenn der Gottesdienst in allen seinen Theilen ihr wahrhaft sollte zum Segen gereichen. Nicht allein, daß viele nicht eher zur Kirche kamen, als kurz vor dem Anfange der Predigt, und bald nach Beendigung derselben sie wieder verließen, da wir doch alle einmüthig und mit Einem Munde Gott anbeten und loben sollen, sondern viele sangen auch ohne Geist und Andacht, und empfanden darum auch nicht die Kraft der Worte im Herzen, blieben dürre und kalt, und verloren dadurch selbst die Lust am Gesange. Dazu kam, daß in den damals gangbaren Büchern manche Gesänge sich falsch gedruckt fanden. Es hatte sich auch in dieser Zeit bereits eine falsche Richtung geltend gemacht, welche weniger die Kraft und den Geist des Liedes, aus welchem es herausgeboren war, berücksichtigte, noch seine Wirkung im Herzen bewegte, als insbesondere auf die poetische Schönheit, auf die Zierlichkeit der Worte und auf die äußere gefällige Form ihr Augenmerk richtete.

Ueberdies hatte Müller den Wunsch, der Gemeinde auch für den privaten Gottesdienst eine Sammlung von Gesängen mit Melodien darzubieten, um an seinem Theile der Pflege des öffentlichen und privaten Gottesdienstes möglichst Vorschub zu leisten. Er wollte auf diesem Wege sowohl den eingeschlichenen Mißbräuchen abhelfen, als auch der Andacht vieler frommen Seelen zu Hülfe kommen. Ueberhaupt lag ihm, wie seiner ganzen Zeit, die Aufgabe vor, den lutherischen Cultus, der durch die Noth der Zeitverhältnisse in Verfall gerathen war, und nicht mehr die allgemeine Betheiligung der Gemeinde erfuhr, wie es früher überall der Fall gewesen, durch eine größere Mitwirkung der Gemeinde zu heben. Aber dabei konnte Müller nach seiner ganzen

geistlichen Entwickelung, durch welche er selbst hindurchge=
gangen war, nichts ferner liegen als die Gemeinde nur äußerlich
heranzuziehen. Er wollte jenes Ziel dadurch erreichen, daß
er ihre Glaubensgemeinschaft und Gnadengemeinschaft mit
dem HErrn aus dem Schatze der köstlichen Glaubenslieder,
den die lutherische Kirche besaß, zu stärken versuchte. Diesen
herrlichen Besitz suchte er der Gemeinde für den kirchlichen
und privaten Gebrauch wieder zugänglich zu machen. So
entstand seine geistliche Seelen=Musik *).

---

*) Geistliche Seelen-Musik. Bestehend in zehen betrachtungen
und vierhundert auserlesenen Geist- und Krafft-reichen, sowol alten, als
neuen Gesängen, mit allerhand schönen, unter andern funfzig gantz
neuen Melobehen gezieret. Auff Begehren vieler Andacht liebenden
Seelen zum Druck beforbert von Henrico Müllern, Prebigern der Gemeine zu St. Marien in Rostock. Rostock. Bey Johann Richeln im
1659 Jahre. Die Schrift ist dem burchläuchtigen, hochgeborenen Fürsten
und Herrn, Herrn Johanni Georgio, Hertzogen zu Mecklenburg etc.,
zugeeignet, und trägt die Widmung das Datum d. 2 Decembr. Anno
1659. Müller hebt in dieser mit dem Gedanken an, den er in wahrhaft
geistreicher und geistlicher Weise ausführt, daß die Gottesfurcht eine
Krone der Fürsten sei, und bezeugt, daß mit dieser Krone die Güte des
Himmels auch den Herzog Johann Georg geschmücket, daß das ganze
Land die Gottseligkeit seines Fürsten erhebe, gebenkt bann seiner Heimsuchung durch schwere, in Rostock erfahrene Krankheit, seiner Gelassenheit
und Resignation, und knüpft baran die Erwähnung der persönlichen
Beziehungen, die er mit dem Herzog bamals gehabt, wo er seinem
Gott gebanket für die hohe Gnabe, welche er Ihm in allerlei geistlicher
Erkenntniß und Erfahrung so reichlich mitgetheilt habe.
Die Zahl der mitgetheilten Gesänge erstreckt sich auf vierhundert,
welche Müller, worüber er in der Vorrede Rechenschaft giebt, nach Anleitung des Nürnbergischen Gesangbuchs, in gewisse Rubriken eingetheilt
hat. Unter einer jeben Rubrik habe er erstlich aus dem gemeinen Gesangbuch die gebräuchlichen behalten, jedoch wo sie von den Drukkern
ober dem unverständigen Haufen zerstümmelt und verfälscht, gebessert.
Darnach habe er hinzugethan viele bewegliche Gesänge aus Johann
Heermanns, Schlesischen Pfarrherrns, Gesangbuch. Weil auch bei den
neuen Scribenten, als Herrn Johann Rösten, S. Betulio, D. Wulffern,

Die voraufgeschickten zehen Betrachtungen handeln von den geistlichen Liedern, deren Ursprung durch das ganze Alte und Neue Testament hindurch verfolgt wird. Er zeigt aus den Kirchenvätern, wie die geistlichen Lieder durch die Gnade Gottes in den christlichen Kirchen beständig erhalten worden, und wir mit ihnen das Herz in heiliger Andacht entzünden, und damit Gottes Gnadenbrünnlein in dasselbe leiten. Gottes Güte und Treue, Gnade und Wahrheit ist ihm die Materie der geistlichen Lieder. Jene, die er besonders aus der ganzen Tiefe und Fülle des Psalmworts entwickelt, sind ihm zween herrliche Boten vom Himmel, die einen Betrübten erquicken, einem Bedrängten aushelfen, und nimmer leer kommen, sondern allezeit beladen mit himmlischen Gütern. Auch das Kreuz wird nach den verschiedensten Seiten unter Gottes Güte und Treue, der seine Liebesnetze ausbreitet, geschildert, uns zu unserer ewigen Seligkeit zu fangen. Diese Güte Gottes giebt uns die Erlösung Christi wirklich zu genießen, indem sie uns die Sünde vergiebt, und uns zu Gottes Kind und Erben machet. In der dritten Betrachtung bringt Müller die Zeit- und Fest-, die Tisch-, Morgen- und Abend-Lieder zur Sprache, und fordert, daß, wie uns die Güte Gottes zum Singen bewegen soll, wir alle Morgen unser Danklied hören lassen; sie will auch unser Abendopfer haben, und begehrt, daß sie unser Herz mit Speis und Freuden erfülle, dafür kein ander Tischgeld, als ein Gebet und Gratias.

J. Angelo, S. Dach, J. Crügern etc., viele schöne geistreiche Gesänge gefunden werden, habe er aus denselben die anmuthigsten herausgezogen und mit hineingesetzet. Endlich, bemerkt er, seien auch etliche hinzugekommen, so vor diesem von keinem in Druck gegeben, und aus eigener Andacht geflossen.

Klagelied und Trostlied werden in ihrer inneren Verknüpfung den Gläubigen vor Augen gemalt.

Mit tiefer Erkenntniß des menschlichen Herzens und seiner Heilsbedürftigkeit schildert Müller in der vierten Betrachtung den Nutzen der geistlichen Lieder, und zeigt, wie sie eine übernatürliche Süßigkeit, aus Gott lebendige Kraft, und einen Fürgeschmack des ewigen Lebens in das Herz bringen. Aber da, wer Gott lobsingen will, ihn erkennen muß, so entwickelt Müller in der fünften Betrachtung das Erkenntniß Gottes als ein Licht, bei welchem wir Gott in das Herz sehen, und leitet daraus die Bewegungen des Gemüthes her mit seiner Hoffnung, Furcht, Freude und Traurigkeit, woraus die Psalmen fließen, und das Bekenntniß, als das dritte Stück der geistlichen Lieder, hervorquillet, da, weß das Herz voll ist, der Mund übergehet.

Die sechste Betrachtung von den geistlichen Singstunden redet von der Zeit, wann ein andächtiger Christ sich mit Lobgesängen erquicken soll, und spricht mit David den Gedanken aus: Ich will den HErrn loben allezeit, sein Lob soll immerdar in meinem Munde sein, weiset dann aber nach, wie das Morgen-Stündlein zur geistlichen Musik dienet, und wie an dem Morgen- hangt das Abend-Stündlein.

Indem Müller in der siebenten Betrachtung von dem geistlichen Singe-Platz handelt, begegnen uns hier bei ihm wie häufig Klagen darüber, daß es heute mit der Kirchen-Andacht so ein jämmerlich zerrissen Ding sei, daß man Blut darüber weinen möchte. Die meisten, sagt Müller, gehen zur Kirchen, nicht, daß sie in heiliger, herzlicher Andacht mit Singen und Beten für Gott treten, denn sie erscheinen nicht, ehe der Prediger auf die Kanzel tritt, behalten also, wie sie hatten, ein kaltes und zerstreutes Herz: daß sie zur Kirchen kommen, geschieht nur aus Gewohnheit, oder daß sie mit ihren bunten Kleidern prangen. Dadurch werden die Frommen geärgert, und aus ihrer Andacht gesetzet: geschiehts, daß sich bei den Frommen die Andacht äußert durch Geberden, Wort und Werke, so wirds von dem Alamodischen Weltkind verhöhnt, ja auch wohl für Scheinheiligkeit ausgeschrien. Darum thuet der besser, der ihm ein Kirchlein bauet in seinem Hause. Hier macht sich offenbar ein gewisser Spiritualismus bemerkbar, wenn dieser auch nicht so weit geht, den gemeinsamen Gottesdienst der Gläubigen zu unterschätzen. Aber um des Verkehrten willen, das sich mitunter an den Besuch der Kirche und ihrer Gottesdienste schloß, ist Müller doch viel zu geneigt, die Einsamkeit als des Geistes Schule zu betrachten, und das Kämmerlein des Einzelnen als seine Kirche anzusehen, und dadurch beziehungsweise den Werth und die Stellung des öffentlichen Gottesdienstes herabzudrücken, so sehr man sonst auch beistimmen kann, daß, wolle man Gott recht singen, man einkehren müsse in den innersten Grund des Herzens.

Die Vorbereitung des Herzens zum Singen, welche Gegenstand der achten Betrachtung ist, wird darin gefunden, daß das Herz von allen bewußten Schwachheiten, und insonderheit Todsünden, gereinigt und zusammengefaßt werde, da Gott ein ganzes Herz zum Opfer haben wolle. Das Herz könne nur zur Ruhe gebracht werden durch die Versenkung in Gott, gleich wie es angezündet werden solle durch die Betrachtung göttlicher Werke und Wohlthaten. Solle und müsse aber auch im Singen das Herz bewahrt werden, so seien wir nirgends mit unserem Herzen sicher, als in dem Herzen

Jesu. Die neunte Betrachtung handelt von dem himmlischen Sang-Meister und der Weise, im inwendigen Menschen zu singen. Dieser Sangmeister ist ihm aber kein anderer, als der heilige Geist, der unser Herz füllet mit himmlischem Lichte, daß wir Christum in seiner Güte und Liebe erkennen, Gott als unseren Vater, Jesum als unseren Bruder, den heiligen Geist als einen Gast unserer Seele. Der Christ soll es daher seine höchste Sorge sein lassen, voll Geistes zu werden, damit er Gott in seinem Herzen recht singen und spielen könne. Wenn endlich die zehnte Betrachtung von der Weise, nach dem auswendigen Menschen zu singen, handelt, so ist dies dahin zu verstehen, daß Müller bisher gezeigt hatte, wie man singen müsse nach dem inwendigen Menschen im Geist und Herzen. Der auswendige Mensch dienet dem inwendigen mit seiner Zunge, mit seinem Haupt, mit seinen Händen, mit seinen Knien, mit seinen Füßen, mit seinen Augen. Ist auch diese letzte Betrachtung verhältnißmäßig die schwächere, so geht doch auch durch diese die tiefe Erkenntniß dessen, was wir dem Herrn schulden, ihm die Ehrerbietung des Herzens erkennen zu geben, daß wir unser Herz sammt den Händen aufheben zu Gott im Himmel, daß wir demüthig unsere Knie beugen, wenn wir uns unterwinden, mit dem Herrn zu reden, obwohl wir Erde und Asche sind, daß wir aufrecht stehen mitten im Kreuz, bereit zu thun, was Er gebeut, und unsere Augen aufheben zu den Bergen, von welchen uns Hülfe kommt.

Diese Betrachtungen lassen die geistliche Tiefe Müllers erkennen, zugleich mit dem Bestreben, die Gemeinde öffentlich und privatim zu einem rechten Gebetsleben und Gesangesleben anzuleiten. Ueberall will er dieselbe, als die lieben Kinder,

hinführen zu dem lieben Vater. Ueberall begegnet uns eine
gesunde Frömmigkeit, welche die christlichen Heilslehren in
Fleisch und Blut verwandelt hat, und daher sich eben so fern
hält von Engherzigkeit, als von einem äußerlichen Mechanis-
mus. Um nun, wie Müller selbst bemerkt, die Theorie mit
der Praxis zu verknüpfen, fügte Müller die Gesänge hinzu.
Es folgt die himmlische Liebesflamme *), welche zehen christliche Lieder enthält **), die Müller selbst gedichtet hat, oder,
wie er sich ausdrückt, aus eigener Andacht geflossen sind.
Zeugen sie auch nicht von einer hohen Dichterbegabung, und
poetischem Schwunge, so quillt in ihnen doch ein tiefes geistliches Leben, und zeigen sie nach dieser Seite etwas Verwandtes
mit den Liedern eines Paul Gerhards. Es überwiegt auch
in diesen Liedern Müllers das subjective Moment, wie in
seiner ganzen Entwickelung überhaupt, so daß die Objectivität
des Heils, die sonst in den lutherischen Kernliedern vor-
herrscht, im Ganzen zurücktritt, und nur hie und da anklingt.

---

*) Der ganze Titel als Theil der Geistlichen Seelen-Musik lautet:
Himmlische Liebesflamme, angezündet von Henrico Müllern, Prebigern
in Rostock, ober Zehen Geistliche Liebes-Lieder, In welchen der Author
seinem Freund und Liebhaber JESU sein brennendes Hertz zeiget, mit
schönen Melobeyen von Nicolao Hassen gezieret a. a. O. S. 217 ff.
Die übrigen geistlichen Lieder sind an Zahl 388, in 12 Theile eingetheilt, und mit zwei Registern versehen.

**) Es sind folgende: 1. O Jesu süß, wer dein gedenkt. 2. Fahr
nur hin du schnöde Welt. 3. Ach wie ist mir so hertzlich bange.
4. Seelig ist die Seele, die in ihrer Höle dich, o Jesu, liebt. 5. Ach
was mag ich in den Städten, da nur List und Unruh ist. 6. Auff, auff
mein Hertz und du, o meine Seele. 7. Ach daß mein Haupt im Wasser
flösse. 8. Wie schmeckt es so lieblich und wol. 9. Wie ein Hirsch zur
dürren Zeit sich nach frischem Wasser sehnt. 10. Solt ich meinen Gott
nicht lieben. Müller bemerkt, daß dies zehende Lied ein „kurtzer Begriff" seines „Himmlischen Liebes-Kusses" sei.

Dagegen tönt eine herzliche Liebe zu Jesu aus allen Liedern uns entgegen, und bezeugt, wie die himmlische Liebesflamme dieser Liebe sein ganzes Innere entzündet, das Verlangen seiner Seele gestillt, und mitten in der Wandelbarkeit dieser Zeit ihn der immerwährenden Liebe Gottes versichert hatte.

Die übrigen geistlichen Lieder, welche Müller in zwölf Theile *) getheilt hat, sind aus dem Liederschatze entnommen, den die lutherische Kirche damals bereits besaß **), und der in

---

*) Theil I. begreift die Fest-Gesänge. Th. II. die Davidischen Lieder oder Psalmen. Th. III. die Catechismus-Lieder. Th. IV. die Lehr-Lieder. Th. V. die Beth-Lieder. Th. VI. die Klag- und Traur-Lieder. Th. VII. die Trost- und Freuden-Lieder. Th. VIII. die Lob- und Dank-Lieder. Th. IX. die Tisch- und Reise-Lieder. Th. X. die Sterb- und Begräbniß-Lieder. Th. XI. die Gerichts-, Höllen- und Himmels-Lieder. Th. XII. Die täglichen Morgen- und Abend-Lieder.

**) Was die älteren Sammlungen anlangt, so sind zu nennen: die Kirchengesänge von Johannes Spangenberg zu Nordhausen, lateinisch und deutsch, Magdeburg 1545, die Psalmodia sacra von Lucas Lossius in Lüneburg, 1553 u. ö., Psalterium Davidis von Dr. Georg Major. 1594, Geistliches Gesangbuch von Stiphelius, Jena 1612. Unter den neueren Arbeiten sind vorzugsweise zu vergleichen: H. A. Daniel, Thesaurus hymnologicus s. hymnorum, canticorum, sequentiarum collectio amplissima. Lips. 1841—56. V Tom. Von Tucher, Schatz des evangelischen Kirchengesangs. Leipz. 1848. 2 Bde. E. E. Koch Geschichte des Kirchenliebs und des Kirchengesangs der christlichen, insbesondere der deutschen evangelischen Kirche. 2. A. Stuttg. 1852. 53, 4 Bde. Fr. Layriz, Kern des deutschen evangelischen Kirchengesanges, 4 Bde. 1855. L. von Winterfeld, der evangelische Kirchengesang, 3 Bde. 1843—1847. Schatz des liturgischen Chor- und Gemeindegesangs nebst den Altarweisen in der deutschen evangelischen Kirche, aus den Quellen vornehmlich des 16. und 17. Jahrhunderts geschöpft, mit den nöthigen geschichtlichen und practischen Erläuterungen versehen, und unter der musikalischen Redaction von Friedrich Riegel, Professor am Conservatorium, Cantor und Organist an der protestantischen Kirche zu München, für den Gebrauch in Stadt- und Landkirchen herausgegeben von Dr. Ludwig Schoeberlein, Consistorialrath, ordentlicher Professor der Theologie und Vorstand der liturgischen Abtheilung des practisch-theo-

das gemeine Gesangbuch übergegangen war. Wenn Müller noch andere, aus Johann Heermanns und anderer neuerer Dichter Liedern, hinzunahm, so entsprach er nur einem damals allgemein sich fühlbar machenden Bedürfniß. Bei seiner vertrauten Bekanntschaft mit dem Liederschatze der Kirche, soweit derselbe für ihn und seine liturgischen und ascetischen Zwecke in Betracht kam, mußte es ihm gelingen, eine für jene geeignete und zweckmäßige Auswahl zu treffen. Müller wollte dadurch den Gemeindegesang in der Gemeinde recht heimisch machen. Darum war es ihm aber auch zu thun, diese Lieder mit ächt volksthümlichen, geistlichen Melodien zu versehen, und so weit sich erkennen läßt, hat auch seine Geistliche Seelen-Musik Eingang in den Gemeinden gefunden *), und begreift sich dies um so mehr, als die vierhundert geistlichen Lieder derselben durchaus geeignet waren, sie mit trefflichen Kernliedern, die in der lutherischen Kirche zum Theil schon eine Geschichte hatten, näher bekannt zu machen, um auch durch sie in ihnen die Liebe Christi zu entzünden.

Daß Müller viele Lieder von Johannes Heermann **)

---

logischen Seminars an der Universität Göttingen. Erster Theil. Die allgemeinen Gesangstücke. Göttingen 1865.

*) Außer der zu Rostock im Jahre 1659 erschienenen Ausgabe, die mir vorlag, und der Frankf. 1668 edirten, findet sich eine spätere, nach Müllers Tode erschienene Ausgabe verzeichnet, welche Frankfurt 1684 herausgekommen ist. Weitere Nachrichten von gelehrten Rostockschen Sachen, J. 1743, S. 359.

**) Johannes Heermann, geb. den 11. Oct. 1585 zu Rauten in Niederschlesien, bekleidete seit 1611 das Pfarramt in dem Städtchen Köben. Durch das Ungemach, welches der dreißigjährige Krieg über Schlesien brachte, ward auch Heermann schwer betroffen. Unheilbare Krankheit nöthigte ihn schon im Jahre 1634, sein Predigtamt aufzugeben, und sich seit 1638 nach Lissa in Polen zurückzuziehen, wo er am

aufgenommen hatte, konnte nur seinem Zwecke möglichst förderlich sein, da in denselben nicht nur die mannigfachen
Drangsale und Leiden der Zeit des dreißigjährigen Krieges
sich abspiegelten, wie dies insbesondere in seinen „Thränen-
Liedern" stattfindet, sondern auch die Glaubensfreudigkeit
und Glaubenszuversicht eines Herzens sich ausspricht, das in
der Liebe Christi, in seinem versöhnenden und erlösenden
Tode, Ruhe und Frieden und selige Genüge gefunden
hatte. Müller hat mit Heermann persönlich etwas Verwandtes, und begegnen sie sich auch in ihren Schicksalen und
Erlebnissen. Wie Heermann bis an sein Ende krank und
siech und fast von dem Nothwendigsten entblößt war, und
doch stille, freudig und getrost sich verhielt, so war auch
Müller' durch die Hitze der Anfechtung hindurchgegangen,
war fast während seines ganzen Lebens kränklich, aber
doch in seinem Jesu getrost, daß er sich freuen konnte allewege!

Alle diese Bestrebungen Müllers zeigen uns sein Bemühen, in die Verhältnisse des Gemeindelebens wirksam ein-
zugreifen. Er hält es für seines Amtes, Alles aufzubieten,
das geistliche und kirchliche Leben seiner Gemeinde zu heben,
aber er will keine Bethätigung des letzteren ohne das erstere.
Die Kraft und den Segen der Wiedergeburt sollten die
Glieder der Gemeinde in sich und an sich erfahren haben.

---

17. Febr. 1647, ein Jahr vor dem von ihm so sehr ersehnten Friedensschlusse, starb. Als geistlicher Liederdichter ist er wohl in jener Zeit einer der
hervorragendsten, und hat jedenfalls viel dazu beigetragen, daß die Gemeinden sich wiederum auf die Heilsthaten der Erlösung und Versöhnung
gründeten. Vgl. Neues Ehrengedächtniß des schlesischen Gottesgelehrten
und Liederdichters Johann Heermann. Glogau 1759. Johann Heermanns geistliche Lieder. Von Ph. Wackernagel. Stuttg. 1856.

Daher ist er als Seelsorger unablässig bemüht, die Liebe Jesu Christi zu wecken, und all seine amtliche, wie private Thätigkeit geht darauf hinaus, zu solcher Herzensstellung den Weg zu bahnen, und die verlangenden und suchenden Seelen anzuleiten, daß sie in Christo Leben und volle Genüge finden. *)

---

*) Vgl. über die 51 Lieder Paul Gerhardts, welche Müller in seine Geistliche Seelen-Musik aufgenommen hat, noch: Paulus Gerhardts geistliche Lieder. Historisch-kritische Ausgabe von D. J. F. Bachmann, Consistorialrath und Pfarrer zu St. Jacobi in Berlin. Mit P. Gerhardts Bildniß. Berlin, 1866. S. 21. S. 49. S. 53. S. 66. S. 72, S. 75, 80 und öfter.

Sechster Abschnitt.

Zustände der Universität in der ersten Hälfte des siebzehnten Jahr=
hunderts. Die leges de lectionibus und der catalogus lectionum
vom Jahre 1615. Die Unsitte des Pennalismus, und die dagegen
wiederholt ergriffenen Maaßregeln. Die Nachwirkungen des dreißig=
jährigen Krieges. Das hierauf sich beziehende Programm der Uni=
versität vom Jahre 1651. Die theologische Facultät und ihr Ver=
hältniß zu den Theologie Studirenden. Veröffentlichung eines
encyklopädischen Leitfadens. Allgemeine Maaßnahmen von Seiten
der Universität, sowie die besonderen, von der theologischen Facultät
ausgehenden Einwirkungen.

Fassen wir die allgemeinen Zustände der Universität Ro=
stock während der ersten Hälfte des siebzehnten Jahrhunderts
ins Auge, so läßt sich nicht verkennen, daß dieselben, insbe=
sondere in den beiden ersten Decennien, uns eine Blüthezeit
der Universität vergegenwärtigen. Ausgezeichnete Lehrer wirk=
ten in allen Facultäten, zumal in der theologischen, und die
Frequenz der Universität war bedeutend und stärker, als sie
bis dahin gewesen war. Dabei fand ein einmüthiges Zu=
sammenwirken der Lehrer statt, und bei verschiedenen Ge=
legenheiten zeigte sich ein gemeinsames Streben, die Univer=
sität durch zweckmäßige Maaßregeln und Institutionen zu
heben, und auf den Geist der Studirenden einzuwirken. Ein
Zeugniß dieses Gemeingeistes, welcher die Universität beseelte,

ist das im Jahre 1615 von Rector und Concilium veröffentlichte Programm*), in welchem die leges de lectionibus,
über welche man sich vereinigt hatte, und der catalogus
lectionum, welche in dem damaligen Sommer-Semester gehalten werden sollten, veröffentlicht wurden. Man erkennt
daraus, mit welchem Ernste sämmtliche Professoren ihrem
Lehrberufe oblagen, und mit welcher Gewissenhaftigkeit sie
bestrebt waren, allen ihren Verpflichtungen in Betreff der
Vorlesungen, der Disputationen, und anderer Uebungen, zu
genügen, und deßhalb gleichsam eine Selbstzucht unter sich
übten, welche ganz im Geiste einer von dem Bewußtsein
ihrer Aufgaben durchdrungenen und getragenen Corporation
lag **). Dabei nimmt die Universität den Studirenden
gegenüber eine wahrhaft väterliche Stellung ein, und ist

---

*) Dei Opt. Max. Ductu et Auspicio & Rev. Concilii Univer-
sitatis Rostochiensis scitu ac decreto, Programma publice propositum, quo de suo officio docentes fideliter pollicentur et discentes severe admonentur, cui subjunguntur De Lectionibus,
singulis semestribus absoluendis, Leges & Praesenti aestivo semestri
proponendis Catalogus. Jerem. 48, v. 10. Maledictus, qui facit
opus Domini fraudulenter. Rostoch. I., Typis Joachimi Pedani.
Anno 1615, 4. Junii. In IV.to. 2. plag.

**) Notum est, quid in hac Academia ante undecim annos
a parte docentium, Rectoris et totius Senatus Academici, unanimi
omnium consensu, decretum et constitutum fuerit in Sacrosanctis
illis Legibus, de Lectionibus, Disputationibus, aliisque ad virtutem
et eruditionem acquirendam exercitiis, a nobis latis. Quibus Professores omnes et singuli, qui in hac Academia plures sunt, quam
in ulla alia Germaniae, ad fidem et diligentiam et ad officium
suum sine dolo et fraude peragendum, etiam sub certa voluntaria
poena se devinxerunt et obligaverunt. Et quas, ne quis ignorare
posset, easdem recusas et huic Programmati subjunctas donuo
publici juris facimus.

bestrebt, auf dieselben eben so wohl in Betreff ihrer Stu=
dien anregend und fördernd, als hinsichtlich ihrer sittlichen
und christlichen Entwickelung behütend und bauend einzu=
wirken. Die Mahnung zum gottseligen Wandel steht dabei
im Vordergrunde *).

Die Unsitte des Pennalismus, welche sich auf allen deut=
schen Universitäten eingebürgert hatte **), nahm auch in Rostock
in einem so bedenklichen Maaße überhand, daß Joh. Quis=
torp in seiner, am 25. October 1621 gehaltenen, vielbespro=
chenen Rectorats=Rede, in welcher die Schoristen als die

---

*) Der Schluß des Programms enthält den Catalogus Lectionum
in Vniversitate Rostochiensi proponendarum semestri aestivo Anni
MDCXV. Aus einer hier sich findenden Bemerkung ergiebt sich, daß
erst von jetzt an die Lections-Cataloge regelmäßig veröffentlicht worden
sind. Es heißt dort: Totius Concilii suffragiis decretum fuit, ut
Catalogus Lectionum publicarum (quod hactenus diu intermissum)
imposterum singulis semestribus typis exscriptus publice adfiga-
tur. Es lehrten damals In Facultate Theologica D. Paulus Tar-
novius. D. Eilhardus Lubinus. D. Joannes Affelmannus. D. Joannes
Tarnovius. D. Joannes Quistorpius. In Facultate Juridica. D.
Ernestus Cothmannus. D. Hajo a Nessa. D. Albertus Heinius.
D. Joannes Sibrandus. D. Thomas Lindemannus. D. Joachimus
Schoenermarchius. In Facultate Medica. D. Johannes Back-
meisterus. D. Johannes Assverus. D. Jacobus Fabricius. In
Facultate Philosophica. Azarias Sturtius, Prof. Histor. Marcus
Hassacus, Hebr. L. Prof. Johann Posselius, Gr. L. Prof. Johann
Simonius, Prof. Rhetor. Petrus Sachse, Prof. Logices. Georg
Dasonius, Prof. Mathem. Johannes Slekerus, Prof. Phys. Andreas
Helwigius, Prof. Poes.

**) Der Ursprung führt sich auf die Universitäten des Mittelalters
zurück. Vgl. Meiners, Geschichte der Entstehung und Entwickelung der
hohen Schulen, III., S. 367. F. J. Bianco, Die ehemalige Universität
und die Gymnasien zu Köln, sowie die an diese Lehranstalten geknüpften
Studien-Stiftungen, von ihrem Ursprunge bis auf unsere Zeiten. Köln
1850. Th. I., S. 407.

Peft der Academien geschildert werden *), sich bewogen ge=
fühlt hatte, ein entschiedenes Zeugniß gegen dieses Unwesen
abzulegen, das nicht bloß lähmend auf die wissenschaftliche
Entwickelung der Studirenden, sondern auch auf ihre sittliche
Haltung und Führung auf das nachtheiligste einzuwirken ge=
eignet war. Die ganze Organisation dieser National-Collegien
und National=Societäten, mit dem ganzen Apparat ihrer
willkürlich gegebenen Gesetze und Vorschriften, und mit dem
ganzen Organismus ihrer, durch Senioren und Fiscale ge=
leiteten Verwaltung, war nur darauf berechnet, die jüngeren
Studirenden in völliger Abhängigkeit zu erhalten, und sie zu
einem, oft genug ganz wüsten Treiben zu verleiten. Diesen von
ihm begonnenen Kampf gegen den Pennalismus setzte Quis=
torp mit der Energie, die ihm eigen war, fort, zumal da die
schweren Zeitläufe des dreißigjährigen Krieges, wenn auch
Rostock verhältnißmäßig weniger unmittelbar darunter zu
leiden hatte, den auf den Universitäten herrschenden Geist
nicht hoben, sondern herabbrückten **). Die mannigfachen
Auswüchse, die insbesondere in den landsmannschaftlichen

------

*) Joh. Quistorpii Oratio, in qua Schoristae Academiarum
pestes delineantur, publice ab ipso Rostochii in Auditorio majore
recitata, quando Academiae rectoratum secundo assumpsit 25. die
Octobris Anno 1621. Rostochii typis Joachimi Pedani. 4.

**) Chr. Schöttgen, Historie des Pennalwesens, S. 51 f., S. 102 ff.
Karl von Raumer, Geschichte der Pädagogik, vom Wiederaufblühen
classischer Studien bis auf unsere Zeit. Th. IV., S. 49 ff. (3. A.)
A. Tholuck, Das academische Leben des siebzehnten Jahrhunderts, mit
besonderer Beziehung auf die protestantisch=theologischen Facultäten
Deutschlands. I. Abth., die academischen Zustände, S. 281 ff., S. 325.
Balthasar Schuppe, dargestellt von Ernst Oelze. Ein Beitrag zur Ge=
schichte des christlichen Lebens in der ersten Hälfte des siebzehnten Jahr=
hunderts, S. 67 ff.

Verbindungen hervortraten, nöthigten zu einem ernſteren Ein-
ſchreiten, unb auf Betrieb Quiſtorps erließ bie Univerſität
in ben Jahren 1637 unb 1639 raſch hinter einanber mehrere
Verordnungen gegen ben Pennalismus *), ohne baß auch
biefe, obwohl ſie bie ſchärffſten Strafen gegen bie Schulbigen
in Ausſicht ſtellten, unb ſie mit Entziehung ber Beneficien,
mit Verweigerung ber gelehrten Zeugniſſe, unb mit Ver-
ſagung ber gelehrten Ehren bebrohten, ber tief eingewurzelten
Unſitte zu wehren vermochten **). In Roſtock wirkte ganz
allgemein zu bem Verſuche, bie argen Mißbräuche ber
Landsmannſchaften unb ber National-Collegia zu beſeitigen,
bie richtige Erkenntniß mit, baß burch bieſelben bas innere
Leben ber Univerſitaten weſentlich geſchäbigt, unb bie chriſt-
liche Entwickelung beſſelben gefährbet unb gehemmt, ja ver-
nichtet werbe ***).

Es iſt außer aller Frage, baß namentlich bie Theologen
es waren, welche ſich auch in Roſtock verpflichtet fühlten,
immer aufs Neue Zeugniß gegen bie National-Convente unb
gegen bie von ihnen ausgehenben Verberbniſſe abzulegen,

---

*) Etwas, J. 1738, S. 230 ff.

**) Vgl. auch Programma quo Rector et Senatus Universitatis
Rostochiensis societates nationum et nationales conventus sub
gravi poena iterum prorsus vetant ac interdicunt. Rostoch. A.
MDCXXXXII.

***) Joh. Matth. Meyfarts Erinnerung von ber, aus ben evangeli-
ſchen hohen Schulen in Deutſchlanb entwichenen Orbnung unb ehrbaren
Eilten. Schleuſingen 1636. Auffrichtiger unb warhafftiger Bericht ber
löblichen Univerſität in Roſtock, wegen abſchaffung in ihrer Academia
ber Schoriſterei unb Pennalismi, auch berer beßfals angeſtelleten Socie-
-teten u. ſ. w. Mit Beliebung bes H. M. Rectoris etc. in beutſche
Sprach verfaſſet vnb in Druck gegeben burch M. Joachimum Schrö-
derum, Pastorem zu S. Georg in Roſtock. Roſtock 1641.

welche die ganze acabemiſche Disciplin lockerten, und die
Sittlichkeit der acabemiſchen Jugend nach den verſchiedenſten
Seiten, da insbeſondere Trunkenheit und Völlerei in ihnen
herrſchten, beeinträchtigten und untergruben. Dem tief ernſten
und characterfeſten Hermann Schuckmann war es nicht ent=
gangen, daß dieſe Richtung, welche das Univerſitätsleben
mehr und mehr genommen hatte, ganz insbeſondere den
theologiſchen Beruf der jungen Theologen gefährde, da unter
den Verkehrtheiten des Pennalismus geiſtliches Leben ſich
nicht entwickelte, ſondern erſtickt werden mußte *). Daß der
Unfug des Pennalismus, welcher nicht ſelten an Seele und
Leib die jungen Studirenden zu Grunde richtete, ehe ſie noch
ihre eigene ſelbſtſtänbige Entwickelung begonnen hatten, den
Untergang aller ernſteren Studien herbeiführe, und die Ver=
nichtung aller wahren Förmmigkeit in ſich ſchließe, warb von
allen Gliedern der theologiſchen Facultät gleichmäßig em=
pfunden. Je mehr die theologiſchen Studien dadurch litten,
und je mehr baburch der Kirche indirect die geiſtlichen Kräfte
entzogen wurden, welche ihrem inneren Ausbau, ſowohl wäh=
rend, als nach den ſchweren Drangſalszeiten des breißig=
jährigen Krieges, bienen ſollten, beſto mehr mußte die theo=
logiſche Facultät bemüht ſein, und war es auch, das Gift
des Pennalismus von der ſtudirenden Jugend fern zu halten,
und durch Kräftigung ihres wiſſenſchaftlichen und geiſtlichen
Lebens nicht nur das Uebel in der Wurzel auszurotten, ſon=
bern auch das Univerſitätsleben in dem Maaße zu heben,

---

*) Krabbe, Aus dem kirchlichen und wiſſenſchaftlichen Leben Roſtocks.
Zur Geſchichte Wallenſteins und des breißigjährigen Krieges, S. 247 f.,
S. 351, S. 365 ff.

daß es im Stanbe sei, überall bazu mitzuwirken, das Bewußtsein bes geistlichen Berufes, für welchen bie jungen
Theologen ihre Vorbilbung erhalten sollten, lebenbig zu erhalten, unb ihnen Freubigkeit zu tüchtigen theologischen Stu-
bien unb zugleich zu ber, künftig von ihnen zu übenben
Berufs-Thätigkeit zu geben.

Die schäblichen Nachwirkungen bes breißigjährigen Krieges,
welche sich nach Herstellung des Friebens auf allen Gebieten
zeigten, machte sich im Universitätsleben hauptsächlich burch
völlige Lähmung ber acabemischen Disciplin bemerkbar. Die
acabemischen Gesetze wurben in bem Maaße gering geachtet
unb verletzt, baß Rector unb Concilium sich veranlaßt sahen,
in einem eigenen Programm an bie Beobachtung berselben
alle Universitäts-Angehörigen, insbesonbere bie Stubirenben,
auf bas ernsteste zu erinnern.*). Wie schlimm biefe Zustänbe
gewefen sein müssen, zeigt uns ihre Schilberung **), welche

---

*) Programma, quo Rector et Senatus Universitatis Rosto-
chiensis Cives suos, in primis Studiosos omnes Officii et Legum
Academicarum severe admonet. Rostochii, Typis Nicolai Kilii
Acad. Typogr. Anno MDCLI. Am Schlusse bes Programms heißt
es: In Academia Rostochiensi P. P. a. d. XXIII. Cal. Septembr.
Anno Christianae Epochae MDCLI.

**) Utinam multi vestrum sese ita gererent, ut sanctissimas.
Academiae nostrae leges non rumpere, sed prorsus perrumpere,
non negligere, sed rejicere, ac conculcare, adeoque contemtui
habere non videremini. Quam vellemus jam cum Nerone nescire
literas, nec isthoc secundum fidem et religionem in vos dicere
testimonium summa nobis imperaret necessitas. — — — Omnes
in universum boni, quotquot pietatem et virtutem colunt, tam manifesta quorundam vestri loci petulantia supra modum moventur,
ut vix fletum teneant. Ipsa Academia lacrymas fundere, dolorem
testari, talemque cum plangore vocem edere videtur.

zugleich darauf hinweist, daß nach den Drangsalen des Krieges diese neuen und noch schwereren Bedrängnisse hervorgetreten seien. Mit großem Ernste werden die Studirenden daran erinnert, daß in den verflossenen Jahren die Academie Alles aufgeboten habe, sie zur Furcht Gottes, als dem einzigen Anfang aller wahren Weisheit, zur Achtung vor der Obrigkeit, zum Trachten nach jeglicher Tugend, zurückzuführen. Aber das Alles sei ohne Erfolg gewesen. Die trefflichsten Gesetze hätten nichts bei ihnen vermocht; sie seien mit Absicht übertreten. Dies wird sodann an den einzelnen Gesetzen nachgewiesen *). Das Verbot des Waffentragens, der Duelle, des Bombardenwerfens, werde täglich und stündlich, bei Tag und bei Nacht, verletzt, so daß ganz offen die gesetzlichen Vorschriften verhöhnt würden. In gleicher Weise wird die gemeinsame Klage als unbegründet abgelehnt, als sei ihnen keine Freiheit gelassen **), da doch ihnen viele Privilegien

---

*) Illarum igitur decima nationes, nationalesque conventus severe prohibet, neve seniores qui appellari volunt, juniores ad suae nequitiae scholam pertrahant, inque eodem ludo discipulos doceant. Ad quid profectum est? Tantum enim abest, illi ut legi aliquatenus obtemperatum sit, ut etiam crebriores conventus sint instituti, imo quod maximopere detestandum, etiam publico laetitiae signo, tympanorum, tibiarumque sono, tanquam comitia quotidie indicantur.

**) Quid autem conquerimini, nullam vobis relinqui libertatem, multa vobis concessa privilegia, quae tam attento rectae vitae modo aut minuantur aut prorsus adimantur. Etiam hic frustra estis. Nam servire improbitati ac petulantiae non est libertas, sed foeda et durissima servitus, cum ideo legibus serviamus ac virtuti, ut vere liberi simus. Et qui vitiorum amatores, magistratus, legumque contemtores, nobile Studiosorum nomen gerant aut mereantur, cum nullo privilegio digni, nulla gaudere libertate queant, quippe qui se ipsi vilissima sordibus vitiisque mancipia pervulgent civitatis literariae carcinomata et pestis.

zugeſtanden worden. Die ernſten Schlußermahnungen des Programms faſſen ſich darein zuſammen, daß ſie jede Gottloſigkeit und Frechheit, welche bisher auf das reichlichſte nachwuchs, und zur Reife gelangte, in der Wurzel ausreißen, und dieſelben völlig zurückweiſen möchten, und vor Allem im Herzen bewegen ſollten, was die Geſetze, was die Pflicht, und was die Gerechtigkeit von ihnen fordere *), nämlich ehrbar zu leben, Niemanden zu verletzen, und Jedem das Seine zu geben. Auf das dringendſte werden ſie aufgefordert, ſo vielen frommen Ermahnungen und Wünſchen der Eltern, Verwandten und aller Guten Raum zu geben, welche von ihrer Unſeligkeit und ihrem Elende, in dem ſie ſich befänden, afficirt würden; ſchließlich aber wird denen, die nicht gehorchen, Uebel und Strafe angedroht, und zwar wegen der Häufigkeit und Schwere ihrer Vergehungen **).

Wir haben ausführlicher den Inhalt dieſer, von der ganzen Univerſität ausgegangenen Kundgebung berückſichtigt, weil ſie eben ſo ſehr höchſt characteriſtiſche Mittheilungen und Aufſchlüſſe zur Sittengeſchichte des damaligen Univer-

---

*) Haec abjuratis, haec pedibus conculcatis Vos, qui immanibus jacturis, infinitisque sumtibus, per iniquissimam expilationem, sociorum, qua saepe pauperiem, pauperum direptionem, convivia nationalia procuratis, iisque interestis etc. — — Nolite amplius literarum artiumque, quibus esse dediti debetis, inquinare decus ac splendorem. Nolite dignissimo, in quo agitis, ordini tot inurere turpitudinis notas, quas tota eluere vita non poteritis etc.

**) Ulcera quae sanari poterunt, quacunque ratione sanabimus, quae resecanda erunt — — ne pars sincera trahatur, non patiemur in perniciem civitatis manere. Quod si qui nostram animadversionem effugere sese posse speraverint, isti justam numinis vindictam haud vitabunt. Deumque ultorem sentient, qui face et ferro eos est a tergo secuturus.

sitäts-Lebens enthält, als ein ernstes und entschiedenes Zeugniß gegen die Verkommenheit dieser Zustände, das um so bedeutsamer ist, als die Corporation, vor deren Augen diese Rohheiten vorgingen, mit heiligem Ernste und mit rückhaltsloser Energie den Versuch macht, durch die sittliche Macht ihres Zeugnisses, nachdem bisher alle früher gemachten Versuche gescheitert waren, Wandel zu schaffen, und bessere Zustände herbeizuführen. Doch blieb die Universität hierbei nicht stehen. Es war namentlich die theologische Facultät, der es besonders am Herzen lag, auf die ihrer Obhut anvertrauten jungen Theologen behütend und fördernd einzuwirken. Sie berieth eingehend, in welcher Weise am besten die Studirenden der Theologie, sowohl zu ihren Studien, als auch zur wahren Frömmigkeit, väterlich zu ermuntern seien, und berief darauf durch öffentlichen Anschlag, in welchem ausdrücklich auf diesen Zweck, ihnen heilsame Rathschläge zu ertheilen, hingewiesen ward, sämmtliche Theologie Studirende*).

Am bestimmten Tage, an welchem sie fast alle sich versammelt hatten, redete Johannes Quistorp, als zeitiger Decan, in Gegenwart seiner Collegen zu ihnen, und versprach nach voraufgegangener Mahnung zu wahrer Fröm-

---

*) Decanus, Senior et reliqui Doctores ac Professores Facult. Theologicae Theologiae Studiosis Sal. P. P.: Quotquot hic studiorum Theologicorum gratia omnes, qui Deo, Ecclesiae et scholis servire cupitis, estote praesentes cras hora secunda postmeridiana in area Albi Collegii, ubi vobiscum Rev. Collegium Professorum Theologiae communicabit de nonnullis, quae Vobis et Vestris studiis erunt salutaria. P. P. sub sigillo Facultatis Theol. Rostochii Dom. V. Trin., qua ex Christi jussu Apostoli rete dimittebant, et concluserunt piscium multitudinem magnam. Anno MDCLX.

migkeit und ernstem Studium ihnen eine Mittheilung über die Methode des academischen Studiums zu machen *). Wirklich entsprach die theologische Facultät ihrem gegebenen Versprechen, und veröffentlichte wenige Wochen nachher einen kurzen Leitfaden (brevis manuductio) für ihre Theologie Studirenden, in welcher sie sowohl Anleitung gab für das theologische Studium, als auch in practischer Beziehung Winke ertheilte für eine, des künftigen geistlichen Berufes in der Kirche würdige Führung des Lebens **). Man erkennt auch hierin, wie sehr der Facultät die geistliche Förderung des academischen Lebens der jungen Theologen am Herzen lag. Immer mehr zeigte sich das Bedürfniß zu encyklopädischer Unterweisung, und zwar einer solchen, welche neben der wissenschaftlichen Information doch auch die practischen Momente nicht außer Acht ließ, welche zu einem gedeihlichen theologischen Studium unerläßlich sind.

---

*) Dicto die convenerunt prope omnes nostri Theologiae Studiosi: quos in Boreali Collegio congregatos Ego Joh. Quistorpius, h. t. Decanus, in praesentia D. Schuckmanni, D. Mauritii et D. Ottonis oratione brevi ad solidam pietatem et studium Theologicum invitavi, iisdemque Rev. Facultatis nomine methodi studii theologici communicationem promisi. Et bona cum gratia hic conventus solutus fuit. cf. Liber Tertius Facultatis Theologicae Rostochiensis, in quo variae literae, responsa, testimonia continentur ejusdem Facultatis. Ab Anno Christi 1648, p. 124.

**) Dom. XIII. Trin. Anno 1660 stetimus promissis et informationem theologicam tribus comprehensam membranis in forma octava publici juris fecimus. Cujus titulus se sic habet: Decani, Senioris, totiusque Collegii Theologici in Academia Rostochicusi brevis manuductio ad nostros Theologiae studiosos, quomodo in studio theologico versari, et vitam futuro Ecclesiae Doctore dignam vivere debeant. P. P. Rostochii sub sigillo Facult. Theologicae. Ibid. p. 125.

Seitdem Melanthon in seiner brevis ratio discendae theologiae, wenn auch in ziemlich dürftiger Weise, vorangegangen war, hatte die lutherische Kirche wiederholt auf die, in diesem Sinne zu fassende Aufgabe der Encyklopädie ihr Augenmerk gerichtet *). Insbesondere war es David Chyträus gewesen, welcher sowohl in seiner oratio de studio theologiae recte inchoando als auch in seinen Regulae studiorum seu de ratione discendi in praecipuis artibus recte instituenda versuchte, auf das theologische Studium fördernd und belebend einzuwirken **). Gleichzeitig mit ihm verfolgte Hieronymus Weller in seinem consilium de studio theologiae rite instituendo et feliciter continuando modoque recte disponendi et habendi conciones ***) denselben Zweck. Insbesondere aber waren es im siebzehnten Jahrhundert Johann Gerhard, welcher bereits über die Methode des theologischen Studiums Vorlesungen hielt, und diese später herausgab †), und Abraham

---

*) Das isagogische Element wurde auch dadurch vertreten, daß der Inbegriff der loci theol. unter dem Namen catochesis den Anfängern vorgetragen wurde. So erläuterte David Chyträus im Pädagogium zu Rostock die Katechesen Melanthons, Fabricius aber erklärte die Katechesen des Chyträus.

**) Schützii Vita Chytraei Vol. I., p. 144, 171 sqq. Etwas, J. 1740, S. 88 ff., S. 252 ff. Krabbe, Die Universität Rostock im funfzehnten und sechszehnten Jahrhundert, S. 541, S. 554 ff., S. 632 ff. S. 677 ff.

***) Norimb. 1565. Rostoch. 1617. Da Weller Schüler Luthers und auch eine Zeit lang sein Hausgenosse gewesen war, nahm man insgemein an, daß Luther dem Versuche nicht fremd gewesen sei. Später ist er auch unter dem Titel erschienen: Mart. Lutheri methodus studii theologici interprete Hieronymo Wellor cur. J. G. Joch. Vitemb. 1727.

†) Joh. Gerhard, Methodus studii theologici publicis praelectionibus in academia Jenensi A. 1617 exposita. Jenae 1620.

Calov, welcher in ſeiner Einleitung in die Theologie ſchon principielle Fragen behandelte, und ſelbſt auf die theologiſchen Gegenſätze ſeiner Zeit in derſelben einging *).

Die theologiſche Facultät aber faßte um ſo ernſter die einmal angeregte Frage, wie für die acadamiſche Jugend, die ſich dem theologiſchen Studium widme, zu ſorgen ſei, ins Auge, als dieſelbe ſich nicht verhehlen konnte, daß jene größten-theils ſich ſelbſt überlaſſen ſei **), und nirgends einen Anhalt

---

(1622. 1654.) Dieſe Schrift, welche ſich über den ganzen Gang des theologiſchen Studiums während der ihm zu widmenden fünf Jahre verbreitet, hat ſchon mehr den Character einer wiſſenſchaftlichen Encyklopädie, und giebt namentlich auch Beiträge zur theologiſchen Bücherkunde jener Zeit.

*) Abrah. Calov, Isagoges ad S. theologiam Libb. II., de natura theologiae et methodo studii theologici pie, dextre ac feliciter tractandi c. examine methodi Calixtinae. Vitemb. 1652. (1655, 1666, 1685.) Der letzte Theil dieſer Schrift war insbeſondere gerichtet gegen Calixts Schrift: Apparatus theologicus seu introductio in studium et doctrinam S. S. theologiae. Helmſtädt 1628. 4. Die zweite, nach ſeinem Tode von deſſen Sohne beſorgte Ausgabe erſchien Helmſtädt 1661. Dieſe iſt aus dem Manuſcript des Vaters mit einem Fragment der occidentaliſchen Kirchengeſchichte vermehrt. Vgl. E. L. Th. Henke, Georg Calixtus und ſeine Zeit. Bd. I., S. 421.

**) Acta pro salute Studiosorum Theologiae et consequenter Scholarum et Ecclesiarum Anno 1661 in Decanata aestivo: Quoniam studiorum causa multi in hac urbe latent, de quorum studiis et moribus parum vel nihil constat, cum nec publica frequentent, nec privata collegia, neque Professoribus Theologiae, a quibus consilia et informationes petenda, innotescant: Proinde constituit ex dictamine conscientiae Rev. Facultas Theologica, invocato nomine Dei, et matura deliberatione praehabita, latentes quoquo modo quaerere, hinc et inde dispersos colligere, et quid agendum in studio theologico spectandumve sit per universam vitam ignavis ac nesciis, vel ut ovibus in errore versantibus viam ad Deum vivum eique praestandum in Regno Christi sub consideratione vanitatum praesentium et futurae aeternitatis interminabilis purum, sanctum ac fidele servitium ostendere.

habe, um sich Rath und Belehrung verschaffen zu können. Schon in den letzten acht Jahren des dreißigjährigen Krieges hatte sich der Besuch Rostocks zusehends gehoben, und nach dem Friedensschlusse dauerten diese günstigen Verhältnisse in erhöhtem Maaße fort. Es hatten aber die Einwirkungen des Krieges eben so wohl die kirchliche Sitte vielfach unter=graben und gelockert, als auch das acabemische Leben in wissenschaftlicher und sittlicher Beziehung gefährdet und herab=gedrückt. In beiderlei Hinsicht mußte es wieder gehoben werden, wenn nicht durch den Zusammenfluß von Studirenden aus den verschiedensten Ländern, Ständen und Verhältnissen, ein rohes, ungeistliches, dem theologischen Berufe höchst nach=theiliges Leben sich entwickeln sollte, zumal da die Einzelnen den theologischen Professoren meistens unbekannt waren. Sollte ihnen der Weg des Heils gezeigt, und sie wissen=schaftlich und geistlich einigermaßen geführt und geleitet wer=den, so galt es insbesondere, daß sich die theologische Facultät die Möglichkeit verschaffte, sie kennen zu lernen, um allmälig sie heranziehen und auf sie einwirken zu können.

Daraus ging der Antrag der theologischen Facultät an das Concilium hervor *), daß die jedesmaligen Rectoren bei der Eintragung der Namen der ankommenden Studirenden in die Matrikel sich über ihr beabsichtigtes Studium, über

---

*) Hunc in finem petiit Illa per Decanum p. t. in Consessu Rev. Concilii Universitatis Rostochiensis, ut singuli Rectores Magnifici, recepturi in Matriculam Academiae adventantes Studiosos, in cujuscunque propositum, hospitia, conditiones, statum sedulo inquirant, et haec juxta cum nominibus illorum, qui studio theologico sive addicti sive addicendi, probe consignata singulis mensibus Decano Facultatis Theologicae exhibeant.

Wohnung, Stand und Verhältnisse derselben unterrichten sollten, um jeden Monat darüber dem Decan der theologischen Facultät Mittheilung zu machen. Das Concil ging darauf ein *), und dehnte die Gewährung des Antrags auf die Studirenden aller Facultäten und auf die Mittheilung an sämmtliche Decane aus **). Dadurch war dann für die theologische Facultät die gewünschte Basis gewonnen, um ihre wissenschaftliche Berathung und geistliche Fürsorge auf sämmtliche Studirende der Theologie erstrecken zu können. Von dem Verlangen bewogen, den ihnen bekannt gewordenen, oder von dem Rector ihnen angezeigten und namhaft ge= machten Studirenden eine kurze Anleitung zum theologischen Studium zu geben, berief darauf die theologische Facultät dieselben ***), und unterwies sie in Betreff der Methode der

---

*) Ad istam petitionem conclusum est a Rev. Concilio die 26. Julij 1661 et formatum sequens decretum generale:

26. Julij Ao. 1661

Ist in Concilio Universitatis Rostochiensis conclubiret, daß Magnifici p. t. Rectores bei Inscription der ankommenden Studenten, dero propositum, hospitia und conditionen absonderlich annotiren, und dero= selben nomina den p. t. Decanis Facultatum, zu welcher sie gehören, bis Ausgangs jeden Monats communiciren sollen.

Andreas Amsel, Univers. Rostoch. Secr.

**) Die Maaßnahmen gegen den Pennalismus wurden auf das schärfste erneuert, und mit Energie durchgeführt. Grape, Evangelisches Rostock, S. 558, bemerkt in seiner Tafel der Rostockischen Kirchen= historie zum J. 1661: Der Pennalismus wird nun gänzlich aboliret, und müssen alle National-arculae mit allen Schriften herausgegeben werden.

***) Desiderio itaque superioris propositi salutaris re ipsa, ut fas est, praestandi ducta, Facultas Theologica per Decanum p. t. quoad fieri potuit, Theologiae cultores, tum quos ille cognitos habuit, tum a Magnifico Rectore indicatos, cum accersiti et ad= vocati, inquisitione praevia, comparuissent, de Methodo studiorum

theologiſchen Studien, und in Betreff des Einen, was noth
thue, das allem Eiteln vorzuziehen ſei, der Liebe zum göttlichen
Worte. Unverkennbar zeigt ſich auch hierin jene practiſch-
fromme Richtung, als deren Repräſentant in dieſer Periode
die theologiſche Facultät Roſtocks mit Recht angeſehen werden kann. In der That ſind es dieſelben Gedanken, welche
ſpäter Philipp Jacob Spener eingehender, ſowohl in ſeinen
piis desideriis, als auch in ſeinen theologiſchen Bedenken
geltend zu machen ſuchte *), welche wiederholt von mehreren
Gliedern der theologiſchen Facultät Roſtocks ausgeſprochen
worden ſind.

---

deque Necessario Uno, omnibus vanitatibus anteponendo Verbi
Divini amore, scrutinio et ad beatam ducente Aeternitatem ob-
sequio sancto juxta cum indefessa diligentia privatim et sigillatim
ex gratia Salvatoris informavit, serioque admonuit, et ut idem
deinceps partitis invicem operis fideliter fiat, in timore Domini de-
crevit. — Ipse Omnipotens Deus agat et perficiat opus suum per
Spiritum Sanctum in Nobis et omnibus conscientiae nostrae innexis
propter Dominum nostrum Jesum Christum humillime precamur.
Amen! Cf. Liber Tertius Facultatis Theologicae Rostochiensis,
p. 164 sq.

*) Pia desideria, oder „Herzliches Verlangen nach gottgefälliger
Beſſerung der wahren evangeliſchen Kirche, nebſt einigen dahin einfältig
abzweckenden chriſtlichen Vorſchlägen". Dieſe Schrift erſchien zuerſt als
Vorrede zu einer neuen Auflage der Poſtille Arndts, dann noch in demſelben Jahre, 1675, als eigene Schrift, und im Jahre 1678 auch in
lateiniſcher Sprache. Vgl. über den Inhalt und über die auf die wei-
teſten Kreiſe ſich erſtreckende Wirkung der Schrift: Baron C. H. von
Canſtein, Dr. Ph. Jac. Speners Leben, vorgedruckt den „letzten theologiſchen Bedenken", ſpäter, 1740, beſonders herausgegeben von Dr. Joa.
Lange; vor Allen: Philipp Jacob Spener und ſeine Zeit. Eine kirchen-
hiſtoriſche Darſtellung von Wilhelm Hoßbach, Bd. I., S. 124 ff., und
die im J. 1600 geſchriebene Vorrede zu den von ihm aus Dannhauers
Hodoſophie angefertigten Tabellen unter dem Titel: de impedimentis
studii theologici. Hoßbach, Bd. I., S. 291 ff. Neue Ausgabe von
Schweder, Berlin 1861, S. 211 ff.

Dennoch unterscheidet sich die Richtung der Rostocker Facultät wesentlich von derjenigen der pietistischen Schule, daß jene niemals die eigentliche Berufsaufgabe des acabemischen Lebens aus den Augen verliert *). Zwar ist es auch ihr wesentlich darum zu thun, das Heil in Christo den Herzen der acabemischen Jugend nahe zu bringen, und sie auf ihren künftigen Beruf als Diener und Lehrer der Kirche hinzuweisen, aber sie verliert nie aus den Augen, daß es ihr als einer theologischen Facultät wesentlich obliegt, die wissenschaftlichen Studien der Theologie Studirenden zu förbern, zu überwachen und zu leiten, und diese möglichst fruchtbar werden zu lassen für deren spätere practische Wirksamkeit. Doch ist sie weit davon entfernt, das practische Moment in Bezug auf das Leben eines Christen zu urgiren, und in ihrer acabemischen Thätigkeit voranzustellen. Es hatte das in der richtigen Erkenntniß seinen Grund, daß die acabemische Aufgabe, welche zu lösen ist, nicht sowohl den Beruf des Christen, als vielmehr den Beruf des Theologen angeht, so daß jener die allgemeine Voraussetzung von diesem ist. Aber indem die Facultät das Eine, was noth thut, entschieden betonte, verfolgte sie anderseits mit Ernst und Energie in ihrer acabemischen Thätigkeit die wissenschaftliche Führung der Theologie Studirenden, die ihr als die nächste, aber von jener andern nicht abzulösenden erschien.

Die Facultät war aber auch ihrerseits lebendig davon durchbrungen, daß sie ein Glied der Kirche sei, und mit der-

---

*) Vgl. dagegen die Auffassung der pietistischen Richtung, insbesondere Franke's in der Idea studiosi theol., S. 95. A. Tholuck, Geschichte des Rationalismus. Erste Abtheilung: Geschichte des Pietismus und des ersten Stabiums der Aufklärung. Berlin 1865. S. 15 ff.

selben in der engsten Beziehung stehe. Ein sehr wesentlicher
Theil ihrer Thätigteit bestand darin, die jungen Theologen,
die sich dem Dienste der Kirche widmen wollten, zu bilden,
und zu ihrer amtlichen Thätigkeit anzuleiten. Die Universitäten sollten Pflanzschulen für die Diener der Kirche und
des Staats sein, damit sie zum Heil und Besten derselben
die ihnen übertragenen Aemter verwalten möchten. Aber die
allgemeinen Zustände des acabemischen Lebens gaben keine
Bürgschaft irgend welcher Art, daß die Studirenden mit
wahrer Gottesfurcht und Frömmigkeit auch wissenschaftliche
Bildung und geeignete Qualification für das zu verwaltende
Amt verbanden. Dennoch kam es häufig vor, daß nicht geeignete Persönlichkeiten auch in die Aemter der Kirche, des
Staates und der Schule befördert wurden, wozu öftere und
eifrige Bewerbungen, und nicht selten auch anderweitige Einflüsse mitgewirkt hatten. Die Universität erkannte diesen
Uebelstand, und wünschte bringend, daß ihm abgeholfen
werde.

Rector und Concilium richteten daher unter dem 18. Nov.
1659 an beide Herzoge die Bitte, daß kein Studirender in
Zukunft im Kirchen- und Schuldienst angestellt werden möge,
der nicht durch ein Abgangszeugniß der Universität sich aus-
gewiesen habe, sowie daß den Superintendenten injungirt werden möge, keinen in ein Kirchen- und Schulamt zu befördern,
der nicht zuvor in Rostock examinirt, und mit einem Zeugniß
des Rectors oder der theologischen Facultät versehen sei *).

____

*) Der Acabemie unterthänigstes Gesuch, wegen deren öffentlichen
Gezeugnisse, von derer beforbert seyn wollenden Studenten Verhalten.
Weitere Nachrichten J. 1743, S. 371 ff.: Derowegen wol höchlich zu

Die Facultät berief sich bei ihrem Gesuche auf das in den benachbarten Königreichen, in Chursachsen und im Herzogthum Braunschweig-Lüneburg in Uebung stehende Herkommen *), und sprach zugleich die Hoffnung aus, daß die erbetene Maaßregel **) dazu beitragen werde, nicht nur daß

----

wünschen, daß keiner, der sich zeithero in Academiis auffgehalten einige Befoderung zu erwarten hette, der nicht a professoribus daselbst seiner Erudition und Wollverhaltens halber, ein glaubwürdiges Testimonium laudatae dimissionis produciren könnte, damit dadurch die Jugend hinfüro instigiret würde, den Professoribus gebührenden Gehorsamb und respect zu geben, mit Fleiß ihren Studiis obzuliegen, und im Leben sich so zu verhalten, daß sie honesto Testimonio könnten dimittiret und zu wichtigen Emtern befodert werden. Diß würde gnädigster Fürst und Herr! bevorab zu itzigen und hochbetrübten gefehrlichen Zeiten der Befoderung Gottes Ehren und des gemeinen Bestens, auch also Dero Land und Leuten hochersprießlich seyn müssen, wann in Eccles. & Reip. commodum ac Academiae hujus emolumentum keiner hinfüro der in hiesige Dero Academia sich Studiorum gratia eine weill auffgehalten, zu Diensten promoviret würde, der nicht publ. Academico Testimonio instructus seinen Abschied genommen. Ob wir nun zwar nicht zweiffeln, E. F. D. von selbsten solchem Unwesen gültige remedirung und Wandel schaffen werden; So haben bennoch tragenden Ampts halben etwas E. F. D. unterthänigste Erinnerung thun wollen, zu Dero gnädigster Verordnung stellend: ob nicht durchgehend per publ. mandatum Dero Superintendenten fürs erste ernstlich zu injungiren, daß sie keinen ad functionem Ecclesiasticam et Scholasticam hinfüro promoviren, der nicht zuvor alhier examiniret, Testimonio et elogiis Rectoris vel Facult. Theol. dieser E. F. D. Academie versehen u. s. w.

*) Nach den Jenaer-Statuten von 1591, § 26, soll Keiner in Schul-, Kirchen-, Stadtschreiber-Bedienst gebraucht werden, der nicht baccalaureatum erlangt, damit man weiß, daß er seine artes discendi und catechismum gelernt habe.“ A. Tholuck, Das academische Leben des siebzehnten Jahrhunderts, mit besonderer Beziehung auf die protestantisch-theologischen Facultäten Deutschlands. Abth. I, S. 101.

**) Derselben wird auch von Quistorp Erwähnung gethan Pia Desideria p. 184: „In dem ganzen Königreich Dannemark und Norwegen wird keiner an einer Schulen oder Kirchen befordert, er muß erst von

die Aemter und officia im Fürstenthum erfolgreich verwaltet werden würden, sondern daß die Universität werde gehoben, der Einfluß der Professoren vergrößert, und der Fleiß der Studirenden befördert werden werde. In der That erreichte die Facultät in der Hauptsache Alles, was sie gewünscht hatte *), was nicht wenig dazu beitrug, bessere Zustände, sowohl im Universitäts-Leben, als in der kirchlichen Verwaltung herbeizuführen. Auch die wohlthätige Einwirkung auf das Gemeinde-Leben, wenn gleich sie erst allmälig sich fruchtbar erweisen und bemerkbar machen konnte, blieb nicht aus. Der Ernst und die Umsicht, mit welcher die theologische Facultät in dieser Zeit bemüht war, aller Unsitte entgegenzuwirken, den Fleiß der Studirenden möglichst zu heben, und durch Zeugnisse und Prüfungen bestimmte Garantien zu geben, daß die Diener der Kirche und der Schule würdig zur Führung ihres heiligen Amtes seien, hatte zur Folge, daß die Superintendenten in den Stand gesetzt wurden, sich über diejenigen, welche sich um geistliche Aemter bewarben, näher zu unterrichten, und nur geeignete Persönlichkeiten zu den betreffenden Stellen zuzulassen. Dadurch gelang es denn

---

den Predigern und Professoren zu Coppenhagen ein Zeugniß seines ehrlichen Abschieds bringen."

   *) In dem von Herzog Gustav Adolph an die Superintendenten des Rostock-Güstrow- und Stargardischen Crahses erlassenen Edictes, datiret Güstrow am 24. Novembris Anno 1659, heißt es: Es ist unser Gnädigster Befehl an euch hiemit, daß ihr mit allem Ernst auf diese unsere wolgemeinte Verordnung halten, und hinfüro niemanden zu einiger Function in Kirchen und Schulen zu verwalten abmittiren sollet, der nicht von dem Rectore oder Theologischen Facultät zu Rostock zuvorderst examiniret, und mit einem öffentlichen Testimonio seines Wolverhaltens und erlangter Erubition versehen ist, und dasselbe vorzuzeigen hat.

auch, den geistlichen Stand, der in den Jahren der schweren
Kriegsnoth theilweise gesunken war, und häufig nicht im
Stande gewesen war, durch tüchtige Kräfte sich zu ergänzen,
wiederum zu heben, und in dem Maaße erstarken zu lassen,
daß er den, von allen Seiten ihm in dieser Zeit entgegentretenden, schwierigen Aufgaben seines Amtes gewachsen war*).

---

*) Die theologische Facultät setzte auch später ihre Fürsorge für die
Studirenden fort, wie sich aus folgender Notiz ergiebt: Dom. Miser.
DNJ. An. 1663: Facultas Theologica publicavit typis excusas quin-
que salutares conditiones in usum studiosorum coelestis doctrinae.
Utinam ad illas attenderent tam docentes quam discentes .Cf. Liber
Tertius Facultatis Theologicae Rostochiensis, p. 178.

Siebenter Abschnitt.

Müllers Verhältniß zur theologischen Facultät. Von E. E. Rath wird ihm eine Professio Theologiae extraordinaria übertragen. Schwierigkeiten und Differenzen. Müller legt diese Professur nieder, und wird Räthlicher Professor ord. Graecae Linguae. Seine Bewerbung um den theologischen Doctorgrad. Entgegenstehende Bedenken. Müller erwirbt den Doctorgrad in Helmstädt. Zerwürfnisse mit der Rostocker Facultät. Ausgleichung derselben durch das Concil. Müller wird Professor theologiae ordinarius. Seine Reception in die Facultät.

Die acabemischen Verhältnisse Müllers gestalteten sich keineswegs so rasch und so günstig, als er selbst es mochte gehofft haben. Die theologische Facultät unterstützte wenigstens anfangs seine Wünsche nicht. Der Grund davon mochte theils in seiner großen Jugend liegen, da er erst zweiundzwanzig Jahr alt war, somit das kanonische Alter noch nicht erreicht hatte, theils aber in dem Umstande, daß er schon damals in dem einen oder dem anderen Punkte weniger mit der theologischen Facultät übereinzustimmen schien. Im Jahre 1655 hatte ihn die theologische Facultät zu den gewöhnlichen Examinibus, publico et privato, zugelassen, mit dem ausdrücklichen Bedinge, daß er gradum in theologia nach den legibus facultatis et more in Academia recepto begehren wolle, und stellte er darüber unter dem 20. Mai 1655 eigenhändig einen schriftlichen Revers aus *). Am 11. October 1655 hielt er unter dem Präsidium des D. Casp. Mauritius seine theologische Inaugural-Disputation über die Worte 1. Cor. XII., 13: καὶ γὰρ ἐν ἑνὶ πνεύματι ἡμεῖς πάντες εἰς ἓν σῶμα ἐβαπτίσθημεν, εἴτε Ἰουδαῖοι εἴτε Ἕλληνες, εἴτε δοῦλοι εἴτε ἐλεύθεροι καὶ πάντες εἰς ἓν πνεῦμα ἐποτίσθημεν. Mauritius schrieb das Programma inaugurale. E. E. Rath, welcher Müller wegen seiner Predigtgabe bei der Wahl zum Archidiaconus begünstigt hatte, und fortwährend ihm wohlgesinnt war, und seine Wünsche unterstützte, übertrug ihm darauf eine Professio Theologiae Extraordinaria **), an Johann Quistorps Stelle, welche er auch mit einer öffentlichen Rede am 17. December 1655 antrat. Es ließ sich indessen voraussehen, daß dieses Vorgehen des Raths mit der Besetzung einer Professio extraordinaria

------

*) Dieser lautete: Candide promitto, me gradum Doctoratus vel Licentiae non postulaturum, usquedum Deus pro paterna sua directione me vel hic vel alibi, cui more recepto gradus isti par est, functioni praeficiat.

**) Das von D. Johannes Bacmeister als Rector Academiae unter dem 16. December 1655 geschriebene Programma Introduct. bemerkt: ab Amplissimo et Prudentissimo hujus urbis Senatu ad Professionem Theologicam Extraordinariam, quam vir Admodum Reverendus, Clarissimus et Excellentissimus Dn. Johannes Quistorpius, S.S. Theolog. Doctor, Professor et Pastor Jacobaeus dignissimus ante IV. annos deposuit, surrogatum et electum esse Virum Reverendum et Clarissimum Dn. M. Henricum Mullerum in Mariana apud nos paroecia Archidiaconum bene merentem. Die am 17. December von Müller gehaltene feierliche Antrittsrede stellte vor: bestiae Romanae monstrosum transsubstantiationis partum. Etwas J. 1740. S. 662 f.

Widerspruch hervorrufen werde, zumal da der zu derselben Berufene noch nicht den Doctorat sich erworben hatte. Der Landesherrschaft gegenüber war es zweifelhaft, ob dem Rathe auch die Conferirung derselben zustand *). Man hatte von Anfang an Bedenken gegen die Institution der professores publici extraordinarii, welche daher als solche niemals in dem älteren Universitäts-Leben Wurzel fassen konnte. Meistens wurden sie auch den Facultäten wider ihren Willen aufgedrängt **).

Ueberhaupt begegnen wir erst im Laufe und gegen das Ende des sechszehnten Jahrhunderts in sehr vereinzelter Weise solchen Professoren, welche als extraordinarii ange- stellt waren, und daher auch geringere Besoldung bezogen, da sie nicht statutenmäßige Stellen inne hatten. Da über- haupt eine solche Professur extra ordinem stand, hatte sie auch nicht Theil an den Rechten, welche den Inhabern der

---

*) Doch begegnen uns einige Räthliche Profess. theol. Extra- ordinarii. So D. David Lobechius, welcher, als solcher im J. 1594 von E. E. Rath berufen, den 14. September 1603 starb. An dessen Stelle wurde M. Paulus Petreius als Prof. extraord. vocirt, und von dem Rector D. Ernst Cothmann am 17. October 1604 introducirt. Er starb den 29. Oct. 1611. Endlich war D. Joh. Quistorpius II. von E. E. Rath im J. 1649 zuerst als Prof. extraord., und dann im J. 1651 als Prof. Theol. Ord. berufen worden. Etwas J. 1737, S. 241 f.

**) Ueber das Verhältniß der außerordentlichen Professoren zur Fa- cultät und Universität handelt eingehend Th. Muther: Zur Verfassungs- Geschichte der deutschen Universitäten in: Aus dem Universitäts- und Gelehrten-Leben im Zeitalter der Reformation. Erlangen 1866. S. 43 ff. Dort wird auch aus den Königsberger Statuten, als den ersten deut- schen Facultäts-Statuten, welche dem Verhältniß der Extra-Ordinarien Aufmerksamkeit schenken, Näheres aus dem Capitel: De professoribus extraordinariis. S. 51 ff., mitgetheilt und erörtert.

ordentlichen Professuren zustanden. Auch hatten die extraordinarii sich insgemein nicht der Gunst der ordinarii zu
erfreuen, da diese unter Umständen eine Verkürzung, wenn
auch nicht der Gehalte, da jene ein stipendium extraordi-
narium, bezogen, doch anderer, ihnen zustehender Gerechtsame besorgten. Wenn auch in dem vorliegenden Falle dieses
nicht stattfand, so scheint die theologische Facultät schon aus
dem Grunde nicht einverstanden gewesen zu sein, weil Müller
noch nicht den theologischen Doctorgrad besaß. Mit dieser
Auffassung stand die Facultät auf dem Boden der alten
Statuten, welche für die Zulassung zu einer Professur die
Bedingung des Doctorgrades aufstellen. Da aber auch Herzog
Adolph Friedrich nicht gewilligt war, dem Rathe das Recht
der Verleihung einer außerordentlichen Professur zuzugestehen,
und dagegen entschiedenen Widerspruch erhob, auch in dem
fürstlichen Visitations-Abschiede vom Jahre 1599 festgesetzt
war, daß über die beliebte Anzahl der Professorum keine
Extraordinarii Professores mehr sein, noch angenommen
werden sollten *), trug dies Alles dazu bei, Müller zu dem
Entschlusse zu bestimmen, diese ihm übertragene Professur
wieder niederzulegen.

Schon vorher hatte eine von E. E. Rath ausgegangene
Berufung zu einer außerordentlichen Professur zu mehrjährigen
Differenzen geführt, welche wider alles Erwarten eine für
Müllers persönliche Wünsche, eine Professur zu erlangen,

---

*) Special-Visitations-Abschied über die Universität Rostock, deren
Intraden und Professoren d. d. 22. März 1599, und Visitations-Abschied
vom 24. März 1599. (Brauner Lbbb. Fol. acab. Archiv.), p. 145 ff.
Krabbe, die Universität Rostock im funfzehnten und sechszehnten Jahrhundert, S. 754 f.

günstige Wendung nahmen. Im Jahre 1653, den 23. Julius, hatte der Rath den Magister Christian Wolbenberg *) als Professor juris extraordinarius berufen. Die daraus entstandenen Schwierigkeiten und Differenzen, die sich nicht hatten beseitigen und beilegen lassen, bestimmten den Rath, Wolbenberg nach dem Tode Tabbels **) zur Professur der griechischen Sprache den 23. Februar 1657 zu berufen. Aber schon im Jahre 1659 ernannte ihn Herzog Gustav Adolph zum Professor Decretalium und Assessor Consistorii, wodurch die von ihm bekleidete räthliche Professur der griechi-

---

*) Christianus Woldenberg, Crempa Holsatus, hatte am 25. Jan. 1644 zu Leipzig das Magisterium erlangt, und wurde unter dem Decanat des Dr. August Varenius in die hiesige philosophische Facultät recipirt. Etwas J. 1740, S. 379 f. Im J. 1652 promovirte er zu Greifswald zum Doctor juris. Um 17. März 1657 wurde er als Professor Graecae linguae eingeführt. Die Rede, womit er seine Professur antrat, erschien unter dem Titel: Oratio Inauguralis de usu Graecae Linguae in omnibus Facultatibus, artibus et scientiis. Rostochii 1657. 4. Als er später zum Professor Decretalium berufen war, trat er sein Amt an mit der Inaugural-Rede de origine, progressu et usu corporis Canonici, worauf er am 30. December in die juristische Facultät recipirt wurde. Im J. 1666 ward er zum Comes palatinus ernannt. Er starb den 3. Febr. 1674. Etwas J. 1637, S. 275, 410.

**) Bernhard Tabbel, im J. 1614 zu Rostock geboren, Bruder von Elias Tabbel, Professor der Theologie und Pastor zu St. Petri (Etwas J. 1737, S. 223, S. 701 f., J. 1740, S. 370, J. 1742, S. 529 ff., S. 536 f.; Krey, Andenken an die Rostock'schen Gelehrten, VIII., S. 7; Krabbe, Aus dem kirchlichen und wissenschaftlichen Leben Rostock's, S. 243 ff.), studirte zu Rostock und Königsberg, und kehrte nach einem längeren Aufenthalt in Schweden und Holland 1641 nach Rostock zurück, wo er am 5. Mai 1642 unter dem Decanat Huswedels Magister wurde. Im J. 1649 erhielt er von E. E. Rath die Professur der Griechischen Sprache. Er starb den 12. Febr. 1656. Etwas J. 1737, S. 409 f., J. 1740, S. 375.

schen Sprache wiederum erlebigt wurde. In Folge dessen
übertrug nun E. E. Rath diese Professio Graecae Linguae
ordinaria an Müller, welcher dieselbe, da er zu ihrer Be-
kleidung durch seine umfänglichen philologischen Studien,
welchen er lange mit Vorliebe obgelegen, völlig befähigt war,
gerne übernahm.

Je größere Erfolge aber Müller in seinem geistlichen
Amte hatte, da seine Gemeinde sich ihm von Jahr zu Jahr
enger anschloß, und je lebhafter er das Bedürfniß empfand,
in eine theologische Wirksamkeit an der Universität, von welcher er sich, sowohl an sich, als auch für seine pastorale
Thätigkeit, reichen Gewinn versprach, möglichst bald einzutreten, desto berechtigter war auch für ihn der Wunsch, den
theologischen Doctorgrad zu erlangen. Es mußte ihm daran
um so mehr liegen, als sich sonst der von ihm schon lange
gehegten Hoffnung auf Erlangung einer theologischen Professur kaum zu überwindende Schwierigkeiten entgegensetzen
mußten *). Am 20. October 1660 wandte sich daher Müller
schriftlich mit der Bitte an die theologische Facultät, ihm
doctoris gradum alsbann zu conferiren, wann eine promotio
in theologia allhier vorgehen werde. Die theologische Facultät möge ihm die längst versprochenen honores, die er nicht
ex ambitione, sondern zu Gottes Ehren, seiner selbst und
seines Nächsten Erbauung, und seiner Schwiegereltern, An-
verwandten und Freunden Befriedigung suche, im künftigen
actu promotionis conferiren. Die theologische Facultät

---

*) Vgl. über die Verhältnisse der graduati Professores zu den
non graduati, auch die Visitations-Verhandlungen vom J. 1599, bei
J. Chr. Eschenbach, Annalen der Rostockschen Academie, S. 197 ff.

schlug ihm nun zwar keinesweges die Ertheilung der nachgesuchten honores ab, glaubte indessen, ihn darauf hinweisen zu müssen, daß der Herzog Adolph Friedrich, der im Jahre 1658 gestorben war, ein Rescript an das Concilium habe ergehen lassen, des Inhalts, daß dasselbe keine Professores philosophiae zu den honoribus doctrinalibus hinfüro verstatten solle. Es warb ihm zugleich der Rath ertheilt, deswegen mit dem Concilium wegen seines Begehrens zu unterhandeln, da grabe das Concilium durch jenes Rescript Befehl erhalten habe, derartige Promotionen zu verhindern. Die Facultät ließ ihm dies responsum durch ihren Decan eröffnen, dem auch Müller bald barauf anbeutete, daß er bis künftige Ostern in Gebuld stehen, und nichts weiter moviren wolle.

Dennoch änderte Müller seinen Vorsatz, ben Doctorgrab in Rostock zu erlangen, da bie Aussicht bazu sich nicht zu erfüllen schien. Mehrere Grünbe haben offenbar bei ihm bazu mitgewirkt, andern Entschlusses zu werben. Er glaubte, nicht basjenige Entgegenkommen bei ber Facultät zu finden, auf welches er annahm, einen Anspruch zu haben, und gemeint hatte, rechnen zu bürfen. Obwohl nicht eigentlich Lehrbifferenzen zwischen ber Facultät unb ihm hervorgetreten waren, er auch in ber Bekämpfung ber Reformirten entschieben auf Seiten ber lutherischen Orthoboxie stand, so nahm boch Müller in einzelnen, bie Institutionen ber lutherischen Kirche betreffenben Punkten eine etwas andere Stellung ein, als bie Facultät, unb fühlte sich namentlich zu ber in Helmstäbt vertretenen theologischen Richtung hingezogen. Auch hatte Müller bereits seit einiger Zeit Beziehungen angeknüpft zu ben Helmstäbter Theologen, welche sehr bereitwillig seinen Wünschen entgegenkamen, und sich erboten, ihm die so sehr erwünschten honores zu conferiren. Dies Alles bestimmte endlich Müller, sich über die entgegenstehenden Bedenken hinwegzusetzen, die namentlich auch in dem schwer wiegenden Umstande für ihn liegen mußten, daß er sich durch den erwähnten Revers ausdrücklich verpflichtet hatte, die honores des theologischen Doctorgrades nur bei der Rostocker Facultät zu erwerben.

Müller schützte eine kleine Reise nach Wismar vor zur Ordnung einiger weltlichen Geschäfte, begab sich aber unterdessen nach Helmstädt, um dort sich den herkömmlichen Leistungen zur Erlangung des theologischen Doctorgrabs zu unterziehen. Kaum war das Gerücht hiervon in Rostock verbreitet, als die theologische Facultät, welche sich durch Müllers Vorhaben, in Helmstädt den Doctorat zu erwerben, sehr verletzt fühlte, an die Helmstädter Facultät ein Schreiben *) richtete, in welchem sie ausführte, wie sie nicht annehmen möge, noch könne, daß Müller so sehr von dem Wege der Liebe und Billigkeit abweichen werde, um die honores theologicos von einer anderen Facultät entgegenzunehmen, nachdem er sich mündlich und schriftlich schon im Jahre 1655 bei seiner Inaugural-Dissertation verpflichtet habe, den höchsten Grad in der Theologie auf der Universität Rostock zu erlangen. Das Schreiben hebt hervor, daß die Rostocker Facultät ihrerseits versprochen habe, ihm diese honores seiner Zeit zu conferiren, habe auch bis auf diesen

---

*) Literae scriptae ad Facultatem Theologicam in Academia Julia cum primum rumor aliquis spargeretur de M. Müllero, ipsum ibidem suscepturum honores in Theologia summos in: Liber Tertius Facultatis Theologicae Rostochiensis etc., p. 130.

Tag jene Ertheilung keinesweges einfach abgelehnt, ſondern habe nur angerathen, daß dieſelben in der gebührenden Weiſe und am gebührenden Ort umſichtig erlangt werden möchten. Die Facultät ſpricht ſodann die Erwartung aus, daß die Helmſtädter Univerſität nichts unterlaſſen werde, was zum Nutzen und zur Würde der alten Roſtocker Academie gereichen werde, auch nichts zulaſſen werde, was ſie nicht wünſchen würde, daß ihr geſchehe *). Geſchähe es aber bennoch, daß Dn. M. Müller ben Titel eines Doctors zu beſonberem Präjubiz der Roſtocker Facultät von ihnen erlange, ſo überließen ſie zwar Gott, bem Richter alles Fleiſches, die Sache ſelbſt, legten aber eine feierliche Proteſtation ein, und reſervirten ſich alle Rechte, welche zur Abwendung bieſes Präjubiz ihnen auf irgend eine Weiſe zuſtehen könnten. Am Schluſſe bes Facultäts Schreibens wird bann noch die Hoffnung ausgeſprochen, daß Gott durch ſeine Kirche Eintracht und Ruhe in allen Stücken erhalte, und alle Schäben und Scandala abwende, welche bieſelbe trüben könnten.

Es wird uns nicht befremden können, daß die Roſtocker Facultät über ben Schritt Müllers verwundert war, und ſich gekränkt fühlte, wenn wir erwägen, welche hoheBebeutunG

---

*) Es heißt bann weiter in bem Schreiben: si praeter opinionem Doctoris gradum apud vos exambire auderet, eundem admonituros esse, ne hac in parte auctoritatem Reverendae Facultatis nostrae prostituat, unionis sanctae vincula solvat, turbis ansam praebeat ecclesiam hujus loci scandalo afficiat, et mandatum Illustrissimi et Celsissimi Principis ac Domini Adolphi Friderici gloriosae memoriae, Dni nostri clementissimi, quo cavit, ne verbi divini ministri et Philosophiae Professores sine delectu et discrimine non sine summorum in Theologia honorum contemtu ad Doctoratum admittantur, vilipendat.

der theologische Doctorgrad überhaupt, sowohl an sich, als auch für das Universitäts-Leben, in dieser Zeit hatte, und wie enge die Conferirung desselben mit der Ehre und dem Ansehen der betreffenden Facultät zusammenhing. Hatte der Einzelne den Doctorgrad auf einer Universität erlangt, so war er mit der betreffenden Facultät, die ihm benselben conferirt hatte, und selbst mit der ganzen Universität gliedlich näher verbunden, und dauerte diese Verbindung auch weit hinaus über die eigentliche Zeit der Promotion fort *). Eine nothwendige Folge davon aber war, daß ein Universitäts-Angehöriger sich nur in besonderen Fällen dazu verstand, auf einer fremben Universität den Doctorgrad nachzusuchen und zu erwerben, insbesondere wenn er auf ber eigenen Universität den Grad eines Magisters erworben, oder bereits die voraufgehenden Doctor Examina absolvirt hatte, und in Folge dessen, da er dem acabemischen Verbande angehörte, auch wohl die Erlaubniß erhalten hatte, Vorlesungen zu halten. Im gegenwärtigen Falle kam noch hinzu, daß Müller die Professur der griechischen Sprache bekleidete, als Orbinarius der philo-

---

*) So lautet der Doctor-Eid in den von Herzog Moritz bestätigten Statuten der Leipziger theologischen Facultät vom Jahre 1543: Ego N. juro, me sanam doctrinam evangelii et verbi Christi, prophetarum et apostolorum diligenter et fideliter traditurum, omnia vero varia, externa et haeretica dogmata pro viribus declinaturum et impugnaturum; ac de iis quoque, qui ad gradus theologicos adsciscendi sunt, severum et grave testimonium et judicium pronunciaturum esse; et hanc facultatem et scholam ad utilitatem ecclesiae et gloriam Christi Jesu semper, dum vivam, in omnibus aucturum et ornaturum esse. Sic me Deus adjuvet per sacrosanctum verbum suum." Vgl. Friedrich Zarncke, Die Statutenbücher der Universität Leipzig aus den ersten 150 Jahren ihres Bestehens. Leipz. 1861. S. 573.

sophischen Facultät angehörte, und als solcher auch Mitglied
des Conciliums war. Ueberdies hatte er sich durch den
schriftlich abgegebenen Revers gebunden, nicht eher den Doctorgrad zu ambiren, als bis daß er eine, jenem Grade nach
hergebrachter Sitte entsprechende Stellung erlangt habe.
Unter diesen Umständen konnte die theologische Facultät wohl
nicht ganz ohne Grund der Meinung sein, daß der Vorgang,
falls Müller auf der Academia Julia den theologischen
Doctorgrad erwerbe, zur Verkleinerung ihres Ansehens und
ihres Einflusses gereichen könne und werde.

Daher entschloß sich auch die Facultät, nachdem sie bereits
an die Helmstädter theologische Facultät geschrieben, noch eine
Mahnung an Müller nach Helmstädt ergehen zu lassen. In
diesem Schreiben *) spricht sie es aus, daß sie ungern dem
über ihn verbreiteten Gerüchte Glauben schenke, daß er dorthin gereist sei, um daselbst den höchsten Grad in der Theologie anzunehmen, was sich doch kaum für einen guten academischen Bürger und Professor schicke. Wenn wider Erwarten
etwas Wahres an dem Gerüchte sei, so wolle sie dem
Präjudiz und dem Scandalum, welches daraus der Academie
und der Kirche entstehen würde, auf jegliche Weise vorzubeugen suchen. Die Facultät erinnert ihn sodann daran, daß
er mündlich und schriftlich sich verpflichtet habe, nur von ihr
jene honores Theologicos entgegennehmen zu wollen, und
daß er der Academie eiblich versprochen habe, ihr Bestes in
allen Dingen fördern zu wollen. Zugleich ward von der

---

*) Literae datae ad M. Muellerum eodem tempore, in eadem
causa, Helmstadium in: Liber Tertius Facultatis Theologiae Rostochiensis, p. 131. Während der Brief an die Helmstädter Facultät
vom 4. December 1660 datirt, ist dieser an Müller vom 8. December.

Facultät der Wunsch ausgesprochen, daß er nicht auf dem Wege verharren möge, dessen Ende zum Präjudiz der Rostocker Academie und zum Scandalum der Kirche gereichen werde. Am Schlusse des Briefes ist noch die Hoffnung auf eine erwünschte Ausgleichung ausgesprochen *).

Alle diese Schritte, welche die Facultät gethan hatte, waren indessen ohne Erfolg, zumal da auch Müller den an ihn gerichteten Brief der Facultät nicht rechtzeitig empfangen hatte. Auch scheint bei den Helmstädtern die Ansicht obgewaltet zu haben, daß kein Grund für sie vorhanden sei, das Schreiben der Rostocker zu berücksichtigen. Müller erlangte daher zu Helmstädt die honores doctorales, wie er es gewünscht hatte. Die Helmstädter Facultät bestand damals aus dem Superintendenten und Professor Balth. Cellarius, welcher nicht nur College von Calixt gewesen war, sondern auch mit ihm in naher freundschaftlicher Beziehung gestanden hatte, aus Gerhard Titius, einem der zuverlässigsten und ergebensten Schüler Calixts, aus Friedrich Ulrich Calixt, dem Sohne Georg Calixts, und aus Joachim Hildebrand, welcher, wenn er auch verschiedene Bildungselemente in sich aufgenommen hatte, doch ebenfalls ein Schüler von Calixt war. Es war noch die Facultät, wie sie vier Jahre vorher bei dem am 19. März 1656 erfolgten Tode Calixts bestand, und

---

*) Es heißt daselbst: Speramus, te omnia circa tam arduum negotium praeterita, praesentia et futura prudenter expensurum, et nobiscum id acturum esse, quod in exemplum humilitatis & abnegationis propriae, ad publicum imprimis Academiae patriae bonum promovendum, ad tranquillitatem Ecclesiae temporalium honorum dilatione redimendam et ad obedientiam Deo et superioribus tuis probandam pertinere possit.

kann sie unbedingt als eine solche angesehen werden, die nicht nur durch Bande der Pietät mit Calixt verbunden war, sondern auch überwiegend die calixtinische Richtung theilte, und sie principiell vertrat. Indem daher Müller sich an diese Facultät zur Erlangung des theologischen Doctor=grades wandte, und mit ihr in eine so nahe Verbindung trat, sprach er wenigstens beziehungsweise seine Hinneigung zur calixtinischen Richtung aus, und mußte dadurch das Bedenken der theologischen Facultät, welche derselben ferne stand, wecken, ob er nicht etwa auch im Punkte der Lehre von ihr ab= weiche.

Als Müller von Helmstädt nach Rostock zurückgekehrt war, wandte sich die theologische Facultät unter dem 21. März 1661 an den Rector in einem Schreiben *), in welchem dieselbe bemüht gewesen war, die ganze species facti dar= zulegen. Indem sie die Data, deren wir bereits gedacht

---

*) Das Schreiben findet sich im Liber tertius Facultatis Rosto-
chiensis, p. 131—134. Es ist dasselbe, sowie die voraufgehenden, von
uns erwähnten Briefe der Facultät mit Randbemerkungen, wie es scheint,
von der Hand Müllers, versehen, die aber ausgestrichen und unlesbar
gemacht sind. Darauf beziehet sich eine von Müller herrührende, mit
seiner Unterschrift versehene Bemerkung, daß das, was er zu seiner noth=
wendigen Vertheidigung in margine beigezeichnet, expurgiret, habe er
Friedens halber geschehen lassen, bitte jedoch einen Jeden, der dieses
lieset, er wolle sich in seinem judicio nicht präcipitiren, sondern mit dem,
was D. Ottonis hieher geschrieben, conferiren, theils, was Rev. Facultas Theologica in Academia Julia dieser Facultät responbiret, theils
was er selbst bei Rev. Concilio zu seiner Vertheidigung schriftlich ein=
gebracht, der werde befinden alles dieses, was D. Ottonius schreibt,
prolixe und solide beantwortet. Diese Bemerkung trägt das Datum
2. Jun. 1666, ist also mehrere Jahre später hinzugefügt worden. Leider
fehlt das von der Helmstädter Facultät an die Rostocker gerichtete
Schreiben.

haben, anführt, und von ihrem Standpunkte aus erörtert, spricht sie sich dahin aus, daß sie es für unmöglich gehalten habe, daß Doctor Müller, ein Prediger, der allen Ehrgeiz, Hoffart, Falschheit und Aergerniß öffentlich strafe, und als ein Professor hujus Academiae einen körperlichen Eid geschworen', bona academica pro posse et nosse zu befördern, seine schriftliche, bona fide gegebene Zusage vernichten, mandatum Principis hintenansetzen, und hiesiger Academie so großes praejudicium bereiten könne, daß er contra fidem datam heimlich am anderen Ort promoviret. Man erkennt indessen aus diesem Schriftstück selbst, daß Müller sich darüber beschwerte, daß der D. Jo. Christ. Ottonis Namens der theologischen Facultät von dem Rector gebeten, keine scripta Theologica, ohne vorhergehende gebührende Censur, dem Drucker abzudrucken zu verstatten, und daß derselbe, um das Vornehmen Müllers zu hintertreiben, an die theologische Facultät zu Helmstädt geschrieben habe. In Bezug auf beide Vorwürfe vertritt die Facultät ihren Decan, da solches nicht ohne voraufgegangenen Consens und Schluß der Facultät geschehen sei, und knüpft daran die Aeußerung: Ob Müller aber nicht Rev. Fac. Theol. auctoritatem durch solch sein Beginnen prostituiret, unionis sanctae vincula, damit er unserer Facultät verbunden gewesen, aufgelöset, zu der Unruhe, die jetzt am Tage, Ursache gegeben, und manch bemüthiges Herz geärgert, lassen wir Andere judiciren.

Die Facultät stützt sich endlich bei ihrer Bitte de non admittendis disputationibus theologicis sine censura Facultatis Theologicae editis auf die von Rev. Concilio confirmirten leges Facultatis Theologicae *), bei welchen sie

---

*) Lex XV. Si quod scriptum Theologicum typis evulgandum

zu schützen gebeten wird, und ersucht Rector und Concilium freundlich, darüber zu halten, damit also Keiner in ein fremdes Amt greife, sondern bleibe in dem, dazu ihn Gott verordnet habe. Am Schlusse ihrer Eingabe verwahrt sich die Facultät noch dagegen, daß sie nicht schreibe, um sich mit Dr. Müller in einigen Widerwillen einzulassen, oder actoris partes gegen ihn einigermaßen anzunehmen, und legt sodann die ganze Sache in die Hände des Concils, und begehrt, so viel an ihr ist, nichts mehr, doch salva Facultatum auctoritate, als den lieben Frieden, den Gott geben und bestätigen wolle um Christi willen.

Diese von der theologischen Facultät dem Concil überreichte Schrift ward abschriftlich von dem Prorector und Concilium an Müller mitgetheilt, und wurden darauf D. Heinrich Rahne *),

---

est in hac Academia debet id exhiberi Decano, qui collegarum sententias et judicia requiret. Et lex XL.: Nec ordinariae disputationes nec extraordinariae, nec ullum aliquod scriptum Theologicum citra approbationem Decani et totius Facultatis publicari in hac Academia debet.

*) Heinrich Rahne stand als Rechtsgelehrter in besonderem Ansehen. Er war zu Braunschweig am 14. Februar 1601 geboren, und erhielt, nachdem er zu Jena, Leipzig, Helmstädt und Rostock studirt hatte, im J. 1631 vom Herzog Adolph Friedrich an Schönermark's Stelle die Professur der Institutionen, die er jedoch erst nach Vollendung einer gelehrten Reise durch Holland, Frankreich und England am 31. October 1633 antrat, nachdem er hier unter dem Decanat von D. Alb. Hein sen. am 19. September 1633 Doctor juris geworden war. Auch ward er später Assessor im Consistorium Ducale. Nachdem er 29 Jahre der Universität angehört hatte, starb er plötzlich am Schlage den 2. April 1662. Seine Schrift de successione conjugum weist auf die nahe Verbindung der Jurisprudenz mit der Theologie hin. Weitere Nachrichten von gelehrten Rostock'schen Sachen J. 1745. S. 95 f. J. 1746, S. 12. J. B. Krey, Andenken VII., S. 7 f. Memoria — — Henrici Rahni, JCti. — — publica oratione celebrata a Daniele

D. Hermann Lembke *), D. Johannes Bacmeister **), und
D. Laurentius Bobock ***) zu Commissarien ex officio verordnet und denselben committirt, die theologische Facultät wie
auch D. Müller fördersamst vor sich zu bescheiden, und die
ganze Sache in Güte hinzulegen, oder in Entstehung derselben ihre Relation zur ferneren rechtlichen Verordnung ein-
zusenden †).

Georgio Morhofio, J. U. D. & Prof. Publ. Rostochii 1822. Etwas
J. 1737, S. 253. J. 1738, S. 253. J. 1741, S. 617, 620, 652, 683.

*) Hermann Lembke, in Rostock 29. August 1619 geboren, studirte
hier und in Helmstädt, ward im J. 1646 Secretarius Acad., später
1653 Dr. juris. E. E. Rath berief ihn an Stelle des nach Lübeck ab-
gehenden D. Schütze als räthlichen Professor ins Concil. Im J. 1659
ward er Syndicus der Stadt. Unter den Disputationen wird die
disp. de Litis contestatione gerühmt. Etwas J. 1737, S. 278. J.
1740, S. 682 f. W. N. J. 1745, S. 110.

**) Johannes Bacmeister jun., geb. zu Lüneburg den 31. Oct. 1624,
studirte zu Wittenberg, Rostock, Greifswald und Leiden, wo er im J.
1648 Doct. Med. wurde. Nach Absolvirung einer gelehrten Reise ließ er sich
als practischer Arzt in Rostock nieder, und wurde im J. 1654 an J. Stock-
manns Stelle von E. E. Rath zum Prof. der Medicin und Stadtphysicus
erwählt. Er starb am 14. Februar 1686. Etwas J. 1737, S. 318,
339. J. 1740, S. 668. J. 1741, S. 831 f.

***) Laurentius Bobock, am 9. August 1607 zu Posen geboren, trat
von der katholischen Kirche zur lutherischen über und warb, nachdem er
am Gymnosium zu Riga Professor gewesen war, von Herzog Adolph
Friedrich am 3. Februar 1641 zum Professor der Beredtsamkeit berufen.
Er starb im Spätjahre 1661. Zach. Grape, Evangelisches Rostock,
S. 511 f. Etwas J. 1737, S. 351 f. J. 1741, S. 273. J. 1742,
S. 517 ff. Vgl. über ihn, seine Schriften und seine Richtung: Krabbe,
Aus dem kirchlichen und wissenschaftlichen Leben Rostocks, S. 333 ff.

†) W. R. W. decretum in Concilio 1. April 1661. Liber Tertius Facultatis Theologicae Rostochiensis p. 169 sq.

Ibid. p. 168 sq. Cum Dn. D. Müllerus, qui hic disputationem
pro gradu habuerat, in Academia Julia Doctoratus honorem impe-
trasset, controversia hoc nomine inter Facultatem Theologicam
hujus Academiae et ipsum exorta est, quae tamen penitus sublata

Die Verhandlungen, welche zwischen der Facultät und Müller vor dieser vom Concil ernannten Commission stattfanden, lassen sich nicht im Einzelnen verfolgen. Jedoch ward diese Differenz durch die Erklärung Müllers beigelegt, die er schriftlich und mündlich dahin abgab, daß er nichts zur Verkleinerung der theologischen Facultät gethan habe, daß aber ihm darin etwas Menschliches widerfahren sei, daß er ohne ausdrückliche Einwilligung der Facultät den Grad in Academia Julia angenommen habe, unter Hinzufügung des Versprechens, daß er hernach den Nutzen und die Ehre der theologischen Facultät nach Kräften fördern wolle, sich auch nicht in die Streitigkeiten mischen, welche den Frieden der Theologen stören, noch von der Formula Concordiae weichen wolle. Man erkennt aus dieser, hinsichtlich seiner Zustimmung zur Concordienformel abgegebenen Erklärung Müllers, daß mit Bezug auf die eigenthümliche Stellung der Helmstädter Theologen *) zur Concordienformel die Befürchtung

---

est per Declarationem Dn. D. Mülleri tam scripto quam oretenus factam, hanc nempe, quod in despectum Facultatis Theologicae nihil fecerit, quodque in eo aliquid humani passus sit, dum sine expresso Facultatis consensu gradum in academia Julia assumpsit, juncta promissione, quod deinceps commoda et honores Facultatis Theologicae pro virili promovere velit, et controversiis pacem Theologorum turbantibus se immiscere aut a Formula Concordiae recedere nolit. In qua declaratione et promissione Dn. D. Mulleri Facultas Theologica, quantum in ipsa est, ex amore pacis acquievit, ipsisque potestatem facit, praevia Censura in Theologicis publice disputandi aliaque praestandi, quae Phil. Professoribus, Theologiae Doctoribus, hactenus indulta sunt, modo detur opera, ne fiat Facultatum confusio. Conclusum in conventu Facultatis Theologicae, d. 3. Aprilis.

*) Es ist bekannt, daß bald nach der Publication der Concordienformel die Stellung der Helmstädter Theologen zu derselben sich verän-

laut geworden war, daß auch Müller sich ähnlich verhalten, und so den consénsus doctrinae gefährden könne. Auf die von ihm abgegebene Erklärung und auf das von ihm gemachte Versprechen beruhigte sich die Facultät aus Liebe zum Frieden, und gab selbst Müller die Erlaubniß, praevia Censura öffentlich in theologicis zu disputiren, und Anderes vorzunehmen, was den Professoren der Philosophie, welche Doctoren der Theologie waren, bisher gestattet worden, nur mit der Beschränkung, daß Sorge getragen werde, daß keine Vermengung der Facultäten eintrete.

War nun auch dieses tief gehende Zerwürfniß mit der Rostocker Facultät beigelegt, so läßt sich doch nicht verkennen, daß dasselbe überhaupt nicht hätte eintreten können, wenn nicht Müller damals zu der in Helmstädt vertretenen Richtung eine Hinneigung gehabt hätte. Es läßt sich dagegen nicht etwa anführen, daß Müller auch in der, mit der Facultät stattgehabten Vereinbarung ausdrücklich seine Zustimmung zu der Concordienformel erklärt hatte, denn die Ablehnung der Concordienformel von Seiten der Helmstädter Theologen hatte wesentlich in anderen Verhältnissen, wie wir sahen, ihren Grund, mochten auch bei einzelnen Helmstädter Theologen Gegensätze zur Ubiquitätslehre stattgefunden haben, welche

---

berte, wohl insbesondere, wenn auch ihr latitudinaristischer Standpunkt mitgewirkt haben mag, weil Herzog Julius sich vom Concordienwerk zurückgezogen hatte, als er zum Zwecke der Erwerbung des Bisthums Halberstadt seinem Sohne Heinrich Julius die katholische Ordination hatte ertheilen lassen. Jul. Rehtmeyer. Braunschweig. Kirchengeschichte. III. S 450 ff. C. G. H. Lentz. Die Concordienformel im Herzogthum Braunschweig in: Niedners Zeitschrift für histor. Theologie, J. 1848. S. 291 ff. Krabbe, Die Universität Rostock im 15. und 16. Jahrhundert. S. 669 f.

zur Lossagung von der Concordienformel mitwirkten *). Wir haben um so weniger Grund, Müllers Zustimmung zur Concordienformel irgendwie zu beanstanden, als derselbe stets die reformirten Unterscheidungslehren auf das entschiedenste abgelehnt, und die in ihnen enthaltenen Irrthümer verworfen hatte. Es wird auch nicht gesagt werden können, daß sich Müller irgendwie mit der, in der Concordienformel bekannten Lehre des Wortes Gottes in Widerspruch gesetzt hätte. Dennoch läßt sich nicht verkennen, daß Müller zu der calixtinischen Richtung, wie sie in Helmstädt durch Calixt und seine Schüler während der langen Regierung des Herzogs August ihre ausschließliche Vertretung gefunden hatte, nicht in demselben Gegensatze sich befand, wie dieser sich auf den lutherischen Universitäten und auch in Rostock allmälig ausgebildet hatte.

Es scheint vielmehr das practische Moment in der calixtinischen Richtung gewesen zu sein, dem sich Müller verwandt fühlte, und von welchem er vorzugsweise angezogen sein mochte. In der ganzen Eigenthümlichkeit Müllers lag es, die practischen Interessen vor allen anderen ins Auge zu fassen. Er vermochte nicht in dem Maaße, wie dies von manchen Vertretern der lutherischen Orthodoxie geschah, alles Gewicht auf die scharfe Formulirung der Lehrunterschiede zu legen, und fühlte sich gedrungen, auf die practische Aneignung der Heilswahrheiten zu bringen, und überhaupt die

----

*) Vgl. über die Verhältnisse der Rostocker theologischen Facultät zur Helmstädter in jener Zeit, namentlich auch zu Dan. Hofmann und Hesbusius: Krabbe, Die Universität Rostock im 15. und 16. Jahrhundert, S. 670 ff.

Frömmigkeit, die Praxis des christlichen Lebens, über das theoretische Erkennen zu stellen. Gerade hierin traf er wenigstens in dem einen Punkte wesentlich mit der calixtinischen Richtung zusammen, daß er rein theoretischen Streitfragen geringere Bedeutung beilegte, und überhaupt dieselben als indifferent mehr zurückstellte. Denn es läßt sich auch anderweitig nicht sagen, daß seine überwiegend biblisch-theologische und practisch homiletische Richtung mit der calixtinischen besonders harmonirt hätte. Wenn das studium concordiae des Calixt wesentlich darauf hinausging, die Differenzen im Lehrbegriff der drei Confessionen durch Eingehen auf die gemeinsamen Grundlagen der Bekenntnisse *) womöglich auszugleichen, so finden wir nach dieser Seite bei Müller keine, diese Zwecke irgend verfolgende Tendenz. Hatte Calixt seine ganze Eigenthümlichkeit der von ihm ausgehenden Richtung mitzutheilen gewußt, so ist derselben auch überwiegend mehr ein nüchternes, reflectirendes Moment eigen, was uns sowohl in der Behandlung theologischer Fragen, als auch in der Erörterung kirchlicher Verhältnisse entgegentritt. Bei Müller dagegen findet sich vorwiegend eine Praxis, welche, an Arndt sich anschließend, in die Tiefen des geistlichen Lebens herabsteigt.

Aus dieser Stellung Müllers, sowie aus dem Pietäts-Verhältniß, in welches er durch die Annahme des theologischen Doctorgrades in Helmstädt zu der dortigen Facultät getreten war, erklärt es sich, daß Müller seine Beziehungen zu derselben fortsetzte **), und zunächst bemüht war, ihr seinen

---

*) Heinrich Schmid, Geschichte der synkretistischen Streitigkeiten in der Zeit des Georg Calixt, S. 122 ff.

**) Bereits etwas früher hatte Müller die Schrift erscheinen lassen:

Dank durch die Widmung einer gelehrten Schrift auch öffentlich zu bezeugen. Es war diese die Historia Passionis *), die er unmittelbar nach seiner Promotion herausgab. Der Inhalt ist überwiegend historisch kritisch, und behandelt eine Reihe einzelner Punkte der Passionsgeschichte, theils biblisch theologischer, theils archäologischer, theils geographischer, theils linguistischer und exegetischer Art, welche nicht im Zusammenhange, sondern in 66 Abschnitten einzeln balb in größerer, balb geringerer Ausführlichkeit, meistens jedoch nur kurz erörtert werden **). Es liegt in dem Wesen dieser historisch

---

De summo hominis christiani bono ex Psalmo I. Davidis dissertationes philologico - theologicae duae in Academia Rostochiensi publice exhibitae. Respondent. Gerlaco Siassio, Oldenburg & Samuele Holmanno. Heruord. Westphalo. Rostochii A. CICICCLX in IV. Diese Schrift, welche die Dekonomie des Psalmes erörtert (W. R. J. 1743, S. 298), ist bem Henr. Langenbeck, Geheimen Rath und Canzler des Herzogs zu Braunschweig Christiani Ludovici, ult. December 1660 zugeeignet, und dankt D. Müller bemselben, daß er im Namen seines Herzogs ihm die Doctor-Würde ertheilt habe.

*) Historia Passionis, Crucifixionis, et Sepulturae Domini nostri Jesu Christi notis Theologico-Historico-Criticis illustrata & disputationibus VII. in Academia Rostochiensi proposita ab Henrico Müllero, Theol. D., Professore P. Ordinario & ad Div. Mariae Archidiacono. Rostochii, Typis Johannis Kilii, Acad. Typogr. Anno 1661. Die in mehr als einer Beziehung characteristische Dedication an die theologische Facultät ist datirt Rostochii d. X. April. Anno 1661. Das Werk enthält manches brauchbare archäologische Material, auch Beiträge zu den Fragen über die Harmonie der Evangelien, und ist für jene Zeit um so beachtenswerther, als das epochemachende Werk von Bynaeus de morte Jesu Christi commentarius amplissimus (libri III.) erst 1691—98 erscheint.

**) Beispielsweise setzen wir die ersten zehen Gegenstände her, welche Müller zur Verhandlung bringt: 1. Torrens Kidron. 2. Villa Gethsemane. 3. Lucta Christi patientis. 4. Oratio Christi luctantis. 5. Sudor sanguineus. 6. Angelus consolator. 7. Somnus Aposto-

kritischen Excurse, und in dem Zwecke, den sie verfolgen, daß
die dogmatischen Fragen und Erörterungen zurücktreten, und
höchstens indiret und beiläufig zur Sprache kommen. Es
mag nicht absichtslos gewesen sein, daß Müller diese Gegenstände, die er besonders aus dem Alterthum zu erläutern
suchte, für die der Helmstädter Facultät zu widmende Arbeit
wählte, und sich ihrer Behandlung auch nur historisch kritisch
unterzog, um dadurch am sichersten allen dogmatischen Differenzen, die sich etwa sonst hätten ergeben können, vorzubeugen. Dennoch wird sich nicht sagen lassen, daß er irgendwie seine persönliche Stellung zur Helmstädter Facultät und
die Verehrung, welche er für ihre einzelnen Glieder, insbesondere aber für Georg Calixt selbst, empfand, habe zurücktreten lassen. Er benutzt sehr häufig die Arbeiten Calixts,
insbesondere seine concordia evangeliorum, und beruft sich
gerne auf seine Zustimmung. Ueberall aber ist er bemüht,
ihn in einer Weise hervorzuheben und zu bezeichnen, daß
über die hohe Verehrung, die Müller für ihn hatte, kein
Zweifel bestehen kann *).

---

lorum. 8. Osculum Proditoris. 9. Gladius Petri. 10. Juvonis
Sindone velatus.

　　*) So nennt er ihn Incomparabilis nostri seculi Theologns b.
m. Georgius Calixtus; Vir omni laude superior l. c. p. 18, 19. Müller
beruft sich auf die Auctoritas magnorum Visorum, in quibus etiam
est Georgius Calixtus, nennt ihn Vir aeterna memoria dignus p. 52,
99. Andere Stellen, wo er Calixts gedenkt, zeigen, daß Müller ungeachtet der heftigen Angriffe, welche Calixt auch in sittlicher Beziehung
von seinen Gegnern erfahren hatte, denselben dennoch sittlich ungemein
hoch stellt, und ihm seine Anerkennung bezeugt. Es ist dies um so mehr
zu beachten, als Müller keineswegs die Stellung, welche Calixt zu den
anderen Confessionen eingenommen hatte, theilte, und an der Concordienformel als dem entsprechenden Bekenntniß der lutherischen Kirche festhielt.

Mit gleicher Offenheit spricht sich Müller auch über die Gründe aus, welche ihn bewogen, diese Schrift den damaligen Gliedern der Helmstädter Facultät zuzueignen, welche ihm sowohl in den außerordentlichen Verdiensten, die sie sich um ihn unverdient erworben hatten *), als in der Lauterkeit ihrer theologischen Richtung liegen. Ausdrücklich bezeugt er, daß durch diese Widmung allen bekannt werden solle, wie hoch er sie schätze, und wie sehr er wünsche, von ihnen geliebt zu werden.

Diese mit Helmstädt angeknüpften Beziehungen setzte Müller fort, und scheint namentlich mit Cellarius ein näheres Verhältniß gehabt zu haben. Es hatten aber diese Vorgänge weder dem Ansehen Müllers Eintrag gethan, noch hatten sie dazu beigetragen, seine Beförderung zu verzögern. Im Gegentheil erfolgte dieselbe bald, nachdem die nothwendige Vorbedingung, die Erwerbung des theologischen Doctorgrades, eingetreten war. Daß es ihm aus dogmatischen Gründen zum Vorwurf gemacht wäre, daß er ihn in Helmstädt nachgesucht und erhalten hatte, davon findet sich keine Spur. Selbst mit der theologischen Facultät gestaltete sich Müllers Verhältniß wiederum freundlicher, nachdem durch die Ver-

---

*) Cellarius hatte die Vices des Kanzlers bei seiner Promotion versehen und ihm Gastfreundschaft bewiesen. Titius hatte, obwohl schwer erkrankt, so daß er nicht zugegen sein konnte, an seiner Promotion warmen Antheil genommen. Friedrich Ulrich Calixt hatte sich seinetwegen mancher Sorge und Beschwerde unterzogen, und ihn mit den Schriften seines Vaters beschenkt. Hildebrand hatte ihn gastlich aufgenommen, und bei den Acten seiner Promotion sich betheiligt. Die Widmung schließt mit den Worten: Amare pergite illum, qui vos impense amat et veneratur. Orare non intermittite pro illo, qui vestram vestraeque Academiae et Familiae salutem indesinentibus commendat suspiriis Ei, qui solus omnia potest.

mittelung des Concils jene Ausgleichung zu Stande gekommen war.

Der Weggang von Mauritius *), der an Stelle von Joh. Balthasar Schuppius zum Pastor an St. Jacobi in Hamburg berufen war, eröffnete die von ihm bekleidete, ordentliche Professur der Theologie, in welche Müller sofort berufen ward. Er hatte in seiner Stellung als Graec. Ling. Professor Michaelis 1662 den Decanat der philosophischen Facultät übernommen, legte denselben aber am 16. December 1662 in conventu Facultatis nieder **), und ward von dem damaligen Rector D. Joh. Quistorp dem Jüngeren in sein neues Amt eingeführt ***). Auch die theologische Facultät recipirte Müller ohne alle Schwierigkeit, obgleich damals für diejenigen, welche den Doctorgrad auf einer anderen Universität erlangt hatten, noch in Rostock die Nostrificirung in

----

*) Caspar Mauritius war nach dem im J. 1648 erfolgten Tode des älteren Joh. Quistorp in die ordentliche Professur der Theologie eingetreten. Auch bekleidete er seit 1653 das Pastorat zu St. Marien, und war im Jahre 1654 städtischer Superintendent geworden. Seine acabemische wie pastorale Thätigkeit war eine gesegnete, so daß man ungern ihn scheiden sah. Vgl. über ihn Henr. Wittenii Centuria memoriae Theologorum renovatae, Decas XV. p. 1858 sqq. Etwas J. 1737, S. 219, 345, 633, J. 1742, S. 671 f., 703 f., 761 ff., 803 ff. Molleri Cimbria literata Vol. I., p. 389 sq. Krabbe, Aus dem kirchlichen und wissenschaftlichen Leben Rostocks. Zur Geschichte Wallensteins und des breißigjährigen Krieges. S. 298 ff. S. 303 f., 405.

**) Während seines Decanats hatte er die in Rostock promovirten Magistri Michael Wagnerus, Pastor Catharinianus und Daniel Parschitius, Scholae Gustrou. Conrector recipirt. Etwas J. 1740, S. 506.

***) Die Introduction erfolgte am Dienstag nach dem III. Abbent vermittelst einer oratio, qua Theologiae dignitatem repraesentavit. Etwas J. 1737, S. 220.

geſetzlicher Uebung war. Der Betreffende hatte nach der
hier einſchlagenden Beſtimmung der academiſchen Statuten *)
ſich über alle Theile der Lehre der Facultät gegenüber aus-
zuweiſen, mußte öffentlich bisputiren, und die Aufrechthaltung
des consensus in der Lehre mit den Collegen eiblich geloben **).
Da Müller ſchon im Jahre 1655 in Roſtock pro gradu ***)
bisputirt hatte, beſchränkte ſich die Noſtrificirung darauf, daß
er das feierliche Verſprechen gab, ſich nicht in Streitigkeiten,
welche den Frieden unter den Theologen ſtören möchten, zu
miſchen, und nicht von der Concorbienformel abzuweichen.
So hatte Müller durch ſeine Ernennung zum orbentlichen

---

*) Lex VI. lautet: Si cui in alia Academia sunt collata insignia
Doctorum, non debet recipi, nisi prius suam de omnibus doctrinae
coelestis partibus sententiam probarit Collegio, publice disputaverit,
et juramento adfirmaverit, se et concordiam et consensum in doctrina velle cum Collegis constanter tueri.

**) Cf. Protocollum Fac. Theol. p. 646: Ao. CICICLXII. m.
Decembr. Rectore D. Jo. Quistorpio, Th. D., Prof. P., in collegium Facult. Theol. receptus est pl. Reuer. Dn. D. Henr. Muller,
antehac Graec. L., in locum Dn. D. Henr. Mauritii vocatus Prof.
et Pastor Marianus. Cum vero in Julia Academia Doctoris titulum
impetrauerit, hic Rostochii pro gradu disputauerit A. 1655, legi VI.
se accommodare debuit, ac sancte promisit, quod controuersiis
pacem Theologorum turbantibus se immiscere et a Formula Concordiae recedere nolit.

***) Die Statuten der Leipziger theologiſchen Facultät vom J. 1543
beſtimmen in einem ſolchen Falle: Si quis autem in alia academia
fuerit ornatus gradu doctoratus, huc non admittatur, nisi prius
sex menses publice docuerit in cathedra, semel publice disputaverit ante et post meridiem, ac demum in die convivii ante pran-
dium sacrae theologiae laudes declamaverit. Hoc ubi fecerit,
postridie a facultate honeste petenti suus ei locus adsignabitur,
sic tamen ut eodem juramento, quo doctores scholae hujus, ob-
stringatur. F. Zarncke, Die Statutenbücher der Univerſität Leipzig,
S. 573.

Professor der Theologie und durch seinen Eintritt in die theologische Facultät auch in der academischen Laufbahn das
Ziel seiner Wünsche erreicht, nachdem er bereits neun Jahre,
wie wir sahen, im geistlichen Amte mit großem Segen gewirkt hatte. Mit regem Eifer und erneuerter Freudigkeit
widmete er sich von jetzt an wiederum seinem academischen
Beruf, der ihm stets am Herzen gelegen hatte und werth
gewesen war.

Achter Abschnitt.

Als Müller, nachdem er drei Jahre lang die Professur der griechischen Sprache bekleidet hatte, in die theologische Facultät eintrat, waren in derselben sehr bedeutende Veränderungen vorgegangen. An Mauritius Stelle, der sowohl für das Gebiet der Philosophie, als auch der Theologie, eine tüchtige Kraft gewesen war, war er selbst getreten. Schon früher war Hermann Schuckmann ausgeschieden, welcher vom Herzog Gustav Adolf bereits im Sommer 1661 zu seinem Oberhofprediger und Beichtvater nach Güstrow berufen war*).

---

*) Hermann Schuckmann, geb. 16. Juli 1610 zu Rostock, ward noch von Herzog Adolf Friedrich in Vormundschaft des Herzogs Gustav Adolf zur ordentlichen Professur der Theologie berufen und am 13. Mai 1644 introducirt. Seine ganze Thätigkeit an der Universität, wo er überwiegend die practische Theologie vertrat, soweit sie damals überhaupt im Gesammtorganismus der theologischen Wissenschaft ausgebildet war, war von einem lebendigen Glaubensleben getragen und auf das Ziel der Erbauung der Kirche gerichtet. Vgl. über ihn: Krabbe, Aus dem kirchlichen und wissenschaftlichen Leben Rostocks (und die dort angeführten Schriften), S. 246 ff., S. 253, S. 444 f.

Es war ein schmerzlicher Verlust für die Universität, der er mit großer Hingebung angehört hatte. Da sich in ihm große Belesenheit und Gelehrsamkeit mit lebendigem Glauben und practischer Begabung verband, so war er in dieser doppelten Beziehung ein höchst wichtiges Glied der Facultät gewesen. Als Mitglied des Consistoriums, und dem Herzog Gustav Adolf persönlich nahe stehend, hatte er auch dadurch ein Verhältniß zur Landeskirche, und vermittelte nicht selten die Beziehungen der Facultät zu derselben.

An seine Stelle ward im Jahre 1663 August Varenius, welcher seit 1643 Professor der hebräischen Sprache gewesen war, zum ordentlichen Professor der Theologie und Assessor des herzoglichen Consistoriums berufen, der auf die Hebung der alttestamentlichen Studien in Rostock förbernd eingewirkt hatte, und durch seine Auslegung des Propheten Jesaias weiteren Kreisen bekannt geworden war *). Er theilte den theologischen Standpunkt der Facultät, und war überdies mit Müller, für dessen hohe practische Begabung er eine aufrichtige Theilnahme hatte, befreundet, und neigte sich auch, hinsichtlich der in der Theologie jener Zeit hervorgetretenen Gegensätze, der milderen Auffassung zu, so daß er über Müllers persönliche Stellung zu denselben sich wohl mit ihm zu verständigen wußte. Die übrigen Mitglieder der Facultät waren damals Johannes Quistorp der Jüngere, welcher

---

*) August Varenius, zu Hitzacker im Lüneburgischen am 20. Sept. 1620 geboren, trat die ihm verliehene ordentliche Professur der Theologie am 25. Junius 1663 mit der Inauguralrede an: De Confessione Pauli coram Tribunali Caesaris ex Act. XXIV., V. 14—16. Bei ihm finden sich in seinen alttestamentlichen Arbeiten auch Anfänge zur vergleichenden Sprachforschung. Krabbe a. a. O., S. 294 f.

seit 1643 Archibiaconus zu St. Jacobi und Phys. ac Metaphys. Prof., im Jahre 1649 außerordentlicher Professor der Theologie, und nach Erlangung des Doctorats ordentlicher Professor im Jahre 1650 geworden war *); ferner Johann Christoph Otto, welcher in der Helmstädter Promotions-Angelegenheit sowohl mit den Helmstädtern, als auch mit Müller und mit dem Concilium als damaliger Decan der theologischen Facultät die Verhandlungen geleitet hatte **).

*) Johannes Quistorp, Sohn des älteren Johann Quistorp, am 3. Februar 1621 zu Rostock geboren, gehörte längere Zeit der philosophischen Facultät an, und hielt nicht bloß philosophische, sondern auch mathematische Vorlesungen. Im J. 1653 warb er Pastor zu St. Jacobi und im Jahre 1668 Director des geistlichen Ministeriums. Er starb am 24. December 1669. Krabbe a. a. O. (und die dort genannten Schriften) S. 242, S. 361 ff.

**) Johann Christoph Otto oder Ottonis, aus Osnabrück gebürtig, kam 1646 nach Rostock, und erlangte nach Ausweis des Albums der philosophischen Facultät im J. 1652 unter dem Decanat des M. Bernhardus Taddelius, Graec. Lit. Prof. P., die summos in Philosophia honores mit 11 anderen Doctoranden. Im J. 1654 warb er von Herzog Adolf Friedrich an D. Daniel Michaelis Stelle zum ordentlichen Professor der Theologie berufen, und am 14. Juni 1654 eingeführt. Im J. 1655 erhielt er die theologische Doctorwürde zu Greifswald, und disputirte unter dem Präsidium von Abraham Battus über die von ihm geschriebene diss. de anno mactato ab origine mundi Apoc. XIII., 8. Da er in Greifswald promovirt war, trat die Nostrificirung ein. Ao. MDCLVI. d. 18. Decemb. Decano D. Johanne Quistorpio in Colleg. Facult. Theol. receptus est Dn. Joh. Christophorus Ottonis. Is cum in alia Academia (Gryphiswald.) Doctoris insignia impetravit, illa, quae lex VI. requirit, praestitit. Theol. Protokoll- und Statuten-Buch p. 64. Bald nach dem Eintritt Müllers in die Facultät verließ er Rostock. Er ging als Pastor nach Stabe, wo er später Consistorialrath wurde. Anno CICICCLXII., d. 8. April., Dn. D. Joh. Christophorus Ottonis hinc vocatus ad Pastoratam Stadam in Bremen: Ducatu concessit, Theologus modestus et doctus. Vgl. De meritis Westphalorum in Academia Rostochiens., p. 21. Etwas J. 1737, S. 216. J. 1740, S. 660, J. 1741, S. 81 ff., 255, J. 1742, S. 284.

Endlich ist noch Lucas Bacmeister zu nennen, welcher bereits im Jahre 1635 eine ordentliche Professur der Theologie erhalten hatte, und somit damals Senior der theologischen Professoren war *).

In Folge der schweren Kriegsjahre waren ganz allgemein die kirchlichen Verhältnisse und Zustände höchst betrübend geworden. Die Gemeinden waren der kirchlichen Zucht und Sitte entwöhnt, und wo diese noch einigermaßen im Bestande waren, hatte das christliche Leben selbst tiefen Schaden genommen, und war vielfältig veräußerlicht. Daraus erklärt sich, daß durch diese ganze Zeit ein schmerzlicher Klageton geht über den Verfall der Kirche, und daß man sich vielfach gedrungen fühlte, gegen das äußere und innere Verderben, welches in die Kirche eingedrungen war, ein entschiedenes und unverholenes Zeugniß abzulegen. Die Glieder der Rostocker theologischen Facultät waren dazu um so mehr veranlaßt, als ihnen in ihrer Stellung Gelegenheit ward, wahrzunehmen, wie tief das kirchliche Leben in den weitesten Kreisen zerrüttet war, und wie wichtig es sei, an ihrem Theile zu einer von Innen herausgehenden Erneuerung und Förderung des kirch-

---

*) Lucas Bacmeister, der Sohn des jüngeren D. Lucas Bacmeister, Theol. Dris. & Prof., auch Superintenden des Güstrower und Rostocker Kirchen-Kreises, und Assessors des herzoglichen Consistorium, war im J. 1605 in Rostock geboren, und studirte in Rostock, Leipzig, Jena, Erfurt und Wittenberg. Im J. 1632 erlangte er das Magisterium zu Jena. Von Herzog Hans Albrecht ward er im J. 1635 an Joh. Tarnovs Stelle zum ordentlichen Professor der Theologie berufen, und trat sein Amt am 8. Febr. mit einer Inauguralrede De attenta Scripturarum s. lectione earundemque varia et multiplici necessitate utilitateque. Er war Extraconciliaris. Da er nicht Dr. Theol. ward, ist er nicht in Facult. Theol. recipirt, noch je Decan geworden. Sechs Jahre vor seinem Tode, der im J. 1679 erfolgte, ward er emeritirt. Etwas J. 1737, S. 212. J. 1742, S. 337 ff., 350.

lichen Lebens mitzuwirken. In diesem Sinne sehen wir wiederholt die einzelnen Glieder der Facultät sich äußern, wie auch die Facultät als solche bei mehreren Gelegenheiten sich veranlaßt sah, sich warm und kräftig auszusprechen.

Quistorp hatte bald nach seiner Rückkehr von seiner gelehrten Reise nach Holland die ihm verliehene außerordentliche Professur der Theologie mit der Inaugural-Rede: De afflicto ecclesiae statu, quibus armis perpetuo vulnerata fuerit, quibuscunque remediis sanari vicissim oporteat angetreten, in welchem er seinem Schmerze über das darniederliegende kirchliche Leben einen Ausdruck gab, und über die zur Anwendung zu bringenden Heilmittel sich aussprach. Zehen Jahre später, wo er bereits sechs Jahre Glied der theologischen Facultät war, gab er seine viel besprochene Schrift Epistola ad Antist. M. seu Pia Desideria*) her-

---

*) Nach dem, in der dritten Ausgabe sich findenden „Bericht an den Christlichen Leser" ist „dieses Büchlein erstlich in quarto gedruckt, und genannt Epistola ad Sacros Antistides Eccles. Duc. Mecklenburg, und hats der Autor hin und wieder an fürnehme Consistoria, Ministeria etc. geschickt, wiewol man leider sich nicht viel darnach gebessert hat, sondern ist an etlichen Orten von den Pharisäern nur verachtet, und als ein Weigelianisch Werk unter die Bank geworffen worden".

„Hernach und zum andern Mahl ist dieses köstliche Tractätlein mit der hiebey angefügten schönen Censur der Theologischen Facultät zu Rostock in octavo herausgegeben im Jahr 1663. Aber man hat biß Dato leider sich noch nicht des Schabens Josephs wollen annehmen. Und ist bei den großen Pharisäern fast sogar keine Hoffnung einiger Besserung, daß sie allem Ansehen nach mit ihrer Lästerung, Verachtung und Verfolgung der heilsamen Lehre nur übel ärger machen."

„Darumb nun drittens dieses Büchlein ist verteutschet herausgegeben sonderlich umb der Einfältigen willen, daß sie selbst können lesen, was ihnen von den Pharisäern vor enthalten und verschwiegen, oder wol gar als Ketzerisch verhaßt und verdächtig gemacht wird, damit sie also lernen die Geister selbst prüfen, ob sie aus Gott sind, und erkennen, welches Geistes Kinder die verführerische lästernde Pharisäer sind, und wie man

aus, welche zuerſt im Jahre 1659, in zweiter Ausgabe 1663, in dritter 1665 erſchien*).

Die von der Facultät abgegebene, der Schrift vorangeſtellte Cenſur der theologiſchen Facultät giebt gewiſſermaßen eine Rechenſchaft über die Entſtehung derſelben, daß Quiſtorp nach der löblichen Praxis des ehrwürdigen Alterthums ſehr vieles zuſammengeſtellt habe, was zur Stütze der Integrität der Kirche werde dienen können, gedenkt ſeiner Benutzung der Monita Luthers, des Joh. Brenz, des Jac. Andreae, des Erasmus Sarcerius, des Nicolaus Hunnius und Anderer, erwähnt unter ſeinen Hülfsmitteln auch der einſichtsvollen

---

ſich für ihrem Sauerteig, das iſt, für der Gott und Glaub-loſen Lehre, da ſie die Ubung des rechten wahren Chriſtenthums vor Phantaſtiſch, Enthuſiaſtiſch, Weigelianiſch und Ketzeriſch halten, ſolle hüten, und wie vor dem Teuffel ſelbſt ein Abſcheu haben."

Die deutſche Ueberſetzung dieſer Schrift in der dritten Ausgabe vom Jahre 1665 iſt von H. Ammersbach (Zöcher I., 348), von welchem auch der Bericht an den chriſtlichen Leſer iſt. Hinter ſeinem Namen ſteht P.P.P., d. h. Paſtor an Petri und Pauli (zu Halberſtadt). J. B. Krey, Beiträge zur Mecklenburgiſchen Kirchen- und Gelehrtengeſchichte, Bd. I., S. 167.

*) Dieſe dritte, in deutſcher Ueberſetzung in Klein Octav erſchienene Ausgabe hat folgenden Titel: Epistola ad Antist. M. Seu Pia Desideria. Darinn in vielen Puncten erwieſen, wie bey dem itzigen falſchen Chriſtenthumb in allen Ständen, in Kirchen und Schulen, in weltlichen Gerichten und im gemeinen Leben eine ernſte Reformation anzuſtellen, und die eingeriſſenen Corruptelen abzuſchaffen. Auß heil. Schrift und Ubung der Gottſeligen Antiquität, wie auch auß den Erinnerungen der Alten Kirchenlehrer und Concilien, desgleichen auß täglichen observationibus der itzigen Zeiten und Sitten der böſen Welt. Zuſammengetragen Von D. Johann Quiſtorp, Theol. Prof., P. Past. & Rectore Academico. Zu Roſtock. Im 1665. Jahr. 200 S. Vgl. auch den Auszug aus dieſer Schrift bei E. J. F. Mantzel, Bützowſche Ruheſtunden, geſucht in Mecklenburgſchen, vielentheils, bisher noch ungedruckten, zur Geſchichte und Rechtsgelahrtheit vornehmlich gehörigen Sachen, Theil XVII., S. 42 ff.

Observationen seines Vaters und forbert dann auf das ernsteste auf, die Heilmittel zu bedenken, um die Wurzel so vieler Uebel auszurotten *). Doch findet sich von vorne herein bei Quistorp die Ansicht, daß die vielen Mängel, durch welche das Gesicht der Braut Christi verstellet wird, leicht nach der geistlichen Klugheit in einer Synodo gehoben werden könnten. Die Schilderung selbst aber, die er entwirft, weiset auf einen tiefer liegenden Nothstand hin. Der Mißbrauch der Fastnachtswochen zu ungeistlichem Leben und fleischlichen Lüsten, die an die Nacht vor dem Christ- und Neujahrs-Tage von den gemeinen Leuten geknüpften abergläubischen Phantasieen und die mannigfache thörichten Vornahmen des Aberglaubens und heidnischer Gewohnheiten, das Tagewählen, das Wahrsagen und andere bedenkliche Unsitten lassen uns verkehrte, durch den Krieg noch mehr zerrüttete Volkszustände erkennen. Da die geistliche Vorbereitung zu den Feiertagen fehlte, kam auch die Heiligung des Sonntags nicht zu ihrem Rechte. Es wird die Klage erhoben, daß dem Gesinde die sechs Tage über keine Zeit gegeben werde, ihre Sachen auszubessern, so daß es gezwungen werde,

---

*) Es heißt dort ausführlicher: Hinc enata et excitata sunt illa Pia Desideria, quae intra recessus pectoris latitare noluit, sed post alios Orbi exponere et expectare, an sive Megapoleos nostrae Proceres ad animum illa admissuri essent, et de Remediis Desideriorum cogitationes et Consilia amplexuri, sive etiam Ecclesiae repurgatae dispersa de istis Desideriis Suspiria cum suis Collectaneis sese convociare, et demum plurimorum malorum radices evellere vellent. Agite ergo, quotquot Dominum Jesum ejusque tunicam inconfutilem amatis et amplectimini, quotquot veritatem et paritatem in regno gratiae unice cupitis efflorescere, quotquot cogitatis, ita nos in Ecclesiae laborantis militia constitutos esse, ut perpetuis opus sit contra malitiam excubiis etc. Um Schlusse der Censur steht: Dab. Rostochii. Anno Salutis 1659. Mense Martio.

die zerrissenen Kleider an des HErrn Tage zu flicken; daß die vom Adel gegen ihre eigenen Leute also zu wüthen pflegten, daß sie mit Verlust ihrer Seligkeit des Sonntags ihr Land um des lieben Brods willen pflügen müßten. Die Entheiligung des Sonntags, deren sich alle Stände schuldig machen, wird mit lebhaften Farben geschildert, und die in den Kriegsläuften Statt gehabte Profanirung der Kirchen wird zur Sprache gebracht. Quistorp rügt zugleich die ungeistliche Weise, am Gottesdienst Theil zu nehmen, das andachtslose Singen der Psalmen und den weltlichen, auf ganz andere Dinge gerichteten Sinn, das unzeitige Verlassen der Kirche vor Ende des Gottesdienstes; das Alles unterliegt scharfem Tadel, und schließt auch zweifellos manche Gebrechen des kirchlichen Lebens in sich.

Wenn aber Quistorp als Heilmittel dagegen vorschlägt, daß der Prediger zu Ende die ganze Predigt in zwei oder drei Fragen fein deutlich und laut einschlösse, und dieselben wiederholte, bis sie Hausväter und Mütter verstünden, und zu Hause den Ihrigen Nachmittags oder Abends vorhalten und einflößen könnten, so faßt derselbe damit doch die Zustände fast kindlich auf, als ob auf diesem ziemlich äußerlichen Wege eine Hebung des inneren Rothstandes gewonnen werden könne. Denn in dem Abschnitte von andächtiger Administration der heiligen Sacramente erhebt Quistorp die Klage, daß Knäblein und Mägblein um den Taufstein und Altar ohne Unterschied muthwillig herum lachend stehen, daß des Kindes Kopf mit Wasser begossen, Brod und Wein gegessen und getrunken wird, weßhalb denn auch viele von diesen hochheiligen Geheimnissen nichtige und irrige Gedanken führen, und wenn sie die Jahre des Verstandes erreicht haben, nach den Sacramenten kein groß Verlangen tragen. Und wenn er daran weiter die Klage knüpft, daß viele Gevattern mehr um Ueberfüllung des Bauchs, als um des Kindes Wiedergeburt bekümmert seien, und daß von dem gemeinen Manne dem Sacrament der Taufe das gotteslästerliche Wort „Kindelbier" gegeben werde*), so sehen wir darin allerdings tiefe Schäden der Kirche, die, wie sie zu allen Zeiten hie und da vorkommen, wohl durch die voraufgehenden Kriegsjahre vergrößert sein mochten. Arg ist es freilich und zum Entsetzen, wenn Quistorp als Thatsache anführt, daß Tanzlieder und Instrumental-Musik sich finden, so von den Musicanten auf Begehren des Bräutigams bei der Communion der Braut zu Ehren, oder sonst einem vornehmen Manne zu willen, öffentlich angestellt würden, aber es ist doch kaum anzunehmen, daß solcher greulicher Mißbrauch anders als vereinzelt vorgekommen sein mag. Rügt aber Quistorp, daß das Abendmahl oft nur allein zur Linderung der Krankheit, zum glücklichen Fortgange im Ehestande, auf der Reise ꝛc. gebraucht werde, so liegt darin eben so sehr ein großer Mangel an Erkenntniß, als eine falsche äußerliche Herzensstellung zum Sacrament, die sich auch darin kundgiebt, wenn mit feindseligem Herzen, worauf Quistorp ebenfalls hinweiset, das Sacrament genossen wird. Diese Schäden des kirchlichen Lebens werden mehr oder weniger immer vorhanden sein, und können auch nur durch treue und lebendige Verkündigung der Heilswahrheit überwunden werden. Schwerlich dürfte der Vorschlag Quistorps irgendwie Befürwortung finden, daß besser Einigkeit erhalten, und behutsamer der

---

Confitenten Wunden würden geheilet werden, wann ein jedes Beicht-Kind sich nicht einem gewissen Beicht-Vater, sondern in Gegenwart der Collegen stellete, die zusammen versammelt erschienen *). Bei einer solchen Praxis würde es unmöglich werden, mit dem Confitenten wahrhaft beichtväterlich, vertraulich und doch anfassend, ernst und doch milde und geistlich, zu reden.

Es machet Quistorp aber nicht mit Unrecht darauf aufmerksam, daß das Kind vorzeiten aus dem Catechismus examinirt, und nachdem es in seinem Glauben geprüft, mit Auflegung der Hände wieder entlassen sei, und daß, wenn diese löbliche Disciplin der Kirche noch heutigen Tages gültig, viele Eltern und Gevatter bessere Aufsicht üben, und nicht den Unterricht der Kinder als ein Ding, das sie nicht angehet, ansehen würden. Zugleich bringt er den Mangel zur Sprache, daß den Knaben, obwohl wir Verwandte der Augsburgischen Confession genannt würden, weder öffentlich noch absonderlich dieses öffentliche Bekenntniß vorgetragen werde, und erhebt zugleich den Vorwurf, daß die gemeinen Leute nicht in die

---

*) Pia Desideria, p. 73. Dagegen ist es nicht nur angemessen, sondern wesentlich nothwendig und förderlich, daß, wie Quistorp anräth, ein jedes Beichtkind seinen Namen etliche Tage vorher dem Beichtvater andeute, damit der Diener Gottes besser eines jeden Leben prüfen könne. „Weil aber die meisten unversehens in den Beichtstuhl kommen, so wird ihnen auch nur obenhin geholfen." Soll es dem Beichtvater möglich werden, mit denen, welche in den Beichtstuhl kommen, eine ordentliche Beichtunterredung zu halten, so muß auch die Anmeldung vorangehen, damit er wisse, mit wem er in seelsorgerlichen Verkehr treten soll. Je mehr der Beichtvater sich selbst auf die Unterredung mit seinem Beichtkinde bereiten kann, desto besser und umsichtiger wird er auch mit demselben handeln, weil er dann insgemein wissen wird, worauf er vorzugsweise in der Beichtunterredung sein Augenmerk wird zu richten haben.

Kenntniß der heiligen Schrift eingeführt würden *). Daß nun aber Quistorp mit diesen Desiderien nicht vereinzelt dastand, sondern daß sie allgemein erkannt und empfunden wurden, zeigt die Thatsache, daß die damalige Geistlichkeit nach allen Seiten ihre kirchliche Lehrthätigkeit ausdehnte, und Alles aufbot, um die jüngeren Glieder der Gemeinde in das Verständniß der Catechismusstücke einzuführen, die erwachsenen Glieder aber in der Erkenntniß der Heilslehre zu erhalten und zu fördern.

In Betreff der Kirchenzucht und Censur, von welcher Quistorp bezeugt, daß kaum ein Schatten in den Händen der Geistlichen mehr übrig sei, spricht er den Wunsch aus, daß zu ihrer Wiederherstellung in jeglichen Städten, Pfarren und Dörfern Kirchen-Collegia möchten angerichtet werden von Predigern und etlichen Aeltesten von den „Gemeinen Leuten, die wegen der Lehr und Heiligkeit berümbt", damit zu diesen verordneten Aufsehern der Sitten ein Prediger in zweifelhaften und schweren Fällen seine Zuflucht nehmen, und wo ers benöthiget, Rath und Hülfe suchen könne, er auch in seiner Verfolgung die Halsstarrigen sicher zwingen könne, daß im Namen der ganzen Kirche an ihnen verübet würde, was Rechtens. Diese Auffassung will nicht nur ein der lutherischen Kirche ganz frembes Institut in die lutherische Kirche verpflanzen, sondern sie alterirt auch das Wesen und

---

*) Quistorp macht auf den Uebelstand aufmerksam, daß die Jugend den Catechismus von Wort zu Wort auswendig lernen müsse, unterdeß wisse sie doch nicht, was sie antworten solle, wenn die Frage ein wenig anders vorgebracht werde, als sie in dem Buche stehe. Deshalb tadelt er mit Recht, daß damals „so viel Außzüge der Lehre und Catechismi verfertiget würden, so viel Schulen und Pfarr-Kirchen mit großer Verwirrung der Schwachen. Pia Desideria, p. 95 f.

die Befugnisse des geistlichen Amtes, und überträgt die diesem
zustehende potestas clavium auf Laienälteste, welchen der
Herr sie nicht gegeben hat. Es wird völlig verkannt, daß
Kirchenzucht und Kirchenbisciplin im eigentlichen Sinne nur
burch Versagen der Absolution geübt werden könne, und daß
solche Uebung nur allseitig in Kraft treten könne, wenn in
den Gemeinden das Bewußtsein, was es um die Beichte und
Absolution ist, wiederum geweckt und lebendig erhalten wird *).
Auch begegnet uns bei Quistorp noch der Rathschlag, daß
aufs wenigste in einem Jahre zweimal eine Synobal-Ver-
sammlung angestellt werden sollte **), ohne daß dieser, so

---

*) Wie sehr auf Quistorp reformirte Anschauungen und Institu-
tionen eingewirkt haben, ergiebt sich auch aus folgender Aeußerung:
„In etlichen Schweißerischen Städten ist der Gebrauch, daß auf einen
jeden Gassen etliche fromme Bürger zu Senioren von der Kirchen erwählet gefunden werden, welchen erlaubet ist, zum öfteren ihrer Nach-
barn Häuser zu visitiren, und auf ihren Wandel Achtung zu geben. Sie
sind auch verpflichtet, die Gotteslästerer, und die, so Gottes Namen
unbesonnener Weise mißbrauchen, zu schleuniger Erkenntniß und Abbitte
ihrer begangenen Sünden zu bringen. Bei uns wird bergleichen nicht
in Acht genommen.' Pia Desideria, p. 122.

**) Am Schluße der Schrift findet sich folgender Anhang: Sere-
nissimi Duces Mecklenburgici (es sind Gustav Abolf und Christian
Louis gemeint) qui per gratiosissima Rescripta mihi spem Synodi
Provincialis fecerunt, (quam ad unum omnes Superintendentes quoque nostri, et qui Illustrissimis sunt a Sacris exoptant) curabunt,
ut haec et aliorum Pia Desideria ibidem mature discutiantur, ac
infelix lolium, ex agro Ecclesiae, vel tandem averruncetur. Haud
moror Zoilos, qui hinc me Νεόφυτον appellabunt, et arrogantiae,
temeritatis ac imprudentiae nequicquam accusabunt. Veritatis
perpetuo comes est invidia. Ast nullus ei de seculo metus est,
cui in seculo Deus tutor est, juxta Caecilium Cyprianum Serm.
Sexto, de Orat. Dominica. Amen.

Petrus Lombardus in Procemio lib. Sent. fatetur, se in hoc
tractatu non solum pium lectorem, sed etiam liberum correctorem
desiderare. A qua sententia neque nos alieni sumus.

allgemein hingestellt, weder gründlich erwogen ist, noch daß Näheres über Form und Zusammensetzung der Synode, wie über die ihr zuzuweisenden Aufgaben und Befugnisse, von Quistorp ausgeführt wäre*).

Im Uebrigen bringet Quistorp manche einzelne Verderbnisse, Unsitten und Aergernisse zur Sprache, wie sie sich hie und da fanden, und durch die Einwirkungen der Kriegsdrangsale noch gesteigert sein mochten, aber es wird sich gewiß nicht sagen lassen, daß diese Klagen gründlich motivirt, oder daß in besonders umsichtiger Weise Mittel zu ihrer Abhülfe in Vorschlag gebracht wären. Ganz allgemein war die Erkenntniß der großen Nothstände und der tiefen Schäden, die im kirchlichen Leben vorhanden waren, und wenngleich gerade deßhalb auch Quistorp seine Stimme über dieselben

---

*) Unter dem Beirathe Schuckmanns und auf Befürwortung des Geh. Raths Pritzbaurs kam im Jahre 1659 die Generalsynode des Güstrower und Rostocker Kreises zu Stande, deren Verhandlungen vom 14. bis 18. Junius dauerten, und eine Reihe von Fragen erörterten, welche Lehre und Leben der Geistlichen betrafen, und zugleich die Zustände der Gemeinden ins Auge faßten. Es kamen insbesondere die Mittel zur Sprache, durch welche der in den Gemeinden herrschenden Unkirchlichkeit gewehrt, und die im Gemeindeleben notorisch vorhandenen Schäden von innen heraus durch die Kraft des Evangeliums, und durch die Mittel ernster seelsorgerlicher Vermahnung und kirchlicher Zucht geheilt werden könnten. Vgl. Protocollum wegen des Güstrowschen und Rostockschen districts gehaltenen General-Synodi vom 14. bis den 18. Junii Ao. 1659. Durch Johann Christoph, Fürstl. Visitationis Notarium, und der Thumb Kirchen-Vorsteher mit Fleiße gehalten. — und: Puncta. Was einem General-Synodo der Evangel. Lutherischen Kirchen zu thun seyn möchte. (Beide Schriftstücke im Superintendentur-Archiv zu Güstrow.) Die Synode ward unter dem Vorsitze des Superintendenten Janus gehalten, und zählte 120 Glieder. Vgl. auch: Pünctliche Nachricht von der aus Landesherrlicher Verfügung, im Jahre 1659, zu Güstrow gehaltenen Kirchen-Synode, in: Bützowsche Ruhestunden etc., Th. XVIII., S. 22 f.

abgeben konnte, so ist doch die Art und Weise, wie er es thut, keine solche, die ihn irgendwie berechtigte, für dieses sein Zeugniß irgend etwas in Anspruch nehmen, oder demselben auch nur einen besonderen Werth und eine hervorragende Bedeutung beilegen zu können.

Fast zu derselben Zeit, nur ein paar Jahre später, ließ der Magister M. Theophilus Großgebauer *) seine „Wächterstimme" erscheinen, in welcher er sich gedrungen gefühlt hatte, ein lautes Zeugniß wider die in die Kirche eingedrungenen Uebelstände abzulegen, und die Schäden offen zu besprechen, an denen die Kirche litt **). Eigenthümlich ist es, daß er

---

*) M. Theopholus Großgebauer, Ilmena Thuringus, ward an Stelle des zum Archibiaconus an St. Jacobi gewählten bisherigen Diaconus Enoch Euantenius wiederum zum Diaconus Jacobaeus im October 1653 gewählt. Am 22. November erhielt er die Hochfürstliche Confirmation. Areb. Min. Vol. IV., p. 513, 517. Als Magister Philosophiae, welches er unter dem Decanat von August Varenius, dem Professor der hebräischen Sprache und Katechese, geworden war, hielt er auch philosophische und theologische Collegia. Er besaß eine ausgezeichnete Kenntniß der hebräischen Sprache und der Rabbinischen Commentare. Noch in demselben Jahre, in welchem seine „Wächterstimme" erschien, starb er, nach noch nicht achtjähriger Amtsführung, am 6. Julius 1661, vier Tage nach dem Tode seiner Frau, im vier und dreißigsten Lebensjahre. Grape, Evangelisches Rostock, S. 513 ff. Etwas J. 1737, S. 607. Specielle Auskunft über seine Lebensverhältnisse, sowie über seinen Tod, giebt das Leichenprogramm des damaligen Rectors Laurentius Bodock, Ph. U. J. D. Consiliarius Mecklenburgicus, Academ. Orator, Colleg Phil. Senior, durch welches er zu der, von M. Joh. Stein, Pastor zu St. Nicolai, Rev. Min. Senior ac Poeta laureatus, seinem Schwiegervater, angeordneten Leichenfeier einladet.

**) Wächterstimme. Auß dem verwüsteten Zion, das ist: Treuhertzige und nothwendige Entdeckung. Auß waß Ursachen die vielfaltige Predigt deß Worts Gottes bey Evangelischen Gemeinen wenig zur Bekehrung und Gottseligkeit fruchte, und warumb Evangelische Gemeinen bey den häufigen Predigten des H. Worts Gottes ungeistlicher und ungöttlicher werden. Sambt einem treuen Unterricht von der Widergeburt, herfür-

sich vorzugsweise bemüht, darzuthun, warum die Predigt des göttlichen Worts nicht mehr Frucht zur Bekehrung der Herzen und zur Gottseligkeit schaffe, um daran von seinem Standpunkte aus Rathschläge zu knüpfen, wie solchem Verderben begegnet, und solche tiefe Noth beseitigt, und zum Bessern gewandt werden könne. Anlaß zur mannigfachen Klage war genug vorhanden, das durch den Krieg herbeigeführte Elend war groß; Mecklenburg war aus einem Lustgarten eine wüste Einöde geworden, und der geistliche Jammer war nicht minder groß, da grobe Sünden unter dem Volk im Schwange gingen. Aber Großgebauer erhebt auch die Anklage, daß Alles in der Kirchen pro forma zugehe und nach dem Schein, daß die Gewohnheit mehr gelte, als die Wahrheit und das Ansehen der Menschen mehr als der Befehl Gottes: Die Liebe zur Welt, die Geringachtung des Himmelreichs, die Furcht vor Menschen, die Hoffnung zu höhern Beförderungen, das Gesuch guter Ruhe und Friedens, seien die fünf kalten Wasserströme, dadurch das Feuer eines göttlichen Eifers bis auf den letzten Funken bei Geistlichen und Weltlichen ausgegossen sei.

Gewiß war Veranlassung gegeben zur scharfen Bußpredigt und ernster Mahnung, aber ob gerade Großgebauer sich gemüßigt sehen konnte, jenen allgemeinen Vorwurf zu erheben und sich mit seinem Zeugniß über Alle zu setzen, stehet dahin*).

---

gegeben durch Theophilum Großgebauer, Unwürdigen Diener Gottes. Frankfurt am Mayn. In Verlegung Joachim Wildens. Im J. 1661.

*) Auf den Wunsch Großgebauers gab die theologische Facultät ihr Urtheil über seine Schrift ab, und ist dasselbe, welches vom 6. Aug. 1660 datirt ist, dem Buche als empfehlendes Vorwort vorgesetzt. Vgl. auch Judicium de Scripto Dni. M. Großgebauers in: Liber Tertius Facultatis Theologicae Rostochiensis, p. 125 sq. Man ersieht aus

Er selbst sagt, daß Gott ihn gedrungen, seine geringen Gedanken der Welt zu offenbaren, durch eine leibliche Krankheit, daß er wegen vieler Umstände ἀπόχρημα θανάτου des Todes Schluß bei sich gehabt; dazu habe sich denn geistliche Schwermuth und Traurigkeit eingefunden. „Da ist mir, bemerkt er, nicht allein mein voriges Leben zu Sinn kommen, und wie ich darin nach meiner Taufe mit allerlei Sünden und fleischlichen Werken besudelt, sondern auch daß ich zum Dienst der Kirchen berufen, an meiner Treu und äußerstem Fleiß viel habe ermangeln lassen, und daß ich über den weltlichen Dingen mit den Schläffrigen eingeschlummert, das Creutz Christi geflohen, und da ich ein Diener Christi mich habe nennen lassen, dennoch nicht mehr als nur zwei Mahlzeichen meines HErrn Jesu an meinem Leibe zeigen kann". Nach solchem Bekenntniß ist gewiß nicht zu zweifeln, daß Großgebauer durch die erfahrene Heimsuchung am inneren Menschen kräftig angefaßt worden ist, aber es folgt daraus nicht, daß er

---

demselben, daß die theologische Facultät nicht ganz ohne Bedenken gewesen zu sein scheint, wenn sie sagt: Der Autor ist gar nicht gesinnet, dem Worte Gottes und den heiligen Sacramenten die göttliche Kraft, selig zu machen, wie auch dem Amte der Schlüssel des Himmelreichs, seine Würde zu benehmen, sondern suchet vielmehr dieselbige als Seelenmittel zu erheben, und in seinen rechten Gebrauch wieder zu bringen. Er erkläret sich auch am Ende dieses Buches, daß er das ganze scriptum nach dem Worte Gottes und Symbolischen Büchern unserer Kirchen wolle einzig und allein verstanden haben. Sollten etwa jemand einige Redensarten härter fürkommen, der wisse, daß er sich gern, wofern man ihn mit Grunde überzeugen kann, will weisen lassen: da doch sonsten man heute nicht hart genug reden und rufen kann, die sichern Kirchen Diener und ihre Gemeinen aus dem Sündenschlaf aufwecken, daß sie sich für Gott beizeiten fürchten lernen, ehe Er komme, vnd unsern Leuchter von seiner Stelle stoße. — Es darf aber auch nicht übersehen werden, daß der von Großgebauer seiner Wächterstimme angefügte Unterricht von der Wiedergeburt der theologischen Facultät überall nicht vorgelegen hat.

dadurch zu einem besonderen Zeugniß über die Noth der
Kirche und über die Mittel, ihr abzuhelfen, berufen war.
Im Gegentheil zeigt der bei Weitem größere Theil seiner
Wächterstimme, so wie sein Unterricht von der Wiedergeburt,
daß ihm die tiefere Erkenntniß der Heilswahrheiten mangelte,
und daß, wenn er auch dem Lehrbegriff seiner Kirche sich an-
schließen wollte, er keinesweges in ihm so fest gewurzelt war,
daß er nicht selbst mannigfach hätte abirren und in andere
Grundanschauungen und dogmatische Gedankenkreise hätte eintreten sollen. Bei allem Eifer und aller Wärme seines
innern geistlichen Lebens geht ihm auch die richtige Einsicht
ab, wo die eigentlichen Wurzeln der kirchlichen Schäden zu
suchen seien, und noch weniger lassen die Rathschläge, welche
Großgebauer zur Hebung der kirchlichen Nothstände und Uebelstände ertheilt, geistliche Einsicht und practische Umsicht stets
erkennen *).

---

*) Außer der „Wächterstimme" besitzen wir nur noch von Groß-
gebauer eine, lange Jahre nach seinem Tode herausgekommene Schrift:
M. Theophili Großgebauers, weiland Predigers zu St. Jacob in Rostock,
XXVI geistreiche und erbauliche Predigten, über die Epistel Pauli an
die Epheser, vormals der Gemeine Gottes daselbst erkläret und vorgetragen, nunmehro aber auff vieler Christlichen Hertzen Begehren von
dessen Sohne zum öffentlichen Druck befördert. Nebst einer Vorrede
Tit. Herrn Philipp Jacob Speners, S. S. Theol. Doct., Chur-Sächs.
Ober-Hoff-Predigers und Kirchen-Raths. Wie auch beygefügten zweyen
vollständigen Registern. Frankfurt und Leipzig. Bei Joachim Wilden,
Buchhändlern in Rostock. 1689. Die Schrift ist dem Herzog Gustav
Adolf von dem Sohne, M. Johannes Valentinus Großgebauer, Güstrow,
den 31. August 1688, zueignet. Als Grund dieser Zueignung giebt
er an die ihm bei seinen Studien zu Theil gewordene gnädige fürstliche
Unterstützung, als auch das hohe fürstliche Sentiment und Gnade sowol
gegen andere theure Gottes-Männer, als auch insonderheit gegen meinen
nun in die 27 Jahr verblichenen und in Gott ruhenden Vater, welches
dann mir traun mehr Muths gegeben, als mich etwa zaghaft und blöde

Großgebauer berichtet, daß seit seinem Predigtamt her er nicht genugsam habe begreifen können, und sei oft darüber in sehr mißliche traurige Gedanken gerathen, woher es doch immer komme, daß in unseren Evangelischen Gemeinen allerlei fleischliche Sicherheit und ungöttliches, ungeistliches Wesen sogar überhand genommen, daß, je länger und ernstlicher wir von der Canzel nach gewöhnlicher Weise und auf die gewöhnlichen Tage und Stunden lehren und predigen, je ärger und verkehrter alles werde, wie wir auch nunmehr mit Händen greifen können. So unleugbar nun auch Großgebauer im Rechte ist, wenn er auf die schreckliche Versäumung der Auferzucht der Kinder und der Schulen hinweiset und behauptet, daß viele, die ohne rechte Vorbereitung und ohne ein durchgearbeitetes Herz unter dem Haufen in die Predigt laufen und mit dem Haufen wieder heraus, sie nicht fassen noch verstehen, so verkennt er doch andererseits die Kraft des Wortes Gottes als Gnadenmittels, das in uns gepflanzet ist, und unsere Seelen selig machen kann, wenn er sich über die Wirksamkeit des gepredigten Wortes mindestens mißver-

---

machen können vieler unwarhaffter ausgesprengter Verleumbungen." Vgl. über die Personalia Großgebauers noch: Rector universitatis Rostochiensis Laurentius Bodock, Ph. U. J. D., Consiliarius Mecklenburgicus, Academ. Orator, Colleg. Phil. Senior & p. t. Decanus ad luctuosissima et insperata funera viri reverendi plurimum, clarissimi, pientissimi Dn. M. Theophili Großgebauren, ministri verbi Dei ad S. Jacobi Aedes fidelissimi ut et praeclarae, honestissimae laudatissimaeque feminae Margaritae Steins, conjugis ipsiusmet charissimae, quae socer ac parens respective moestissimus vir veneranda dignitate ac aetate clarissimus Dn. M. Johannes Stein, Pastor ad templum D. Nicol., Rev. Ministerii Senior ac Poeta laureatus, hodierna hora prima solenniter ac honestissime paratas cupit, omnes universitatis hujus Cives ac Favitores peramanter ac officiose invitat.

ständlich ausdrückt. Es ist auch eine falsche und bedenkliche
Art, den Gegensatz so hinzustellen, wie er thut, wenn er bemerkt: „wer wollte sagen, daß der Heilige Geist nicht eben-
sowohl durch einen christlichen Hausvater oder Lehrmeister
die Seelen erleuchten könne, als durch einen Prediger, welcher
oft leider nur um der Besoldung halber predigt." Großgebauer ist stets geneigt, die Schuld des geringen Erfolges der
Predigt den Geistlichen aufzubürden, ihrer Heuchelei und
Untreue, ihrer unzureichenden Predigtweise, ihrer Auffassung
der Predigt als Oration oder künstliche Rede, die nach der
Rhetorik aus der heiligen Bibel zusammengefasset sei. In
demselben Maaße, als er hier nicht selten übertreibt, vergißt
er ganz die Herzenshärtigkeit des Menschen, welche der dargebotenen göttlichen Gnade widerstrebt, und dem im Worte
an ihn herantretenden Zuge des heiligen Geistes sich entge-
gensetzt. Ueberall macht sich bei ihm eine geringe Erkenntniß
von der Tiefe der Erbsünde bemerkbar, woran sich auch folgeweise eine Abschwächung der Objectivität des Worts und
der Sacramente und ihrer Gnadenwirkungen knüpft.

Es betont nun vor Allem Großgebauer, daß die Prediger
Haushalter über Gottes Geheimnisse seien, und stellt dann
insbesondere den Allein-Prediger und den Haushalter einander
gegenüber*). Es mag nun sein, daß damals, wie wohl mehr

---

*) Wächterstimme. Von dem allgemeinen Ampt der Kirchendiener,
S. 12 ff. Mögen derowegen andere sagen, O wie ein groß Ding ists
um einen wolberedten, gelehrten Prediger! ich sage mit Christo: O wie
ein groß Ding ists um einen klugen und getreuen Haushalter! Der
Allein-Prediger saget viel: der Haushalter sagets und thuts. Der
Allein-Prediger macht durch sein allein-predigen, daß das Wort nicht
mehr für Gottes Wort gehalten wird, der Haushalter giebt seinem
Worte den Nachdruck, und in seiner Haushaltung zeigt er, welche Person
im Leben oder im Tode sey. Der Allein-Prediger ist mehrentheils ein

oder weniger zu allen Zeiten, es Prediger gegeben hat, welche ein tönendes Erz und eine klingende Schelle waren und sind, und nicht als treue Haushalter erfunden werden. Aber da, wo recht und treu geprebigt, das Heil in Christo aus dem Worte Gottes wahrhaft bezeugt wird, da erfüllt sich der erste und vornehmste Dienst eines Haushalters über Gottes Geheimnisse, da der Glaube aus der Predigt kommt, und es kann nicht fehlen, daß der Prediger auch eine entsprechende Herzensstellung zu den übrigen Pflichten seines heiligen Amtes haben wird. Während die lutherische Kirche die Wirksamkeit des heiligen Geistes allein an die Gnadenmittel des Wortes und der Sacramente bindet, und alle gesunde und wirksame Thätigkeit des Amtes auf das Wort zurückgreifen muß, gewinnt es hie und da bei Großgebauer den Anschein, als ob er dies verkenne, und als ob er die übrigen Thätigkeiten des Geistlichen im Unterschiede von der Predigt des Wortes begreife. Großgebauer bemerkt nun:

---

tönendes Erz, und eine klingende Schelle, ob er gleich mit Engels- und Menschen-Zungen redete: Der Haushalter giebt dem geprebigten Worte Zeugniß, und ehe er die Geheimnisse des Reiches Gottes sollte bei biesem und jenem, er sei, wer er sei, wissentlich wider den Willen Gottes verwalten, so lässet er sich lieber töbten. Der Allein-Prediger machet viel Predigens, und beredet die Leute, daß, wo viel geprebiget wird, da werde erfüllet das Wort Pauli: Lasset das Wort Christi reichlich unter euch wohnen. Der Haushalter zeucht sein Prebigen enge ein, und saget öffentlich, daß mit dem Alleinprebigen nicht so viel ausgerichtet werde, noch ausgerichtet werden könne, wie sich die Menschen einbilden. Der Allein-Prediger hält zierlich prebigen für seinen Ruhm, und wenn er geprebiget, spricht er, er habe nunmehr seine Arbeit gethan. Aber der Haushalter hält die Haushaltung für seine rechte Arbeit, und wenn er geprebiget, spricht er: Er habe nur die halbe Arbeit gethan, es sei denn, daß die fürnehmste Stücke der geistlichen Haushaltung nicht dahinten bleiben".

13

„Ein anderes ist eine Gemeinde durch das öffentliche Lehr-Ampt rufen und gläubig machen, daß sie Beifall giebt! Ein anderes ist dieselbe regieren. Diese κυβέρνησις oder Regierung ist eine Gabe des heiligen Geistes. Unsere Kirchen werden viel gelehret, aber übel regieret*). Dieser seiner Auffassung, auf welche nach der kirchenregimentlichen Seite in diesem Zusammenhange nicht weiter einzugehen ist, liegt die Verkennung zum Grunde, daß alles Regieren in der Kirche sich wesentlich nur durch das Wort vermittelt, und nur durch dasselbe, wenn es wahrhaft geistlicher Art sein soll, geübt wird.

Es ist aber auch unrichtig, wenn Großgebauer Lehramt und Hirtenamt in Gegensatz stellt, oder wenigstens sie als unterschieden begreifen will, wenn er sagt: Ein Hirte ist nicht eben das, das ein Lehrer ist, sondern unterschieden. Ein Hirte prediget, aber er ist nicht ein Alleinprediger. Er ist wol mehr. Er ist ein Regierer der Gemeine. Er giebt

---

*) Er knüpft daran (Wächterstimme S. 15 f.) noch folgende Apostrophe: „Ich weiß nicht was ihr Fürsten, Herren, Patronen, Superintendenten, Prediger, dem Erz-Hirten in seiner Zukunft wollet für Antwort geben, wenn er fragen wird, ob ihr alle Mittel und Wege an die Hand genommen, oder an die Hand zu nehmen verschaffet, dadurch die armen so theuer erkauften und zum Himmelreich berufenen Seelen hätten können von der Welt zu Gott bekehret werden, welche durch eure Verwahrlosung verloren sind. Ob nun diese Antwort für dem HErrn etwas gelten wird, daß ihr sagt: HErr, haben wir nicht in deinem Namen geweissaget? haben wir nicht genug geprediget? haben wir nicht Beichte gesessen? haben wir nicht gewachet, daß nach der Augspurgischen Confession (die sonst an ihr selbst gerecht und gut ist), in unsern Landen, Städten und Dörfern ist geprediget worden?“ Großgebauer übersieht hier, daß alle Mittel und Wege, auf denen die Bekehrung des Sünders angestrebt werden kann, stets mit dem berufenden und bekehrenden Worte Hand in Hand gehen müssen, da allein das Wort des Evangeliums den Menschen neu gebieret.

Achtung auf das geistliche Wachsthum eines jeglichen. Ein Hirte giebt nicht einerlei Speise allen Schafen: Er siehet zu, ob ihnen die sacramentliche Speise auch diene. Ein Hirte schleußet aus der Gemeinde die Aussätzigen, damit die ganze Heerde nicht verderbet werde. Ein Hirte nennt seine Schäflein alle mit Namen. Ein Hirte giebt Achtung, wie sich ein jegliches unter den Schäflein insonderheit aus dem fürgetragenen Wort bessere. Und wenn er merket, daß keine Früchte folgen, so forschet er nach der Ursache. Ein Hirte fordert den Gehorsam von seinen Schafen, und wann sie seinem Worte nicht nachkommen wollen, sagt er der Heerde, daß dieser und jener kein Schäflein sei, noch in den Schafstall gehöre. Summa Hirte und Bischof ist hie einerlei."
Es entzieht sich offenbar der Erkenntniß Großgebauers, daß Alles, was er dem Hirtenamt vindicirt, nur durch das geprebigte Wort Gottes vollführt werden kann, daß das Hirten- und Lehramt nicht abstract darf unterschieden werden, daß vielmehr beide das Eine untheilbare Amt der Kirche bilden. Aber wenn Großgebauer in dem Allen vielfach ausführt, daß viel Predigen nicht helfen könne, so verkennt er doch die collative Kraft des göttlichen Wortes, und daß mit diesem Worte der heilige Geist untrennbar verbunden ist, und somit auch das Wort es ist, welches auf allen Stufen der inneren Heilsentwickelung eine übernatürliche Einwirkung übt, den Menschen erleuchtet, bekehrt, zum Glauben führt, wieder gebiert, rechtfertigt und heiligt. Um so unbegründeter ist Großgebauers Klage, „daß man sich bis daher leider um nichts fast bekümmert habe, als wie nur Gottes Wort lauter und rein geprebigt werde *), da das Wort Gottes als Gnadenmittel

*) Wächterstimme, S. 24.

allein unseren Christenstand schafft und erhält, und keine
menschlichen Mittel, Ordnungen und Institutionen, welcher
Art sie auch sein mögen, irgend in Bezug auf ihr Wesen
und ihre Wirksamkeit in Vergleich gestellt werden können mit
der durch die Gnadenmittel vermittelten Wirkung des heiligen
Geistes. Giebt aber nach der Lehre unserer lutherischen
Kirche Gott Niemandem seinen Geist oder Gnade ohne durch
oder mit dem vorhergehenden äußerlichen Wort (nisi per
verbum et cum verbo externo et praecedente), so ist damit es auch völlig gerechtfertigt, daß es die erste und vornehmste Sorge des geistlichen Amtes sein muß, vor welcher
jede andere zurücktritt, daß Gottes Wort rein und lauter
geprebigt werde.

Damit soll jedoch keineswegs geleugnet werden, daß
Großgebauer auf manche Nothstände hinweiset, und manche
Uebelstände aufbeckt, mochten sie auch von anderen wohl nicht
minder erkannt sein, und daß er eine Reihe von Fingerzeigen
giebt, welche Beachtung verdienen *). Ueberall zeigt sich auch
ein geistlicher Ernst und ein lebendiger Eifer um das Seelenheil der dem geistlichen Amte befohlenen Gemeinden. Aber
theils ist er nicht principiell genug festgegründet in der lutherischen Lehre, so daß er einzelnen, mit ihr nicht zusammen-
stimmenden, frembartigen Anschauungen zugänglich ist, und
biese sich angeeignet hat, theils übersieht er doch auch nicht

---

*) Dahin gehören auch manche seiner Ausführungen in bem Ab-
schnitte: Von der Auferzucht und ben Schulen insonderheit a. a. O.,
S. 31 ff., S. 46 ff., wo bas Ungenügende in der Unterweisung der
herangewachsenen Jugend bargethan und mit heiligem Ernste gefordert
wird, das äußerste Vermögen anzuwenden, uns und unsere Kirchen-
kinder selig zu machen.

genug die Fragen, um welche es sich bei seinen Rathschlägen zur Aufrichtung neuer Institutionen in der Kirche handelt, theils entgeht es ihm, welche bedenkliche Consequenzen sich ergeben würden für den Bestand der bisherigen Ordnungen in der lutherischen Kirche, wenn es ihm gelänge, diese seine Vorschläge zur Geltung zu bringen. Dies gilt insonderheit von dem Institute der Aeltesten, das er in Vorschlag bringt. Er verwundert sich, daß in einer Stadt über weltliche Dinge so viel Rathsherren und Amptleute und Aelteste gesetzt sind, aber nur dreizehen Prediger zu finden seien, über mehr denn zehentausend Seelen, und will nun Aelteste eingesetzt wissen zur Achthabung und Aufsicht der Gemeinde, weil nächst der öffentlichen Predigt des Wortes Gottes dies zum Heil und Wohlfahrt der Gemeinde hoch von nöthen sei, da, wenn diese ἐπισκοπή und Aufsicht nicht im Schwange gehe, das geprebigte Wort zum dummen Salz werde, und ersticke mit ewigem Schaden so vieler Seelen. Aus den Befugnissen, welche Großgebauer diesen Aeltesten beigelegt wissen will *), ergiebt

------

*) Demnach die Eltesten der Prediger Mitgehülfen sind an dem Gottesdienst, 1. Cor. 12, 28. Röm. 12, 7. 8., so müssen auch die Eltesten ebensowol als die Prediger der Kirchen Erbauung beherzigen mit so großem Eifer als immer möglich, darum müssen sie den Herrn ihren Gott ernstlich anrufen, darum müssen sie auch die heilige Schrift hierzu dienlich fleißig durchsuchen. — — Nun über diese besondere Achthabung auf sich selbst müssen sie noch sonderlich (als die auch Regierer sind in Gottes Kirche, 1. Cor. 12, 28) auf diese Dinge wol sehen I. auf die Beschaffenheit der Prediger (gleichwie der Prediger wiederum auf der Eltesten Beschaffenheit Acht geben müssen, Act. 20, 28) ob sie in dem Werk ihres Dienstes sich wol halten; — — ob die Prediger auch anhalten, Predigen zur rechten Zeit und zur Unzeit, 2. Tim. 4, 2. — — müssen sie Achtung geben auf den Fleiß oder Nachlässigkeit der Prediger, ob sie ihre Zeit wol auslaufen zu ihrem Studiren und zu guter Ausführung ihres Amtes, ob sie nicht zu viel auf den Straßen

sich, daß er, von reformirten Einflüssen bedingt, ein Amt der Aeltesten aufrichten will, unter welche er das geistliche Amt stellt. Jene sollen dieses beaufsichtigen. Die lutherische Kirche hatte stets daran festgehalten, daß das geistliche Amt nicht unter der Gemeinde, noch unter irgend welcher Gemeinde-Repräsentation stehe; sie bezeugt vielmehr in ihrem Bekenntniß ausdrücklich, daß die Gemeinden ihren Hirten, so sie recht lehren, in geistlichen Dingen gehorchen soll. Ist nun aber die geistliche Führung der Gemeinde Recht und Pflicht des geistlichen Hirtenamtes, so kann weder diese, noch jene von Großgebauer beabsichtigte Aufsicht der Gemeinde durch die Aeltesten ihnen übertragen werden, am wenigsten aber darf das Amt der Aeltesten über das Predigtamt gesetzt werden, da dasselbe nicht aus der Gemeinde hervorgegangen ist, es auch nicht leibliche Dinge sind, um welche es sich hier

---

umlaufen, oder auf Hochzeiten und Gastgeboten sich zu oft finden lassen, denn ihre Zeit ist köstlich. Hieher gehöret auch genaue Aufsicht zu halten, daß der Prediger nicht leichtlich von seiner Heerde verreise auf etliche Tage, fürnemlich auf den Tag des Herrn. — — — Sie müssen sehen, wie sich die Prediger verhalten insonderheit, und wie sie sich anstellen bei ihren Hausgenossen u. s. w. II. Daß die Eltesten in jeglichem Quartier, Straße oder Nachbarschaft einen und andere unter den frömmsten und bescheidensten Männern anmahnen, daß sie auf ihre acht oder zehen Nachbaren Acht haben, die ihnen am nächsten gelegen sind, dieselbigen zu ihrem Christenthum vermahnen, trösten und strafen, und hernach den Eltesten Bericht davon thun sollten etc. III. Daß die Eltesten oft die Nachbarschaft, Gassen, Winkel und Oerter der Stadt fleißig durchwandern, sonderlich die im Gerüchte sind, daß unziemliche Dinge da fürhanden, auf daß sie mit scharfen Augen anmerken, was an denen Orten sich zuträgt, und alsdann weiter zu verfahren, wie sichs gebühret. Jerem. 7, 17. 18. So müssen sie seyn als Ephori oder Censores und freimüthig strafen, wo sie etwas ungebührliches gewahr werden. Wächterstimme, S. 56—65.

handelt, sondern um ewige Dinge und Güter, welche durch das Predigtamt der Gemeinde gegeben werden *).

Mit dieser ganzen Auffassung hängt es denn auch zusammen, daß Großgebauer ausführt, daß die große Unordnung und Zerrüttung eines göttlichen Lebens und christlicher Zucht auch ihren Ursprung daher habe, daß keine Synodi und geistliche Versammlungen von den Bischöfen und Pfarrherrn mehr angestellt, oder doch nicht nützlich und erbaulich gehalten werden. Kann sich freilich Großgebauer dabei nicht der Erkenntniß entziehen, daß oft auf Synodis und kirchlichen Versammlungen zur Erbauung der Kirchen Gottes wenig ausgerichtet worden, so findet er den Grund davon nach Hinweisung auf die, oft auf denselben herrschende ungeistliche Richtung vorzugsweise auch darin, weil zu den Synodis allein Prediger, und nicht auch andere verständige gottselige Männer aus allen Ständen erwählet und berufen werden, frei und offenherzig ihre Meinung über den verdorbenen Kirchenstand herauszusagen, und das Beste nebenst andern für das Volk zu reden. Denn das sei billig: Weil der Synodus nicht einen Stand allein, sondern die ganze Gemeinde Christi repraesentirt, darumb müssen auch andere Glieder mit gleicher Freiheit und Macht darzu von der Gemeinde

---

*) Daß es aber geistliche Dinge sind, welche Großgebauer seinen Aeltesten überträgt, erkennt er auch noch dadurch an, daß er ausführt, daß die Räthe des Consistoriums solches nicht thun können, da sie mit Rechts-Processen genug zu schaffen haben, ebensowenig die Visitations-Räthe, welche handelten von Kirchenrechnungen, von Klagen der Pastoren über ihre Besoldung, und noch viel weniger die Kirchenvorsteher, die dazu untüchtig seien, auch genug hätten, daß sie das Gotteshaus und Pfarrhaus im Bau halten, die Renten einfordern und die Kirchendiener besolden.

unter guter Anordnung der hohen Obrigkeit ausgesondert und abgeordnet werden *). Auch in diesem Punkte weicht Großgebauer von den Principien der lutherischen Kirche ab, insofern diese nur Synoden des Lehrstandes kennt, welche in Bezug auf das jedesmalige Regiment einer lutherischen Landeskirche eine berathende Stellung einnehmen. Soll nun zwar damit nicht gesagt werden, daß eine Beschickung der Synoden aus der Mitte der Gemeinden vom Standpunkt der lutherischen Kirche aus durchaus unzulässig sei, so hängt doch auch diese seine Auffassung der Synodal-Institution mit der Lehrauffassung der reformirten Kirche zusammen, weil er die Synodal-Institution auf den Begriff der Gemeinde gründet, und auch die Kirchenzucht auf diese, und nicht auf die potestas clavium des Predigtamtes gegründet wissen will. Damit soll aber nicht entfernt behauptet werden, daß Großgebauer sich dieser reformirten Zusammenhänge für sich selbst bewußt gewesen sei. Es war vielmehr nur seine, überwiegend subjectivistisch angelegte Persönlichkeit, die in ihren Anschauungen zu Lehrauffassungen hindrängte, welche reformirte Consequenzen in sich trugen.

An seine Klage, daß bei Verrichtung der heiligen Taufe meistentheils weder bei des Kindes Eltern, noch bei den Pathen, noch bei dem Kirchendiener selbst, weder Ernst noch Andacht gespüret werde, und der ganze Handel endlich auf ein wohl zugeschicktes Tauffmal hinauslaufe, knüpft Großgebauer den Rathschlag, daß „hingegen würden viel errettet, und ihres Tauff-Bundes kräfftig erinnert werden, wenn das sonst abergläubische Sacrament der Firmung unter den

<hr>

*) Wächterstimme, S. 106 f., 109.

Papisten im Mißbrauch, bei uns in einen guten Gebrauch gebracht würde *). Bei seiner subjectivistischen Richtung war er nicht im Stande, die Objectivität der Taufhandlung anzuerkennen, und löste dadurch auch die Taufe von der Bekehrung ab, da er nicht vermochte, die Bekehrung mit der voraufgehenden Taufe in causale Beziehung zu setzen. Dadurch gewinnt ihm nun auch die Confirmation als Ausdruck der subjectiven Heilsentwickelung, deren Mittelpunkt ihm das Gelübde ist, eine höhere Bedeutung, und dringt er auf dieselbe, um auf diesem Wege eine Erinnerung des Taufbundes herbeizuführen, die aber insofern mehr ist, und in eine eigentliche Erneuerung umschlägt, als ihm die Erkenntniß von der Kraft der Taufgnade und ihrer bedingenden Einwirkung auf den ganzen Gang der Heilsentwickelung mangelte.

Manche der Klagen Großgebauers hängen ohne Zweifel mit den durch die Kriegsdrangsale hervorgerufenen Nothständen zusammen. Die Städte und Dörfer, die Güter und das platte Land hatten furchtbar gelitten, manche Ortschaften waren ganz oder doch zum großen Theil ausgestorben. Höfe

---

*) Großgebauer empfiehlt hier offenbar die Confirmation auf Grund der Thatsache, daß die im Sacrament den Kindern geschenkte Taufgnade später durch das nachfolgende Gnadenmittel des Wortes nicht zur weiteren Entwickelung und Entfaltung damals gebracht ward. Daß dadurch schwere Uebelstände eintraten, wenn man nach stattgehabter Taufe des Wortes nicht zu bedürfen glaubte, liegt klar vor. In Mecklenburg ward die Confirmation von Herzog Gustav Adolf durch Verordnung vom 15. Mai 1694 wieder eingeführt. Mit derselben ward zugleich ein eignes Formular (Formula et Methodus Catechumenorum) abgefaßt, welches auch der Erläuterung der fürstl. Mecklenb. Kirchenordnung vom J. 1708 beigedruckt ist. Siggelkow, Handbuch des Mecklenburgischen Kirchen- und Pastoralrechts, § 326 ff. J. B. Krey, Beiträge zur Mecklenburgischen Kirchen- und Gelehrtengeschichte, Bd. I., S. 172 f. Th. Kliefoth, Die Confirmation, S. 106 ff.

und Bauerhufen lagen wüste, und konnten aus Mangel an
Arbeitskräften nicht bestellet werden *). Die völlig zusam-
mengeschmolzenen Gemeinden konnten ihre Prediger nicht er-
nähren, noch waren diese im Stande, selbst wenn sie Aecker
besaßen, ihren Unterhalt aus denselben zu gewinnen, wenn
sie dieselben nicht selbst bis ins Kleinste hinein bewirthschaften,
und die Pflichten ihres heiligen Amtes hintenansetzen, oder gänzlich versäumen wollten. Die Folge war nicht nur, daß wenig
geeignete Persönlichkeiten sich dem Dienst der Kirche widme-
ten **), sondern daß aus den untersten Ständen Viele, die

---

*) Vgl. über die damaligen Zustände in Mecklenburg: Krabbe,
Aus dem kirchlichen und wissenschaftlichen Leben Rostock's. Zur Geschichte Wallensteins und des dreißigjährigen Krieges S. 219 ff.

**) Wächterstimme, Von den zerrissenen Kirchen-Gütern, S. 343 f.:
„Es werde wegen der Kirchen-Armut die allerebelsten und tapffersten
Gemüther viel lieber nach anderem Beruff trachten, dabei sie ihr gut
Auskommen und ihren Ehrenstand haben können, als daß sie sollten hinter
dem Pfluge gehen, die Ochsen treiben und Holtz führen, wie die Dorff-
Prediger thun müssen, wollen sie sich ernehren. Dahingegen hat der
Satan weiter gedacht, werden die schlechtesten ingenia, die Geringsten
im Lande und zu andern Dingen untaugliche Leute in die Pfarren sich
einbringen, und damit sie nur einen silbern Pfenning und ein Stück
Brods erwerben mögen, so werden sie vor den Politicis und Hoff-
Räthen nieder fallen, die Patronen anbeten, und sagen: Lieber, laß mich
zu einem Priestertheil, daß ich einen Bissen Brob esse. 1. Sam. 2, 36.
Sie werden die Bibeln unter die Bank werfen, die Autores und
Sprachen nicht lesen, die Casus Conscientiae nicht wissen, die Erkenntniß
der Wahrheit nicht suchen, das Gebet und die heiligen Haus-Uebungen
versäumen, und das Kranke nicht warten, noch das Verirrte wiederbrin-
gen, sondern sie werden bieweilen dreschen, hacken, pflügen, säen, mehen,
backen und brauen. Darnach so werden sie, damit sie reich werden, dem
Geitz streben und die Sacramente und Absolution umb Geld verkauffen, und
den guten Beichtpfenning nicht leicht gehen lassen. Ja sie werden ihre
Ampts-Verrichtungen nach der Leute Gutdünken und nach Gewinn und
Profit bestellen, und die Accidentia mehr suchen, als die Substantz des
Reiches Gottes selbst. Und dieser Satanischer Anschlag ist ihm leider

nicht die geringste Fähigkeit hatten, bemüht waren, in das geistliche Amt sich einzudrängen, aus keinem andern Grunde, als um ein nothdürftiges Auskommen sich zu verschaffen. Aehnlich verhielt es sich mit der Universität, wo große Dürftigkeit unter den Studirenden der Theologie herrschte. Sie seien blutarm, klagt Großgebauer, denn vornehmer reicher Leute Kinder sind nunmehr zu hoch zur Theologia und Kirchendienste. Da auch Rostock unter den Kriegslasten schwer zu leiden gehabt hatte, und eine Zeit lang der Besuch der Universität völlig herabgedrückt war, waren viele Einkünfte eingezogen, die Regentien standen wüste, die Collegia waren verfallen, die Professoren darbten, die Auditoria waren verschlossen. Das Alles bezeugt Großgebauer, indem er bemerkt, daß die Regentien und Collegia, die vormals lauter Tempel und Gotteshäuser gewesen, worin alle Studenten sich aufhalten mußten, und einen Aufseher hatten, der auf ihre Gottesfurcht, Gebet, Studiren, Leben und Wandel Acht hatte, nun Wüsteneyen und Eulennester geworden seien.

Ganz insbesondere aber richtet Großgebauer seine Anklagen gegen das damalige Beichtwesen, und insonderheit gegen die Ertheilung der Absolution, welche um Geld verkauft werde. Die Kirchenbeichte sei keine Beichte gegen Gott, denn sie geschehe dem Diener an Gottes Statt. Aus dieser Verwirrung und Vermengung entstehe ein großer Schade und Verderb der Gemeinen, womit bei dem allergrößten Haufen

---

gelungen, dieweil schier niemand ist, dem die Listigkeiten des Teuffels und die geistlichen Bosheiten in himmlischen Dingen bekannt seyn. Eph. 6, 11. 12. Niemand will wissen, was der Satan im Sinn hat. Darumb sind wir nun bey hundert Jahren und länger mit unserm ewigen Schaden von ihm übervortheilet worden. 2. Cor. 2, 11.

die nothwendige Herzensbeichte vor Gott dem Herrn unter=
gehe, welche doch zur Vergebung der Sünde schlechter Dinge
erfordert werde, ja sogar geschehe, daß, wann sie hören von der
Beichte oder Bekenntniß der Sünden, so denken sie stracks
auf den Beichtstuhl, und also würden sie nimmer gelehrt,
weder Gott noch Menschen zu beichten. Was aber im
Beichtstuhl für Heuchelei getrieben werde, das sei aus den
Früchten bekannt *). Besonders tadelt es Großgebauer, daß
die geheime Beichte absolvire ohne Erkundigung, frei spreche,
ledig und loß ohne Prüfung, zusage das Leben denen, die
des Todes werth, glaube stracks dem Munde des Beichtenden,
und mache wahr das alte Sprüchwort: Wer leicht glaubet,
wird leicht betrogen. Bußfertige und Unbußfertige bekämen
gleich guten Bescheid. In dem Allen aber macht sich be=
merkbar, daß Großgebauer das rechte Verständniß der luthe=
rischen Lehre von der Buße und vom Glauben und von der,
durch diesen sich vollziehenden, Rechtfertigung verloren,
und daß er folgeweise kein klares Bewußtsein darüber hatte,

---

*) Wächterstimme, Von der Kirchen-Beicht, 168—206. „Unser heim-
liche Beichte wehret nicht allein den umb sich fressenden Sünden nicht, sondern sie giebt ihnen Regen und Tau, daß sie besto besser grünen und fort-
wachsen können, denn alle Meineidige, Geißige, Trunkenbolde, Ungeistliche, Unreine, Flucher, Zancker, Unbarmherzige, Stölzlinge (es sey denn
daß es entweder arme Leute sind, die nicht von sich beissen können, oder
daß sie doch ihre bekannte Sünde nicht mit einem Mantel überziehen
können, wie die reiche und ansehnliche Leute) werden frey, ledig und
losgesprochen nicht allein von der Kirchen-Censur, sondern auch von der
Sünde selbst, die sie doch nicht lassen, und von der Strafe derselbigen.
Die armen Leute bilden sich ein, sie sind nun mit Gott wohl daran, ob
sie gleich in ihren Sünden beharren, und kommen beßwegen nimmer zur
wahren Buße. Die Aergerniß durchsäuren unterdessen die Kirche;
die Schwachen fallen mit dahin". Ebendas. S. 180 ff.

was die lutherische Kirche in ihrer Institution der Beichte und der Absolution beabsichtigte und erstrebte *). Sein Eifern wider den Mißbrauch der Schlüssel und den Mangel des Kirchengerichts läßt erkennen, daß er im Grunde die Absolution für höchst überflüssig ansieht, da der Bußfertige sie habe, auch ohne daß des Kirchendieners Mund hinzukomme, daß aber, im entgegengesetzten Falle, wenn der Mensch unbußfertig sei, ihm auch des Priesters Absolution nichts helfe **). Wie sehr aber Großgebauers Auffassung das Institut der Beichte und Absolution seiner specifischen Bedeutung beraubt, geht daraus hervor, daß er behauptet, im Beicht- stuhle gehe nichts anders vor, als ein allgemeines Bekenntniß der Sünden, und alsdann eine Privat-Predigt von der Gnade Gottes in Christo gegen alle bußfertige Sünder! So werde denn die application oder der Schluß mit ge- wissem Bedinge gemacht, daß, wofern der beichtende Sünder

---

*) Vgl. auch Th. Kliefoth, Die Beichte und Absolution. Schwerin 1855. S. 430 ff.

**) Im Gegensatze zu der kirchlichen Lehrfassung der Beichte und Abso- lution ist Großgebauer bemüht darzuthun, daß Beichte und Absolution sich allein vollziehen in der von der Gemeinde vorgenommenen Ausschließung und Wiederaufnahme der notorischen Sünder. Nur solche können respective gebunden und gelöst, d. h. ausgeschlossen und wieder aufgenommen werden. Es wird geradezu der Kirche zum Vorwurf gemacht, daß sie das Amt der Schlüssel auch gegen rechtschaffene Christen zur Anwen- dung bringe. Insofern diese Glauben haben, und als Gläubige stets Vergebung der Sünden empfangen und besitzen, bedürfen sie gar nicht der Absolution; weil sie nicht gebunden sind, bedürfen sie auch gar nicht der Lösung. Auch hier tritt recht die große Mangelhaftigkeit seiner Er- kenntniß des Lehrstückes von der Erbsünde hervor, sowie auch das Fehlerhafte in seiner Auffassung der Lehre vom Glauben und von der Rechtfertigung, da er verkennt, daß wir gerecht werden nicht propter fidem, sondern per fidem.

wahre Buße thue, alsdann ihm alle seine Sünden vergeben werden sollen. Darin beruhet das ganze Werk und sei nichts anders, als die öffentliche Gesetz- und Evangeliums-Predigt, ohne allein, daß sie insgeheim ausgesprochen wird, mit einer conditionali applicatione. Großgebauer verkennt völlig, daß die Absolution nach stattgehabter Beichte die auf Gottes Befehl geschehene Ankündigung der Vergebung der Sünden ist, und daß diese nicht nur angekündigt, sondern wirklich ertheilt wird *). Diese Vergebung der Sünden ist aber nicht eine Vergebung der Sünden von Seiten der Kirche, sondern bezieht sich allein auf die Vergebung der Sünden von Seiten Gottes **). Die lutherische Kirche achtet darum die Absolution hoch und theuer, weil sie nicht des gegenwärtigen Menschen Stimme oder Wort, sondern Gottes Wort ist, welcher die Sünde vergiebt, und diese Gewalt der Schlüssel achtet sie darum für so tröstlich und nöthig, damit die erschrockenen Gewissen erquickt und gestärket werden. Aber Großgebauer erkennt so wenig, daß das Wesen der

---

*) Apol. Art. IV. Constat, nos beneficium absolutionis et potestatem clavium ita illustravisse et ornavisse, ut multae afflictae conscientiae ex doctrina nostrorum consolationem conceperiut, postquam audiverunt, mandatum Dei esse, imo propriam Evangelii vocem, ut absolutioni credamus et certo statuamus, nobis gratis donari remissionem peccatorum propter Christum, et sentiamus vere, nos hac fide reconciliari Deo.

**) Conf. Aug. Art. XXXI., Abus. IV. De confessione: Docentur homines, ut absolutionem plurimi faciant, quia sit vox Dei et mandato Dei pronuntietur. Ornatur potestas clavium et commemoratur, quantam consolationem afferat perterrefactis conscientiis, et quod requirat Deus fidem, ut illi absolutioni tanquam voci de coelo sonanti credamus, et quod illa fides in Christum vere consequatur et accipiat remissionem peccatorum.

Absolution in der Zusage der göttlichen Gnade bestehet, wodurch das Gewissen getröstet, und ein neues Leben ins Herz gegeben wird, daß er statt dessen das Amt der Schlüssel in der Ausschließung und Wiederaufnahme der notorischen Sünder von Seiten der Gemeinde sieht *). Damit aber entzieht Großgebauer im Grunde die Gewalt der Schlüssel dem Predigtamte, und legt dieselbe in die Hände der Gemeinde, und zwar in seinem Sinne der jedesmaligen Gemeinde, während die lutherische Kirche bekennt, daß die Schlüssel nicht einem Menschen allein, sondern der ganzen Kirchen gehören und gegeben sind. Denn gleich wie die Verheißung des Evangelii gewiß, und ohne Mittel der ganzen Kirche zugehöret, also gehören die Schlüssel ohne Mittel der ganzen Kirchen, die, weil die Schlüssel nichts anders sind, denn das Amt, dadurch solche Verheißung jedermann, wer es begehret, wird mitgetheilet **).

---

*) Wächterstimme, S. 147 ff. Sehen wir nun die uns von dem HErrn Christo Jesu fürgeschriebene Rechte an, so wird nothwendig erfordert, daß, wo die Schlüssel des Himmelreichs recht und kräftig und unverfälscht sollen verwaltet werden, da müsse nach Anleitung Matth. am 18, 15 sqq. 1 die Brüderschafft und die Brüderliche Liebe und Gemeinschaft der Grund seyn u. s. w. 2. Werden zum Brauch der Schlüssel erheischet gewisse gradus oder Stäffeln, durch welche die Kirche und ihre Diener gehen muffen, ehe und bevor durch der Schlüssel Recht ein Urtheil gefällt wird. Die erste Stuffe ist die Brüderliche Straffe und Ermahnung, p. 15, wenn die Sünde der ganzen Gemeine noch verborgen ist etc. Die ander ist, zween oder drei Zeugen zu sich nehmen etc. Die dritte Stuffe ist: So sage es der Gemeine. Durch das Wörtlein Gemeine wird allhie eine solche Versammlung verstanden, welche zu Gericht sitzet, den Ansager höret, die Zeugen aufnimmbt, und ein Urtheil fället. — — Wir verstehen hie nichts als eine Versammlung derer, die von der Kirchen dazu erwehlet sind, daß sie dem geistlichen Kirchen-Gericht vorstehen, und ausschließen und annehmen nach deß HErrn Befehl.

**) Articuli Smalcaldici, Tract. de Potestate et Primatu Papae:

Entfernten sich nun auch viele dieser Anschauungen, welche Großgebauer geltend machte, in manchen Punkten von dem Lehrbegriff der lutherischen Kirche, und lassen sich nicht unschwer schon bei Johann Quistorp dem Jüngeren, noch mehr bei Großgebauer die Einflüsse erkennen, welche die subjectivistisch gerichteten Zeitstimmungen *) und die Einwirkungen

Ad haec necesse est fateri, quod claves non ad personam unius certi hominis, sed ad ecclesiam pertineant, ut multa clarissima et firmissima argumenta testantur. Nam Christus de clavibus dicens Matth. 18, 19 addit: Ubicunque duo vel tres consenserint super terram etc. Tribuit igitur principaliter claves ecclesiae et immediate.

*) Daß Großgebauers Richtung in mancher Beziehung die Spenersche vorbereitet, kann nicht bezweifelt werden. Spener spricht sich auch in der erwähnten Vorrede zu den XXVI. Predigten Großgebauers auf das günstigste über ihn aus. Er hatte dieselbe auf Bitten des Sohnes, Joh. Valent. Großgebauer, der sich fast ein Jahr lang in seinem Hause aufgehalten, geschrieben. In dieser, Dreßden d. 17. Sept. 1688, datirten Vorrede sagt er: „Ich zehle aber billich diesen seligen Autorem unter die rechtschaffene und gottselige Lehrer unserer Kirchen, um welche derselbe sich nach seinem Maaß nicht wenig und mit großer Treue verdient gemacht, nicht aber verschuldet hat, unter Anhängern einer neuen Secte, von dero Namen er sein Tage nie gehöret, weniger neuer und mißlicher Meinungen sich theilhafftig gemacht hat, öffentlich, wie gleichwol mit Unrecht geschehen (und der Herr solchen einem seiner in seine Herrlichkeit auffgenommenen aufrichtigen Diener zugefügte schmach demjenigen, so vermuthlich aus Unbedachtsamkeit dazu sich verleiten lassen, zu erkennen geben, verzeihen und verziehen haben wolle!) gerechnet, und ohne den geringsten Erweis beschuldigt zu werden. Ich bekenne gern, daß ich mich ihm nicht wenig verbunden achte, in dem, als ich in Tübingen 1662 seine noch nicht lang herausgegebene Wächterstimme aus dem verstörten Zion erstmals lase, solches Lesen mich kräfftig gerühret, und ein und andere Dinge in unserm Predigtamt und Kirche tieffer als vormals einzusehen veranlasset hat, dahero auch davon mit dem christlichen und auffrichtigen Theologo bei solcher Universität dem sel. Herrn D. Raithen mehrmal draus communicirt habe. Denn obwohl nicht ohn, daß einige harte Reden, wie auch die Theologische Facultät zu Rostock davon anrege thut, in dem tractat befunden werden, so sind doch nicht alle

der reformirten Kirche ausgeübt hatten, so begreift sich, daß auch Müller, der mit ihnen im regsten Verkehre stand, und die mannigfachsten Beziehungen zu beiden gehabt hatte, von jenen nicht unberührt geblieben ist. Aber obwohl wir hie und da einzelne Anklänge bei Müller finden, die auf derartige Einflüsse zurückzuführen sein möchten, so hat sich doch Müller bei weitem mehr als jene ihnen zu entziehen gewußt. Die ganze Eigenthümlichkeit seines Wesens und seiner Richtung bewahrte ihn davor. Eine reformirende Thätigkeit, die sich in einer oft übertriebenen subjectiven Kritik der kirchlichen Zustände gefiel, lag ihm fern, und noch weniger unterlag er der Versuchung, wovon Quistorp und Großgebauer schwerlich möchten ganz frei zu sprechen sein, durch kühne Reformvorschläge und durch eine bis ins Einzelne gehende Kritik der factischen Zustände Aufsehen zu erregen, und eine Umkehr zum Besseren anzubahnen. Die Macht seiner Persönlichkeit trat insbesondere wirksam hervor in dem Zeugniß des Heils, in der Vertiefung in das Wort der Wahrheit,

---

σκληροὶ λόγοι und harte Reden Joh. 6, 66 beßwegen, sobald falsche oder schädliche Reden, daher ohneracht derselben gedachte Theologi, so seine ganze Lehre wußten, als vor dero Augen und Ohren er sein Amt führte, ihre approbation beyzufügen sich deswegen nicht entblödet, und die willigkeit des autoris von jeden sich gern besser weisen zu lassen gerühmet haben. Ob dem wol gewiß ist, daß er sich durch solche Schrifft viele, sonderlich fleischlich gelehrte, aus dem Kirchen-Stande ziemlich aufsätzig gemacht; nachdem er dessen Fehler sehr aufdecket, und von denen darinnen lebenden mehr erfordert, als die meisten, die nicht was Christi, sondern das ihrige ist, suchen, sich aufbürden zu lassen gelegen ist: hat bennoch solches Büchlein manchen guten Gemüthern Gelegenheit zu fernern Nachdenken an Hand gegeben, und sie hoffentlich in ihrem Amt so viel treuer gemacht, weßwegen sein Gedächtniß so viel mehr in viele christliche Seelen eingedruckt und im Segen erhalten worden ist, auch noch blühet."

welches die Seelen ſelig macht, in den mannigfachen ſchönen und geiſtlichen Formen ſeiner Beredtſamkeit. Allerdings hat auch er manches ernſte Zeugniß gegen kirchliche Nothſtände und Uebelſtände abgelegt, aber es geſchieht dies ſtets inner= halb ſeines geiſtlichen Berufes, und wird veranlaßt durch den aufrichtigen Schmerz über die Veräußerlichung des kirchlichen Lebens, welche, durch die Zerrüttung aller Verhältniſſe wäh= rend der Kriegsjahre vielfach gefördert, eine erſchreckende Höhe angenommen hatte. Je tiefer er ſelbſt mit ſeinem innerſten Leben in dem Worte der Wahrheit gewurzelt war, und je lebendiger die Erfahrung des Heils ſich in ihm ge= ſtaltet hatte, deſto entſchiedener war auch ſeine Abneigung gegen alle Heuchelei und ſeine Bekämpfung eines bloß äußer= lichen Chriſtenthums.

Verfolgen wir die literariſche Thätigkeit Müllers ſeit ſeinem Eintritt in die Facultät, ſo folgen zunächſt eine Reihe von gelehrten Abhandlungen, welche er in amtlicher Verau= laſſung ſchrieb *). Unter dieſen nimmt in theologiſcher Be-

<hr>

*) Hieher gehört ſeine Spicilegium passionale Resp. Ludov. Gerhardi, Gluckstadiensi, d. XXIX. Martii. A. 1662. Rostochii in IV. Dieſe Schrift ſchließt ſich enge an ſeine, von uns bereits erwähnte (vgl. S. 168 f.) Historia Passionis, crucifixionis et sepulturae Domini nostri Jesu Christi an, und ergänzt dieſelbe durch die Erörterung von 21 neuen dubiis passionalibus, was er am Anfange ausdrücklich durch die Notiz bemerkt: ne in disputationibus passionalibus ante annum habitis hiatus quispiam notabilis adparerot, sequentia addere placuit. Ferner die in ähnlicher Veranlaſſung geſchriebene Schrift: De versionibus Bibliorum Graecis et praecipue LXXII. Seniorum Dissertatio Resp. Ulrico SANDHORST, Frisio d. XII. Aprilis A. 1662. Rostochii in IV., und ſeine Disputatio Theologica Ordinaria exhibens desertionem Christi patientis ex Ps. XXII., 2. Resp. Adamo RADER, Lemgo Westphalo d. VIII. Aprilis 1663 Rostochii in IV. Die meiſten dieſer Diſſertationen waren leider hier

ziehung eine mehr hervorragende Stellung ein die Abhandlung, welche das absolutum reprobationis decretum erörtert, und die Calvinische Lehre von der Gnadenwahl entschieden bestreitet. Zunächst wird von ihm ausgeführt, daß das absolutum reprobationis decretum in Absicht Gottes absolute und hypothetice unmöglich sei. Es wird entschieden die Ansicht zurückgewiesen, als ob es nicht der ernstlich gemeinte Wille Gottes gewesen sei, daß alle diejenigen selig werden, denen das Wort des Heils geprebigt werde. Zugleich zeigt er vom lutherischen Standpunkte, daß dadurch das Werk Christi verkümmert und verlästert werde. Denn die Calvinische Ansicht laufe in eine Auflösung der Lehre vom Verdienst Christi hinaus, sobald auch ohne dieses mittelst der Prädestination die Seligkeit erlangt werden kann. Von hier aus schließt Müller weiter und zeigt, daß die Gnadenmittel des Worts und der Sacramente ihrer Kraft beraubt und verflüchtigt werden, sobald das absolutum reprobationis decretum Platz greift, da die Wirkungslosigkeit der Gnadenmittel damit implicite gesetzt sei. Nicht das decretum absolutum, sondern das Widerstreben unseres Eigenwillens trägt die Schuld, daß viele nicht bekehrt werden. Endlich wendet sich Müller auch nach der practischen Seite, um darzuthun, daß das Calvinische Dogma die angefochtenen Seelen trostlos lasse, und die fleischlichen Gemüther zum Epicureismo verleite, daß vielmehr nur die Ueberzeugung von der Allgemeinheit der göttlichen Gnade und von der Allgemeingültigkeit des

---

nicht mehr vorhanden, und auch sonst nicht aufzufinden. Die betreffenden Notizen verdanke ich den Verfassern des Etwas von gelehrten Rostockschen Sachen, deren Sammlerfleiß so vieles der Vergessenheit entrissen hat.

Opfers Christi die angefochtenen Seelen wahrhaft beruhigen könne *).

Bald barauf im Anfang des Jahres 1664 ließ Müller seine Schrift: Quaestionum selectarum theologicarum Semi-Centuria **) erscheinen, welche eine Reihe der schwierigsten Fragen mannigfachsten Inhalts erörtert. Bald sind es dogmatische Punkte, die kurz dargelegt und festgestellt werden ***), bald sind es Schriftstellen, welche erläutert und nach ihrem dogmatischen Inhalt auseinander gelegt werden. Ueberall wird mit großer Entschiedenheit der Römische Irrthum bekämpft, und nicht minder wird der Gegensatz gegen den Calvinismus betont, und werden bessen specifische Lehren zurück-

---

*) Disputatio Theologica exhibens Caluinianorum absolutum reprobationis decretum ut absolutum in fide errorem. Resp. M. Ludovicô Barclaio, Rostochiens. d. VII. Martii A. 1603 in IV.

**) Quaestionum selectarum Theologicarum Semi-Conturia prima a Rectore Universitatis Rostochiensis D. Henrico Müllero, Theol. Prof. Ordinario, Facultatis suae hodie Decano, & ad Div. Mariae Pastore, consentiente Collegio Theologico Dispp. VI. publice exhibita et indice quadruplici illustrata Anno MDCLXIV. Rostochii, typis Johannis Kilii, Acad. Typogr., in IV. Die Schrift ist bem Rath zu Lübeck zugeeignet, um seiner Vaterstadt (Patriae meae Patribus gravissimis) seinen Dank, was er stets privatim anerkannt habe, auch öffentlich zu bezeugen.

***) Beispielsweise führen wir an: Quaestio I. Au caro Christi in triduo mortis fuerit sine omni vita? II. An corruptum hominis arbitrium possit dici liberum? VIII. An Christus secundum humanam naturam Deo sit aequalis? XI. An in declarando περιχωρήσεως personalis mysterio recte adhibeatur similitudo candentis et igniti ferrei. XIV. An non Calviniani Deum faciant peccati causam vel authorem? XVII. Quo sensu Pontificii peccatum originis definiant, quod sit carentia justitiae originalis? XX. An et quo modo fiducia hominis Christiani possit esse certa? Auch finbet sich eine dogmatisch-liturgische Frage erörtert, welche schon wiederholt in der Kirche behandelt worden war: An Crama Eucharisticum sit necessarium?

gewiesen. Der lutherische Standpunkt wird aber auch von Müller in allen den Fragen festgehalten, welche innerhalb des Lehrsubstrats der lutherischen Kirche hervorgetreten waren. So erörtert er die Quaestio III.: An ex verbis Litaniae, du wollest deinen Geist und Kraft zum Worte geben, probari possit, virtutem Sp. S. ab extra verbo supervenire in salutari demum usu? dahin, daß der heilige Geist mit dem Worte intrinsece et inseparabiliter verbunden sei, so daß durch solche Verbindung dem Worte die Kraft des heiligen Geistes einwohnt; daß somit die Worte der Litanei nicht von der Natur des Wortes an sich betrachtet sprechen, sondern von dem Fruchtbringen des gepredigten Wortes in den Herzen aller Hörer*). Eine gleiche Auffassung und Beurtheilung vom lutherischen Standpunkte aus findet sich in der Quaestio XVI.: An verbum Dei extra usum sit potentia Dei ad salutem? welche durch die von Rathmann hervorgerufene Controverse angeregt war. Ihm ist das Wort stets, auch außer dem Gebrauche des Lesens und des Predigens, formaliter und materialiter Geist und Leben, da der heilige Geist demselben mystice, supernaturaliter et gratiose, dennoch aber perpetuo, inseparabiliter und necessario einwohnt. Dabei geht er in Rede und Gegenrede auf die verschiedenen dagegen erhobenen Einwürfe ein, und weiß sie geschickt zu widerlegen**).

---

*) Müller bemerkt noch: Vocem quoque germanicam Kraft notare verbi divini non actum primum, sed secundum s. operationem, liquido demonstrant latina Litaniae verba, ex quibus Germanica explicanda sunt: Te rogamus peccatores, ut incrementum verbi et fructum Spiritus cunctis audientibus largiri digneris.

**) Ibid. Dicos I. Natura et Deus nihil faciunt frustra. At verbo extra legitimum usum frustra est alligata divina virtus. Resp. distinguendum inter usum verbi ex parte Dei, ratione divinae

Endlich giebt Müller in dieser Schrift auch zahlreiche biblisch-theologische Untersuchungen, welche seine Belesenheit in der Schrift, wie überhaupt seine vielseitigen Schriftstudien, bezeugen *).

Wenige Monate darauf ließ Müller die Fortsetzung dieses Werkes Quaestionum selectarum theologicarum Semi-Centuria Secunda erscheinen, welche er dem Rathe zu Hamburg unter dem 1. April 1664 widmete, in der ausgesprochenen Absicht, ihm die Controversen der lutherischen Kirche mit den Pontificiis, Photinianis und Calvinianis vor Augen zu führen **). Hier finden sich mannigfache christologische Untersuchungen, welche die christologischen Probleme nach den verschiedensten Seiten erörtern ***). Außer anthropo-

---

ordinationis vel intentionis et ex parte hominum, verbo actu secundo utentium. Deus vi gratiosae suae ordinationis uti semper utitur, vel ratione antecedentis voluntatis, uti paratus est hoc divino medio ad hominum conversionem, ita illi divinam vim intrinsecce indidit ad hunc finem, si vel maxime homines actu secundo eo non utantur.

*) Dahin gehören Quaestio XXIX. An Descensus Christi realis ad inferos ex scriptura probari possit? XLIII. An renati peccatis mortalibus possint totaliter amittere fidem et Spiritum S. et plano porire? XLIV. An Petrus a Paulo serio an simulate fuerit reprehensus Gal. 2, 11?

**) Quaestionum Selectarum Theologicarum Semi-Centuria Secunda a Rectore universitatis Rostochiensis D. Henrico Müllero, Theol. Profess. Ordinario, Facultatis suae hodie Decano et ad Div. Mariae Pastore, Consentiente Collegio Theologico Dispp. VI. in Auditori Majori publice proposita et quadruplici Indice illustrata Anno MDCLXIV. Mensa. Februario et Martio. Rostochii, typis Johannis Kilii, Acad. Typogr., in IV.

***) So z. B. Quaestio II. An Christus dici possit persona composita? VII. An Christi meritum sit universale? XV. An Christus solum passiva, quam vocant, et non etiam activa obedientia pro nobis satisfecerit? XXIV. An caro Christi in actioni-

logiſchen und hamartologiſchen Fragen, welche beantwortet
werden, werden auch einzelne eſchatologiſche Probleme in
Betracht gezogen, insbeſondere Quaestio V.: An animae
Sanctorum post mortem superstites actiones exerceant
vitales et Deo fruantur? wo auch die Hypotheſe von der
Pschychopannychia eingehend widerlegt wird.   In der
Quaestio XX. dagegen: An quae Deus vere vult voluntate
signi, velit etiam voluntate beneplaciti bekämpft er auf
das entſchiedenſte die Calviniſtiſche Auffaſſung, indem er
daran feſthält, daß Gott in der Sache des Heils in Wahr‑
heit nichts wolle voluntate signi, was er nicht auch wolle
voluntate placiti. In gleicher Weiſe wird in der Quaestio
XXV.: An manducationis et bibitionis sacramentalis s.
oralis objectum sit cum pane et vino corpus et sanguis
Christi? das Schiboleth lutheriſcher Rechtgläubigkeit, die
manducatio oralis, aufrecht gehalten und eingehend darge‑
than, carnem Christi esse deificatam, nec nisi hyperphy‑
sico modo organo oris posse comedi *).

---

hus $\vartheta \varepsilon \alpha \nu \delta \rho \iota \varkappa \alpha \tilde{\iota} \varsigma$ sit instrumentum Deitatis $\sigma \acute{\nu} \nu \varepsilon \rho \gamma o \nu$? XXX. An
et quomodo Deus et Christus dicatur esse passus?

*) In das Jahr 1665 fällt eine nicht geringe Anzahl kleiner Dis‑
putationen, von denen wir zuerſt drei erwähnen, welche ſowohl ſachlich,
als auch durch die fortgehende Seitenzahl mit einander zuſammenhängen.
1. De poenitentia ejusquo partibus in genere positiones theolo‑
gicae. Resp. Hieronymo Plostio, Pritzwald. March. 1665, d.
25. Januar in IV. 2. De Contritione et Confessione poenitentium
positiones Theologicae. Resp. Henrico Fürstenow, Westph. Ro‑
stochii A. 1665 d. 5. Jun. in IV. 3. De fide parte poenitentiae
altera theses theologicae. Resp. Joann. Georg. Boelenio Saxen‑
husa Waldecca d. 19. Julii 1665. Rostochii in IV. Vermuthlich
iſt aus dieſen drei Diſputationen der noch in demſelben Jahre erſchie‑
nene tractatus de poenitentia erwachſen. In dieſelbe Zeit fällt Disp.
de justificatione theses theologicae, Resp. Christoph. Parschitio,

In allen diesen gelehrten Arbeiten Müllers hält er wesentlich am Bekenntniß der lutherischen Kirche fest, und sie selbst erweisen zur Genüge, daß er ein umfassendes Verständniß desselben besaß, und es thetisch wie antithetisch auseinander zu legen wußte. In letzterer Beziehung tritt er nicht selten bei aller persönlichen Milde, die ihm eigen war, sehr scharf den calvinistischen Lehren entgegen, die ihm den Heilsrath Gottes zu unserer Seligkeit wesentlich zu verbunkeln und zu beschränken schienen *). Die Heilslehren, wie sie die lutherische Kirche aus dem Worte Gottes heraus entwickelt und bezeugt hatte, waren ihm nicht eine bloß äußerliche Erkenntniß geblieben, sie waren aus der Kraft des

---

Pannonio d. 26. Julii A. 1665. Rostochii in IV. Gehen auch diese Abhandlungen bei ihrer Kürze nicht nach allen Seiten tiefer in den ordo salutis ein, so vertreten sie doch überall die gesunde Lehre der Kirche, und legen namentlich den Begriff der poenitentia nach der Grunbanschauung der Conf. Aug. Art. XII. aus einander, indem sie neben der contritio die fides als den wesentlich anderen Theil der poenitentia betrachten.

*) Ein von Müller gelesenes und früher noch vorhandenes ausführliches Collegium Anti-Caluinianum umfaßte folgende Capita und Articuli. Cap. I. de titulis variis Caluinianorum tam veris quam falsis. II. praeliminare continens iniqua nonnulla postulata. III. de euerso a Reformatis fundamento fidei. IV. de unione Reformatorum cum Ecclesiae Augustanae sociis religiosa. Art. I. de praedestinatione et reprobatione. Art. II. de Christo. Art. III. de sacramentis. Theses miscellan. 1. de Scriptura S. 2. de lege. 3. de usu imaginum. 4. de supplicio haereticorum. 5. de causa peccati. 6. de poenitentia, 7. de confessione privata. 8. Praescientia Divina non necessitat. 9. de distinctione voluntatis diuinae in signi et beneplaciti. 10. de libero arbitrio. 11. de Ecclesia. 12. de ministerio ecclesiastico et de ritibus ecclesiasticis seu adiaphoris. 13. de Pericopis Dominicalibus. 14. de modo accipiendi Symbola S. Eucharistiae. 15. do gradibus gloriae in vita aeterna. Weitere Nachrichten von gelehrten Rostock'schen Sachen, J. 1743, S. 314.

heiligen Geistes im Worte recht eigentlich ein Eigenthum seines inneren Lebens geworden. Als ein lebendiges Glied der Kirche, welche die Gemeinschaft der Heiligen ist, drang er stets und überall darauf, daß Alle nicht etwa nur dem Namen und der äußeren Verbindung nach, sondern der That und Wahrheit nach gliedlich dieser Kirche angehören möchten. Aber innerhalb der wissenschaftlichen Vermittelung erkannte er sehr wohl die Nothwendigkeit, im Gehorsam und Treue am Bekenntniß der Kirche festzuhalten, und im Gegensatz zu der so oft versuchten Verdunkelung des Heilsweges sich immer fester auf den Eckstein Christus zu gründen, und sich auf unseren allerheiligsten Glauben zu erbauen, um dadurch aller Abirrung von dem ewigen Grunde des Heils entgegenzuwirken, und den rechten Heilsweg allen heilsbegierigen Herzen zu zeigen.

Neunter Abſchnitt.

<hr>

Characteriſtik der practiſchen Wirkſamkeit Müllers. Erwählung zum Paſtor an St. Marien. Müllers Apoſtoliſche Schluß=Kette und Krafft=Kern. Predigt am X. Sonntag nach Trinitatis von den vier ſtummen Kirchengötzen der Maul= oder Heuchel=Chriſten. An=ſchuldigung des Paſtors zu St. Petri in Hamburg Johannes Müller. Geiſtliche Erquickſtunden Heinrich Müllers. Bedenken von Cellarius, Battus, Schuckmann, Varenius, Hannekinus und Gosmann. Müllers geiſtliche Stellung zur Polemik. Bekämpfung des Jeſuiten Jacobus des Hayes. Müllers gelehrte Schriften in dieſer Zeit.

<hr>

Durch die ganze practiſche Wirkſamkeit Müllers geht das ſichtliche Verlangen, die Seelen dem HErrn Jeſu zuzuführen, welche ihn ſchon in der Taufe angezogen haben. Seine Predigt mit ihrem reichen, aus der Tiefe des Evangeliums geſchöpften Inhalt hat in ihren mannigfachſten Formen ſtets den einen Zweck, die Gnade Gottes in Chriſto Jeſu an die Herzen zu bringen, und ihnen ein rechter Mithelfer zu ſein, daß ſie nicht die Gnade Gottes vergeblich empfangen möchten. Von dieſem Grundgedanken ward ſeine ganze paſtorale Thä=tigkeit getragen, die von Jahr zu Jahr eine geſegnetere wurde; zu ſeinem Pflanzen und Begießen hatte Gott, was er ſelbſt mit dem innigſten Danke erkannte, ſein reiches himm=liſches Gedeihen gegeben. Er hatte Sein Leben gebendes Wort in ſeinem Munde nicht leer zurückkommen laſſen. Nach dem Weggange des D. Mauritius war er an dessen Stelle zum Pastor von der Gemeinde erwählt worden*), da er sich in der Verwaltung des Archidiaconats bereits die Liebe und Anhänglichkeit der Gemeinde in hohem Grade erworben hatte. Und dennoch gehörte Müller keinesweges zu den lauen Zeugen, die sich scheuen, Mißstände, eingeschlichene Verkehrtheiten und offenbare Schäden mit dem rechten Namen zu nennen, und sie zu strafen, wo und wie es noth thut. Im Gegentheil war sich Müller auf das lebendigste der Rechenschaft und der Verantwortlichkeit bewußt, die er durch sein Amt trage. Wie Buße und Glaube Kern und Stern aller seiner Predigten im Ganzen und Großen war, so forderte er auch von seiner Gemeinde den Ernst der Bekehrung, das Ergreifen der in Christo dargebotenen Versöhnung, das rechte Nachjagen der Heiligung, das Verleugnen des ungöttlichen Wesens und die Befestigung im Glauben und christlichen Wandel. Und wie geneigt Müller auch sonst war, mit den Schwachen Geduld zu haben und diejenigen zu tragen, welche Kinder an Erkenntniß und an Verständniß waren, so strafte er doch alles Heuchelwesen, alle Scheinheiligkeit und alles äußerliche Wesen als arge Sünde, und drang darauf, daß das Christenthum sich im Leben der Gläubigen als ein wahres und lebendiges ausweise.

Der reiche Segen, den sichtlich seine Predigten hatten,

---

*) Die stattgehabte Vocation Müllers zum Pastor Marianus ward am 3. November und am 15. November 1662 von Herzog Christian Louis und Herzog Gustav Adolf confirmirt. Arch. Min. Vol. IV., p. 527-531. An Müllers Stelle wurde darauf der Diaconus zu St. Petri, Joachim Lindemann, zum Archidiaconus vocirt, und von beiden Herzögen am 5. Dec. 1662 confirmirt. Arch. Min. IV., p. 533—537. Lindemann starb bereits am 7. December 1669. Etwas Z. 1737, S. 630, 634.

bestimmte ihn, seine Sonntägige Epistel-Arbeit zu veröffentlichen, zumal da Viele ihm diesen Wunsch ausgesprochen
hatten, welche, wie Müller selbst in der Zueignung an den
christlichen Leser bemerkt, dem zerrütteten Zion „mit kräff-
tiger Auffbauung im Geist gern geholfen sehen möchten". Er
hatte dabei die Absicht, daß die Lehrer in der Kirche, die sich
seiner geringen Arbeit etwa bedienen wollten, und auch die
Studirenden, welche dem Predigtamt als junge Pflänzlein
zuwachsen, eine gründliche Erklärung des Apostolischen Textes
vor sich finden möchten *), worin nicht allein der Buchstab

---

*) Apostolische Schluß-Kette und Krafft-Kern oder Gründliche Aus-
legung der gewöhnlichen Sonn- und Festtags-Episteln, worinnen nicht
allein der Buchstab nach dem Sinne des Geistes erklärt, sondern auch
die Glaubens-Stärkung und Lebens-Besserung aus den Kraft-Wörtern
der Grundsprachen herausgezogen, vorgetragen wird. In öffentlichen
Predigten vorgestellet, nunmehr aber auff sehr vieler Gott-liebenden
Herzen flehentliches Anhalten zum Druck befördert, durch Henricum
Müllern, der heil. Schrifft Doctorem, Professorem, und Predigern zu
S. Marien in Rostock. Frankfurt am Mayn 1663. 4. Ibid. 1667. 4.
Apostolische Schluß-Kette und Krafft-Kern über die gewöhnlichen Fest-
Episteln. Francof. 1668. 4. Zum andern mahl vom Authore selbsten
revidiret und mit einem dreyfachen Register versehen. Mit Churfürstl.
Sächs. besonderen Freyheit. Gedruckt und verlegt durch Balthasar
Christoph Wusten, Buchdruck- und Händlern in Frankfurt am Mayn.
Im Jahr Christi MDCLXXI. Fol.
Evangelische Schluß-Kette und Krafft-Kern etc. Frankfurt am
Mayn. Im Jahr Christi MDCLXXII. Fol., und: Fest-Evangelische
Schluß-Kette und Krafft-Kern u. s. w. Frankfurt am Mayn. Im Jahr
Christi MDCLXXIII. Fol. und: Fest-Evangelische Schluß-Kette und
Krafft-Kern u. s. w. Frankfurt am Mayn. Im Jahr Christi MDCLXXIII.
Fol. Ibid. 1685. Fol. Ibid. 1698. Fol. Stadae A. 1705. Fol. Die „Evan-
gelische Schluß-Kette und Krafft-Kern" ist unter dem 1. Sept. 1672 dem Her-
zog Johann Georg zu Mecklenburg zugeeignet. Die „Fest-Evangelische
Schluß-Kette und Krafft-Kern, oder gründliche Auslegung der gewöhnlichen
Fest-Tags-Evangelien, benebenst einem Theologischen Bedenken vom Tod-
schlage und Straffe desselben" enthält die Erklärung der in Rostock üblichen
Fest-Evangelien. Dem Bedenken vom Todschlage und der Strafe des Tod-

nach dem Sinn des Geistes, sondern auch der liebliche Lehr-
und-Trost-Saft vorgetragen wäre. Jedem Spruche, ja oft
jedem Wörtlein, suchte er seine Lehre, Ermahnung, Warnung
und Trost, worin ihm der Kern bestehet, beizufügen. Dabei
weiset Müller darauf hin, daß den besonderen Zueignungs-
Nutzen nicht allein ein jeder Lehrer aus dem Vermögen, das
Gott darreiche, nach seiner Gemeinde Beschaffenheit zu deren
Erbauung, sondern auch eine jede gläubige Seele nach ihrem
Zustande und nach ihrer eigenen Empfindung zu ihrer
erwünschten Befriedigung fruchtbar werde zu entwickeln
wissen. Denn er achtete es nicht für schicklich, den Zustand
seiner Gemeinde aller Welt vor Augen zu legen, oder seine
Gemeinde andern zur Richtschnur aufzubringen. Es zeigt
sich auch hier die tiefe Demuth, die ihn überall durchbringt,
und wie er weit davon entfernt ist, etwas Besonderes für
sich zu wollen. Daher will er denn auch, daß, je nachdem ein
jeder Hirte sein Schäflein kenne, und ein jedes Schäflein in
der täglichen Prüfung sich selbst befinde, von beiden die
Zueignung gemacht werden müsse.

Müllers Apostolische Schluß-Kette und Krafft-Kern führt
uns in die ganze Eigenthümlichkeit seiner pastoralen Thätigkeit, in die unmittelbare frische und geistliche Tiefe seines
christlichen Lebens ein*). Er will allen heilsbegierigen Seelen

―――――――――

schlages sind die Bedenken der theologischen Facultäten zu Wittenberg
und Leipzig angehängt, doch finden sich diese Bedenken nicht allen
Ausgaben beigefügt.

*) So urtheilt über Müllers Homilien zu den epistolischen und
evangelischen Pericopen des ganzen Jahres Dan. Georg Morhof in
Praelectionibus de Oratoria Sacra: Novissimo Müllerus magna
diligentia conquisivit rariora cogitata, in suis ad pericopas evan-
gelicas et epistolicas homiliis. Multa suppeditare potest super
idem argumentum dicere volentibus. — — Nullus est e recen-

den Weg zum wahren Christenthum weisen. Dieses wahre Christenthum ist der Inbegriff dessen, was er in allen seinen Predigten, so mannigfaltig und reich auch ihr Inhalt ist, immer wieder bezeugt, damit es zu Herzen genommen werde. Müller verstehet aber darunter, daß der fleischliche Mensch, der weder Gott in seiner Güte, noch sich selbst in seiner Nichtigkeit, noch die Welt in ihrer Eitelkeit erkennt, in den Tod dahingegeben wird, und daß der neue geistliche Mensch, der durch das Wort der Wahrheit gezeuget ist, Christum im Glauben erkennt, und ihn einen Herrn heißet, der hinfort in ihm lebet und regieret, dessen Wille der unsrige wird, so daß alles Eigenleben aufhöret und er, der HErr, unsere Lust und unser Leben ist. Und wie der heilige Geist solch neues Leben in uns schafft, so schenkt er uns auch die Kraft, Alles zu überwinden, was der Herrschaft des HErrn widerstehet. Ist nun die Liebe Gottes ausgegossen in unser Herz durch den heiligen Geist, so erkennen wir auch in Christo diese Liebe Gottes gegen uns, und schmecken sie nicht als ein Tröpflein, sondern als einen Strom. Da wird ausgeschenkt in Christo der Trieb des Gehorsams und der Werke Christi. Und wo Christus ist, da sind die Früchte des Geistes Christi, Liebe, Freude, Friede, Geduld, Freundlichkeit, Gütigkeit, Glaube, Sanftmuth, Keuschheit. Der Geist Christi ist nimmer müssig in den Seelen, sondern reget und treibet von einer

---

tioribus homileticis scriptoribus, qui foecundior sit porismatis e textu deductis quam Müllerus: Horreum opus illud dicas et quasi locos communes locorum, quibus magno cum fructu quis uti poterit. Sunt enim omnia pulchra, arguta et illustria, sed, si justae orationis concinnitatem videas, ejus sane mensuram multis modis excedunt. Existimem ego, multorum annorum labores, vel multos sermones, in unum ab authore compactos, unde illa totius inconcinnitas oritur.

Tugend zur andern, daß wir erfüllet werden mit Früchten der Gerechtigkeit durch Jesum Christum.

Sind dies die christlichen Heilswahrheiten, welche Müller stets voranstellt und betont, so bekämpft er im Gegensatz zu dem wahren Christenthum alles heuchlerische und scheinheilige Wesen, alles gleißnerische und äußerliche Christenthum, fordert ein Erwachen aus dem Sündenschlafe, aus der geistlichen Nacht, in welcher so viele noch befangen, züchtigt das unbußfertige Beharren in der Sünde, und zeigt die Nothwendigkeit und Unerläßlichkeit der Buße. Da aber von Vielen galt, daß sie den Namen haben, daß sie leben, und sind doch todt, und verleugnen die Kraft eines gottseligen Lebens, so hebt Müller oft und in den verschiedensten Wendungen hervor, daß unser Glaube keine todte Wissenschaft sei, sondern eine lebendige Kraft, dadurch wir in Christum gepflanzet, aus Christo Saft und Kraft ziehen, zu blühen und zu früchten in guten Werken. Desto ernster und gewaltiger ist sein Zeugniß wider Alle, welche im Christenthum nicht den Anfang machen mit der Ablegung der Sünden als der Werke der Finsterniß, weil man sich vergeblich Christi und seines Wortes rühmt, so man in Sünden ungescheut fortfährt. Das Wissen von Christo soll nicht ein leeres, sondern ein thätiges sein. Denn an der Ablegung des alten Menschen hanget ihm die Anlegung des neuen. Wo Christus geglaubt, wo sein Heil und seine Gnade durch den Glauben ergriffen und zugeeignet wird, da muß auch der gottselige Wandel nachfolgen. Denn wo Feuer ist, da ist Wärme, wo Leben ist, da ist Bewegung, und wo ein guter Baum ist, da sind gute Früchte. Werkloser Glaube ist ihm ein todter Glaube, aber da die Werke aus dem Glauben hervorgehen, sind ihm die glaublosen

Werke auch todte Werke. Ist nun der Glaube die Quelle, aus welcher die wahrhaft guten Werke entspringen, so wendet sich Müller auch häufig gegen die Maul-Christen, die solches umkehren, und sich heiliger Werke rühmen, und doch kein heiliges Herz haben.

Damit verbindet sich aber auch nicht selten bei Müller das ernsteste, kühnste und entschiedenste Zeugniß wider alle äußerliche Kirchlichkeit ohne lebendigen Herzensglauben und gottseligen Wandel, wider solche, die da beten, aber ohne Andacht, die Gottes Wort hören, aber ohne wahres Heilsverlangen, und ohne sich durch dasselbe strafen und ziehen zu lassen, die da beichten ohne göttliche Traurigkeit und Zerknirschung des Herzens, die das heilige Abendmahl empfangen ohne lebendigen Glauben an das Blut der Versöhnung. Erinnert man sich an den damaligen Stand der Gemeinden und an die schwere Schädigung, welche dieselben an Glauben und Leben durch die Nothstände des dreißigjährigen Krieges erfahren hatten, so begreift sich wohl, daß viel äußerliches Wesen und Scheinchristenthum in den Gemeinden sich fand, die auch seelsorgerliche Pflege und Zucht unter den schweren Zeitläufen entbehrt hatten, und daß ein so tief gegründeter und geistlich erfahrener Diener Christi, wie Müller es war, sich gedrungen fühlen mußte, strafend und warnend dagegen sich auszusprechen. In welchem geistlichen Sinne er dies that, erweiset sich auch daraus, daß er selbst bezeugen konnte, er habe manche Predigt mit Thränen aufgezeichnet.

Dennoch sollte ein in diesem Sinne von ihm abgelegtes Zeugniß ihm manche Anfeindung und Anschuldigung zuziehen. In seiner über die Epistel am X. Sonntag nach Trinitatis, 1. Cor. 12, V. 1—12, gehaltenen Predigt „Von dem Ursprung und Gebrauch der Gaben" findet sich folgende Ausführung: „Damit wir aber die heutige heydnische Christenheit recht schamroth machen, wollen wir aus unser heutigen Lection die Kennzeichen des heydnischen Wesens nach einander heraus ziehen. Von den Heyden sagt Paulus: Sie giengen, wie sie geführet wurden. Ein Heyde gehet in der Irre, läßt sich von seinen blinden Lüsten wie ein Vieh, oder wie ein unsinniger, bezauberter Mensch ohne Vernunft führen, ist des Teuffels Maulthier, das er sattelt und reitet, nach dem er will, gleich einem Kettenhund, denn die Sündenlust zeucht, wohin sie will, aus der einen Sünden in die ander, gleich einem Blinden, der dahin folgen muß, wohin man ihn leitet. Gleich so wird der Mensch vor seiner Bekehrung vom Esaia beschrieben im 53. Cap. Wir waren wie die irrenden Schafe, ein jeder sahe auf seinen Weg. Wenn man die Wege Gottes verläßt, und ihm selbst eigene Wege machet nach den Lüsten seines Fleisches, so geräth man in die Irre, und wandelt wie ein Heyde. Was soll man aber von den heutigen Christen sagen? Sie gehen als sie geführet werden. Sie folgen nicht dem Geist des Lichts, der sie führet auf rechter Bahn, sondern dem Geist der Finsterniß, der sie von den Wegen Gottes abführet auf die Nebenwege des sündlichen Fleisches, daß sie thun, was ihnen gelüstet. Sie betreten nicht die Wege, die ihnen in Gottes Wort vorgezeichnet werden, sondern erwehlen ihre eigenen Wege nach der Annuthung ihres Fleisches. Der eine gehet den hohen Ehren=Weg hinan, strebet nach hohen Würden, suchet Gewalt, Herrlichkeit und großen Namen in der Welt. Auff dem Wege der Demuth Christi hat er keine Lust zu wandeln. Der andere betritt den lieblichen grünen Wollust=Weg, der

mit eitel Rosen bestreuet ist, dienet dem Bauch, und lebet
alle Tage mit dem reichen Mann in Herrlichkeit und Freuden. Der Creutz-Weg Christi, der mit Dornen beleget ist,
will ihm nicht gefallen. Der dritte erwehlet den Weg nach
den Gold= und Silber=Bergen, das ist sein Hertz, daß seine
Kammern voll werden; er bemühet sich, reich zu werden, und
wann er den vergänglichen Reichthum gefunden hat, hanget
er das Hertz daran. Der Armuth Christi ist er spinnen-
feind. Der meiste Hauffe thut dem Wort Gottes zuwider,
was er nur kann, und läßt sich von der unreinen Lust aus
der einen Ungerechtigkeit in die ander führen. Sie thun,
was sie nur wollen, und leben, wie sie nur wollen, sie reden,
was sie nur gedenken, und gedenken, was sie nur gelüstet.
Urtheile, wer urtheilen kann, ob sie Christen oder Heyden
sehn. Ich scheue mich nicht zu sagen, daß sie Heyden seyn,
und den Namen Christi im Munde führen.

Von den Heyden sagt Paulus vors Ander, daß sie hin-
gegangen sind zu den stummen Götzen. Das ist aus den
Historien zur Genüg bekannt. Augustinus erzehlet, daß die
Stadt Rom allein mehr denn vierhundert Götter gehabt,
dazu eine Kirche, Pantheon genannt, aller Götter in der
Welt. Wie hält sich hie die heutige Christenheit? Sie
läuft den Weltgötzen nach, hanget ihr Hertz an die Augenlust,
Fleischeslust und hoffärtige Leben. Der wahre Gott lebet
und redet ja, giebt uns sein gewisses Wort, daß wir wissen
können, wie er gegen uns gesinnt sei, und was wir uns zu
ihm versehen sollen. Deß achtet die heutige Christenheit
nicht, sondern hält sich zu den Weltgötzen, die doch weder
reden, noch einen gewissen Trost geben können. Sie gehet
ihnen nach mit ihrer Liebe, hält das Irdische vor ihr höchstes

Gut, denket nur daran, redet nur davon, als wär es ihr Gott; Sie gehet ihnen nach mit ihrem Vertrauen, fällt das Gut, so fällt auch ihr Muth dahin, gerad als wär kein Gott im Himmel mehr, der helfen könnte. Sie gehet ihnen nach mit ihrer Freude, hat ihre einige Ergetzung und Vergnügung darin, gerad als fände sie in Gott nichts, dadurch sie könnte erfreuet werden; Sie gehet ihnen nach mit ihrer Traurigkeit, will sich zu Tode grämen, wann sie das Irdische verleuret, gerad als wär ihr Gott gestorben. Auch hat die heutige Christenheit vier stumme Kirchen-Götzen, denen sie nachgehet, den Taufstein, Predigtstul, Beichtstul, Altar, sie tröstet sich ihres äußerlichen Christenthums, daß sie getauft ist, Gottes Wort höret, zur Beichte gehet, das Abendmahl empfängt, aber die innere Kraft des Christenthums verleugnet sie, sie verleugnet die Kraft der Tauffe, weil sie nicht im neuen, sondern im alten Menschen wandelt, da doch die Tauffe ein Bad der Wiedergeburt und Erneuerung ist. Sie verleugnet die Krafft des göttlichen Wortes, weil sie nicht wandelt, als das Wort lautet, sondern widerleget das Wort Gottes mit ihrem gottlosen Leben, und machts zur Lügen. Sie verleugnet die Kraft der Absolution, weil sie unverändert bleibet in ihrem Wesen, nach wie vor, und heut als gestern, da doch das Herz, wann es mit dem Trost göttlicher Absolution erquicket ist, nicht kann das Böse mehr lieben und das Gute hassen; Sie verleugnet die Kraft des heiligen Abendmahls, weil sie nicht lebet in Christo, mit welchem sie vereiniget ist, sondern wandelt nach den Lüsten ihres Fleisches, und ergeußt sich in allen Sünden: Wie stimmt Christus und Belial zusammen? Diß alles ist Abgötterey. Denn Gott ist ein Geist, und will, daß wir ihm im Geist und in der Wahrheit dienen? Was findest du dann bei der heutigen Christenheit anders, als lauter heydnische Greuel?"

Schon beim Hören dieser Predigt scheinen einige an der Aeußerung Müllers, daß er Taufe, Wort, Beichte und Abendmahl stumme Götzen genannt hatte, Anstoß genommen zu haben. Andere blieben nicht dabei stehen, sondern bezeichneten solche Ausführungen als wiedertäuferisch. Die Gegner Müllers fanden in diesen Aeußerungen eine willkommene Veranlassung, mehrfache Anschuldigungen gegen ihn zu erheben. Doch scheinen diese ziemlich erfolglos geblieben zu sein, und erhielten erst in Müllers Augen eine größere Bedeutung, als auch auswärts gleiche Schmähungen gegen ihn laut wurden, und diese in sehr empfindlicher Weise sich für ihn bei einer besonderen Angelegenheit bemerkbar machten. Zwischen Hamburg und Rostock fanden damals mannigfache Beziehungen auch in kirchlicher Hinsicht statt. Gerade damals war Caspar Mauritius von Rostock nach Hamburg an die Stelle von Joh. Balthasar Schuppius zum Pastor an St. Jacobi berufen worden, und fand bei seiner neuen Gemeinde durch seine gewinnende Persönlichkeit und vielseitige Tüchtigkeit großen Eingang, obwohl er von dem dortigen Pastor zu St. Petri, Johannes Müller *), des Calvinismus

---

*) Johannes Müller, geboren den 16. Junius 1598 zu Breslau, bezog im J. 1618 die Universität Wittenberg, wo er bereits nach einem Jahre das Magisterium erlangte. Nachdem er in Jena und Leipzig seine theologischen Studien fortgesetzt hatte, kehrte er nach Wittenberg zurück, und wurde Abjunct der philosophischen Facultät. Mit Balthasar Meisner, in welchem er nicht einen Lehrer, sondern einen Vater gefunden zu haben selbst bezeugt, und mit Wolfgang Franz, welcher seit 1605 als Professor der Theologie in Wittenberg wirkte, stand er in naher Beziehung. Als Jacob Martini von dem Churfürsten Johann Georg I.

und des Synkretismus beschuldigt ward. Auch mit Johannes Corsinius, Pastor zu St. Catharinen, war dieser in Differenzen gerathen, als jener über die Entweihung des Sonntags und andere in der Hamburgischen Kirche herrschenden Mißbräuche öffentlich sich geäußert hatte. Denn Müller wußte seinen Versuchen, diese Uebelstände zu beseitigen, entgegenzuwirken, und verhinderte deren Erfolg. Als aber nach dem Tode von Corsinius die Blicke der Catharinen-Gemeinde Hamburgs auf Heinrich Müller in Rostock sich lenkten, und man daran dachte, ihn für die erledigte Stelle zu gewinnen, erhob Johannes Müller wider ihn die Anschuldigung irriger Lehre, unter Bezugnahme darauf, daß derselbe den „Taufstein, den Predigtstul, den Beichtstul und den Altar" die vier stummen Kirchengötzen der heutigen Christenheit genannt habe.

---

eine theologische Professur erhielt, ward Müller Professor der practischen Philosophie. Nachdem er zwei Jahre Moral-Philosophie gelehrt hatte, ging er nach Lüneburg als Pastor zu St. Michaelis. Bei seinem Abgang aus Wittenberg ward er, nachdem er unter Meißners Präsidium seine Inaugural-Disputation de incarnatione Christi vertheidigt hatte, Licentiat der Theologie am 17. December 1624. Anderthalb Jahre später hörten ihn Abgeordnete des Kirchen-Collegiums zu St. Petri predigen, welche eine Rundreise durch Deutschland machten, um einen geeigneten Nachfolger für den kürzlich verstorbenen Pastor zu St. Petri, M. Val. Wudrian, zu suchen. Auf ihre Empfehlung ward er am 26. April 1626 zum Pastor an St. Petri erwählt. Dieses Amt bekleidete er 46 Jahre hindurch, obwohl er mehrfach wegen seiner nicht geringen Beredtsamkeit anderswohin berufen ward. Am 12. Oct. 1641 ward er von der Wittenberger Facultät zum Doctor der Theologie ernannt. Die Reformirten bekämpfte er nicht nur durch Schriften, sondern sprach sich auch sehr entschieden dagegen aus, daß ihnen das liberum religionis exercitium ertheilt werde. Außerdem war er in mannigfache theologische Streitigkeiten verwickelt, in denen er wohl nicht immer maaßvoll und besonnen sich benommen, und hie und da durch unzeitigen Eifer, trotz mancher bessern Einsicht, geschadet hat. Er starb am 29. Sept. 1672 im fünfundsiebenzigsten Lebensjahre.

Wirklich gelang es ihm, mit dieser Anschuldigung Eingang zu gewinnen, und durch das Vorgeben, als ob Heinrich Müller die Gnadenmittel des göttlichen Wortes und der Sacramente unterschätze, und die kirchlichen Institutionen der lutherischen Kirche überhaupt gering achte, die Berufung Müllers nach Hamburg zu hintertreiben *). Empfand Müller auch darüber kein eigentliches Bedauern, da er mit seiner Marianischen Gemeinde enge verbunden war, und keineswegs jene Stellung in Hamburg sich gewünscht hatte, so war ihm doch jener wider ihn erhobene Vorwurf schmerzlich und drückend, und suchte er sich gegen denselben zu verwahren. Und in der That war er dazu um so mehr berechtigt, als er jene Bezeichnung zwar παῤῥησιαστικῶς, aber doch mit Wahrheit gebraucht hatte. Denn Müller war weit davon entfernt gewesen, die objectiven Institutionen der lutherischen Kirche damit herabsetzen zu wollen, sondern es waren jene Aeußerungen von ihm nur gegen jene Namenchristen gerichtet worden, welche in fleischlicher Sicherheit die kirchlichen Gnadenmittel mißbrauchten, welche ihnen nothwendig zum Gerichte dienen mußten, wenn sie nicht auf die warnende, zur Umkehr mahnende Stimme hörten.

Bald darauf gab Müller seine „Geistlichen Erquickstunden oder dreihundert Haus- und Tisch-Andachten" heraus, welche in der That recht geeignet sind, im Unterschiede von allen Erquickungen der Welt geistliche Erquickung zu gewähren, welche im Stande ist, die Seele zu stärken, und auf den rechten Trost hinzuweisen, der auch, wenn Leib und Seele ver-

---

*) Vgl. auch: J. Geffcken, Johann Winkler und die Hamburgische Kirche in seiner Zeit (1684—1705). Hamb. 1861. S. 10.

ſchmachtet, erquickt und nicht von uns genommen werden
kann *).   Dabei legt die Schrift überall ein kräftiges Zeugniß ab gegen alle falſche Liebe der Welt, gegen alle Sünden
und Verkehrtheiten, die im Schwange gehen, und rührt
mächtig die Gewiſſen an, um Alle hinzuführen zu dem, der
Worte des Lebens hat.   Wohl fühlend, daß alles Weltleben

-----

*) Geiſtliche Erquick-Stunden, oder CCC. Hauß- und Tiſch=Andachten.
Der erſte Theil, CL. Andachten begreifend, Roſt. 1664 in 8.   Der
Ander Theil, C. Andachten begreifend, Roſt. 1665.   Der dritte Theil,
L. Andachten begreifend, Roſt. 1666 in 8.   Geiſtliche Erquick-Stunden
oder dreyhundert Hauß- und Tiſch-Andachten, vor dieſem einzel in
dreyen Theilen nach einander herausgegeben, itzo aber durch und durch
wieder vermehret und in ein Wercklein auff vielfältiges Begehren zuſammengetragen.   Sampt angehengten Regiſtern, auch Theologiſchen Bedenken von der Abgötterey der heutigen Maul-Chriſten und Brüderlicher
Beſtraffung.   Roſtock 1666.   Die Schrift iſt der durchlauchtigſten Fürſtin
und Frauen Magdalena Sibylla, geboren aus dem Hochfürſtl. Haus
Schleswig-Holſtein, vermählten Herzogin zu Mecklenburg etc., unter
dem 1. März 1666 zugeeignet.   Da die Schrift einen außerordentlichen
Reichthum geiſtlicher Gedanken und erbaulicher Ausführung derſelben
enthält, und dabei durch Kürze, Klarheit, Lebenbigkeit und Kraft ſich
auszeichnet, iſt ſie auch außerordentlich verbreitet, und hat viele Ausgaben erlebt.   Roſt. 1669 und 1672.   Frankfurt a. M. 1673.   Roſt.
1673.   Frankfurt 1679.   Frankfurt 1681.   Hamb. 1686.   Frankfurt
1692.   Frankfurt 1700.   Mindae 1700.   Frankfurt 1717.   Tübingen
1723.   Die Schrift ward mehrmals ins Däniſche überſetzt, auch ins
Franzöſiſche: Les heures de recreations spirituelles.   Vgl. Cimbria
Literata Voll. III., p. 494.   Noch iſt zu erwähnen: Der Geiſtlichen
Erquick-Stunden des fürtrefflichen, nunmehro wohlſeeligen Gotteslehrers
Herrn Doctor Heinrich Müllers, geweſenen Past. & P. P. bei der löbl.
Univerſität Roſtock etc.   Poetiſcher Andacht-Klang von benen Blum-
genoſſen verfaſſet, anjetzo mit 60 Liebern vermehret und von unterſchieb-
lichen Tonkünſtlern in Arien geſetzet.   Nürnberg 1691.   Die erſte von
der Pegnitziſchen Blumen-Genoſſenſchaft in Nürnberg ausgegangene
Ausgabe erſchien bereits Nürnberg 1672, und war dieſer „Poetiſche
Andachts-Klang“ der Geiſtlichen Erquick-Stunden durch Joh. Lohnern
in Arien geſetzt.

sich von Gott abwendet, und ihn segnet ins Angesicht, will Müller der überhandnehmenden Entfremdung von demselben vorbeugen, und den Herrn Jesum in das Haus laden, damit er Morgens und Mittags, auch Abends unser Gast sei, und bleibe, alle seine Gaben und Gnaden an uns segne, und das rechte Gratias uns lehre. Er faßt in seinen Erquickstunden wohl auch einzelne Stände ins Auge, aber immer ist es ihm wesentlich darum zu thun, mit dem Worte Gottes in das Hauswesen Aller einzutreten, und ein gottseliges Leben im Hause zu wecken und zu erhalten. Mit der kräftigen Vermahnung gehet die liebliche Ermunterung und der erquickende Trost Hand in Hand. Müller schärft das Auge zur Erkenntniß dessen, was jedem noth thut, tröstet die Mühseligen und Beladenen, und sucht in Allen die Lust zu wecken zum Gesetz des Herrn, davon zu reden Tag und Nacht. Ohne den HErrn, ohne anhaltendes Gebet können wir aus eigenen Kräften nichts thun, und indem Müller darauf hinweiset, wollen seine Erquickstunden unter den Kümmernissen dieser Zeitlichkeit den rechten vollkommnen Trost aus dem Worte Gottes darbieten. Ueberall ist in der ganzen Schrift Müllers Absehen auf die Erweckung, Erhaltung und Befestigung eines lebendigen und thätigen Christenthums gerichtet. Stets bringt er auf die innere Erfahrung des tiefen Verderbens des menschlichen Herzens, und des in Christo Jesu der Welt geschenkten Heiles. Neben der tief geistlichen Auffassung des Christenlebens finden sich Winke und Rathschläge einer practischen Lebensweisheit, vor welcher das Wort der Schrift gilt: Durch Weisheit wird ein Haus gebaut. Prov. 24, 3. Dabei reicht diese Schrift Müllers die Weisheit, die von Oben her ist, dar, und bringt darauf, daß sie erbeten werde. Und je mehr sein Blick auf alle Stände und auf die mannigfachsten Verhältnisse und Lebenslagen gerichtet ist, desto mehr ist er auch bemüht, für alle Anfechtung, die dem Christenmenschen entgegentritt, die geistliche Weisheit darzubieten, welche nicht nur die Anfechtung versteht, sondern sie auch demüthig entgegennimmt, und sie sich dienen läßt zur Buße und zum Glauben, zur Läuterung und zur Heiligung. Daher lehrt denn auch Müller das Bitten und Nehmen, das Anhalten am Gebet und das Empfangen der göttlichen Gaben zum rechten Kampf und Gehorsam des Glaubens.

In der CLII. Andacht dieser Erquickungen, welche die Ueberschrift hat: „Von der Abgötterey der Maulchristen. Gottesdienst, Götzendienst." äußert sich Müller nun folgendermaßen: Ach, wem solte nicht das Hertz für Leyd und Unmuth brechen! Gott muß den Götzen schmücken. Wie manchen Götzendienst verrichtet der Maul=Christ unter dem Schein und Namen deß Gottesdiensts. Mit Thränen hab ich in meiner Apostolischen Schluß=Kette am 858. Blatt geschrieben, und schreib es abermal mit Weinen." Nach Wiederholung der aus jener Predigt bereits angeführten Worte fährt Müller fort: „Wie ist das nicht Wiedertäufferisch, daß man Tauff, Wort, Beicht, Abendmahl stumme Götzen nennt? Mein, ist dann bei dir kein Unterschied unter Tauff und Taufstein, Predigt und Predigtstul, Beicht und Beichtstul, Abendmahl und Altar? Der Wiedertäuffer hebt den rechten Brauch des Taufsteins, Predigtstuls, Beichtstuls, Altars; ich bemühe mich zu heben das richtige Vertrauen der Maul=Christen, das sich auff diese Dinge niederlässet und gründet: ist dann kein Unterscheid unter Brauch und Mißbrauch? Ich spreche so: Ein

Abgott ist, wann das Hertz an etwas hängt und auff etwas trauet, das nicht Gott selbst ist. Woran das Hertz des Maul-Christen mit seinem Vertrauen außer Gott hanget, das ist sein Götze. An Altar, Predigtstul etc., denn er vertrauet, auch da er nicht an Christum glaubet, und den Glauben durch die Liebe nicht außübet, dennoch dadurch selig zu werden, daß er in seiner Kindheit auff den Tauffstein getragen, ob er gleich die Kraft der Tauffe im Leben nicht beweiset: daß er den Prediger auf der Cantzel siehet und höret, ob er gleich das Wort im Glauben nicht annimmt, noch ins Leben bringt: daß er alle Viertel Jahr zum Beichtstul kommt, ob gleich das Hertz nicht meynt noch empfindet, was der Mund beichtet: daß er mit andern Communicanten umb den Altar herumb geht, obgleich weder Anbacht, noch Glaub im Brauch des Abendmahls bei ihm ist. Heißt das nicht Abgötterey treiben, wann ich meine Seligkeit nicht durch den wahren Glauben auf Christum, sondern durch einen Wahn-Glauben auff Holtz, Kalck oder Stein gründe? Ich spreche noch eins. Wer Gott nicht dient wie er ihm will in seinem Wort gedient haben, im Geist und in der Wahrheit, sondern nur mit bloßem äußerlichen Schein und Werk, der ist abgöttisch. Einbildung ohne Wort Gottes ist sowol ein Götze, als ein höltzern oder silbern Bild. Sag mir, warumb nennen unsere Theologi den Päpstlichen Gottensdienst eine Abgötterey? weil er nicht zur Maaß und Richtschnur hat das Wort Gottes. Eben darum nenne ich den Gottesdienst der Maul-Christen Abgötterey, weil Gott in seinem Wort außbrücklich verwirfft die Opfer ohne Fett, die Werk ohne Glauben. Ach davon solt man nit viel Disputirens machen, sondern im HErrn, einen Muth fassen wider die Baaliten, mit Elias eifern, sich

bemühen, den Tempel des HErrn zu reinigen, und die selbst-
gemachte Götzen in den Herzen der Menschen niederzureißen.
Es hilft nicht, daß man sagt: der Wiedertäuffer kann solche
Worte mißbrauchen, und seine Lügen damit bescheinigen.
Mußte nicht Gott leiden, daß ihm der Teufel das Wort aus
dem Munde riß, und wieder Christum fälschlich anführet in
der Wüsten. Matth. 4. Wann Paulus gar tröstlich gelehret
hat, daß wo die Sünde, da sey auch die Gnade Gottes
mächtig, Röm. 5., fährt der freche Hauffe zu und folget:
„Ey so müssen wir nur getrost Sünde mit Sünden häuffen,
daß die Gnade Gottes ihre Macht an uns beweisen könne.
Wer hat sie so heißen schließen, nicht Paulus und seine wol-
gemeynte Worte, sondern der Teuffel und ihr verkehrter
Sinn. Gifft anß der Rosen. Wer kann dawider? Nun in
der Vorrede meiner Schluß-Ketten hab ich an den Christlichen Leser geschrieben: Solt sich ein Lästerer unterstehen,
an diesem Buch seine gifftigen Zähne zu wetzen, werd ich
mich darob nicht zu Tod grämen. Ist doch eben solch Leiden
über meinen liebsten Heyland, seine Apostel und treue Diener
in der Welt ergangen. Ein besser Glück hab ich mir nie
begehrt, als mein HErr und meine Brüder im HErrn vor
mir gehabt. Recht muß dennoch recht bleiben, und dem werden
alle frommen Herzen anhangen. Der Welt Unart ist, daß
sie das Gute lästert, weil sie selber bös ist. Was der
fleischliche Mensch nicht versteht, muß er ja lästern. Dabey
bleibt es. Dich gehts an, du Pharisäer."

So hatte Müller durch diese Betrachtung seiner „Geistlichen Erquickstunden" sich zu dem ganzen Inhalt seiner in
der „Apostolischen Schluß-Kette" veröffentlichten Predigt bekannt, und war bemüht gewesen, den wahren Sinn seiner

Worte darzuthun, und seine Berechtiguug darzulegen, von der Abgötterei der Maulchristen zu reden, wie er gethan. Zugleich aber fühlte er sich veranlaßt, ein „Theologisches schriftmäßiges Bedenken“ über die Frage zu veröffentlichen, „Obs Ketzerey sey, wann man den sogenannten Gottesdienst der jetzigen Maul=Christen eine Abgötterey nennet“. Unter Beziehung auf die am 10. Sonntag nach Trinitatis gehaltene und in seiner „Apostolischen Schluß=Kette“ gedruckten Worte führt er aus, daß er im Namen des HErrn zu beweisen auf sich genommen, daß unter den Christen viele seien, die nur dem Namen nach Christen, der That nach aber Heyden seien. Er habe nicht vermuthen können, daß unter Christen sich sollten gefunden haben, die diese Worte verkehren und verketzern, auch dadurch die göttliche Wahrheit, so viel an ihnen, an den Herzen der Menschen kraftlos machen sollten. Insonderheit da man ihn nicht drüber gehört, keine Erklärung drüber begehrt, ihn auch keines Irrthums jemals überführet. Dennoch haben sich, fährt Müller fort, in Hamburg gefunden, so diese meine Rede für ketzerisch und Wiedertäufferisch außgeruffen. Und, das wider alle Liebe und Billigkeit ist, hat ein Pastor genannter Stadt sich nicht entfärbet, gegen zween seine, gottselige, fürnehme Männer außzusagen: Ich wäre ein Mann irriger Lehre. Welches dann weit und breit nicht nur in der, sondern auch allhie in meiner Gemeinde erschollen. Drumb ich genöthigt bin, diß wenige für dißmal ans Licht zu setzen“. Müller tröstet sich sobann damit, daß an ihm erfüllet werde, was der Heiland seinen Jüngern vorhergesagt, Joh. 16, 2. Sie werden euch in den Bann thun, und fordert seinen Ankläger auf, da es nicht genug sei, ihn einen Mann irriger Lehre zu schelten, es zu beweisen, so er ein rechtschaffner Mann sey. Auch beruft sich Müller darauf, daß er nicht im Winkel predige, auch nicht lauter Laien, sondern öffentlich im Tempel und vielen Gelehrten, worunter auch Doctores Theologiae und Professores seien, die man frage, ob seine Lehre nicht rein, göttlich und erbaulich sei. Er profitire und disputire öffentlich in Auditoriis Academicis und untergebe seine Disputationes, wie bei dieser Universität der Brauch sei, der Censurae Facultatis, sei jedoch noch nie von einem, er rufe sie alle zu Zeugen, einiger Ketzerei beschuldigt.

Aus Allem geht hervor, daß sich Müller tief verletzt fühlte, und um so mehr Grund zur Beschwerde zu haben glaubte, als seine Bücher der ganzen Welt vor Augen lägen, sein Herz ihn nicht verdamme, und er zur Verantwortung bereit sei. Zwar bezeugt Müller, daß er sich dessen freue, was sein Heiland sage Matth. 5, 11: Selig seyd ihr, wann euch die Leute um meinetwillen schmähen und verfolgen, und reden Allerlei Uebles wider euch, so sie daran lügen. Seyd fröhlich und getrost, es wird euch im Himmel wol belohnet werden, und nicht minder, daß er mit Paulo sprechen könne 1. Cor. 4, 3. 4: Mir ists ein geringes, daß ich von euch gerichtet werde. Aber nichtsbestoweniger fühlte er sich veranlaßt, weil der Apostel wolle, daß die Geister der Propheten den Propheten unterthan sein sollen, 1. Cor. 14, 32, von ihm befreundeten, verständigen und gottseligen Theologen Judicia darüber einzuholen, ob seine Worte Ketzerei und Lügen, oder die reine göttliche schriftmäßige Wahrheit sei. Deßhalb wandte sich Müller in einem Briefe, in welchem er die Streitfrage kurz darlegte und seine Argumente, womit er die Abgötterei der Maul-Christen beweist, klar entwickelte,

an D. Balthasarem Cellarium *), der H. Schrifft Professorem Primarium bei der Universität Helmstädt und fürstl.
Braunschweigischen General-Superintendenten, an D. Abra-
hamum Battum **), der H. Schrift Professorem Primarium
bei der Universität Gripswald und Königlich Schwedischen
General-Superintendenten in Vorpommern, an D. Herman-
num Schuckmann ***), fürstl. Güstrowischen Ober-Hofprediger
und Kirchenrath, an D. Augustum Varenium †), der H.
Schrift Professorem bei der Universität Rostock und fürstl.
Mecklenburgischen Consistorial-Rath, an D. Menonem Han-
nekenium, der Kirchen zu Lübeck wolverdienten Superintendenten, und an D. Bernhardum Goßmann, der Kirchen zu
Stralsund hochtreuen wolverdienten Superintendenten, und
erbat sich darüber ihr theologisches Bedenken una cum rationibus, ob diese seine Rede einiger Ketzerei mit Fug könne
beschuldigt werden. Unter den von ihm angeführten Argu-
menten, die sonst wesentlich dieselben von uns schon angeführten sind, hebt er besonders hervor, daß seine Rede nicht
wider Taufe, Abendmahl, Beichte und Predigt gehe, sondern
(als die dürren Worte lauten) wider Taufstein, Altar, Canzel,
Beichtstul, nicht daß er dieselbe in ihrem rechten Brauch
(denn er taufe, predige etc. ja selbst), sondern beim Maul-
Christen das nichtige Vertrauen der Seligkeit hebe, so er auf
sein bloß Beicht- und Kirch-Gehen gründet.

Sehr rasch erfolgten die Antworten der befragten Theologen, soweit es nur irgend die Entfernung des Ortes ge-

---

*) Vgl. S. 159. 170.
**) S. S. 75.
***) S. S. 174.
†) S. S. 175.

stattete. Mit Cellarius war Müller durch seine Promotion in Helmstädt näher bekannt geworden. Die von ihm unter dem 13. März erlassene Antwort ist nur kurz, da es keiner weitläuftigen Deduction bedürfe, da, weil das Vertrauen auf den ungewissen Reichthum oder der Geiz Abgötterey genennet wird, so und eodem jure können auch das nichtige und ungegründete Vertrauen auf die Taufe und auf das Gehör des Worts Gottes, wenn man nicht darnach lebe, eine Abgötterey nach der Schrifft genennet werden, und wo denn Abgötterey sei, müsse auch ein Götze sein. Battus, der unter dem 8. März 1665 antwortete, äußert sich dahin, da etliche nostratium werden gefunden, die orthodox genug die articulos fidei tam scriptis quam apertis verbis profitiren, und aber, insonderheit extra controversiam, etwas ungleich reden, halt ich gar unbillig zu seyn, daß man da, (wie ja leider geschieht) fratrem, den man hält pro errante, unzeitig richtet. Im Uebrigen könne er nicht absehen, wie man ihm seine Worte dermaßen übel auslegen könne, denn ja nicht allein aus seinen anderen scriptis et concionibus sei genugsam am Tage, daß er, Müller, von dem wiedertäuferischen Schwarm und andern Verächtern verbi et sacramentorum ganz alienus sei, sondern auch in seinen angeführten Worten gar ein anderes demonstriret, theils subjectum, von dem er rede, als welche alle Heuchler: theils die materia, davon er rede, nemlich von dem bloßen äußerlichen Gebrauch der heiligen Sachen ohne innerlichen Glauben, der doch den Gottesdienst zum ernsten und Gott wolgefälligen Gottesdienst mache.

Schuckmann, in welchem der Glaube an das in Christo der Welt geschenkte Heil selbst zu einer lebendigen Wahrheit geworden war, äußert sich in seiner Antwort vom 4. März 1665 über die gegen Müller erhobene Anschuldigung bestürzt, und stimmt seinen Worten von den vier stummen Kirchengötzen zu, weil sie wahr, und dem heiligen Worte Gottes und der kläglichen Erfahrung allerdings gemäß seien, und keine Veranlassung geben könnten zur Behauptung Quäckerischer oder Wiedertäuferischer Greuel. Varenius zeigt ausführlicher, daß die Schrift gewaltig lehre wider sothanes falsch genanntes Christenthum, wo der wahre Gott wohlgefällige Gottesdienst bloß in externo opere operato von vielen gesetzt werde. Hannekenius *) aber erklärt sich dahin, daß Müller klärlich geredet habe vom Mißbrauch der heiligen Taufe, der Predigt göttlichen Worts, der Bichte und h. Abendmahls, und daß man wider solchen Mißbrauch nicht hart genug schreiben oder reden könne, daß nun solcher Mißbrauch für eine schändliche Abgötterey zu halten, könne auch nicht geleugnet werden, weil die heilige Schrift das für eine Abgötterey halte, wo Gott nicht nach seinem h. Worte verehrt werde. Goßmann **) endlich, nachdem er bezeuget, daß

---

*) Meno Hannekenius wurde am 1. März 1595 in einem Dorfe der Grafschaft Oldenburg geboren, studirte in Gießen, wo er sich auch das Magisterium erwarb. Im Jahre 1619 ward er Conrector an der Stadtschule zu Oldenburg. Nachdem er hier drittehalb Jahre gewirkt, ging er nach Wittenberg und schloß sich hier an Nicolaus Hunnius enge an. Im Jahre 1626 ward ihm durch die Vermittelung Menzers eine Professur der Ethik angetragen, die er annahm. Aber schon im Jahre 1627 wurde ihm eine Professur der Theologie zu Theil. Einen Ruf als Pastor an der St. Catharinen-Kirche nach Hamburg, den er im J. 1633 erhielt, lehnte er ab, folgte dagegen einem Rufe nach Lübeck im J. 1646 als Pastor und Superintendent. Nach einer fünfundzwanzigjährigen gesegneten Thätigkeit in Lübeck starb er am 17. Februar 1671 im 76. Lebensjahre.

**) Bernhard Goßmann, aus Lippe in Westphalen gebürtig, erhielt

in seinem lieben Pommerlande die „gülbene Apostolische Schluß-Kette" von Gelehrten und Ungelehrten durchgelesen, gebraucht, geliebt, gelobt und in Händen und Herzen getragen worden, sagt: Dabei bleib ich: Wenn ich den HErrn Jesum habe angenommen, so soll ich in ihm wandeln. Wer anders dafür hält, dessen Glaub ist eitel Abgötterei.

Ohne Zweifel waren Müller, und die für ihn in die Schranken tretenden Theologen im Rechte, wenn sie behaupteten, daß in den fraglichen Aeußerungen ja Taufe und Taufstein, Predigt und Predigtstul unterschieden werden, daß seine Rede nicht wider Taufe, Abendmahl, Beichte und Predigt gehe, sondern sich richte wider das nichtige Vertrauen der Manlchristen. Daß er am Bekenntniß der lutherischen Kirche festhielt, erweisen diejenigen seiner Schriften, in denen er die Lehren der römischen und der reformirten Kirche bestreitet. Alle seine Predigten werden von dem Kerne der lutherischen Kirchenlehre getragen und zusammengehalten, und zugleich geht ein heiliger Feuereifer durch dieselben, welcher ohne Ansehen der Person alle Verkehrtheiten und Sünden, alles äußerliche und scheinheilige Wesen straft, und wider dasselbe zeugt. So nimmt er denn auch die äußerliche Kirchlichkeit derer in Anspruch, welche den Namen haben, daß sie leben, aber todt sind, und das gottselige

<hr>

auf der hiesigen Universität unter dem Decanat Lülkemanns am 13. Mai 1847 das Magisterium. An Stelle des M. Johannes Corfinius, welcher im Jahre 1652 seine Professur mit der Professur der Moral vertauschte, warb er räthlicher Professor Phys. & Metaph. Im Jahre 1655 warb er Doctor der Theologie zu Greifswald. Mit Heinrich Müller war er persönlich befreundet. Er folgte im Jahre 1659 einem Rufe als Pastor zu St. Nicolai in Stralsund, wo er im Jahre 1664 Superintendent warb. Er starb 1692. Vgl. De meritis Westphalorum in Academiam Rostochiensem p. 42 sqq. Etwas J. 1737, S. 432. 820.

Wesen verleugnen. Aber in der Fülle seiner Beredsamkeit geschieht es wohl, daß er einmal im Ausdrucke, im Worte oder im Bilde zu weit greift, und den zum Grunde liegenden, sonst richtigen Gedanken dogmatisch nicht völlig entsprechend ausdrückt, oder ihn zu vage und dehnbar hinstellt, so daß er dem Mißverständniß unterliegen kann. Auch seine Aeußerung von den vier stummen Kirchengötzen möchte hierher zu rechnen sein. Der materiell ihr zum Grunde liegende Gedanke, daß das Vertrauen vieler, die in ihren Sünden dahin leben, auf Taufe, Abendmahl, Beichte und Hören des Wortes Gottes, ein ganz nichtiges und unbegründetes sei, war ein durchaus berechtigter, aber nichtsbestoweniger hatte die Lebendigkeit und der Ernst, mit welchem er seinen Zeugenberuf erfüllte, zu einer Wendung des Gedankens geführt, die falsch aufgefaßt und gemißdeutet werden konnte. Legt nun aber Müller häufig auf die wider ihn von Hamburg aus erhobene Anschuldigung großes Gewicht, und wir müssen sagen ein viel zu großes, was wohl mit einer gewissen Empfindlichkeit und Reizbarkeit, die ihm eigen war, einigermaßen zusammenhängen mag, so läßt sich dies bei seiner, selbst wenn er eifert, noch demüthigen Herzensstellung nur dadurch erklären, daß er besorgte, daß seine geistliche Wirksamkeit in den nächsten Kreisen seines Berufslebens und in den weiten seines schriftstellerischen Wirkens darunter leiden könne. Ist nun auch aus den häufigen Klagen, die Müller darüber erhebt, zu schließen, daß wenigstens das Erstere hie und da theilweise mag stattgefunden haben, so ist doch so viel gewiß, daß es jedenfalls eine sehr geringfügige und vorübergehende Trübung gewesen ift, die im Ganzen und Großen völlig spurlos an seinem gesegneten Wirken vorüberging *).

---

*) Noch ist zu erwähnen: „D. Heinrich Müllers Theologisches schrift-mäßiges Bedenken, Von der brüderlichen Bestraffung und andern Stücken, Anno 1663 auff inständiges flehentliches Anhalten etlicher Personen ver-fertigt. Nunmehr aber auß erheblichen Ursachen an einem und anderm Orte deducirt und ans Licht gesetzt". Das Bedenken, welches sich auch als Anhang in einigen Ausgaben der Erquickstunden findet, ist in Fragen und Antworten gestellt. Die Hauptgedanken-desselben sind, daß kein wahrer Christ ohne Abbruch deß allgemeinen, und also auch seines königlichen geistlichen Priesterthums die Christbrüderliche Strafe ver-säumen, und seinen Nächsten mit Stillschweigen in herrschenden verdamm-menden Sünden neben sich umkommen lassen solle, 3. Mos. 5. Matth. 18. Joh. 6., jedoch observatis omnibus circumstantiis et imprimis reve-rentia superioribus debita nach der Ermahnung Pauli, 1. Tim. 5, 12; daß ein Privat-Christ schuldig sei, einen jeden Nebenchristen, der da sündigt, er sei hoch oder niedrig, Prediger oder Oberkeit, bekannt oder unbekannt, sofern ihm ihre Verbrechen gründlich bewußt, und er dieselben täglich vor Augen hat, mit Christlicher Bescheidenheit und Ehrerbietung nach eines jeden Gebühr zu strafen, und ihn seines Amts und Christen-thums zu erinnern (Excipiantur ergo actus curiales et alii, qui non cuivis noti). Auch müsse der Nächste so oft gestraft werden, als er sündige. Sollte denn auf gebührende einseitig Christ-Brüderliche Be-straffung kein Gehör, sondern nur Erbitterung erfolgen, wäre drauff ferner nach der Ermahnung Christi mit Zuziehung zweier oder dreier Zeugen, Matth. 18, 16. 17. 18, und so fortan in gutem Vertrauen und herzbrünstiger Liebe zu Gott und dem sündigen Bruder gebührlich zu verfahren. Wenn alle vorgeschriebenen Gradus Christ-Brüderlicher Bestraffung und andere heilsame Bekehrungs-Mittel in Acht genommen worden, und dann solches alles in den Wind geschlagen wird, so solle man nach der Ermahnung des Heil. Geistes mit solchem weder essen noch trinken, noch etwas sonst zu schaffen haben, damit man sie nicht durch solche Gemeinschaft im Bösen stärke. In Beziehung auf die Füh-rung des Predigt-Amts durch gottlose Hirten wird darauf hingewiesen, daß das Ministerium, so sie führen, von ihrer Person zu unterscheiden, und die Kraft des Wortes und der Sacramente, welche bloß und allein von der göttlichen Einsetzung dependirn, an und für sich nicht in Zweifel zu ziehen seien, doch sei ein bewährter Christ nicht gebunden, sie wider sein Gewissen Ehrwürdige liebe Herren zu tituliren, und bei ihnen die

Müller war seiner ganzen Persönlichkeit nach kein theologischer Eiferer, der an bitterm Streit ein Gefallen hatte, und dem Glaubensstreitigkeiten erwünscht waren. Aber er eiferte im geistlichen Sinne um der Seelen Seligkeit der ihm befohlenen Seelen, und war unablässig bemüht, Christum in

---

Absolution nachzusuchen. Man sei nicht verbunden an den Beichtstul dergestalt, daß man einem das heilige Abendmahl schlechterbings versage, wo er nicht zuerst allda erschienen, sonderlich solchen Personen, die aus Evangelischen Dertern kommen, da die Beicht nicht im Gebrauch gewesen, und sich also als junge zuwachsenbe Gliedmaßen der Kirche in solcher Weise noch nicht schicken können, denn solcher Gestalt würde aus dem Beichtstuhl ein Gewissenszwang werden, da doch ipsa confessio privata nicht institutionis divinae, sed humanae, nec universalis, sed particularis sei. Vorgebachte Personen seien, um Verhütung eines Anstoßes bei Einfältigen und Schwachen, dazu gütig zu disponiren und zu ermahnen, daß sie den Beichtstul besuchen. Denn wo die privata confessio gebräuchlich und lege ecclesiastica obtiniret, da sei auch derjenige, der von fremden Orten dahin komme, wo fern er bei derselben Kirchen als ein Mitglied beständig aufzuhalten gedenkt, verbunden, den diesfalls vorhandenen legibus ecclesiasticis positivis, bie nicht weniger als andere leges in conscientia obligiren, sich zu conformiren. Müller erklärt sich hier in Bezug auf das heilige Abendmahl bahin, daß kein Christ sich mit gutem Gewissen dessen enthalten möge. Des Predigers unrechtmäßiger Beruf und ärgerlicher Wandel, vereiniget mit dem abusu clavium, hebe des Sacraments Würde, Nothwendigkeit und Kraft nicht auf. Auch sei nicht vermuthlich, daß Gott einer so großen Gemeinde, die aus so viel tausend Seelen bestehet, nicht sollte etliche treue Hirten gegönnt haben, denen man könnte mit gutem Gewissen seine Seele anvertrauen. Endlich wird zum Schlusse von ihm ausgesprochen, daß man die Schafe immer billig zu ihren Hirten zu weisen habe, daß sie bei denen Weide suchen. Denn privata conventicula an einen Ort, da das Ministerium in vigore nicht allein verdächtig fielen, sondern auch gefährlich seien. Wenn aber die Obrigkeit nichts dazu thun wolle, auch die Haus-Kirchen nach dem Exempel Aquilae und Priscillae nicht gehalten würden, so möge ein rechtschaffener Christ, der das Zeugniß gesunder Lehr und unsträflichen Wandels habe, sonderlich so der Magistrat und das Ministerium mit einwilliget, brüderliche Unterweisung thun.

die Herzen zu predigen als eine Macht des Lebens, damit
der HErr in den Seinen lebe, und ihr Glaube sich bewähre
bis an das Ende. Dabei war er stets eingedenk der brüderlichen Liebe, welche die Gläubigen unter einander bewahren
sollen, und war bemüht, sich auch mit denen zu verständigen,
welche mit ihm nicht gleicher Meinung waren. Daher war
ihm jede Polemik zuwider, die nicht ihren tieferen geistlichen
Grund hatte; er betrachtete sie als eine σοφία ἐπίγειος,
ψυχική, δαιμονιώδης und war stets eingedenk, daß ἡ ἄνωθεν
σοφία nach des Apostels Wort sei ἁγνή, εἰρηνική, ἐπιεικής,
εὐπειθής, μεστὴ ἐλέους καὶ καρπῶν ἀγαθῶν, ἀδιάκριτος,
ἀνυπόκριτος *). So scharf er auch alles ungöttliche Wesen
züchtigte, und allen Abfall von der Heilswahrheit und alle
ihm zu Grunde liegende Herzenshärtigkeit strafte, so floß dies
stets aus der lauteren Quelle der ernstesten Sorge um das
Seelenheil derer, an welchen er so scharfe Zucht glaubte
üben zu müssen. Den Götzen-Knechten, den Gotteslästerern,
den Sabbathschändern, den Zornigen, den Hurern und Ehe-
brechern, den Ungerechten, den Lügnern und Verläumbern
griff er auf die Haut, daß ihnen das Herz im Leibe bebete.
Und das that er ohne Ansehen der Person. Den größesten
am härtesten **), aber überall war es ihm darum zu thun,
durch sein ernstes und gewaltiges Zeugniß darauf hinzuwirken,
daß sie dem heiligen Geist nicht widerstreben, und umkehren
möchten von dem breiten Wege, damit sie nicht ewig verloren
gingen.

Anders ist es in seinen wissenschaftlichen Arbeiten, in

---

*) Jac. 3, v. 15, 16.
**) L. Barclajus, Klag-Stimm über den unheilbaren Schaden Babels.
S. 21.

denen er mitunter Calvinische und Römische Irrlehre entschieden bestreitet, und da, wo der Ernst der Sache es erfordert, auch sehr kräftig wider die Häresis und wider die von
ihr ausgehende Verführung zeugt. Schon seit dem Ende des
sechszehnten Jahrhunderts hatte die Römische Kirche einen
Norddeutschen Apostolischen Vicariat errichtet, der zwar noch
nicht das ganze protestantische Norddeutschland umfaßte, zu
welchem jedoch schon frühe Mecklenburg gehörte *). Die
ganze Hamburger Mission war von jenem Zeitpunkt an bis
auf die Gegenwart in den Händen der Jesuiten, die von
Hamburg aus sehr thätig waren für die Mission, und jede
Gelegenheit zur Ausbreitung ihrer Kirche benutzten.

Als der Jesuit Jacobus des Hayes in Rostock den Versuch
machte, sich mit seinen Irrlehren Eingang zu verschaffen,
trat ihm Müller auf das stärkste entgegen, und bekämpfte
ihn eben so ernst als erfolgreich. Der Pater des Hayes gehörte zu den eifrigsten Missionarien des norddeutschen apostolischen Vicariats und hatte neben einem „Katholischen Katechismus zum allgemeinen Gebrauch in Kirche, Schulen und
Häusern" auch sonst ein Büchlein herausgegeben unter dem
Titel: „Licht der Welt, das ist: die wahre, einige, seligmachende Kirche Christi sammt ihrem Unterschiede von allen
anderen irrenden Rotten unwiderleglich dargethan". Als er
dasselbe in Hamburg verbreitete, trat der Senior Johannes
Müller, der Gegner Heinrich Müllers, wider ihn auf, gleich
wie dieser den Pater Jacobus des Hayes in Rostock energisch
bekämpfte und seinen Versuchen, in Rostock Propaganda zu

---

*) Otto Mejer, die Propaganda und ihr Recht. Mit besonderer
Rücksicht auf Deutschland dargestellt. Th. II., S. 274 ff.

machen, sehr bald ein Ziel zu setzen wußte. So zeigt sich hier die eigenthümliche Erscheinung, daß Heinrich Müller mit seinem Gegner in der Bekämpfung des katholischen Irrthums zusammentrifft *).

Noch haben wir aus dieser Periode der Wirksamkeit Müllers seine „Kreuz-, Buß- und Bettschule" zu erwähnen **), in welcher Müller unter Zugrundelegung von Ps. 143 Klage und Trost in der Anfechtung lebendig vor die Seele stellt, um allen angefochtenen und trauernden Seelen zu zeigen, wie ein Jünger Christi sein Kreuz auf sich nehmen, und dem HErrn nachfolgen soll. Das kleine Büchlein weiset mit geistlichem Ernste auf die Nothwendigkeit der Buße und des Gebetes hin. Man erkennt leicht, daß Müller durch manche schmerzliche Erfahrung und bittere Täuschung hindurchgegangen ist, und daß er aus sich heraus, aus eigenen Erlebnissen seines Herzens, redet ***). Hatte ihm doch das köstliche

---

*) Lebrecht Drewes, Geschichte der Katholischen Gemeinden zu Hamburg und Altona. Ein Beitrag zur Geschichte der norbischen Missionen. Zumeist nach handschriftlichen Quellen. Zweite, stark vermehrte Auflage. Schaffhausen 1866. S. 89. Vgl. auch Anlage 38 dieser Schrift: Omnium vicariorum et provicariorum per septentrionem apostolicorum nec non missionariam Hamburgensium et Altonaviensium nomina p. 399 sqq. Hier findet sich unter den missionarii p. 401, sub. Nr. 19 Jacobus des Hayes S. J. 1669—1672 aufgeführt.

**) Creutz- Buß- und Bett-Schule vorgestellet von David im CXLIII. Psalm; und der Gemeine Christi zu S. Marien in Rostock in zweyjährigen Bett-Stunden geöffnet. Rostock 1661 in 12. Ebendas. 1665, itzo zum brittenmahl in Druck gegeben. Franff. 1668 in 12. Franff. 1671 in 12, Rostock 1674 in 8. Frankfurt 1674 in 12. Franff. 1687. 1690. 1697. in 12. Franff. und Leipzig 1779 in 8. Diese Ausgabe enthält noch einen Anhang über Joh. XVI, 20, 21, und eine Vorrede von Jo. Georgio Pritio, der h. Schrift Doctorn und Ministerii in Frankfurt Seniorn.

***) Wie die Vorrede darauf hinweiset, daß es des Verfassers Klag-, Bet- und Trost-Lied ist, so findet sich auch hier dessen Symbolum:

Predigtamt, das er so hoch hielt, statt der erwarteten Freude manch bitteres Leid und manchen schweren Kummer gebracht, und hatte er in mannigfacher Trübsal doch erfahren müssen, welche Last dann das Herz trägt, wie es unter derselben seufzt, und oft sogar in Anfechtung geräth*). Müller giebt über diesen Psalm zweiundzwanzig Betrachtungen, in denen auch das innere Kreuz, die innere Anfechtung und Verlassenheit, aufgezeigt, und das Verlangen nach Trost und Heil, der Durst nach dem lebendigen Gott in geistlicher Tiefe und Wahrheit vorgestellt wird. Und wenn der Bittende und Flehende im Psalm, der König David, sich als einen Knecht Gottes darstellt, der nicht im Gericht bestehen könne, wenn er nach Erhörung seines Gebetes schreit, daß er errettet

---

quanto amarior mundus, tanto dulcior Jesus.

Je bittrer Erd- und Erden-Lust

Je süßer mir mein Jesus ist.

*) Im Vorworte bemerkt er in dieser Beziehung: Wie ich vor sieben Jahren durch Gottes wunderbare Schickung ins Predigtamt berufen ward, bildete ich mir ein, es brächte dasselbe wo nicht viele, doch etliche gute fröhliche Tage mit sich). Ich meinte, Prediger werden, von jedermann geliebt und geehrt, so gar auch, daß man sich vor ihrem Schatten fürchtete. Aber die Erfahrung bezeugt viel ein Anderes. Der erste Anbiß war mir alsbald ein saurer Biß. Da wollte der Teufel mit seinem Grimm an mir zum Ritter werden — — — Ich empfand, daß alsbald aus der Lust eine Last ward. Darum schickte ich mich zur Trübsal, die mir auch häufig begegnet, der innern Furcht und Angst zu geschweigen. darin ich manche Nacht mit Seufzen zugebracht habe. Denn lieber, wer wollte sich nicht ängstigen, wenn er siehet, daß alles Flehen. Ermahnen, Dräuen, Strafen, Warnen an so vielen vergeblich ist — — daß der Frommen so ein kleines Häuflein überbleibt, und die Greuel allenthalben wachsen. Auch ist schier vielen mein äußerlicher Streit nicht unbekannt. Bald haben sich wider mich gesetzt die Stolzen, weil ich die Wahrheit geredet. Bald bin ich, wie auch Paulus klagt, gerathen in Fährlichkeit unter falschen Brüdern, bald hat mir sonst ein falscher Freund unter einem erdichteten Vorwand tückisch nachgestellt.

werbe aus der Noth, und nicht denen gleich werbe, die in die Grube fahren, sondern unter dem Beistande des guten Geistes auf ebener Bahn geführt werbe, so weiset Müller in seiner Kreutzschule auch auf den Weg der Buße und des Glaubens hin.

Fühlen wir unsere innere Noth, und wissen wir uns noch als Knechte Gottes, so werden wir auch in solcher Anfechtung uns der Gnade und Treue unseres Gottes getrösten. Das Kreuz in seiner Bedeutung für die geistliche Zucht und das Wachsen des inneren Menschen wird aus eigener Erfahrung lebendig vor die Seele gestellt. Führt das Kreuz zur Buße, treibt die Anfechtung zum Gebete, so werden wir auch der Erhörungen und Hülfen Gottes theilhaftig, und die Erinnerung an die uns wiederfahrene Gnade tröstet und erquicket die matte, nach Gemeinschaft mit Gott schmachtende und durstende Seele. Diese Kreuz-, Buß- und Betschule Müllers ist so nach allen Seiten eine Auslegung der Liebesweisheit Gottes, die sich im Kreuze erweiset und verherrlicht, um uns, seine Kinder, geistlich reifen zu lassen, und groß zu ziehen für das himmlische Erbe. Wo der Mensch demüthigen Herzens das Kreuz auf sich nimmt, und im Glauben die Anfechtung erbuldet, der wird auch nach der Bewährung die Krone des Lebens empfangen. Damit es aber zu solchem guten Ende komme, müssen wir durch die Kreuz-, Buß- und Betschule hindurchgehen, und uns also vorbereiten, daß wir bewährt werden, um zu erlangen die zukünftige Herrlichkeit.

Unter den wissenschaftlichen Schriften Müllers, welche in biesen Zeitraum fallen, sind seine Abhandlungen, welche von der Taufe über den Todten auf Grund von 1. Cor. 15, 29. und über den Aftersabbath nach Luc. 6, 1. handeln, zu nennen *). In der ersten Abhandlung erörtert er den Begriff des βαπτίζεσθαι ὑπὲρ τῶν νεκρῶν und die zahlreiche Menge der Erklärungen, welche bemüht sind, dem sich taufen lassen für die Todten eine entsprechende Deutung zu geben. In alter wie neuer Zeit hat die Stelle ungewöhnliche Auslegungen der mannigfachsten Art erfahren, ohne daß die Dunkelheit derselben völlig aufgehellt ist. Müller weiset die fremdartigen Auffassungen zurück, und bestreitet dieselben wie diejenige von Sebastian Schmid, welcher die Stelle von Levitischen Reinigungen wegen der Berührung eines Todten verstanden wissen wollte, ohne sich jedoch für die richtige Auffassung des sich taufen lassen zum Besten ungetauft Verstorbener schon entscheiden zu können. Auch hinsichtlich des σάββατον δευτερόπρωτον Luc. 6, 1 beschränkt sich Müller darauf, die Meinung der älteren und neueren Ausleger zu referiren, und tritt der Meinung des Epiphanius und des Scaliger**) bei, da von jeher, von den Zeiten des Hierony-

---

*) Dissertationes theologico — historicae de baptismo pro mortuis ex 1. Cor. XV., v. 29 et Sabbato δευτεροπρώτῳ ex Luc. VI., 1, cum indiculis locorum Scripturae, Autorum et rerum. Rostochii A. CICICCLXV in IV. Die Abhandlungen sind dem geistlichen Ministerium zu Stralsund unter dem 1. Oct. 1665 zugeeignet. Es finden sich dieselben auch aufgenommen in: Thesaurus Theologico-Philologicus Disputationum Exegeticarum. Amstelod. 1702. Vol. II. p. 319 sqq. und 563 sqq. Eine Gegenschrift gab heraus Seb. Schmidius, Disp. de Sabbatho δευτεροπρώτω Luc. VI., 1. Argentorati 1667. 4. Lipsine 1686.

*) Jos. Scaliger, De emendatione temporum (ed. Paris. 1583, Genev. 1629), lib. VI., p. 557. Er zählt vom zweiten Ostertage an bis Pfingsten sieben Sabbathe, und unterscheidet sie mit dem Zahlwort δευτερόπρωτον, δευτερόδευτερον, δευτερότριτον etc. Vgl. auch die Widerlegung der von Seb. Schmidt in der disputatio de Sabbato deuteroproto vorgetragenen Meinung, und die Vertheidigung der Mei-

mus an, dieses ἅπαξ λεγόμενον für äußerst dunkel galt. Auch ist man in der Gegenwart über die Auffassung Scaligers nicht hinausgekommen, indem darunter der erste Sabbat nach dem zweiten Ostertage מִמָּחֳרַת הַשַּׁבָּת Lev. 23, 15 ἀπὸ τῆς δευτέρας τοῦ πάσχα verstanden wird.

Die Schrift: Conjugii Clericorum patrocinium ex Oriente et Occidente *) ist eine ausführliche Apologie der Ehe der Geistlichen, welche nach den verschiedensten Seiten erwogen, und durch historische Belege aus der orientalischen und occidentalischen Kirche vertheidigt wird. Schon in der Zueignung erinnert er an die Lieblingsrede Luthers, daß das Wort Gottes Alles in Allem sei, weist den consensus des Alterthums als principium fidei zurück, und läßt ihn weder als principium primarium, noch secundarium gelten. Die Untersuchung selbst beginnt mit der apostolischen Zeit, zeigt, daß unter den Aposteln verehelichte gewesen, Marc. 1, 30. Act. 20, 30. 1. Cor. 9, 5., und widerlegt eingehend die Ausflüchte Bellarmins. Zugleich verbindet er damit den Nachweis, daß auch Verheirathete zum Predigtamt in der apostolischen Kirche zugelassen seien. Eingehend verfolgt er dann kirchenhistorisch die Frage, und weist überall in der alt-katholischen Kirche eine der Römischen Kirche und ihren Vor-

---

nung Scaligers bei J. H. B. Lübkert, Archäologisch-biblische Observationen, Studien und Kritiken J. 1835, H. 3, S. 665 f., S. 671 ff.

*) Conjugii Clericorum patrocinium ex Oriento et Occidente cum Dissertatione historica Theologica de non ordinandis et digamis et neophytis ad 1. Tim. III., v. 2—6. Additi sunt indiculi locorum Scripturae, Auctorum et rerum. Rostochii A. 1665 in IV. Die Schrift ist dem geistlichen Ministerium zu Lübeck unter dem 16. Nov. 1665 gewidmet. Cf. J. G. Baier, Compendium Theologiae Historicae, Loc. XX. p. 672. Jo. Fechtius, Philocalia Sacra p. 122.

fechtern entgegenstehende Praxis nach *). Die geschichtliche Uebersicht verfolgt Müller bis zum Trienter Concil, überall bemüht, nachzuweisen, daß selbst in der Mitte des Papstthums, sogar nach dem Trienter Concil, es an solchen nicht gefehlt habe, welche gegen das Papstthum für die Ehe der Cleriker freimüthig und männlich schrieben.

Ein Jahr später erschien Müllers Schrift: Causa Augustorum contra Pontificem Romanum **), welche zunächst die Genesis und die Fortentwickelung der päpstlichen Omnipotenz darlegt ***), die dagegen gerichtete Opposition des Kaisers Friedrich Barbarossa hervorhebt, und im Anschluß an Röm. 13, 1 die Abhängigkeit des Papstes von der weltlichen Obrigkeit zu erweisen bemüht ist. Die Schärfe der Beweisführung richtet sich dabei insbesondere gegen eine

----

*) Müller legt hier eine gute patristische Belesenheit und Gelehrsamkeit an den Tag, die sich namentlich auch in der Erörterung des angeblichen Inhalts des zweiten Canons des Concilium Arelatense vom Jahre 327 mit kritischem Blick und Einsicht verbindet. Dasselbe möchte auch gelten von seiner Prüfung und Auslegung des dritten Canons der zweiten im J. 425 zu Carthago gehaltenen Synode.

**) Causa Augustorum sive Caesarum, Regum atque Principum contra Pontificem Romanum ejusque Parasitos Bellarminum, Bzovium et alios. Defensa ab Henrico Mullero, Academiae Rostochiensis h. t. Rectore. Rostochii, Typis Johannis Kilii, Acad. Typogr. Anno MDCLXVI. Die Schrift ist dem Herzog Gustav Adolph unter dem 1. März 1666 gewidmet.

***) Sehr gut werden von Müller auch die maaßlosen Aeußerungen eines Capistranus: quod Papa non superiorem habeat in terris, sed ipse sit super omnes, tanquam qui de coelo venit, eines Bellarmins: habet (papa) in omnes reges et principes Christianos universalem spiritualium et temporalium jurisdictionem, eines Bzovius: hinc directum imperii (imo totius orbis) dominium penes Deum remanet et consequenter penes papam etc., zusammengestellt und gewürdigt.

Reihe von Behauptungen Bellarmins, namentlich gegen den Satz: Summus Pontifex Christi vicarius est, et Christum nobis repraesentat, qualis erat, dum hic inter homines viveret, und geht die geschichtliche Deduction Müllers schließlich darauf hinaus, daß von Constantin dem Großen an bis in das neunte Jahrhundert hinein, wo Leo III. Carl den Großen zum Kaiser krönte, die Päpste sich ταῖς ἐξουσίαις ὑπερεχούσαις hatten unterordnen, und in Bezug auf sich und die res temporales ihre Oberhoheit hatten anerkennen müssen.

Zehnter Abschnitt.

Veränderungen an der Universität und im geistlichen Ministerium.
Müllers Differenzen mit dem Archidiaconus Lindemann. Inter-
vention der Herzoge. Vereinbarung Müllers und Lindemanns.
Irrungen mit Quistorp. Müllers Erwählung zum Superinten-
denten und umfängliche Thätigkeit. Duraei Hypomnema und das
Judicium der Facultät. Die Schriften: Ungerathene Ehe. Geistlicher
Dank=Altar. Die gelehrten Arbeiten aus dieser letzten Periode.
Müllers Thränen= und Trost=Quelle.

Manche Veränderungen hatten unterdessen innerhalb der
Universität und des geistlichen Ministeriums stattgefunden,
welche auch auf die amtlichen Verhältnisse Müllers in einzelnen Beziehungen einwirkten. Mauritius war, wie wir
sahen, schon 1662 nach Hamburg gegangen, Schuckmann war
vom Herzog Gustav Adolf nach Güstrow gezogen worden,
und auch Ottonis hatte bald darauf Rostock verlassen, und
war kurz nachher gestorben. Die durch den Tod von J. G.
Dorscheus erledigte theologische Professur war drei Jahre
lang unbesetzt geblieben, bis der Herzog Christian Louis
Johann Friedrich König *) als Prof. theologiae primarius und

*) Johann Friedrich König, geboren den 16. October 1619 zu
Dresden, bezog im J. 1636 die Universität Leipzig, wo er im J. 1639
das Magisterium erwarb. Im J. 1644 besuchte er als Hofmeister der
Söhne des Chursächs. Geheimen Raths von Miltiz die Universität Wittenberg, wo er später Adjunct der philosophischen Facultät ward, und

Assessor des Consistoriums berief. Erst im Jahre 1663 trat er diese Aemter an. Die ihm in Rostock vergönnte Wirksamkeit war nur eine kurze, und sie konnte daher, obwohl in diese Zeit die Herausgabe seiner berühmten Theologia positiva acroamatica *) fiel, von keinem irgend erheblichen

---

philosophische und theologische Vorlesungen zu halten begann. In den Jahren 1648—50 war er Hofprediger bei dem Grafen Magnus Gabriel be la Guarde. An die Königin Christina empfohlen, ernannte ihn diese, da alle Stellen in der theologischen Facultät besetzt waren, zum außerordentlichen Professor der Theologie in Greifswald im December 1651. Er las in Greifswald über die Augsburgische Confession, ferner collegium syntagmaticum; locos scripturae classicos, in quibus propria cujusvis fidei articuli sedes est, hisque annexas vindicias tradet; collegium concionatorium; medullam theologiae casuum; collegium thetico-polemicum. In diese Zeit fallen seine Abhandlungen: De veteris testamenti natura 1652, und: de gratuita hominis peccatoris coram Deo justificatione. 1653. Vgl. J. G. L. Kosegarten, Geschichte der Universität Greifswald, Bd. I., S. 256. Von Herzog Adolph Friedrich I. ward er im August des J. 1656 zum Superintendenten des Mecklenburgischen und Ratzeburger Kreises und zum Dompastor in Ratzeburg berufen. Von dort berief ihn Herzog Christian Louis zum Professor der Theologie und Consistorialrath. Am 5. Junius 1563 ward er introducirt, und hielt seine Antrittsrede de arcana Dei voluntate actionum humanarum dispensatrice. Etwas J. 1737, S. 191. Krey, Andenken I., S. 51 ff.

*) Theologia positiva acroamatica synoptice tractata et in gratiam proficientium in univers. Rostoch. adornata a J. F. König, S. S. Theol. D. et Prof. Prim., Consist. Duc. Assessore et Superintend. Mecklenb. Rostoch. 1664, und später oft herausgegeben, da die Schrift eben so sehr durch Uebersichtlichkeit und Kürze, als durch logische Schärfe und gewandte Gliederung des dogmatischen Stoffes sich auszeichnete. Das umfangreiche dogmatische Substrat ist künstlich zusammengedrängt auf einen verhältnißmäßig geringen Raum. Neben der Definition und Theilung der Begriffe und deren nach den üblichen Kategorieen statthabenden Entwickelung giebt der Verfasser auch noch eine kurze biblisch-theologische Beweisführung. Dabei weiß er die Unterscheidung und Spaltung der Begriffe durch Verwendung der einzelnen Kategorieen geschickt herbeizuführen. Vgl. W. Gaß, Geschichte der Pro-

Einflusse sein, da er schon am 15. September 1664 starb. Ein Jahr später erfuhr die Universität einen nicht geringen Verlust, als Herzog Christian Albert zu Schleswig-Holstein-Gottorp im Jahre 1665 zu gleicher Zeit Daniel Georg Morhof*), Christian Kortholt**), Caspar March***) und

---

testantischen Dogmatik in ihrem Zusammenhange mit der Theologie überhaupt. Th. I., S. 322 ff., der jedoch der von König vertretenen dogmatischen Methode nicht immer gerecht wird.

*) Daniel Georg Morhof, geboren am 6. Febr. 1639 zu Wismar, besuchte anfangs das Gymnasium seiner Vaterstadt, dann das Pädagogium zu Stettin. Seit dem J. 1657 studirte er die Rechte. Nach dem Tode Tschernings, dessen Schüler Morhof war, erhielt er vom Herzog Gustav Adolph die ordentliche Professur der Poesie, die er am 17. Oct. 1660 mit der Inaugural-Rede: de genio et spiritu poetico antrat. Beurlaubt zu einer wissenschaftlichen Reise, besuchte er England und Holland, wo er sich im September 1661 den juristischen Doctorgrad erwarb. Unter dem Decanat von Varenius war er noch als Prof. Poes. Rostoch. designatus Baccalaureus und Magister geworden. Nach vierjährigem Aufenthalt in Rostock folgte er dem Rufe nach Kiel als ordentlicher Professor der Poesie und Beredtsamkeit. Im J. 1673 ward er Professor der Geschichte, wie im J. 1660 Bibliothekar. Nach längerer Kränklichkeit starb er am 30. Juli 1691. Außer umfänglichen biographischen Notizen über ihn finden sich seine zahlreichen Schriften verzeichnet bei Moller, Cimbria Literata III., p. 45.

**), Christian Kortholt, geboren am 15. Januar 1633 zu Burg auf Femern, erlangte seine gelehrte Vorbildung auf den Gymnasien zu Schleswig und Stettin, studirte seit 1654 in Rostock, und erwarb sich unter dem Decanat Tschernings am 1. Oct. 1656 das Magisterium. Seit 1657 war er Abjunct der philosophischen Facultät in Jena, kehrte aber im J. 1660 nach Rostock zurück, wo er unter dem Decanat von Cobabus in die philosophische Facultät recipirt ward. An Heinrich Müllers Stelle ward er, als dieser in die theologische Facultät eingetreten war, Professor der griechischen Sprache. Seine Inaugural-Rede handelte de usu graecarum litorarum, per omnes sese facultates et scientias diffundente. Am 17. April 1665 nach Kiel berufen, ward er dort 1675 Prof. primarius, und 1689 Procanzler der Universität. Er starb am 2. April 1694. Ausführliche Mittheilungen über ihn finden sich Etwas J. 1737, S. 529 ff. Cimbria Literata III. p. 363—376.

***) Caspar March, geb. 1629 unweit Stettin, studirte in Greifswald

Matthias Wasmuth *) an die von ihm neu gestiftete Universität Kiel berief.

Aber auch im geistlichen Ministerium war mehrfach ein Wechsel eingetreten. Im Jahre 1666 ward M. Joh. Känzler **) Superintendent, und nach seinem schon im Jahre 1668 erfolgenden Tode übernahm Johann Quistorp der Jüngere das Directorium des geistlichen Ministeriums, starb indessen ebenfalls schon am 24. December 1669. Aber auch in Müllers pfarramtlicher Stellung war seitdem ein Wechsel eingetreten, der auf seine pastoralen Verhältnisse mannigfach und in nicht erfreulicher Weise einwirkte. Als Müller nach dem Ausscheiden von Mauritius an dessen Stelle Pastor zu St. Marien geworden war, ward in seine Stelle als Archi-

---

1639—1641 und ward dort im J. 1648 ord. Professor der Mathematik und Extraordinarius für die Philosophie; 1655 erhielt er eine ord. Professur der Medicin in Rostock, und ward 1665 nach Kiel gerufen, von wo er 1673 Leibarzt des Churfürsten Friedrich Wilhelm zu Berlin ward. Er starb am 26. Oct. 1677. Etwas J. 1737, S. 317. J. 1738, S. 300. J. 1740, S. 668. Molleri Cimbria Literata II., p. 527 sq. Kosegarten, Geschichte der Universität Greifswald, I., S. 258.

*) Matthias Wasmuth, geb. 29. Junius zu Kiel, studirte dort und in Wittenberg, ward im J. 1657 in Rostock ord. Prof. der Logik, ward aber 1665 als Prof. Orientalium nach Kiel berufen, wo er auch 1673 Prof. der Theologie ward. Er stirbt am 18. Nov. 1688. Moller, Cimbria Literata III., p. 622 sq.

**) M. Johannes Känzler war an Stelle des M. Elias Tabbel zum Diaconus an St. Petri gewählt, und den 2. Mai 1532 confirmirt. Arch. Min. Vol. IV., p. 395. Im Jahre 1643 ward er zum Pastor Petrinus erwählt, und als solcher den 14. Dec. 1643 confirmirt. Ibid. p. 451. Als D. Mauritius nach Hamburg berufen war und ausschied, wurde Känzler an dessen Stelle Superintendens, und als solcher den 12. Febr. 1666 confirmirt. Arch. Min. Vol. III., p. 349. Er starb bereits den 15. März 1668. Etwas J. 1737, S. 701. f. Krey, Beiträge zur Mecklenburgischen Kirchen- und Gelehrtengeschichte. Bd. I., 263.

biaconus der Diaconus Joachim Lindemann sen., der bereits
an St. Petri seit dem Jahre 1644 im geistlichen Amte gewirkt hatte, im Jahre 1662 berufen *).   Lindemann war
der bei weitem ältere Mann, welcher schon im Amte gestanden, als Müller noch ein Knabe war. Dieser hatte jetzt als
Pastor zu St. Marien eine höhere Stellung inne, und war
überdies dem Archibiaconus Lindemann durch reiche geistliche
Begabung, durch Tiefe und Schärfe der Lehrauffassung, sowie
durch die Frische und Lebendigkeit einer unmittelbar aus dem
Herzen quillenden Beredtsamkeit weit überlegen. Die Persönlichkeiten beider Männer waren dabei so durchaus verschieden, daß wohl überhaupt kein näheres Verhältniß zwischen ihnen stattfinden konnte. Auch der Umstand, daß Müller
sich nicht entschließen konnte, strenge über die Zahlung des
Beichtgeldes zu wachen, rief zu Zeiten zwischen ihnen Differenzen hervor. Er bedurfte desselben nach seinen Verhältnissen
nicht, während andere Amtsbrüder es wohl von ihrer Amtsein-
nahme nicht entbehren konnten. In den amtlichen Beziehungen, welche beide mit einander hatten, fand daher auch nicht
die so wünschenswerthe Harmonie statt, und ungeachtet, daß

----

*) Die Confirmation beider Herzoge ist vom 5. December 1662.
Arch. Min. Vol. IV., p. 533, 537. Joachim Lindemann ward am
13. Nov. 1643 zum Diaconus an Känzlers Stelle zu St. Petri
erwählt, und am 14. Dec. 1643 confirmirt. Arch. Min. Vol. IV.,
p. 451. Vol. X., p. 491, 493. Von dort ward er zum Archibiaconus
nach St. Marien berufen, und am 5. Dec. 1662 confirmirt. Er war
mit Eva Goldstein, Tochter des Pastors und Superintendenten Joh.
Goldstein zu St. Nikolai, verheirathet, und starb am 7. December
1660. Sein Sohn D. Joachim Lindemann jun. ward Prof. Metaph.
& Phys. und im Jahre 1688 ebenfalls Diaconus zu St. Marien. Er
war ein Schwiegersohn des nach Kiel berufenen Prof. prim. D. Christian Kortholt.

Müller dies schmerzlich empfand, und es aufrichtig beklagte, traten wiederholt neue Differenzen hervor. Mit dem Diaconus Ludwig Barklai, welcher am 26. September 1667 Diaconus zu St. Marien geworden war *), konnte dagegen Müller sich nicht nur sehr wohl verständigen, sondern es fand auch zwischen ihnen ein näheres und herzliches Verhältniß statt, das bis zum Tode Müllers fortdauerte, und Barklai noch in der auf ihn gehaltenen Leichenrede bezeugte.

Müller, welcher von Jugend auf kränklich war, und dessen Kränklichkeit in den letzten Jahren zugenommen hatte, fühlte sich durch diese Verhältnisse mitunter schwer gedrückt, und litt darunter um so mehr, als grade seine Kränklichkeit ihn auch wohl reizbar machte, und ihn doppelt jede Kränkung, die ihm absichtlich oder unabsichtlich zugefügt sein mochte, empfinden ließ. Diese Differenzen erreichten im Jahre 1668 ihren höchsten Grad, nachdem bereits manche persönliche

---

*) Arch. Min. Vol. IV., p. 559. Nach Lindemanns Tode ward Barclai am 29. December 1670 Archidiaconus. Arch. Min. IV., p. 579, 599. Die Data über seine Familienverhältnisse finden sich: Etwas J. 1737, S. 634 ff. Er hatte zu Jena das Magisterium erlangt, und ward unter dem Decanat des M. Dringenberg, Moral. Prof., im Wintersemester 1662 in die Facultät recipirt. Barclai starb am 8. April 1687, 48 Jahre alt. Es fand noch während Müllers Lebzeiten ein zwiefacher Wechsel statt. Als Barclai Archidiaconus geworden, ward M. Matthäus Laurentius zum Diaconus an St. Marien den 1. März 1671 gewählt und den 24. März confirmirt. Arch. Min. Vol. IV., p. 607. Da aber Laurentius schon am 2. April 1672 starb, ward an dessen Stelle der D. Bernhardus Müller zum Diaconus an St. Marien erwählt, und am 24. und 28. Mai 1673 confirmirt. Arch. Min. Vol. IV., p. 627, 629. Vgl. Habichorst, Rostochii Literati Ordo VII. recensens alios Literatos, qui Anno MDCXCVIII. uti & Anno MDCXCIX. Rostochio abierunt, et ibidem eodem tempore diem suum obierunt citra cujusquam praejudicium sic locati. p. 470 sq.

Conflicte zwischen beiden, namentlich auch über ihre verschiedene Praxis in der Handhabung des Löse- und Bindeschlüssels, und über die Abweisung und Annahme von Communicanten, stattgehabt hatten. Müller insbesondere machte es Lindemann zum Vorwurf, daß dieser solche Leute zu seinen Beichtkindern angenommen habe, welche er aus pflichtmäßigem Ermessen wegen mannigfach entgegenstehender Bedenken habe zurückweisen müssen. Lindemann ward aber auch nicht ohne Grund von ihm beschuldigt *), daß er in seinen Predigten sogar anzügliche und beleidigende Reden führe, die recht eigentlich auf ihn und seine geistliche Amtsthätigkeit gemünzt seien. Lindemann hatte in öffentlicher Predigt vor der Gemeinde sich der Worte bedient: „Kannst du trompeten, so kann ich posaunen", und war ziemlich allgemein angenommen worden, daß mit denselben Müller gemeint sei. Müller selbst faßte diese in gleicher Weise auf, fühlte sich durch sie persönlich wie in seinem Amte und seiner Amtsführung gekränkt, und wandte sich an mehrere ihm befreun

---

*) Vgl. die über diese Streitsache dem geistlichen Ministerium Rostock's abgegebene Erklärung, in welcher er sich über vier von Müller zur Beschwerde gezogenen Punkte äußert. Das Schriftstück hat als Ueberschrift: Pacem et Veritatem, und ist datirt Rostock, den 21. Febr. 1668. Arch. Min. Vol. XIX., S. 603 ff.; ferner: Schreiben des Herzogs Christian Louis, Datum auf unser Residenz und Vestung Schwerin, den 17. März 1668. Ibid. S. 590 f. Schreiben des Herzogs Gustav Adolph, Datum Güstrow, den 19. März 1668. Ibid. S. 619 f. Notificatorium einer Vereinbarung zwischen Herrn D. Henrico Müller, Pastore und Herrn Joachimo Lindemann, Archidiacono zu St. Marien. Ibid. p. 611—613. Schreiben Lindemanns an den Herzog Christian Louis. Rostock, den 27. April 1668, eine Beschwerde wider den Magister Barclai enthaltend (Ibid. S. 617 f.), daß derselbe die Thurmansche Familie ohne vorhergehende gebührliche Reconciliation mit ihm, ihrem Seelsorger, der Regel Christi Matth. 5 zuwider, zur Communion zugelassen habe.

bete Theologen, ihm ein christliches Bedenken zu stellen, wie er sich zu verhalten habe. Der Streit, in welchen mehrere Mitglieder des Ministeriums und ein Theil der Gemeinde hineingezogen ward, nahm einen öffentlichen Character an, und gereichte zum Aergerniß. Beide Herzoge, Christian Louis von Mecklenburg-Schwerin und Gustav Adolph von Mecklenburg-Güstrow, vernahmen mit Befremden die schweren Mißhelligkeiten, in welche Müller und Lindemann gerathen waren, und von dem Wunsche beseelt, daß solche Irrungen, wodurch das heilige Predigtamt verkleinert, und die christliche Gemeinde nur geärgert werde, bei Zeiten gehoben werden möchten, erließen sie an den Rath der Stadt Rostock den gemessensten Auftrag, noch vor dem bevorstehenden Osterfeste dieses Scandalum gänzlich abzuthun, und gutes Vertrauen und Einigkeit in dem Ministerio und in specie zwischen den beiden Collegen wieder aufzurichten *).

―――――――

*) Das Rescript des Herzogs Christian Louis bemerkt noch, daß die Sache theils an die Justiz-Canzlei zur ferneren rechtlichen Cognition und Erledigung abgegeben sei, und fährt dann fort: Gleich wie wir aber besorgen müssen, da ein Theil sich von dem andern laediret zu sein vermeinen wird, daß derselbe seinen passionen gar zu sehr indulgiren, und hinwiederumb wie jener also öffentlich pro concione angegriffen, sich dagegen anmaßlich defendiren, wodurch beider existimation nicht wenig lacerirt werden dürfte, also und zu praevertirung dergleichen, woraus bei diesen einstehenden höchst heiligen Ferien leichtlich begebenden Umstandes haben wir uns Obrigkeitlichen Amts halber gemüssigt befunden, Euch unsern gnädigsten und ernstlichen Willen durch dieses anzudeuten, dahin zielend, daß Ihr beide Partheien als das gesammbte Ministerium gewöhnlichen Orts berufen, den interessirten die eingerissenen Aergernisse, und wie weit selbige allbereit um sich gegriffen, umb ständlich fürhalten, denen Partheien sambt und sonders und ob einige aus dem Ministerio diesem oder jenem adhaeriren würden, sothane personalia fürters pro concione nicht zu treiben, gänzlich und zwar in Unserm Nahmen inhibiren und untersagen ――― auch sonsten

Schon vor dem Eintreffen dieser Rescripte hatten mehrfache Verhandlungen im Innern des Ministeriums stattgefunden. Auch hatte dasselbe, da die Erörterung der Angelegenheit in conventu nicht zum Ziele geführt hatte, die von Müller wider Lindemann eingereichten gravamina diesem zur schriftlichen Verantwortung communicirt. In derselben erklärte er, es sei ihm unerweislich imputiret worden, als hätte er ein publicum scandalum in einer Predigt gegeben. Die Worte, so man vermeine, das scandalum causiret zu haben: „Kannst du trompeten, so kann ich posaunen", seien niemals auf Herrn D. Müllern, sondern auf die iniquos censores unserer Predigten gemeinet gewesen, als welche weiter von ihnen halten, denn sichs gebühret. Rom. 12 etc. Das Wehe, welches der Herr D. Müller aus Christi Munde auf ihn als einen scandalizanten zu deriviren gemeinet, werde ihn durch Gottes Gnade nicht treffen, wolle auch den lieben Gott von Hertzen bitten, daß er dasselbe von ihm selbst allewege abwenden und ablehnen wolle. Zugleich aber spricht er sich dahin aus, daß er den D. Müller für einen hochbegabten und geistreichen Pastorem dieser Kirche und in allen Ehren, wie er schuldig, jeder Zeit gehalten, erbiete sich auch hinfort dazu; daß er aber als ein Presbyter von Gott

---

dem Ministerio überall die Excommunicationes und Ausschließung vom Abendmahl, welche Disciplin doch der Kirchen juxta dictum Pauli omnia vestra sunt, keinesweges aber dem Ministerio privative und allein gehören, durchaus nicht und zwar bey Vermeidung anderweitiger schärferen Verordnung verstatten oder verhängen sollet." Mit Recht konnte sich indessen das Ministerium darauf berufen, daß solche excommunicatio minor deutlich in Gottes Wort gegründet, und auch hiesiger Mecklenburgischer Kirchen-Ordnung p. 229, fol. B. ganz und gar gemäß sei.

und der Gemeinde über ihn gesetzet sein sollte, davon sei er bishero noch nicht informiret weder aus der Mecklenburgischen Kirchenordnung, noch aus der Confirmation, noch Ordination solches befehliget worden zu thun. Zugleich hebt er noch hervor, daß er gleichfalls auch nicht weniger laediret sei durch die einseitig wider ihn eingeholten Belehrungen, damit allem Bericht nach seine fama und sein heiliges Amt gefährlich lanciriret, und solche Belehrung er noch dazu drohe, in öffentlichen Druck wider ihn herauszugeben **).

Kaum waren die Herzoglichen Rescripte mit ihren ernsten Weisungen eingetroffen, so gelang es dem Bürgermeister Matthäus Liebeherr, welcher zu den Verhandlungen committirt war, eine Vereinbarung zwischen beiden herbeizuführen, durch welche die vorliegenden Differenzen ausgeglichen wurden. Lindemann erklärte nochmals, daß er die Worte von Trompete und Posaune, welche er in seiner Predigt vor diesem ungefähr gebrauchet, auf D. Müller nicht gemeinet, noch auf

---

*) Ein dritter Punkt in dieser Verantwortung bezieht sich auf einen Streithandel, welchen Lindemann mit dem D. Cobabus und der Familie Thurmann gehabt, von welchen derselbe behauptet, daß er beiden kein Leid gethan, sondern sie vielmehr ihn beleidigt hätten; daß es also eine große, unverantwortliche Unbilligkeit sei, wenn Müller forbere, daß er nicht eher die Absolution von ihm verlangen wolle, als bis er sich mit ihnen verglichen. Dabei wirft Lindemann Müllern zugleich vor, daß er sich zu bescheiden wissen werde, daß er selbst ihn häufig beleibigt, und ihm zu nahe gethan habe. Wir gehen hier nicht näher auf diese damals viel und lange verhandelte Streitsache ein, da sie nicht nur höchst unerquicklich, sondern privater Natur ist, und kein allgemeines Interesse in Anspruch nehmen kann.

**) Der vierte Punkt der Erklärung Lindemanns bezieht sich auf die Beschuldigung, daß er vier Personen, welche der Magister Barclai aus erheblichen Ursachen aus dem Beichtstuhl gewiesen, ohne einige Exploration zugelassen haben solle, welche Beschuldigung, als ihm nicht erwiesen, er ablehnt.

auf dessen vorige Predigt zu accommodiren ihm in den Sinn
gekommen sei, und erbot sich ferner dahin, damit der Gemeinde, so etwa solche Worte in alienum sensum interpre-
tiret und aufgenommen habe, aller Zweifel benommen werden
möge, prima et commoda occasione sich ex suggestu dergestalt zu declariren, daß männiglich deprehendiren könne,
wie man nicht befugt sei, eines Predigers Worte, so in thesi
geredet worden, alsfort ad certam hypothesin zu appli-
ciren, weniger wider einen anderen Prediger und Collegam
zu accomodiren. Müller nahm das Erbieten an, war
mit demselben zufriedengestellt, und erklärte nun seinerseits,
daß er die von seiner Seite eingeholten Belehrungen nicht
ea intentione erfordert, daß er Lindemanns gute existimation dadurch einigen Abbruch thun, sondern sich bloßer
Dinge in seiner conscientz durch anderer Theologen sentiment habe befestigen wollen, maßen denn solches auch daraus zu verspüren, daß er in dem abgeschickten Bericht, worauf
die Belehrungen erfolgt seien, Lindemanns Namen mit keinem
Worte Meldung gethan, sondern nur den schlechten casum
aufgesetzt gehabt, mit welcher Declaration Lindemann gleichfalls sich zufrieden gestellt erklärte *). Beide Theile hatten
überdies zu erklären und versprachen auch, daß, da nun alle,
eine Zeitlang zwischen ihnen erwachsenen Irrungen gehoben
worden, sie hinfüro in aller collegialischen Freundschaft mit
einander leben, und gute Vertraulichkeit pflegen wollten **).

----

*) Die weitere Vereinbarung bezieht sich auf den Punkt in Betreff
der Thurmannschen Familie, den Lindemann Gott und dem Gerichte
auf allen Fall anheimstellen wollte. Hier ist darauf weiter nicht einzugehen.

**) Dieser Vergleich ist nicht nur von Müller und Lindemann, son-

So war denn diese betrübende Angelegenheit, welche
Müller manche Aufregung und Gemüthsbewegung gebracht
hatte, erledigt. Je mehr er selbst auf das lebendigste von
dem Bewußtsein durchdrungen war, daß diejenigen, welche
das geistliche Amt tragen, mit ihrem Exempel Anderen zum
Frieden und zur Einigkeit vorleuchten sollen, desto schmerzlicher war es ihm gewesen, daß er ohne sein Zuthun und
seine Verschuldung in so ärgerliche Differenzen hatte gerathen
müssen, daß sie ein Einschreiten von Seiten der durchlauchtigsten Landesherrschaft nothwendig gemacht hatten. Es war
überhaupt für Müller diese Zeit eine schwere, da er bald
nach der Beilegung des Streites mit Lindemann in Irrung
mit D. Quistorp gerieth *), der ihn im Convent ganz

---

dern auch von dem Bürgermeister Liebeherr als dem Unterhändler unterschrieben und untersiegelt, sowie auf Befehl der Durchlauchtigsten
Herzöge von dem geistlichen Ministerium, dem auch ein Exemplar ad
ratificandum war eingehändigt, unterschrieben worden.

*) Vgl. Müllers Schreiben an das Ministerium d. d. 8. Mai 1668.
Arch. Min. Vol. XIX., p. 621, in welchem er sagt: Ob ich gleich mir
vorgenommen, heutigem conventui persöulich beizuwohnen, so habe ich
doch aus vielen Ursachen und sonderlich, damit nicht mit H. D. Quistorpio, der ohnlängst mich in meinem Amt gar höchlich injuriiret, in
ein bitteres Wortgezänk gerathen möchte, mich dem conventui lieber
entziehen wollen, muß aber dennoch den Herrn Brüdern von bemeldeter
Sache einige Nachricht ertheilen, und supponire anfangs, daß keiner der
Herren Collegarum von mir suspiciren werde, als wolle ich H. D. Quistorpio das Directorium Ministeriale streitig machen, zumal ich wol weiß,
daß es ihm als Pastorum Seniori de jure et more competire, ihm
auch dasselbe meo voto selber aufgetragen. Das setze ich auch außer
allen Zweifel, daß meine hochgeehrten Herren Brüder mich nicht halten
werden für einen Mann, der sich in R. Ministerio, wenn er eruditus
und convictus ist, nicht wolle richten und strafen lassen, der ich Gott
Lob! aus Paulo gelernet habe, daß die Geister der Propheten den
Propheten müssen unterthan seyn, habe aber daneben zu meinen hochgeehrten Herren das brüderliche Vertrauen, daß sie ihnen nicht werden

unverdienter Weise beschuldigt hatte, daß er die Thurmannsche Freundschaft irreconciliabel und unwürdig zum Abendmahl habe gehen lassen. Müller konnte sich darauf berufen, daß er die fragliche Sache in consessu fratrum vorgetragen, und ausdrücklich gesagt habe, er könne in die Thurmanns nicht weiter bringen, würde sie ad sacra zulassen, da dann keiner mit einem einzigen Wörtlein seinen dissensum contestiret. Müller glaubte, in der Sache jede nöthige Vorsicht geübt zu haben, und es kränkte ihn sehr, daß Quistorp mit Verkennung dieses seines Handelns ihm und seinem Amte zu nahe geredet hatte. Doch glich sich auch diese vorübergehende Irrung wieder aus, aber wohl trug dies alles dazu bei, ihm sein Amt bei seiner Kränklichkeit und Reizbarkeit, deren Einflüssen er sich nicht immer ganz zu entziehen wußte, zu Zeiten recht schwer zu machen.

Manche Verhältnisse änderten sich rasch. Lindemann und Quistorp starben schon im folgenden Jahre, jener am 7. September, dieser am 29. December 1669 *). Quistorp

____

gefallen lassen, wenn einer, da ich absens und weder eruditus, noch convictus bin, mir in meinem heil. Ampt solche Dinge aufbürdet, die einem Ruben besser anstehen, als einem rechtschaffenen Diener Jesu Christi, zumal wenn ich mich nicht unterfange, einigen Bruder in seinen Amtsverrichtungen zu vernichten und zu meistern, also ich keinem geständig bin, mich in meinem Ampt, da ich absens und weder gehört, noch überzeuget bin, zu meistern oder zu vernichten".

*) Müller hatte sonst trotz jener Irrungen für Quistorp und seine Verdienste eine willige und herzliche Anerkennung. Diese spricht er auch in dem von ihm verfaßten Leichenprogramm aus, wo es von Quistorp heißt: ille Doctor ductorve noster mortuus est, in quo praecipuum decus, quin et ipsum suum caput Academia firmissimum fulcrum Ecclesia, Conventus sui Directorem sacer Doctorum Ecclesiasticorum ordo, Pastorem vigilantissimum Parochia Jacobaea, tota ci vitas deprecatorem apud Deum amisit ardentissimum. —— —Caste-

hatte nach Käntzlers Tode das Directorium des Ministeriums in den beiden letzten Jahren geführt, ohne in die Stellung des Superintendenten eingerückt zu sein. Es hatte sich aber dabei auch mehrfach das dringende Bedürfniß herausgestellt, daß an der Spitze des geistlichen Ministeriums ein Mann stehe, der, mit der Würde des Superintendenten bekleidet, auch die Rechte desselben habe, und üben könne. Wie sehr Müller aber trotz aller Anfeindungen, die er erfahren hatte, und trotz der verdrießlichen Irrungen, in die er zu Zeiten gerathen war, durch den Ernst und die Lauterkeit seines ganzen Wesens sich die allgemeine Liebe und Achtung zu erwerben gewußt hatte, beweist zur Genüge, daß er durch ordentliche einhellige Wahl E. E. Raths und Rev. Ministerii im Jahre 1671 zum Superintendenten gewählt, und von beiden Landesherrn sofort gnädigst bestätigt ward, worauf er von dem Superintendenten zu Parchim M. Jacob Sommerfeld Dom. 18. p. Trin. in sein Amt eingeführt wurde. Müller war bei seiner Einführung tief bewegt. Er fühlte die ganze Schwere und Verantwortlichkeit gerade dieses Amtes bei den traurigen, in der Kirche herrschenden, von ihm oft getadelten

---

rum erat noster hic beatus Antistes Theologi veri typus et exemplar. Vgl. Rector Universitatis Rostochiensis Henr. Müller, S. S. Theol. D. & Professor Ordinarius ad lessum funebrem, quem Viro Magnifico, Plurimum Renarendo, Ampliss. & Excellentissimo Domino Joh. Quistorpio, Theologo Doctori et Professori Celeberrimo, Facultatis suae Seniori et ad D. Jacobi Pastori meritissimo. In ipso cheu Rectoratu Academico acerbissimo funere merso, Marito suo desideratissimo Vidua moestissima hodic in templo Mariano adornatum expetit omnes Academiae Cives sedulo serioque invitat, Anno MDCLXX., d. 4. Jan. Cf. Henr. Wittonii Memoriae theologorum nostri seculi clarissimorum renovatae Centuria p. 1679 sqq.

Zuständen. Er konnte sich während der Introductions-Rede des Superintendenten Sommerfeld der Thränen nicht enthalten, der unwillkürlich äußerte: Was sehe ich? Thränen bei Ehren? Das will ich merken. Doch getröstete sich Müller der gnadenreichen Hülfe seines HErrn, der ihm das Amt gegeben und befohlen hatte. Auch in diesem neuen Amte entwickelte Müller die außerordentliche Thätigkeit und gewissenhafte Pflichttreue, die ihn neben seiner hohen practischen Begabung in allen seinen amtlichen Beziehungen auszeichnen.

Müller trat auch in diese neue Thätigkeit, die ihm durch seine Ernennung zum Superintendenten erwachsen war, mit der Freudigkeit ein, die ihm das Bewußtsein gab, daß er sich au seinen himmlischen Führer halte, und ihn täglich um seine Leitung und Führung bitte. Mit noch größerem Eifer und noch brennenderer Liebe suchte er, wo und wie er nur konnte, das geistliche Leben der Gemeinden Rostocks zu heben, und die gemeinsame Thätigkeit aller Glieder des Ministeriums für diesen ersten und höchsten Zweck zu gewinnen. Bei den vielen und verschiedenartigen Berufspflichten, die ihm oblagen, ward er immer von dem Gedanken geleitet, daß er vielleicht bald von seiner Haushaltung Rechnung ablegen müsse. Daher ließ er sich auch nicht durch das Kreuz des körperlichen Leidens, das ihm auferlegt war, abschrecken, sondern suchte das Pfund, das der Herr ihm geschenkt, auf dem Platze, wohin ihn der Herr gestellt, zu verwerthen. Daher war er denn auch unermüdlich und treu in der ihm von dem HErrn zugewiesenen Arbeit. Seine homiletischen und ascetischen Arbeiten setzte er ununterbrochen fort, in denen er stets nur die Ehre Gottes vor Augen hatte. Hier war er recht eigentlich in seinem Lebenselemente. Aber auch anderen Aufgaben, die an ihn herantraten, widmete er sich mit großem Eifer und heiligem Ernste. Wir finden, daß er eine große Menge geistlicher Bedenken und Judicia abgegeben hat, die sich auf die verschiebensten Verhältnisse und die in ihnen hervorgetretenen casuellen Fragen bezogen *). Wir sehen ihn sowohl als Glied der theologischen Facultät, als auch als Glied des Rostocker Ministeriums sich an der Prüfung und Entscheidung der vorgelegten kirchenrechtlichen Fragen und casus conscientiae auf das eifrigste betheiligen, und zugleich auf das willigste trotz der Arbeitslast, die auf ihm lag, sich den oft nicht geringfügigen Arbeiten zur Erledigung derselben unterziehen **). War es ihm auch nicht vergönnt, während der wenigen Jahre, daß er die

---

*) Vgl unter Anderem: Decano D. Henrico Müllero Anno MDCLXXI. ausgefertigte Judicia, in: Liber Tertius Facultatis Theologicae Rostochiensis, p. 236 sqq. Häufig ward eine species facti mitgetheilt und dann über Fragen, die daraus gezogen waren, das Gutachten der Facultät una cum rationibus dubitandi et decidendi begehrt. Sind die gestellten Fragen überwiegend dogmatischer Art, so wird auch eine andere Form der Erwiederung eingehalten.

**) Unter anderen findet sich ein an den Theol. Licent. Johann Lassenius, Hochgräflichen Hofprediger zu Ranßau, gerichtetes Judicium über eine der Facultät zur Begutachtung eingesandte Catechismus-Lehre für die Prediger und Schulmeister, deren Einführung für die Grafschaft beabsichtigt ward. Vor weiterem erklärt die Facultät: „so mögen wir wolmeinend nicht bergen, daß wir so viele und mancherley Catechismus-Erklärungen, als nach und nach heraus kommen, für einen ziemlichen Unstand dieser Kirchen mit halten, wie dann auch, daß B. Lutherus selber von solcher multiplication und daraus entstehender confusion der Catechismus-Lehre nichts gehalten, aus seinem VIII. Jenischen Tomo an 346. Seite zu sehen ist". Daran schließt sich dann eine Reihe anderer Bedenken in Betreff des Inhalts und der Form der vorgelegten Catechismus-Lehre. Ibid. p. 259 ff.

Stellung eines Superintendenten inne hatte, besondere Maaßnahmen zur Förderung und Hebung des kirchlichen Lebens
Rostocks in Vorschlag zu bringen und durchzuführen, so war
er doch nicht ohne Erfolg in dieser Zeit bemüht, den Geist
einträchtigen Zusammenwirkens unter den Ministerialen zum
Zwecke des gemeinsamen Bauens des Reiches Gottes zu beleben und zu stärken.

Bei der tief geistlichen Gesinnung des Herzogs Gustav
Adolphs begreift es sich, daß derselbe nicht nur den lebendig-
sten Antheil nahm an allen theologischen Fragen, welche damals die Zeit bewegten, sondern daß er sich auch gerne von
den Theologen seiner Landeskirche, die er hoch schätzte,
oder zu denen er ein näheres Verhältniß hatte, Erachten
und Judicia über die öffentlichen Verhältnisse der Kirche
geben ließ. In Fällen von unmittelbar practischem Interesse
für die eigene Landeskirche pflegte er sich bei seinem Oberhofprediger und bei den Landes-Superintendenten, zu denen
er Männer seines Vertrauens gewählt hatte, die ihm auch
bei der Ausübung seines Summepiscopats zur Seite standen,
Raths zu erholen. Lag aber irgend eine Frage vor, die in
die allgemeineren Verhältnisse der Kirche eingriff, oder auf
die Stellung des Bekenntnisses oder auf die Verhältnisse
der Confessionen zu einander oder überhaupt auf die eigentlich theologischen Grundlagen sich bezog, so wandte er sich
insgemein zu gleichem Zwecke an die theologische Facultät
seiner Landes-Universität. Eine derartige Frage war auch in
dieser Zeit vom Herzog Gustav Adolph der theologischen Facultät zur näheren Erwägung und Begutachtung vorgelegt.
Die Veranlassung war folgende, und hing dieselbe mit allge-

meineren, in Theologie und Kirche hervorgetretenen Erscheinungen zusammen.

Es ziehen sich durch die Mitte des siebzehnten Jahrhunderts und darüber hinaus Friedensbestrebungen einzelner Theologen, welche im Gegensatze zu den tiefen Zerwürfnissen, die damals zwischen Lutheranern und Reformirten stattfanden, und theilweise, wo der Conflict practisch geworden war, eine gegenseitige Erbitterung hervorgerufen hatten, sich der Hoffnung hingaben, daß es gelingen möge, eine Wiedervereinigung der Protestanten in einer oder der anderen Unionsform herbeizuführen und festzustellen. Mehrere dieser Bestrebungen hingen zwar mit Calixt und der von ihm verfolgten Richtung zusammen, andere dagegen waren völlig unabhängig von ihm hervorgetreten, wenn gleich die Träger derselben theilweise sich ihm näherten, und durch Anschluß an ihn sich zu stärken, und Verbindungen, die zum Ziele führen konnten, zu erhalten suchten. Eine der thätigsten und durch ein langes Leben unermüdlich für eine solche Union wirkenden Persönlichkeiten war Johann Duräus *), welcher,

*) Johann Duräus, eigentlich Johann Durie, war im J. 1595 zu Edinburg geboren, und stirbt zu Cassel am 28. Sept. 1680. Nach kurzer Führung des geistlichen Amtes in einer von Engländern gegründeten Gemeinde zu Elbing sehen wir ihn bereits seit dem Jahre 1628 thätig für eine Lehreinigung zwischen Lutheranern und Reformirten. Später unterstützte ihn der Kanzler Orenstierna bei seinen Unionsversuchen. Vorzugsweise fand er in Helmstädt mit seinen Ansichten und Aufforderungen Eingang. Jena und Leipzig verhielten sich von vorne herein abweisend gegen ihn. Da er bald als Presbyterianer, bald als Glied der bischöflichen Kirche auftrat, mußte schon dies Schwanken in seiner eigenen kirchlichen Stellung hemmend wirken, da es offensichtlich durch äußere Verhältnisse, namentlich durch die ihm in seiner Thätigkeit in Aussicht gestellte Unterstützung, bedingt ward. Selbst mit Cromwell stand

ursprünglich Presbyterianer, manche Wandelung durchmachte,
sich den Independenten, wie der anglicanischen Kirche anschloß, immer aber wieder auf seine frühesten Bestrebungen
zur Einigung der Protestanten zurückgriff, und diese mit
größerer Beharrlichkeit als Einsicht verfolgte. Schon im
vorgerückten Alter stehend, strebte er nach Cromwells Tode,
unter dessen Schutz und Begünstigung er die Wiedervereinigung aller Reformirten angestrebt hatte, aufs Neue eine
Union der Protestanten an, und sah sich in diesem Bemühen
sowohl durch den Landgrafen Wilhelm IV. von Hessen-Cassel,
als auch nach dessen Tode durch seine Wittwe, die Landgräfin Hedwig Sophie, eifrigst unterstützt. Diese war es
denn auch, welche ihm durch Empfehlungen an befreundete
und verwandte Höfe äußerst nützlich und behülflich war, und
ihm auch da Eingang zu verschaffen wußte, wo man sonst
schwerlich ihm auch nur vorübergehendes Gehör würde geschenkt haben *).

Duräus in näherer Beziehung und wirkte, von ihm begünstigt, einige
Jahre in der Schweiz zur Herstellung einer Einigung unter den Reformirten. Nach Cromwells Tode wirkte er vom Jahre 1660 an wiederum in Deutschland zum Zwecke einer Union zwischen Lutheranern
und Reformirten. Trotz aller Bemühungen und Anstrengungen, die er
auf diese Sache verwandte, mußte sie an ihrer eigenen Principlosigkeit
wie an der Unklarheit seiner dogmatischen Auffassungen scheitern. Vgl.
Jo. Duraei irenicorum tractatuam prodromus. Amstel. 1662.
C. J. Benzel, Dissertatio (unter Mosheims Präsidium, der höchst
wahrscheinlich Verfasser ist, vertheidigt) de Jo. Duraeo, pacificatore
celeberrimo, maxime de actis ejus Suecanis. Helmst. 1744. 4.
E. L. Ch. Henke, Georg Calixtus und seine Zeit. Bd. I., S. 501 f.,
Bd. II., Abth. 1, S. 108—110, Abth. 2, S. 35, S. 232. W. Gaß,
Geschichte der Protestantischen Dogmatik. Bd. I., S. 382. Henke,
Artikel Duräus in Herzogs Real-Encyklopädie für protestantische Theo-
logie und Kirche. Bd. III., S. 571 ff.

    *) Zu seinen Thesen und Vorschlägen, die seinem Unionswerke

Diese Beziehungen zur Landgräfin Hedwig Sophie und die dadurch herbeigeführten Vermittelungen waren es denn auch, welche es ihm möglich machten, an Herzog Gustav Adolph von Mecklenburg-Güstrow sich zu wenden, welcher durch die zweite Gemahlin seines Vaters, die Herzogin Elisabeth, Tochter des Landgrafen Moritz von Hessen, mit dem landgräflichen Hause verwandt war *). Der strengere Calvinismus, wie ihn die Dortrechter Synode ausgeprägt hatte, besaß in Deutschland kaum einen Vertreter. Die reformirten Theologen und die reformirten Höfe hatten sich wesentlich von jener Richtung abgewandt, waren einer milderen Auffassung der confessionellen Gegensätze geneigt, und daher auch den Unionsbestrebungen eines Duräus zugänglich, zumal da sie die eigene falsche und wechselnde Stellung desselben nicht zu übersehen vermochten, und bei ihrer ganzen gemäßigten Haltung lebhaft den Wunsch nach einer Verständigung und Wiedervereinigung mit den Lutheranern theilten, ohne indessen irgend ausreichend die tiefen Gegensätze zu erkennen, auf welche es gerade in dieser Frage ankam. Dazu kam, daß das lebendige geistliche Interesse, welches der Herzog Gustav Adolph an der Kirche und ihrer gedeihlichen Entwickelung nahm, Duräus wohl ermuthigen konnte, auch ihm seine Frie-

---

bienen sollten, gehören auch die im Jahre 1671 von ihm ausgegangenen Axiomata communia; quae procurandae et conservandae inter evangelicos concordiae judicata sunt observatu necessaria.

*) Herzog Johann Albrecht II. war dreimal verheirathet. 1) mit Margarethe Elisabeth, Tochter des Herzogs Christoph von Mecklenburg zu Gadebusch, welche am 16. Nov. 1616 starb; 2) mit Prinzessin Elisabeth, des Landgrafen Moritz zu Hessen-Cassel Tochter, welche nach kurzer, kinderloser Ehe am 16. December 1625 starb. 3) mit Eleonore Marie, einer anhaltinischen Prinzessin, der Mutter des Herzogs Gustav Adolph.

bensvorschläge mitzutheilen. Herzog Gustav Adolph erforberte nun von der Rostocker Facultät *) ein Judicium über bieselben, da er in einer eben so schwierigen wie verantwortungsreichen Frage ben Beirath ber theologischen Facultät seiner Landes-Universität entgegennehmen wollte **).

Die theologische Facultät stellt ihrem Judicium bie feierliche Erklärung voran, baß sie bie auf ben kirchlichen Frieden gerichteten Friebensrathschläge nicht für gering achte, unb nichts mehr als Eintracht in Wahrheit einträchtig wünsche, unb beßhalb eben so wenig bie langjährigen Bestrebungen bes Duräus zur Wiedervereinigung ber Protestanten unb Reformirten mißbillige. Aber sofort spricht sie auch ihre eigene Stellung auf bas bestimmteste in einer eben so characteristischen als prägnanten Weise aus, inbem sie es für ben sichersten Weg zum Frieden erklärt, wenn nicht nur bie Anglicanische Kirche, sonbern auch bie übrigen reformirten Kirchen unter Verbammung ber offenbaren Irrthümer Zwinglis, Calvins, Oecolampabs, Bezas, Piscators etc., bie unveränberte Augsburgische Confession ohne List unb Trug unterschreiben würben.

---

*) Decano D. Henrico Müllero Judicium Facultatis Theologicae et Ministerii Rostochiensis super Joh. Duraei Hypomnema Irenicum ad Serenissimum Principem ac Dominum, Dn. Gustavum Adolphum etc. in: Liber Tertius Facultatis Theologicae Rostochiensis, p. 229 sqq. Nach einer von Müllers Hanb ber Copie bieses judicii hinzugefügten Bemerkung ist bieses judicium unterschrieben unb expebirt worben Anno MDCLXX. mens. Septembr.

**) Ante omnia testamur coram cordium et renum scrutatore Deo, nos consilia irenica, paci Ecclesiasticae vere paci serio dedicata et propter haec annosum illud conciliationis Protestantium. et Reformatorum studium Dni. Duraei, quod in illo improbare haud temere velimus, haud tenuiter habere, nec quidquam magis concordia vere concorde exoptare.

Erst dann sieht die Facultät ein wahrhaft brüderliches Ver=
hältniß hergestellt *).

Das umfängliche Judicium, welches den Inhalt des
Hypomnema eingehend berücksichtigt, geht von dem Ge=
danken aus, daß die Reformirten stets durch ihre ganz
in das Gegentheil auslaufenden Vorurtheile das Hinderniß
der Vereinigung gewesen seien. · Die Sprache der Friedens=
männer eines Pareus **), eines Crocius ***) und Ber=

---

*) Nostra autem sententia tutissima ad pacem vere Evange-
licam perveniendi via foret, si non Ecclesiae solum Anglicanae
(quarum nomine inprimis Joh. Duraeus Irenica illa religionis cou-
silia hactenus Protestantium Ecclesiis voluit persuadere) sed et
Reformatorum caeterae, damnatis manifestis Zwinglii, Calvini,
Oecolampadii, Bezae, Piscatoris, aliorumque Antecessorum suorum
erroribus, in synodo Dordracena interpolatis potius quam abdicatis
et valere jussis, quin et insignioribus in Syntagmate Confessionum
alicubi exstantibus heterodoxiis, fidei fundamentum sive subverten-
tibus sive concutientibus, Augustanae Confessioni (cujus cateroqui
confessores videri superiori et nostro seculo voluerunt) eidemque
invariatae sine dolo et fraude subscribant. Ita jam inter nos et
illos erit pax, dabimusque illis non humanitatis solum, sed et fra-
ternitatis dexteram.

**) David Pareus, geb. 1548, gest. 1622, einer der eifrigsten Ire=
niker seiner Zeit, strebte eine Union zwischen Lutheranern und Refor=
mirten während seines langen Lebens unermüdlich an. Vorzugsweise ist
seine Schrift zu nennen: Irenicum s. de unione et synodo Evange-
licorum concilianda. Hering, Geschichte der Unionsversuche Th. I.,
S. 283 ff. Henke, Georg Calixt und seine Zeit, Th. I, S. 125 f.,
S. 217, 307.

***) Joh. Crocius, geb. 1577, gest. 1658, ein reformirter Theologe,
der theils in Cassel, theils als Professor in Marburg wirkend, zwar
gegen Lutheraner wie gegen Katholiken schrieb, dennoch aber einer Ver=
einigung der reformirten und lutherischen Kirche nicht entgegen war,
sondern auch zu Zeiten eine Unions=Tendenz auf Grund der Augustana
verfolgte. Vgl. über seine Schicksale: A. Tholuck, Das academische
Leben des 17. Jahrhunderts, Abth. II., S. 289 f. Mit Schmerz er=
füllte ihn die damals auf den deutschen, besonders lutherischen Univer=

gius *) habe gelautet, als ob es sich allein um den Streit über die einzige Spreu, über die oralis manducatio corporis et bibitio sanguimis Christi, handele, während im Uebrigen der Grund des Glaubens von beiden Seiten unversehrt und fest sei. Nichtsbestoweniger werde die Lehre unserer Kirche von den Reformirten in öffentlichen Schriften des Eutychianismus und des Pelagianismus angeklagt, und man bezeichne uns als Capernaitas, Carnivoros, Sanguisugas. Dagegen hebt nun die Facultät hervor, daß sie nicht anders nach dem Worte Gottes urtheilen könne, als daß der Calvinismus fundamental irre, und daß die von Duräus geltend gemachte fundamentelle Uebereinstimmung in der Lehre von ihnen selbst auf das stärkste zurückgewiesen werde. Wenn nun Duräus nicht eine Retraction in den Fundamentalartikeln werde erlangen können, und zwar eine ungeschminkte und aufrichtige, so werde der ganze Friedensrathschlag zusammensinken, und die Arbeit so vieler Jahre vergeblich sein. Deßhalb sei auch Duräus gehalten, die Neigung zur Retraction durch öffentliche Documente nicht eines oder der andern, sondern aller vorzüglicheren Theologen und nicht allein der englischen Kirche, sondern Namens auch der anderen reformirten Kirchen zu

---

sitäten herrschende Unsittlichkeit. Sein Einfluß auf die Universität Marburg tritt zu verschiedenen Zeiten in mehrfacher Beziehung erkennbar hervor. Fr. Claus, Joh. Crocius, ein Beitrag zur Geschichte der evangelischen Kirche und Theologie des 17. Jahrhunderts. Cassel 1858.

*) Joh. Bergius, seit 1618 Hofprediger des Churfürsten Johann Sigismunds, nahm sowohl unter diesem, als unter dem Churfürsten Friedrich Wilhelm an den verschiedenen Friedensversuchen und Colloquien zwischen Reformirten und Lutheranern Theil. Mit ihnen zusammen sollte Joh. Quistorp d. A. dem Thorner Religionsgespräch beiwohnen. Arch. Min. Vol. IV., p. 301 sqq. Krabbe, Aus dem kirchlichen und wissenschaftlichen Leben Rostocks, S. 385 ff.

bezeugen; ohne diese würde jede Friedensverhandlung unnütz sein, da sie niemals von der heiligen Schrift und den Symbolen unserer Kirche abgehen würden.

In Bezug auf die Lehre weist das Iudicium eingehend den tiefen Gegensatz im Dogma von der Präbestination nach *), da beide Confessionen von verschiedenen Grundanschauungen ausgingen. Die confessionellen Gegensätze werden scharf und klar formulirt, und antithetisch einander entgegengestellt in der Universalität der göttlichen Gnade, welche die Lutheraner, und in der Particularität, welche die Reformirten behaupten. Während jenen der göttliche Wille ein ernstlich gemeinter für alle ist, und Gott das Heil an die von ihm georbneten Gnadenmittel geknüpft hat, ist es diesen nicht der

---

*) Ibid. Docemus nos objectum Electionis et Reprobationis specificum esse hominem, in praedestinationis decreto ab aeterno spectatum ut creatum et lapsum. Docetis vos, esse hominem ut creandum. Docemus nos, Deum voluntate antecedente serio velle omnibus atque singulis hominibus salutem per media a se ordinata conferre; Docetis vos, velle quidem Deum salutem omnium, sed non singulorum, absque etiam respectu ad media salutis. Docemus nos, Deum quod vere vult voluntate signi, velle etiam voluntate beneplaciti. At vos docetis, signa voluntatis divinae pugnare cum ipsa voluntate et intentione proferentis. Docemus nos, velle Deum, quantum in se esse mortem Christi actu omnibus et singulis prodesse, et sic Christum ea intentione et voluntate perfectum Redemtionis pretium pro omnibus et singulis, etiam ipsis reprobis persolvisse, Aeque solum impunitatem, sed etiam aeternam salutem una cum omnibus mediis huc ducentibus, merito mortis suae ipsis quoque reprobis acquisivisse. Vos de solis id affirmatis electis, exclusis reprobis. Docemus nos, Deum omnes et singulos homines serio ex salvationis fine ad salutem vocare, iisque omnibus ut obedire ac converti possint, non aequalem quidem, sufficientem tamen et sua ex parte efficacem praestare gratiam. Agnoscitis vos nobiscum vocationis gratiam, non universaliter eandem, id est ex parte Dei efficacem etc.

ernstlich gemeinte Wille Gottes für alle, sondern für einzelne, auch ohne Beziehung zu den Gnadenmitteln, so daß zugleich auch zwischen der voluntas signi und voluntas bene placiti unterschieden und behauptet wird, daß die signa des göttlichen Willens mit diesem Willen in Widerspruch seien. Werde von Seiten der Lutheraner die fruchtbringende Wirkung des Opfertodes Christi für Alle angenommen, so werde dieselbe von den Reformirten auf die electi, mit Ausschluß der reprobi, beschränkt. Behauptet man lutherischerseits, daß die Wiedergeborenen durch Sünden wider das Gewissen den rechtfertigenden Glauben verlieren könnten, so trete man reformirterseits dem mit dem Satze entgegen, daß die Wiedergebornen niemals aus der Gnade fielen.

In gleicher Weise werden die Gegensätze der lutherischen und reformirten Lehre von der Person Christi besprochen. Die lutherische Lehre von der unio personalis, nach welcher die göttliche und die menschliche Natur, in der einen Hypostase des Sohnes Gottes verbunden und geeinigt, die Eine Person des Gottmenschen ausmachen, wird dargelegt und gezeigt, wie die reformirte Lehre die communicatio vere personalis leugne, die wahre, eigentliche und reale communio in Abrede stelle, und die uneigentliche und verbale nicht verwerfe, auch die Mittheilung der Proprietäten der göttlichen Natur an die Menschheit negire*). Der Gegensatz

---

*) Ibid. Docemus nos, vi personalis unionis subsistentiam Filii Dei communicatam esse carni assumtae, communicatione non transfusiva aut essentiali, sed ea, qua est κατὰ συνδύασιν. Vos ut Nestorianismi declinetis suspicionem, assumptionem humanitatis in hypostasin filii Dei, ejusque sustentationem qualemcumque agnoscitis, communicationem vere personalem negatis. Docemus nos, veram naturarum in Christo esse communicationem, qua di-

in der Lehre von den Sacramenten, welche von den Lutheranern, als das Heil wirkend, als instrumenta gratiae conferendae, als media exhibitiva, von den Reformirten als
nuda signa, als signa mere significantia aufgefaßt werden,
wird entwickelt *), um daran die Darlegung der Unterscheidungslehren von der Taufe und vom heiligen Abendmahl zu
knüpfen. Der reformirte Irrthum in Betreff der Kinder der
Gläubigen, als ob ihnen die Erbsünde nicht zugerechnet werde,
wird zurückgewiesen und gezeigt, wie von reformirter Seite
geleugnet werde, daß die getauften Kinder in ihrer Kindheit
wahren, actuellen und seligmachenden Glauben besäßen **).
In der Abendmahlslehre schließt sich die Facultät enge an
die Ausführungen der Concordienformel im sechsten Artikel

---

vina natura humanae, et haec vicissim illi in unione personali
communicata sit, Vos communicationem impropriam et verbalem
non improbatis, a propria, vera et reali plane abhorretis. Nos
praedicationes personales dicimus esse reales atque proprias.
Vobis verbales tantum sunt et tropicae. Docemus nos, humanae
Christi naturae divinam gloriam et dona infinita per unionem et
exaltationem esse communicata. Vos de donis finitis, creatis,
etiam excellentissimis, quin et infinitis, sed non nisi communicatis
quoad personam Christi affirmatis; de donis vero infinitis, quae
sunt ipsius essentiae divinae proprietates, ex communicatione quo
ad humanitatem negatis.

*) Ibid. Docemus nos, sacramenta esse efficacia conferendae
gratiae instrumenta, quae gratiam per vim sibi divinitus datam
vere operentur; Docetis vos, esse nuda signa, nec instrumenta
dici posse nisi quod significando fidem confirmant, per quam rege-
neramur et justificamur.

**) Ibid. Docemus nos, infantes fidelium non nasci sanctos
sanctitate interna per se ipsis ad salutem sufficienti, sed cum reatu
peccati obnoxios irae Dei et aeternae damnationi. Vos nasci in
peccatis conceditis, at nasci cum reatu peccati negatis. Docemus
nos, infantes baptizatos in ipsa infantia sua habere veram, actua-
lem, salvificam fidem, vos id simpliciter negatis.

an, daß die Worte der Einsetzung: Esset, das ist mein Leib, im einfachen, vollen und ursprünglichen Sinne, 'wie sie lauten, verstanden werden müßten, und daß gläubig daran festzuhalten sei, daß das, was Christus zu essen und zu trinken darreiche, wahrhaft und eigentlich Leib und Blut Christi sei, und stellt dem gegenüber die tropische Auffassung der reformirten Kirche hin*), welche: „das ist" durch: „es bedeutet" erklärt. Der lutherischen Lehre von der manducatio oralis wird die reformirte Lehre von der manducatio spiritualis zur Seite gestellt, die am Ende nur auf eine manducatio und bibitio der Zeichen des Brodes und des Weines hinauslaufe. Die specifisch lutherische Lehre von der vera et substantialis corporis et sanguinis Christi praesentia werde geleugnet.

Hatte so die Facultät die wesentlichen Unterscheidungslehren der lutherischen und reformirten Kirche gegensätzlich zusammengestellt, und ihre Unvereinbarkeit aufgewiesen, so

---

*) Ibid. Docemus nos, verba sacrae coenae: Edite etc. in simplici, pleno et nativo sensu, ut sonant, esse accipienda, et simpliciter fide tenendum hoc, quod Christus comedendum et bibendum exhibuit, esse vere ac proprie in mysterio incomprehensibili corpus et sanguinem ipsius, modumque scrutandum non esse: at vos docetis, in verbis Christi dari tropum ab ipsis Evangelistis non explicatum, et nominatim quidem tropum Metonymias signi pro signato, ut est per significat, corpus per signum corporis exponatur. Docemus nos, corpus Christi in sacra eucharistia ore accipi et proprie bibi, modo non physico, sed supernaturali; at vos vel spiritualem tantum defenditis manducationem et bibitionem, vel si sacramentalem eamque veram admittitis, eam tamen nihil aliud esse vultis quam manducationem et bibitionem signorum, panis et vini. Nos docemus, corpus et sanguinem Christi esse vere et substantialiter praesentem in sacra eucharistia; Vos de praesentia tum objectica, tum relativa id conceditis, de substantiali, vel si ita loqui liceat, ubicali negatis. Docemus nos, indignos quoque comedere verum corpus et bibere verum sanguinem Christi sacramentaliter vos de signo id conceditis, ac de signato negatis.

konnte sie mit um so größerem Rechte bezeugen, daß jene weder dieselben Principien, noch dieselbe Lehre hätten, und daß Duräus fälschlich behaupte, daß die Reformirten mit denselben geistlichen Waffen, die aus demselben Zeughause entnommen seien, mit den Lutheranern die gemeinsamen Gegner bekämpften. Das Gegentheil liege klar vor in den Verhandlungen wider die Römischen und die Socinianer, mit denen die Reformirten gegen die Lutheraner gemeinschaftliche Sache gemacht hätten. Die Klagen des Duräus, daß gar keine Spuren heiliger Gemeinschaft und brüderlichen Zusammenwirkens für das Reich Christi sich fänden, werden zurückgewiesen mit der Frage, ob eine heilige Gemeinschaft zwischen wahrer und falscher Lehre bestehen könne, und ein brüderliches Zusammenwirken mit denen, welche das Reich Christi nur zu sehr erschütterten durch die Leugnung der Allgegenwart Christi auch seiner menschlichen Natur nach. Ergab sich schon aus dem Nachweise der Lehrgegensätze die Ablehnung der Friedensrathschläge des Duräus, so wird dies noch ausdrücklich auf das stärkste ausgesprochen*), und es wird Act davon genommen, daß eingestandnermaßen bis dahin die Friedensrathschläge einen unglücklichen Ausgang genommen, und nur zu einer größeren Erbitterung der Gemüther unter den Parteien geführt hätten.

Es bedarf kaum der Bemerkung, daß nach der Abgabe dieses Erachtens der Facultät die Unionsbestrebungen des Duräus bei Herzog Gustav Adolph um so erfolgloser waren, als derselbe von vorn herein ihnen nicht geneigt war, da auch er für seine Person entschieden im lutherischen Bekennt-

---

*) Detestamur συζυγίαν cum Doctoribus et propagatoribus perniciosorum dogmatum, nullumque cum illis doctrinae atque confessionis agnoscimus consortium.

niß stand. Das Judicium, welches schließlich auch seine
Stellung zu den Symbolen betont*), zeigt uns auf das
klarste, daß die Facultät noch entschieden das Bekenntniß der
lutherischen Kirche vertritt, und jeden Versuch zu einer falschen
Union zurückweist. Da aber das Judicium von Müller als
dem derzeitigen Decan verfaßt ist, characterisirt dasselbe auch
in der erfreulichsten Weise seine lutherische Lehrstellung und
sein entschiedenes Festhalten am Bekenntniß der lutherischen
Kirche, sowie nicht minder seine klare und richtige Einsicht,
daß alle ironischen Bestrebungen, welche keine feste Lehrbasis
haben, sondern in ihrer Tendenz auf eine Vermengung oder
Abschwächung der Unterscheidungslehren gerichtet sind, nur
dazu dienen können, die Kirche, statt zu stützen und zu erbauen, zu schwächen und aufzulösen.

Neben den vielfachen Arbeiten, welche ihm die Ausferti-
gung der vielen theologischen Bedenken bald als Glied der
theologischen Facultät und zeitiger Decan, bald als Glied
des Rostocker Ministeriums und Superintendent auferlegten,
da an beide Collegien mannigfache Ersuche um Abgabe theologischer Responsa eingingen, setzte er nichtsdestoweniger auch
seine literarische Thätigkeit unermüdlich fort. In diese Jahre
fällt seine Schrift „Ungerathene Ehe"**), die er in tiefer

---

*) Extant in medio scripta nostra publica, in primis Augustana
Confessio invariata et formula Concordiae, a quibus latum unguem
recedere non possumus, ita jubente norma sanctae veritatis, quam
sequitur norma sanctae per Charitatem communionis.

**) Ungerathene Ehe, oder vornemste Ursachen, so heute den Ehe-
stand zum Wehestand machen, vorgestellet von D. Heinrich Müllern, der
heiligen Schrifft Prof. und Pastore bey der Kirchen St. Marien in
Rostock. Cum gratia et privilegio Elect. Saxonici. Frankfurt. In
Verlegung Johann Georg Schiele, Buchhändlers. MDCLXVIII. in 12.
Ebendas. 1674 in 12. Hamb. 1705 in 12. Hamb. 1715 in 12. Diese

Trauer über diesen Schaden Josephs, ob er durch Gottes Gnade möchte geheilet werden, schrieb, nachdem er oft und viel mit seinem Gott sich darüber besprochen hatte, wie es zugehe, daß bei so manchen Ehen, die doch von den Dienern Christi eingesegnet seien, das Wort des Segens keinen Segen hinter sich lasse. Müller sieht den Grund darin, daß die Eheleute das hochwichtige Werk ohne Rath anfangen, ohne Rath schließen und ohne Rath vollenden. Darum gerathe es nicht, sondern werde zum Unrath, weil es nicht in Gehorsam göttlicher Gebote angefangen sei *). Nicht ohne Ursachen nenne man die Ehestiftung eine Berathung, als wann man spricht: Der Vater hat sein Kind berathen. Solle die Ehe gerathen als das wichtigste Werk, worauf die zeitliche und ewige Wohlfahrt stehe, so sei zuvor mit Gott zu rathen. Nach ausführlicher Erörterung aller verbotenen Verwandtschaftsgrade weist Müller den Ehestand als den allerheiligsten

Schrift ist D. Martino Geiero, weitberümten Theologo, und Churfürstl. Durchleuchtigt. zu Sachsen wohlverbientem Ober-Hof-Prebigern etc. „Meinem in Gott hoch zu ehrenden und geliebten Herrn Vater" zugeeignet. In der vom 8. Sept. 1667 batirten Dedication spricht Müller seinen Dank an Geier aus für seine geist- und trostreichen Predigten, die ihn, als er sich Anno 1650 und 1651 Studirens halber in dem edeln Leipzig aufgehalten habe, afficiret und erbauet hätten. Zugleich gedenkt er in rührender Weise des Schwiegervaters Geiers, des Joh. Benedict Carpzov, als des allertheuersten Gottes-Mannes, dem er unendlich Vieles, verdanke, und fleht des HErrn Segen auf seine Kinder und Kindes-Kinder herab. Vgl. auch S. 84 ff.

  *) Die Schrift ist nach Müllers eigenem Zeugniß geschöpft aus Gottes Wort, gesunder Vernunft, aus allen Rechten, üblichen Consistorial- und Facultätensprüchen, Kirchen- und Ehe-Ordnungen, auch Lutheri, Melanthonis, Brentii, Sarcerii und anderer berühmter Theologorum, wie nicht weniger aus vieler herrlicher Rechtsgelehrten Schrifften. Dies Letztere erkennt man auch insonderheit in Müllers Erörterung der verbotenen Verwandtschaftsgrade in auf- und absteigenden Linien.

und Gott gefälligsten Stand auf und zeigt, daß nur der geschickt sei, darin zu leben, der ihn mit Gott und mit Ehren
wisse anzufangen und zu führen. Müller bespricht aber auch
alle Verhältnisse der Eheleute in tief geistlicher Weise, sowohl
die persönlichen, ob auch eine rechtgegründete Liebe in ihnen
sei, als auch die äußeren, welche die Gleichheit oder Ungleich-
heit der Religion, des Standes, des Alters, des Vermögens
betreffen. Gottesfurcht und Tugend sind ihm der rechte Fuß
ehelicher Liebe. Der zweite Theil, welcher von der Be-
schließung der Ehe handelt, erörtert ausführlich das Verhältniß
der Eltern zu derselben, warum die Kinder bei den Eltern
sich über ihre Ehe Rath zu erholen haben, und warum die
väterliche Bewilligung zur Ehe gehöre, in welcher Beziehung
Gottes Wort keinen Unterschied wisse zwischen Sohn und
Tochter. Im dritten Theile werden Rathschläge hinsichtlich
der Vollziehung der Ehe ertheilet, wo auch die Frage nach
der Verbindlichkeit der Ehegelöbnisse nach allen Seiten erwogen und bestätigt wird. Zugleich handelt Müller über die
Bedeutung, Zeit und Ort der priesterlichen Copulation, und
belegt seine ernsten geistlichen Mahnungen mit manchem
Zeugniß aus den Erfahrungen seines reichen Amtslebens*).

Im Winter des Jahres 1668 auf 1669 war Müller in eine
schwere Krankheit gefallen, welche ihn mit dem Tode bedroht
hatte. Er erfuhr den ganzen Reichthum der Barmherzigkeit

---

*) Wie sich Müller gegen die Hochzeiten an den Sonntagen erklärt,
so auch sollen sich billig christliche Eheleute nicht ohne Noth daheim in
ihren Häusern, sondern vor dem Angesicht des dreieinigen Gottes und
seiner Kirchen vertrauen lassen. Schon damals waren die Trauungen
in den Häusern vorwiegend üblich, und Müller knüpft daran eine für
jene Zeit characteristische Schilderung der damals bei den Haustrauungen
herrschenden Uebelstände. Vgl. Ungerathene Ehe, S. 383 ff.

seines Gottes, der ihn nicht nur von der tödtlichen Krankheit, sondern auch aus den folgenden gefährlichen Recidiven erlöste. Sein schwächlicher Körper unterlag fast unter der Last seiner vielen amtlichen Arbeiten und Sorgen. Dazu kamen die Schmerzen und Aengsten der Krankheit. Oft hatte er ein herzliches Verlangen und Sehnen nach einer seligen Ausspannung. Er hatte mit dem Apostel Paulus zu Zeiten Lust abzuscheiden und bei Christo zu sein. Aber da es dem HErrn gefiel, ihn aus des Todes Rachen herauszureißen, hatte Müller, wie er selbst sagt, seinen Willen für sein Heil angenommen, und mit Hiskias das Gelübde gethan: O wie will ich noch reden! Jes. 38, 15. Er verhieß seinem Gott, ihm einen Dank-Altar aufzurichten, darauf zu opfern die Farren seiner Lippen, und nicht nur seinen Geist aufzumuntern zu seinem Preise, sondern auch andere damit anzufeuern, ihm für das vielfältige Heil, das er uns vor der Zeit erwiesen hat, in der Zeit erweiset, und nach der Zeit erweisen wird, ein tägliches Lob-Opfer zu bringen. Nach seiner Wiederherstellung hielt Müller drei Predigten vor seiner Gemeinde über Ps. LXVIII., v. 20. 21. „Gelobet sei der Herr täglich. Gott legt uns eine Last auf, aber er hilft uns auch, Sela. Wir haben einen Gott, der da hilft und den HErrn, HErrn, der vom Tode errettet", in denen er die so reichlich erfahrene Gnade und Barmherzigkeit seines Gottes pries, und Ihm Lob und Dank sagte. Als der Druck dieser Predigten gewünscht ward, entstand daraus sein „Geistlicher Dank-Altar"*).

---

*) Christlicher Dank-Altar, aus dem LXVIII. Psalm, v. 20, 21, zum Täglichen Lob-Opffer der Christen auffgerichtet. Rostock 1669. Unter den älteren Ausgaben hebe ich noch zwei hervor, die mir vorliegen: Geistlicher Dank-Altar zum täglichen Lob-Opffer der Christen.

Es geht durch Müllers „Geistlichen Dank-Altar" ein mächtiger, erquickender Zug geistlichen Lebens, der hervorquillt aus der lebendigen Ueberzeugung, daß das Kreuz der Gerechten ein Segen Gottes ist. Die ganze Schrift athmet Lob und Dank, daß der Sohn Gottes Lust hatte, auf Erden zu wohnen unter den Thränen der armen Sünder, daß der HErr des armen Menschen gedachte und des Menschen Kindes, daß er sich sein annahm. Müller betrachtet den achtundsechszigsten Psalm als ein Triumph-Lied Davids sowohl über die vielen herrlichen Siege, die Gott seinem Volke wider ihre Feinde verliehen, als insonderheit über den hochherrlichen Sieg, welchen unser HErr und Heiland Jesus

---

Mit vielen Kupffern gezieret. Benebenst einem Anhang zweyer theologischer Fragen. I. Ob ein Christ in gewissen Fällen für seinen Nächsten das Leben zu lassen schuldig seyn? II. Ob ein Christ, von einem Trunkenbold überfallen, lieber tödten sol oder sich tödten lassen? Aufgerichtet und erörtert durch Doct. Heinrich Müllern, der heil. Schrifft Profess. und Pastorn der Gemeine zu S. Marien in Rostock. Drucks und Verlags Balthasar Christoph Wusts in Frankfurt am Mayn, im Jahr 1670. In 8. Eine zweite Ausgabe erschien genau unter demselben Titel und in gleichem Verlage, aber in 12. Frankfurt am Mayn im Jahr 1673. Außerdem erschien die Schrift Frankf. 1678 in 8. Frankf. 1694 in 8, in dänischer Uebersetzung Hafniae A. 1683 in 8., herausg. von M. Pet. Müllerus, Past. Christianhafniensis. Der „Geistlicher Dank-Altar" ist in seiner ersten Ausgabe unter dem 20. Jul. 1669 „der Gott geheiligten, Durchleuchtigsten Princessinnen und Fräulein Fr. Sophia Agnes, Herzogin zu Mecklenburg etc.", zugeeignet. Müller bezeugt in der Debication, daß ihn zu derselben die bei der Princessin verspürte Liebe zum Worte Gottes bewogen habe, und daß er während ihres Besuches in Rostock gesehen habe, wie sie sich zu Gott gehalten, wie fleißig sie das Haus des HErrn nicht nur an den Sonn-, sondern auch an den Werckel-Tagen besucht, wie sie mit höchster Herzens-Lust den Dienern Christi zugehört, und ihr Gebet auf den Knien in tief andächtigster devotion vor dem HErrn aller Herren gethan habe. Am Schlusse der Debication tritt Müller „sofort zu diesem Dank-Altar, und bringt dem Höchsten sein Lob- und Bet-Opfer für ihr Hoch-fürstl. Wolergehen."

Christus über seine und unsere Feinde, Sünde, Teufel, Tod und Hölle, erhalten. So wie Christo aus dem Krieg ein Sieg, aus dem Leiden eine Herrlichkeit erwuchs, so geht es seinen Gliedern zuletzt dennoch wohl. Wie trüb und seltsam sichs zuerst anlasse, so herrlich sei das Ende. Das: Gelobet sei der HErr! tönet immer und immer mit ergreifender Gewalt aus allen Ausführungen Müllers heraus, mag er nun in die Erfahrungen der apostolischen Kirche eingehen, oder aus der späteren Kirchengeschichte die Leiden und Drangsale der Christen unter den sie treffenden Verfolgungen darstellen, oder mag er sonst reden von den Bedrängnissen, welche das Volk Gottes zu erfahren hat. Nur dich, HErr, nur dich, und sonst nichts soll immer das Bekenntniß des Herzens und der Lippen sein, auch wenn die Gläubigen von harter Krankheit ergriffen sind, welche sie dürre aussäugt, und den Tag vor Abend ein Ende macht. Gelobt sei der HErr täglich, da, obschon alle Tage sich nicht gleich sind, er dennoch unser liebster Vater bleibt, der es nimmer übel machet, so lange er unser Vater und wir seine Kinder heißen. Er beladet sich mit uns, wie eine Mutter ihr Kind trägt in ihrem Schooß und auf ihren Armen. Er, unser König, will all unsere Last, unsere Sünden-Last und Sorgen-Last, tragen. In dem Allen beladet er uns mit Heil, und zwar allzeit, ob wirs gleich nicht allzeit empfinden. Gott beweiset seine wunderliche Güte denen, die ihm vertrauen!

Dabei ist es Müller wesentlich darum zu thun, es den Herzen recht nahe zu bringen, daß Gott uns erwählet habe durch Christum zu Lobe seiner herrlichen Gnade, daß er die Sünde selbst geopfert hat an seinem Leibe auf dem Holz, auf daß wir, der Sünde abgestorben, der Gerechtigkeit leben sollen. Denn es ist nichts Verdammliches an denen, die in Christo Jesu sind, die nicht nach dem Fleisch wandeln, sondern nach dem Geist. Dabei tritt überall in dem Geistlichen Dank-Altar die Kraft des Trostes, der in der Vergebung der Sünden liegt, uns entgegen, welcher alle Gebrechen heilet, und uns krönet mit Gnade und Barmherzigkeit. Aus dem Allen aber soll für uns die Erkenntniß hervorgehen, daß wir unser Lob-Opfer zum Dank-Altar Gottes darbringen, da er, der uns eine Last auferlegt, uns auch hilft, so daß wir Alles durch den vermögen, der uns mächtig macht, Christus. Und gleich wie wir des Leidens Christi viel haben, also werden wir auch reichlich getröstet durch Christum. Wir haben einen Gott, der da hilft, und den HErrn HErrn, der auch vom Tode errettet. So faßt sich schließlich alles Heil, alle Errettung dahin zusammen, daß Er der HErr ist, der das alles thun kann, da er die Ausgänge des Todes in seinen Händen hat, dessen theurer Name hoch gelobet sei *).

---

*) Im Anhange zum Geistlichen Dank-Altar findet sich noch ein „Danklied nach überstandener, tödtlicher Krankheit“ im Ton: Lasset uns den HErrn preisen, und die Theologische Erörterung der beiden, auf dem Titel genannten Fragen. Veranlassung dazu gab, daß Müller sieben Jahre früher in seiner Epistolischen Schluß-Kette bei Erklärung der Worte Johannis: Und wir sollen auch das Leben für die Brüder lassen, geschrieben hatte: „Vors Dritte muß ein jeder Christ seines Nächsten ewiges Heil seinem zeitlichen Heil vorziehen, als wann ein Christ von einem Trunkenbold überfallen würde, und müßte entweder sich das Leben nehmen lassen, oder dem Trunkenbold sein Leben nehmen, dafern er versichert ist, daß er einen gnädigen Gott hat, und seelig sterben kann, soll er lieber das Leben lassen, als nehmen, damit dem andern Zeit und Raum zur Buße gegeben werde, daß er seine Sünde könne bereuen, sich bekehren, und also auch selig sterben.“ Diese Aeußerungen Müllers waren, wie er sagt, „von einem, der doch hoch gelehrt heißen will, nicht nur ungleich eingenommen, sondern auch bey eines vornehmen

Gleichzeitig aber setzte Müller mit großem Eifer seine wissenschaftlichen Arbeiten fort, auf welche er theils durch theologische Zeitfragen, welche damals hervorgetreten waren, geführt ward, oder zu welchen er durch das, bei seinen eigenen Studien ihm fühlbar gewordene Bedürfniß angeregt war. Beide Motive trafen aber in den Forschungen zusammen, welche er im Interesse der Harmonistik und der Chronologie der heiligen Schrift sich gedrungen fühlte anzustellen. Für beide so schwierigen Punkte der Schriftforschung war die Zeit vorzugsweise geeignet, da die Theologen mit wenigen Ausnahmen noch im Glauben an die Offenbarung Gottes in der heiligen Schrift standen, und den historischen Character der Evangelien festhielten. Scaliger war in seiner trefflichen Schrift de emendatione temporum mit sehr eingehenden, umsichtigen und sorgsamen chronologischen Untersuchungen

---

Herrn Tafel fürwitzig angegriffen worden", und wolle er, da ihm „solches von guten rechtschaffenen Herzen kund gethan, und dabey angemuthet worden, seine Meinung ein wenig besser außzuführen, damit dem Lästerer das Maul gestopfft würde, die ganze Sache in zweyen Fragen kürtzlich abhandeln". Die erste Frage, ob ein Christ nach der Liebe im Fall der Noth mit Verlust seines eigenen zeitlichen Lebens seines Nächsten ewiges Heil zu förbern schuldig sei, bejaht Müller aus Gottes Wort, Joh, 15, 12. 13., welchem Gebote ein Christ zu gehorchen schuldig sei necessitate praecepti. Wie Christus uns Menschen geliebet und nach seinem Exempel einander zu lieben befohlen habe, so sei ein Christ schuldig, den andern zu lieben. Nun habe Christus uns Menschen also geliebet, daß er für unser ewiges Heil sein zeitliches Leben williglich dahin gegeben. Ergo. Doch sind die Schlußfolgerungen, die Müller zieht, nicht alle gleich stringent. Die zweite Frage, „ob ein Christ, da er von einem Trunkenbolde überfallen würde, und müßte entweder sich das Leben nehmen lassen, oder dem Trunkenbolde das Leben nehmen, dafern er versichert ist, daß er einen gnädigen Gott habe, und selig sterben könne, sich lieber sol tödten lassen, als den Truncenbold tödten, damit diesem Zeit und Raum zur Buße gegeben werbe", wird von Müller ebenfalls

vorangegangen *), und finden wir, daß namentlich Müller denselben in seinen gelehrten Arbeiten oft berücksichtigt, gerne sich ihm anschließt, und offenbar durch ihn sich in seinen biblisch-theologischen Studien vielfach gefördert sieht. Es fallen aber auch in diese Zeit die chronologischen Arbeiten eines Petavius **) und Usserius ***), von denen insbesondere der Erstere die chronologischen Ansichten Scaligers näher

---

bejaht. Er unterscheidet zwischen dem, was einem Christen vergönnt sei, von Rechtswegen, und was er schuldig sei zu thun nach der Liebe. Auch sei nicht einem jeden solches anzurathen, sondern nur dem, der bei ihm selbst versichert ist, daß er einen gnädigen Gott habe, und selig sterben könne. Müller antwortet nun mit dem Schluße: Wer schuldig ist mit Hintansetzung seines eigenen zeitlichen Lebens des Nächsten ewiges Heil zu befördern, der ist schuldig, im Fall er von einem Truncken-bolde u. s. w. Aber Müller übersieht hier, ob denn wirklich dadurch dem Trunckenbolde die ewige Seligkeit gewonnen werden könne, daß das beabsichtigte Verbrechen zugelassen wird, und ob es überhaupt für einen kurzsichtigen Menschen recht sei, der intendirten Sünde Raum zu lassen, damit etwa Gutes daraus entstehe. Die Vertheidigung Müllers ist hier im Ganzen schwach, und wenn er schließlich bemerkt: „Wer was rechtschaffenes darwider vorzubringen hat, der sey kein heimlicher Ver-läumbber", so spricht sich darin wohl eine gewisse Empfindlichkeit aus, von welcher Müller nicht ganz frei gewesen zu sein scheint. Unter den Aelteren haben seine Argumente widerlegt: Joh. Jac. Müller, Philos. Pract. Prof. Jenensis do moralitate tutelae inculpatae. c. 3. (A. 1694 edita). Phil. Jac. Spener, Theol. Bedenken, T. IV., p. 392 ff.

    *) Joseph Justus Scaliger, De emendatione temporum. Ed. prim. Parisiis 1583, Fol., beste Ausgabe Genev. 1629. Fol. Zu nennen ist noch besselben Thesaurus temporum complectens Eusebii Pamphili chronicon cum isagogicis chronologiae canonibus. 2 Voll. Fol.

    **) Dionysius Petavius, Opus de doctrina temporum. Ed 1. Parisiis 1628. 2 Voll., beste Ausgabe 3 Voll. Antwerp. 1703. fol.

    ***) Annales Veteris et Novi Testamenti a prima mundi origine deducti usque ad extremum templi et reipublicae judaicae excidium. Auct. Jacobo Usserio. Genev. 1654. Fol ed. nova. Genev. 1722. fol.

entwickelt, und hie und da nicht unwesentlich emendirt und festgestellt hatte, der Letztere aber nach langjährigen Studien eine umfassende Chronologie aufstellte, die noch jetzt in der anglikanischen Kirche sich einer ziemlich allgemein anerkannten Auctorität erfreut. Müller scheint für alle damals so lebhaft erörterten chronologischen Fragen ein um so größeres Interesse gewonnen zu haben, als seine umfänglichen, und mit Vorliebe betriebenen Schriftstudien ihn nicht selten auf diese zurückkommen ließen. So entstand seine Harmonia Veteris et Novi Testamenti chronologica, in welcher er neben der Erörterung der Hauptpunkte der biblischen Zeitrechnung sich auch an dem gegen Isaak Voß und Ludwig Cappel von lutherischer Seite geführten Streite betheiligte *).

Bei der rastlosen Thätigkeit Müllers kann es nicht Wunder nehmen, daß auch in diesen letzten Lebensjahren von ihm noch eine Reihe von gelehrten Arbeiten erschien, obwohl er schon während dieser Zeit unter den Anfängen der schweren Krankheit litt, welche ihn hinraffen sollte. Aber unermüdlich in der Arbeit, wie er war, und voll innerer Freudigkeit ließ er sich durch die Hitze dieser Trübsal nicht von der Durchführung der wissenschaftlichen Arbeiten abhalten, die er sich vorgesetzt hatte. Schon zwei Jahre später, im Jahre 1670, erschien seine Theologia Scholastica, die indessen schon längere Zeit von ihm vorbereitet war, so daß er schon früher einen Theil derselben veröffentlicht hatte **). Bei der

---

*) Harmonia Veteris et Novi Testamenti chronologica, sacrorum fontium veritatem defendens, contra Pontificios nonnullos, eorumque sequaces. Is. Vossium imprimis et Ludov. Capellum. Rostochii 1668 in IV.

**) Henrici Mülleri, Theol. Doct. & Professoris in Academia Rostochiensi Theologia Scholastica. Cum Indice Triplici. Rostochii,

Schwierigkeit und Dunkelheit des Gegenstandes, zumal wenn man die geringen Hülfsmittel erwägt, die ihm bei der Bearbeitung desselben zu Gebote standen, begreift es sich, daß er die Arbeit zurücklegen konnte, und es begreift sich nicht minder, daß er sie wieder aufnahm, da die scholastische Theologie insbesondere für seine Zeit eine Nothwendigkeit hatte, und ihre genaue Kenntniß zur Lösung und Beseitigung mannigfacher Schwierigkeiten und Dunkelheiten von Bedeutung war.

Die Schrift selbst entwickelt in sechsundzwanzig Abschnitten die Lehre vom Wesen Gottes und der Dreieinigkeit Gottes, welche in der Form schulmäßiger Wissenschaft entwickelt wird. Anhebend von dem Wesen Gottes und den göttlichen Attributen im Allgemeinen, wird sodann von seiner Einheit und Einfachheit, von seiner Wahrhaftigkeit und Güte, von seiner

---

Typis & Impensis Johannis Kilii, Acad. Typogr. Die Schrift trägt keine Jahreszahl, ist aber 1670 erschienen und unter dem 15. December 1669 zugeeignet: Viro Magnifico et Excellentissimo Domino Johanni Slütero, Icto Celeberrimo et Serenissimi Ducis Mekleuburgici Consiliario intimo, Cancellario Amplissimo. Daß ein Theil dieser Schrift schon vor zehen Jahren erschienen, ergiebt sich aus der Dedication, wo es heißt: Comparet mecum Theologia mea Scholastica, cujus jam ante decennium specimen prodiit quoddam etc. Das specimen liegt nicht vor, aber aus der Dedication der Schrift de summo hominis christiani bono an Henr. Langenbeck, Geheimrath und Kanzler des Herzogs zu Braunschweig Christian Ludwig, d. d. 31. December 1860, geht hervor, daß Müller das Specimen dem Herzog von Braunschweig dedicirt hat. Dort sagt er: Tu, Magnifice Domine Cancellarie ante quadriennium et quod excurrit, Theologiam meam Scholasticam, Serenissimo Tuo principi humillime consecratam haud in minimo habuisti pretio. Die Veranlassung zu dieser Dedication an den Herzog von Braunschweig war Müllers zu Helmstädt stattgehabte und vom Herzoge sanctionirte Promotion zum Doctor der Theologie. Vgl. auch S. 159. 168.

Unendlichkeit und Ewigkeit, von seiner Unermeßlichkeit und Allgegenwart, wie von seiner Unerforschlichkeit gehandelt. Er wird dargestellt nach seinen Eigenschaften und Werken, der Schöpfung und Vorsehung, worauf die Lehrfassung der Dreieinigkeit nach allen ihren coincidirenden Seiten, mit Ausschluß jedes subordinatianischen Momentes, dargelegt wird. Die Einzelheiten, in denen die scholastische Wissenschaft das Lehrstück durchgearbeitet hat, werden herangezogen und auseinandergelegt. Zugleich wird der Verlauf, den die Entwickelung dieser Lehre bei den Vätern genommen hat, berücksichtigt, und nicht minder wird die dogmatische Entwickelung der damaligen Gegenwart in Bezug genommen. Die schulmäßige Form der Entwickelung, in welcher argumentirt wird, waltet vor, und macht sich zugleich die Anwendung der aristotelischen Formen auf die Beweisführung bemerkbar, während verhältnißmäßig weit weniger Material aus den eigentlichen Scholastikern benutzt und verwandt wird. Hinsichtlich einzelner Beziehungen, welche der Lehre von Gott gegeben sind, werden reformirte und katholische Dogmatiker in gleicher Weise bekämpft.

Dabei wird das Leben Gottes substantialiter oder effective unterschieden. Substantialiter oder essentialiter ist das göttliche Leben allen Personen der Gottheit gemeinsam, personaliter aber genommen wird dasselbe auf eine bestimmte Person der Gottheit zurückgeführt. Auch wird das Wesen der Circumincessio der Personen in der Gottheit aufgewiesen und gezeigt, wie diese keineswegs eine Vermengung der Personen in sich schließe. Die inexistentia mutua sei vielmehr die innigste Gegenwart der göttlichen Personen unter sich *). Insbesondere aber wird in der Lehre vom heiligen Geiste der Begriff der processio als emanatio unius personae ab alia nicht nur speciell präcisirt, sondern es wird auch das formale et immediatum principium dieser Processionen näher entwickelt, und werden die theilweisen Uebereinstimmungen und die theilweisen Unterschiede der göttlichen Processionen aufgewiesen **). In der That hat Müller in der aufgezeigten Weise das altkatholische und scholastische Lehrmaterial über Gottes Dreieinigkeit in endliche Verstandesbegriffe und in daraus abgeleitete Schlußfolgerungen zu fassen und aus einander zu legen versucht.

Außer einer Zahl kleiner Gelegenheitsschriften ***), wie

---

*) Wie sehr das Bestreben stattfindet, die Schlußfolgerungen abzuleiten, zeigt folgende Argumentation: Ex distinctione resultat ordo et numerus. Quaeritur ergo I. an inter personas Trin. sit ordo naturae, item prius et posterius? Supponimus hic prioritatem (et proportionaliter posterioritatem) esse multiplicem a. perfectionis: sic in unoquoque genere, quod est perfectissimum, est primum. β. generationis: partes sunt priores toto, radices, truncus floribus, flores fructu. γ. durationis v. g. aeternitatis, aevi, temporis etc. Ibid. § 328, p. 249.

**) Ibid. § 337. § 339 sqq., p. 256 sq.

***) Catholicismus meriti Christi. Resp. & A. Arnoldo Hatz, Hols. d. 25. Febr. in IV. Nicht aus dem Jahre 1645, wie angenommen worden ist, Lipenii Bibliotheca theologica realis P. II., p. 275, sondern wahrscheinlich aus dem Jahre 1672, da Müller auf dem Titel als Superintendent genannt wird. Es wird ein dreifacher Catholicismus meriti Christi bewiesen. 1. subjecti (omnium et singulorum hominum), 2. objecti (omnia peccati, omnisque poenae), 3. temporis (non tantum V., sed et N. Tti.). Weitere Nachrichten von gelehrten Rostockschen Sachen J. 1743, S. 308 ff. Breviarium exinanitionis Jesu Christi A. & R. M. Conrado von Bergk, Rostochians. d. 29. Martii in IV. — Disp. Theologica de resurrectione mortuorum, ex infallibili Christi interpretis contra Sadducaeos demonstratione, apud Euangelistam Matthaeum (c. 22, v. 29—32 proposita)

die damalige Praxis der Universitäten sie alljährlich hervor=
rief, die keine allgemeinere Bedeutung haben, wird hier
vor Allen Müllers letzte gelehrte Schrift Berengarianismi
Veteris Novique Historia *) noch eingehender zu betrachten
sein. In dem ersten Theile des Werkes, welches die Ueber=
schrift führt Berengarianismus natus et denatus, wird die
Geschichte der Entwickelung der Lehre vom heiligen Abend=
mahl, von Ignatius an bis zum zwölften Jahrhundert, in
kurzer Uebersicht dargestellt. Doch gelingt es ihm nicht, die
verschiedenen Richtungen der altkatholischen Kirche in der
Abendmahlslehre, wie sie einerseits von Ignatius, Justinus,

A. & Resp. M. Joach. Krisow, d. 26. Nou. 1672 in IV. Recusa
in Fasciculo Scriptorum rariorum et curiosorum de animae post
separationem a corpore statu, immortalitate etc. Francof. A.
1692. 8. De pacto Dei cum homine, legali et euangelico dissertatio theologica. A. & R., d. 3 Febr. 1674 in IV. Das pactum
wird nach dem Unterschied des Alten und Neuen Testaments erörtert. —
De coelibatu Clericorum. Dissertatio A. & R. Georg Schuckmann, Osnabr. Westph., d. 10. Mart. 1675. Nach Erklärung der
Wörter coelibatus und clericus wird die Römische Auffassung dargelegt, und die von Petrus Wittfolt in der theologia catechetica ausgesprochene Meinung berücksichtigt. So: Weitere Nachrichten etc. J. 1743,
S. 310. Memoriae Theologorum nostri seculi clarissimorum renovatae Centuria curante M. Henningo Witten p. 1892 Johannis
Molleri, Cimbria Literata Vol. III., p. 493. Diese einzelnen Disser-
tationen waren nicht mehr zu erlangen.

*) Berengarianismi Veteris Novique Historia, exhibita ab Hen-
rico Müllero, Th. Doct. & Prof. Ordin., Collegii Theolog. Seniore
& ecclas. Rostoch. Superintendente. Rostochii, Typis & impensis
Jacobi Richelii, Senatus Typographi. Anno CICICCLXXIV. Die
Schrift ist dem „Magnifico Nobilissimo et Consultissimo Domino
Hans Heinrich Webemann, Icto Excellentissimo et Serenissimi Ducis
Meklenburgici Consiliario intimo ac Cancellario" zugeeignet, den
Müller in der sehr verbindlich gehaltenen Dedication für durchaus be-
fähigt erklärt, in den hier behandelten Controversen ein Urtheil abzu-
geben.

Martyr und Irenäus, anderseits von Tertullian und Cyprian, und wiederum von Clemens Alexandrinus und Origenes vertreten werden, zu gruppiren und darzustellen; er beschränkt sich darauf, einzelne Stellen derselben zu referiren, ohne doch daraus die betreffenden Vorstellungen vom Abendmahl zu präcisiren. Die Verbindung des göttlichen Logos mit dem Leibe und Blute Christi unter den Zeichen des Brodtes und Weines, wie sie sich bei Johannes von Damaskus findet, ist indessen von Müller erkannt *). Auch wird das Specifische der Transsubstantiationslehre des Paschasius Radbert unter Berufung auf das allmächtige Schöpferwort Gottes aus seiner Schrift de corpore et sanguine Domini richtig hervorgehoben **), und im Allgemeinen zeigt er auch entsprechend, daß Berengar wesentlich im Abendmahl nur einen geistigen Leib Christi nach der Consecration, corporis et sanguinis Domini duntaxat figuras, angenommen habe.

Der zweite Abschnitt der Schrift Berengarianismus renatus et redenatus verfolgt die Entwickelung der Abendmahlslehre vom dreizehnten Jahrhundert an bis zu dem im Jahre 1586 zu Mömpelgard gehaltenen Colloquium. In Carlstadt sieht Müller den Berengarius renatus, und deckt die völlige Ver-

---

*) Ibid. p. 10. Nec vero, inquit, panis et vinum corporis et sanguinis Christi figura sunt (absit enim hoc!) sed ipsummet Domini corpus deificatum: quippe cum Dominus ipse dixerit: Hoc est, non corporis signum, sed corpus, nec typus sanguinis, sed ipse sanguis meus.

**) Omnia quaecunque voluit Dominus fecit in coelo et in terra. Et quia voluit, licet figura panis et vini hic sit, omnino nihil aliud quam caro Christi et sanguis consecrationem credenda sunt. Unde ipsa Veritas ad discipulos. Hoc, inquit, caro mea est pro mundi vita. Et ut mirabilius loquar, non alia plane, quam quae nata est de Maria et passa in cruce, et resurrexit e sepulcro.

kehrtheit der Ansicht Carlstadts vom heiligen Abendmahl auf, indem er sowohl diese aus der Schrift Luthers wider die himmlischen Propheten erweiset, als auch Luthers positive Abendmahlslehre darlegt. Doch bietet dieser ganze Theil keine tiefer eingehende Entwickelung dar, wenn gleich im Gegensatze zu der Lehrfassung Zwinglis, Bucers, Calvins und Bezas die lutherische Lehrentwickelung in ihren Hauptzügen angedeutet wird. Im dritten Theile handelt Sectio I. De tropo in verbis Coenae et praesentia corporis Christi sacramentali. Sectio II. De Manducatione et Bibitione sacramentali. Sectio III. De pane Eucharistico ejusque fractione. Wie es Müller im ersten Abschnitte wesentlich darum zu thun ist, zu zeigen, daß, da die Worte Christi eigentlich zu fassen, Leib und Blut Christi im Abendmahl unter und mit dem Brodt und Wein realiter und substantialiter gegenwärtig seien, so weist er im zweiten Abschnitt auf das entschiedenste die Instanzen der Calvinisten gegen die manducatio oralis als eine Capernaitica zurück, und spricht sich im dritten Abschnitt über das Brechen des Brodtes im Sinne Luthers aus, daß dasselbe nicht sub lege necessitatis in die Kirche einzuführen sei *). Immerhin aber ist die Schrift ein für das letzte Viertel des siebzehnten Jahrhunderts sehr beachtenswerther Versuch, die Entwickelung der lutherischen Abendmahlslehre dogmengeschichtlich aufzuweisen, und ihre Gegner implicite zu widerlegen.

Neben diesen gelehrten Arbeiten beschäftigte er sich in

---

*) Ibid. p. 112. Non abhorruit Lutherus a fractione distributionis, abhorruit tamen a fractione repraesentationis: non abhorruit a fractione ut libera et indifferente; abhorruit tamen ab ea, ut sub lege necessitatis in ecclesiam introducenda.

dieser letzten Zeit seiner irdischen Pilgrimschaft, wie er schon in großer Leibes-Schwachheit sich befand, unausgesetzt mit der erbaulichen Auslegung der Geschichte von der großen Sünderin Luc. VII., v. 36 ff., die er, wie sie ihm selbst in seinem innern Leben zur heilsamen Erquickung und Ermunthigung gereicht, und ihm den vollkommenen, unerschöpflichen Trost der Gnade Gottes in Christo gewährt hatte, auch anderen geängstigten, zerschlagenen und heilsbegierigen Herzen zur Kräftigung und Stärkung darbieten wollte. So entstand seine „Thränen- und Trost-Quelle"*), welche in zwanzig Betrachtungen alle Noth der Sünde und allen Schmerz der Buße, aber auch alle Gnade und allen Trost, den der HErr Jesus uns schenkt, allen angefochtenen Seelen vor Augen stellte. Die Schrift ist von ihm geschrieben, in wahrhafter Beweisung des Geistes und der Kraft. Sie ruht wesentlich auf der Erfahrung seines eigenen Herzens von der göttlichen Kraft des Evangeliums, die Sünder selig zu machen. Wie der heilige Geist im Worte ihm die Augen aufgethan hatte, alle die mannigfachen Falten des Herzens, in denen die Sünde sich birgt und zu verdecken sucht, zu erkennen, und ihm auch die Gabe geschenkt hatte, solches mit heiligem Ernste

---

*) D. Heinrich Müllers Thränen und Trost-Quelle. Bey Erklärung der Geschicht von der großen Sünderin, Luc. VII., v. 36, 37 etc., allen armen Sündern geöffnet in XX. Betrachtungen. Rostock 1675, in 8. Frankf. am Mayn in groß 12. Frankf. 1676. in 8. Eine dänische Uebersetzung von M. Peter Müller, Pastor Christianhafniensis erschien Kopenhagen 1679. in 8. „Bey jeder Betrachtung mit Vorbereitungs-, Buß- und Beicht-Gebeten versehen. Sammt einer Anweisung zur Sing- und Bibel-Andacht, Erbaulichen Gebrauch, nöthigen Registern und einer Vorrede Herrn D. Michael Heinrich Reinhard. Mit Kupffer-Stichen gezieret. Hannover 1724. In neuerer Zeit mehrfach wieder herausgegeben, so auch Rostock, 1854. 8.

einbringlich zu bezeugen, ſo war es ihm auch ganz beſonders gegeben, die göttliche Traurigkeit zu wecken, und ſolche Thränen hervorzurufen, welche aus der Liebe Chriſti floſſen. Kannte Müller die rechte Thränen = Quelle, ſo auch nicht minder die rechte Troſtquelle, wo die armen verzagenden Herzen durch Chriſtum reichlich getröſtet werden, der ſich ſelbſt für ſie gegeben Gott zur Gabe und Opfer.

Müller eröffnet den heilsbegierigen Herzen die nie verſiegende Troſtquelle, daß keine Sünde ſo groß ſei, welche dem Bußfertigen nicht in Chriſto Jeſu könne und ſolle vergeben werden. Das Geheimniß der Vergebung der Sünden weiß er in ſeiner Tiefe nach allen Seiten zu erſchließen, und es klar und deutlich zu machen, daß der Glaube es iſt, der dieſer großen Sünderin geholfen hatte. Dabei fühlt man es nicht ſelten ſeiner ganzen Betrachtungsweiſe an, daß er aus eigener Erfahrung herausredet, und aus dem Worte Gottes es gelernt hatte, daß man die Thränen rechtſchaffner Buße weinen müſſe, um aus dem Quell des Troſtes, der in das ewige Leben fließet, ſchöpfen zu können. Wie wenig er ſich auch ſolcher Sünden, wie jene große Sünderin, bewußt war, ſo erkannte er doch zu ſehr die Tiefe des in der Sünde ſich vollziehenden Abfalls von Gott, um nicht in dieſer Sünderin den Stand aller Herzen abgebildet zu ſehen, die in der Erkenntniß ihrer Sündennoth die Kniee ihrer Herzen beugen, und aus dem Munde des Heilandes mit dem Troſte der Vergebung der Sünden erquickt werden. Mit Recht kann er ſprechen: O ſelige Thränen, die der Gott alles Troſtes mit dem Tüchlein ſeines Troſtes abwiſchet!

Es iſt, als ob der heimgehende Müller, der das Ziel ſeines irdiſchen Wirkens nahe fühlen mochte, mit dieſem

Vermächtniß seiner Thränen- und Trost-Quelle seine geistliche Wirksamkeit schließen wollte, wenn er zeigt, daß die,
welche der Fluch geschrecket, der Segen tröstet, daß die Vergebung der Sünden so nöthig der Seele, als das tägliche
Brodt dem Leibe ist, ja, daß wir recht eigentlich von diesen
Trostworten leben: Deine Sünden sind dir vergeben. So
deckt Müller hier den ganzen Reichthum der Gnade auf,
welche das Evangelium verkündigt, daß Christus für uns
das Lösegeld bezahlet hat, und wir in seinem Blute Vergebung der Sünden finden, da sein sühnendes Leiden und
Sterben uns durch den Glauben zugerechnet wird. Aller
Unfriede und alle Unseligkeit wandelt sich in seligen Frieden. Und die Herzen, die solche Erfahrung machen, die
Müller mit lebendigen Zügen hinstellt, werden mit ihm nur
zu rühmen haben: Hier ist wahrhaftig der HErr, der die
Seinen durch den Trost der Vergebung der Sünden aus dem
Tode in das Leben führt, und die mit Freuden ernten läßt,
die mit Thränen gesäet haben *).

----

*) In das letzte Jahr seines Lebens fallen auch einige Leichenreden,
die er noch selbst veröffentlicht hat. Trewer Knechte Gottes Ampt,
Höll im Ampt, Himmel in der Höllen, vorgestellt aus dem CXIX. Psalm,
v. 76, oder Leich-Sermon über wohlseliges Abscheiden des weyland
hoch Ehrwürdigen, Wohlgebornen und Hochgelarten Herrn Samuelis
Vossii, fürstlichen Theologi und Hochfürstl. Mecklenburg. wohlverdienten
General-Superintendenten des Rostockschen Kranßes, auch hochbetrauten
Kirchen-Raths, welcher am 19. Julli 1674 Jahres sanftselig im Herrn
entschlafen, und am 26. Augusti selbigen. Jahres bei Christansehnlicher
und adelicher Versammlung in S. Nicolai-Kirchen rühmlich beerdigt
worden. Gehalten und auff inständigstes Anhalten außgegeben. Rostock
1674 in IV., Die Zuschrift an die Wittwe Anna Sophie geb. Wölffin,
datirt vom 22. Sept. 1674. Diese Predigt findet sich auch in den
Gräbern der Heiligen, S 17 ff. „Des Menschlichen Lebens-Kürße und
Verdrießlichkeit aus dem XC. Psalm, v. 10, bey Christ-adelicher Leich-

begängniß des wehland Wohlgebohren und Hochweisen Caspar Vieregken auff Mohsal und Wentörff Pfandherrn, des Fürstenthumbs Schwerin hochbetrauten Erb-Land-Marschall und hochverdienten Bürgermeisters der Stadt Rostock, welcher am 15. November des verlauffenen 1674. Jahres, seines Alters im 87. Jahre, sanfft und selig im Herrn verschieben, und barauff am 10. Febr. inlauffenden Jahres, in sein Ruhkämmerlein, in der Haupt-Kirchen St. Marien, Christ-abelichen Gebrauch nach, beygesetzet, selbigen Tages vorgestellet". Rostock 1675 in IV., nebst der Abdankungsrede. Die Predigt ist wieder abgedruckt in den Gräbern der Heiligen, S. 56 ff., wo auch die Verdienste geschildert werden, die sich Vieregke um das Land Schwerin, um die Stadt Rostock, um die Universität und das Predigt-Amt erworben hatte. Diese letzte Leichenprebigt Müllers zeigt bieselbe Frische, Ursprünglichkeit und Freubigkeit der Heilsverkündigung, die ihm überhaupt eigen war.

Im Jahre 1674, ein Jahr vor seinem Tode, besorgte Müller noch eine neue Ausgabe seiner im Jahre 1659 zuerst erschienenen Schrift: Himmlischer Liebeskuß, oder Uebung des wahren Christenthums, fließend aus der Erfahrung göttlicher Liebe.

Eilfter Abschnitt.

Müller hatte von jeher mit Anstrengung aller seiner Kräfte sich den vielfachen Anstrengungen und Arbeiten, welche seine verschiedenen Aemter erforderten, gewidmet, und überhaupt gab es keine Mühen, denen er sich nicht, namentlich in der Ausrichtung seines geistlichen Amtes, gerne und freudig unterzogen hätte. Seine umfassenden schriftstellerischen Arbeiten, denen er mit rastlosem Eifer oblag, hatten um so mehr allmälig seine Kräfte aufgerieben, als er mit innerer Betheiligung seines ganzen Gemüthes arbeitete, und immer und überall in brennender Liebe um das Seelenheil derer bemüht war, an welche er sein evangelisches Zeugniß richtete. Von Jugend auf schwach und kränklich, hatte mit den Jahren seine körperliche Reizbarkeit zugenommen, die ihm auch wohl manche Versuchung und Anfechtung in seinem persönlichen Leben, was Müller nicht verkannte, bereitete. Seine sitzende Lebensweise und seine Nachtarbeiten riefen, als er älter wurde, manche damit enge zusammenhängende Beschwerden hervor, bis diese schließlich in den Scorbut übergingen. War er schon durch vieles Arbeiten entkräftet, so mußte er jetzt die mit jener Krankheit verbundenen, eben so schmerzlichen, als widerlichen Beschwerden erdulden *), so daß in der That auf ihn das Wort des Propheten Anwendung litt: Ich will dich auserwählt machen im Ofen des Elendes.

Nichts besto weniger verwaltete Müller seine Aemter noch unausgesetzt, und war trotz aller Widerwärtigkeit, welche mit

---

*) Joh. Backmeister, Medic. D. & Prof. Publ. schildert seine Krankheit folgendermaßen: Dirus ille naturae hostis, qui passim doctos occupat viros, quemque medici prudentum morbum Phauorinus academicus vero apud Gellium heroicam affectionem nominat, — — Collegam et amicum meum olim acstimatissimum, nunc eheu! desideratissimum aliquot annorum serie valde torsit, variisque symptomatum satellitiis stipatu saepissime aggressus est Seriae quippe lucubrationes, continuaeque meditationes, quibus tum in edendis doctissimis scriptis, tum in elaborandis lectionibus concionibusque sacris, dies noctesque occupatus fuit, copiosos pro cerebro corroborando desiderabant, abripiebantque spiritus, quibus cum calore abreptis, primae et secundae coctionis succos coquendos non bene emendabat, sed crudos relinquebat, qui postea in vasis stabulabantur, totamque corporis oeconomiam perturbabant. Saepissimo quidem tum meae, tum etiam honoratissimi mei Collegae Dn. D. Sebast. Wurdigii, P. P. sollicita manus, adsistente gratia divina, vim morbificam, adhibitis medicamentis appropriatis, repulit. Verum uti maximam partem fieri solet, quod morbus hicce mora temporis in Scorbutum degeneret, genus enim fermenti cujusdam scorbutici ex συζυγία humorum vitiosorum fermentantium progeniti et lebem vitae balsamo affricantis, vires hic suas singulariter exserit. Ita etiam eamdem fortunam proh dolor! noster jam pie defunctus Superintendens expertus est; hinc modo lassitudines membrorum, modo oris humores, faucium exulcerationes et varia alia scorbutum concomitantia oriebantur, quae omne vitae oblectamentum ipsi auferebant, donec tandem accedentibus variis curis ac molestiis nec non persecutionibus gravissimis, quas uon ita pridem maximo animi cum cordolio, citra meritum tamen, devorare coactus est etc.

der Natur seiner Krankheit verbunden war, unausgesetzt thätig. Als er indessen am 8. Junius 1675 die Leichenrede auf den Rostocker Senator Andreas Wolff hielt, ward er von einem heftigen Fieber ergriffen. Mitten in der Fieber-hitze hielt er von der Kanzel die Parentation, war aber dann auch, nach Hause zurückgekehrt, genöthigt, sofort das Bett zu hüten. Die Krankheitserscheinungen steigerten sich. Bestän-diges Nachtwachen, nicht zu lindernde Hitze, unerträglicher Durst quälten ihn, und brachten seine ohnehin schwachen Kräfte noch mehr herunter. Eine Zeit lang schien es in-dessen, als ließen jene Krankheitssymptome nach, und als ob die Natur Genesung in Aussicht stelle, doch vergebens *). Der ganze Zustand verschlimmerte sich aufs äußerste, und stellte den traurigen Ausgang der Krankheit in nahe Aus-sicht. Müller sollte durch die schweren Leiden, die mit der Krankheit verknüpft waren, recht vorher schon des Todes Bitterkeit erfahren. Er, der in seinem Amte in gesunden

-----

*) Ibid. Nam tertio, vel quarto statim die post resumebat ite-rum pertinax hoc malum vires suas et in omnes fere corporis partes virus suum evomebat, tantumque negotium facessebat, nunc latera lancinando, nunc igneas faces accedendo, nunc tormento-rum vim adhibendo multiplici rumore ima corporis concutiebat et murmuratione et ventorum sonitu et turbine adimplebat: nec mi-nus cor ipsum et phoebus microcosmi perennisque vitalis fons ca-loris malignorum horum effluviorum occursu lacessitum fremebat, ac luctando tumultuabatur ad expulsionem ingratam ingrati hospitis. Ut taceam, quae incommoda ipsa regia mentis sedes cerebrum sen-serit, quosque alios ferociae suae adsciverit socios, hostisque hicce polymorphos et furibundus quibus omnibus consopiendis obviam quidem et nos et tertius Dn. Bernh. Barnstorffius, conjunctis ivimus viribus. Verum omnia frustra tentata, ac symptomata adeo cumula-ta sunt, ut omnem nostram industriam, malo superante, eandem viribus Dn. aeger defecerit etc.

Tagen so vielen Gliedern seiner Gemeinde in Todesnoth bei-
gestanden, und ihnen auf ihrem Krankenbette den Trost des
Evangeliums nahe gebracht hatte, erfuhr auch an sich reichlich
die Kraft des Wortes Gottes, das er mit solchem Ernste
und solcher Lieblichkeit den heilsbedürftigen Seelen verkündigt
hatte. Mit dem Troste, mit welchem er getröstet war, konnte
er nun auch die Seinen trösten. War sein Herr und Heiland die Leidensbahn geführt worden, wie sollte er sich wei-
gern, im Glauben dem Herzog unserer Seligkeit nachzufolgen,
der ihn die gleiche Bahn führte. Er wartete daher getrost,
bis daß sein HErr und Heiland ihn von diesem Leibe der
Sünde und des Todes erlösen werde. Als das Leiden wuchs,
und er sein Stündlein herannahen fühlte, begehrte er abermals das heilige Abendmahl, gleich wie er dasselbe schon
beim Beginn seiner Krankheit genossen hatte. Er nahm aufs
Neue mit tiefer Andacht das Mahl des HErrn, und getröstete
sich der in demselben versiegelten Gnade seines Gottes. Er
war bereits sehr schwach und ohnmächtig, doch aber sang er
stille für sich freudigen Herzens mehrere Gesänge, als: HErr
Jesu Christ, wahr Mensch und Gott, und: O Lamm Gottes
unschuldig. Hier bezeugte sich recht an ihm, daß, wenn gleich
der äußere Mensch verwesete, der innere Mensch stark war
in der Kraft des HErrn. Dann ließ er sein liebes Ehgemahl
und alle seine lieben Kinder zu sich kommen, nahm von ihnen
mit herzbrechenden Worten Abschied, ermahnte sie zum
Glauben und zur Gottesfurcht, und segnete sie. So hatte er
denn sein Haus bestellet, und befahl seine Seele der Gnade
des HErrn Jesu Christi. Kurz vor seinem Tode äußerte er
noch, daß er sich nicht entsinnen könne, daß er einzigen fröh-

lichen Tag auf der Welt gehabt *). Es läßt uns dies einen
Blick thun in die mannigfache Trübsal, die ihm hauptsächlich
aus seiner Kränklichkeit erwachsen sein mochte, aber auch in
die Kraft und Stärke seines aus dem Worte der Wahrheit
wiedergebornen Menschen, der mit solcher geistlichen Frische
und Freudigkeit immer und überall die Gnade Gottes in
Christo Jesu verkündigte und bezeugte. Man erkennt recht,
wie sein Wahlspruch: Als die Traurigen, aber alle Zeit
fröhlich, 2. Cor. VI, 10, der wahre Ausdruck ist für ein
Gemüth, das zwar leidet unter dem Drucke des Kreuzes
dieser Zeitlichkeit, aber in Allem weit überwunden hat durch
den, der es mächtig macht, daß es sich freuet in dem HErrn
allewege. Wie ihm reichlich die nie versiegende Trost-Quelle
des Friedens Christi geflossen war, so konnte er auch die
Seinen trösten und erquicken durch Zuspruch aus dem Worte

---

*) Barklai in der Leichenpredigt auf Müller, Klag-Stimm über
den unheilbaren Schaden Babels u. s. w., S. 44, sagt: Wie dieses
alles geschehen, ließ er mich seinen Beichtvater nochmahlen zu sich bitten,
da wir dann mit vielen Seuffzen und Thränen, auch einer nachdenklichen
und tröstlichen Unterredung, die der jüngste Tag offenbaren wird, uns
letzten, Nichts mehr wünsche ich, als daß sein letzter Wunsch an mir
möge erfüllet werden. Amen. Amen! Wie ich nun meinen Abschied,
Gott weiß, mit was betrübten und für Leid zerrissenen Hertzen, von ihm
nahm (indem ich schreibe, muß ich mit Thränen die Worte vermischen)
sprach er: mein liebwerthester Herr Collega, tröstet doch meine Hertz-
liebste damit, daß nicht ich, sondern mein Elend und Jammer sterben
werde. Ich wüßte nicht, daß ich in meinem gantzen Leben einen recht
fröhlichen Tag auf dieser Welt gehabt, nach diesem Leben wird meine
Hertzens-Freude erst recht angehen. Ich will vor dem Stuhl des Lam-
mes, ungehindert von dem Leibe des Todes, mit viel größerer Krafft
und Nachdruck für sie und meine nachgelassene Söhne, für euch, mein
lieber Beichtvater, und alle meine Schäflein, sonderlich auch für meine
Wolthäter beten. Darum seyd alle getrost! Ich weiß, daß ich bald
gar sanfft ohne einige Verstellung der Geberden und Hertzens-Angst aus
diesem Leiden werde abscheiden. Welches denn auch geschehen.

seines Gottes. Sein friedevoller Heimgang erfolgte am
23. September 1675. Er hatte mit Seufzen und Beten
bis 4 Uhr Nachmittags zugebracht, und hatte sich auch mit
seiner Gattin und seinen beiden Schwestern aus Gottes Wort
unterredet, und sie mit solcher Freudigkeit und Kraft getröstet,
daß Niemand die Zeichen des herannahenden Todes an ihm
wahrnehmen konnte. Kurz hernach begehrte er aufzustehen,
vermochte aber nicht lange auf zu sein, so daß er wieder zu
Bette eilte. Kaum hatte er sich niedergelegt, so rief er
seinen Jesum um Hülfe an, der ihn auch erhörte im Himmel,
und seine Bitte gewährte. Sanft und selig war er darauf
sofort um halbfünf Uhr in seinem HErrn und Erlöser entschlafen *).

---

*) Von seinen Kindern überlebten ihn Johannes Michael, Jur.
utriusque Stud., Heinrich und Caspar Matthäus. Die drei anderen
ihm von Gott geschenkten Kinder Petrus, Christian Bernhard und die
einzige Tochter waren schon früher heimgegangen, Petrus noch im zar-
testen Lebensalter. Caspar Matthäus Müller, welcher sich als Rechtsgelehrter einen Namen erworben, war am 15. Oct. 1662 geboren, und
beim Tode des Vaters noch nicht dreizehn Jahre alt. Nachdem er in
Rostock und Frankfurt Jurisprudenz studirt hatte, hielt er nach bestan-
denem Examen seine Inaugural-Disputation unter D. Eibrand de minimo. Im J. 1693 wurde er von E. E. Rath zum Prof. Moralium
ernannt, und hielt seine Antrittsrede de necessaria conjunctione doctrinae moralis cum studio juris. Im J. 1700 ward er an D. Wille-
brandts Stelle Professor Institutionum, die er am 18. Mai mit der
Inaugural-Rede de licita alterius laesione antrat. Doch war die
Professur eine außerordentliche, weßhalb er niemals Rector geworden ist.
Herzog Friedrich Wilhelm ernannte ihn zum Canzlei-Rath. Er starb am
24. Mai 1717. Vgl. Seb. Bacmeisteri Antiquitates Megapoleos
literatae Lib. III., c. 3, § 5 in: Westphalen, Monumenta inedita
rerum Germanicarum, praecipue Cimbricarum et Megapolensinm
Vol. III., p. 1419 sq. Etwas J. 1741, S. 137 ff., wo auch die juristischen Schriften Caspar Müllers verzeichnet sind, und Weitere Nachrichten von gelehrten Rostockschen Sachen, J. 1743, S. 295 f.

Die Trauer um den heimgegangenen mit so hohen Gaben begnadigten Lehrer, Prediger und Seelsorger war eine allgemeine. Daß in ihm seiner Gemeinde ein wachsamer Hüter und Hirt entrissen worden, war das gemeinsame Gefühl Aller. Je treuer er in allen seinen Aemtern gewirkt hatte *), desto schmerzlicher ward sein Verlust überall in den Kreisen des engeren Vaterlandes und weit über dieselben hinaus empfunden, da seine reichgesegnete schriftstellerische Thätigkeit, die er auf dem homiletischen und ascetischen Gebiete entwickelt hatte **),

---

*) Neun Jahre verwaltete er den Archidiaconat, zehen Jahre den Pastorat, drei Jahre die Superintendentur, dreizehn Jahre war er ordentlicher Professor der Theologie, und während dieser Zeit war er dreimal Rector.

**) Diese war es auch, durch welche er sich, wie es scheint, ein für jene Zeit nicht unbedeutendes Vermögen erworben hatte, worauf der Inhalt seines Testaments hinzuführen scheint. Dabei war er äußerst mildthätig, und verwandte die ihm zufließenden Einnahmen vielfach zur fast ungemessenen Unterstützung von Wittwen, Waisen und anderen Nothleidenden. Auszug des Testaments seel. D. Henr. Müllers, Prof. Theol. Es heißt darin: Ich danke Gott für Gesundheit und seegenvolle Nahrung, die er mir mehrentheils aus fremder Gegend und sonderlich von Frankfurt am Mayn (vermuthlich siehet er auf die Verleger seiner Schriften) über all mein Denken und Wünschen zugewiesen. Seine Kinder empfiehlt er der theologischen Facultät mit diesem Satz: Meine hochgeehrten Herren Collegas in Facultate Theol. sehn umb Gottes willen gebeten, sie anzumahnen zu aller Gottseligkeit. Darauf vermachet er den Currenden-Knaben 100 Gulden. Seiner Frawen Magr. Elis. Siebranden vermacht er seine deutsche Bibliothek. Seinem Sohn Casp. Matthaeo vermachte er Alles, was ihm für die Zuschriften seiner Bücher verehret. Die Worte sind folgende: Die Gold- und Silber-Stücken, so mir pro dedicationibus geschenket, und ich in einen absonderlichen Beutel abgelegt, auch die silberne Schale, die mir Herzog Anton Ulrich, die beyden silbernen Becher, die mir Prinzessin Sophia Agnes, den Becher, welchen mir Herr Präsident Kielmann, und den verguldeten Pokal, welchen mir seel. Herr. Sup. Vossius pro dedicatione verehret etc. Der theol. Facultät trägt er die Execution des Testaments auf, und vermacht ihr dafür 100 Reichsthaler, welche an einem gewissen

ihm viele Herzen weit und breit gewonnen, die sich erquickt
gefühlt hatten und fortwährend gestärkt fühlten durch sein
frisches, lebendiges, aus unmittelbarer Herzenserfahrung
quillendes Zeugniß. Die allgemeine Theilnahme sprach sich
auch bei seiner Bestattung aus, welche am 5. October 1675
bei ungemein volkreicher Versammlung zu St. Marien erfolgte, wo der ihm befreundete Archidiaconus Barclai, der
auch sein Beichtvater gewesen war, ihm unter tiefer Bewegung die Leichenrede über Jes. 51, v. 9, 10 hielt*) und den
herben Verlust, den die Kirche Gottes durch seinen Heimgang erfuhr, beredt schilderte.

So hoch auch die äußeren Gaben waren, mit welchen
der HErr ihn begnadigt und ausgerüstet hatte, so waren doch
die Gaben, welche der heilige Geist in ihm gewirkt hatte,
noch köstlichere. Er war durchaus demüthigen Geistes, und
trachtete nur nach dem, das droben ist, nicht nach dem, das
auf Erden ist. Nicht uns HErr, nicht uns, sondern deinem
Namen gieb Ehre, ward von ihm nicht bloß mit den Lippen,
sondern mit seinem ganzen Leben bekannt. Der Schmerz
über die tiefen Schäden der Kirche, die damals sobald nach
Beendigung des heillosesten aller Kriege auf das grellste hervortraten, durchbräng sein Inneres, und oft hatte er in seinen
Predigten mit heiligem Ernste diesem Schmerze einen Aus-

Ort zinsbar zu bestätigen, und die jährliche Zinse zu der Facultät Besten
zu gebrauchen. Etwas J. 1740, S. 645 f.

*) Jer. 51, v. 9, 10. Wir heilen Babel, aber sie will nicht heil
werden, so lasset sie fahren, und lasset uns ein jeglicher in sein Land
ziehen. Denn ihre Strafe reichet bis an den Himmel, und langet hin-
auf bis an die Wolken. Der Herr hat unsere Gerechtigkeit herfürge-
bracht, kommt, lasset uns zu Zion erzählen die Werke unseres Gottes.
Vgl. auch den ausführlichen Titel dieser Leichenpredigt, welche sich auch
im Anhange der „Gräber der Heiligen" findet.

druck gegeben, da das Gift des Weltlebens alle Verhältnisse der Kirche Gottes durchdrang. Wohl mit Recht konnte daher das Wort des Propheten eine Anwendung finden: Wir heilen Babel, aber sie will nicht heil werden. Von Natur schwächlich und nicht allzumuthig, zagte er wohl mitunter bei dem Gedanken, welchem Gräuel der Verwüstung er entgegenzutreten habe, und welche bittere Feindschaft er von den Kindern Babels sich zuziehen werde, aber, wiedergeboren aus Wasser und Geist, kannte der neue Mensch in ihm keine Menschenfurcht und Menschengefälligkeit, sondern in Kraft seines Berufes und im Bewußtsein, daß der HErr ihn in sein Amt gesendet habe, legte er überall, wo es galt, Zeugniß ab wider allen Schaden Babels. Als ein treuer Seelenarzt ward er nicht müde, immer aufs Neue Gottes Zorn wider alles ungöttliche Wesen zu bezeugen, und für die ihm befohlenen Seelen ohne Unterlaß zu bitten und zu beten *). Und dabei wußte er ihnen, je nachdem es noth that, entweder bittere Arznei zu reichen, oder ihnen mit sanftmüthigem Geiste zurechtzuhelfen, beides in der Liebe Christi, der gekommen ist in die Welt, die Sünder selig zu machen. Aber daß so viele der Gnade Gottes widerstrebten, und sich nicht heilen lassen wollten, das war es, was Müller tiefen Schmerz verursachte, und ihm bittere Thränen kostete. So ist er auch in diesem schwersten Theile seines Berufslebens ein treuer Haushalter

---

*) Es ist ergreifend, wenn Barklai (a. a. O., S. 25) von ihm sagt: „Wie oft habe ich ihn, unten mit seinem ganzen Hause, oben auf seiner Studierstube so kräftig, so beweglich beten hören, daß ich dadurch bewogen, auch meine Kniee mit ihm zu beugen vor dem Vater Jesu Christi, und mein Gebet mit seinem zu vereinigen, daß es besto kräftiger sein möchte. Viele Pfeile bringen doch stärker als eins."

gewesen, dem allein darnach verlangte, die ihm anvertrauten
Seelen vor Verderben zu bewahren, und zum Glauben als
der rechten Himmelsleiter zu führen. Und weil er beharrte
bis an das Ende, ist er gekrönt worden, und hat der HErr
ihn ziehen lassen zu dem himmlischen Jerusalem, ihn zu loben
und zu preisen mit allen Heiligen, und ist also eingegangen
in die selige Ruhe des Volkes Gottes.

Der literarische Nachlaß Müllers war ein sehr reichhal-
tiger. Er hinterließ zahlreiche Manuscripte von Predigten
und mannigfache Entwürfe zu ascetischen Arbeiten, die er
theilweise begonnen, theilweise aber selbst vollendet hatte. Es
begreift sich daher, daß in der Hinterlassenschaft eines so
reichen geistlichen Lebens noch viele Schätze waren, welche
man zu heben wünschte. Ohne Zweifel würde auch die Zahl
seiner nach seinem Tode edirten Schriften noch viel größer
sein als sie es ist, wenn nicht die treffliche von ihm hinter-
lassene Bibliothek in der furchtbaren Feuersbrunst, durch
welche Rostock schon zwei Jahre nach seinem Tode, am
11. August 1677, verheert wurde, ganz verbrannt wäre *).
Unter den nach Müllers Tode herausgekommenen Schriften
ist zunächst sein „Vermehrter und durchgehends verbesserter
Himmlischer Liebes-Kuß oder Göttliche Liebes-Flamme" zu
nennen, welche sich zwar als Vermehrung und Verbesserung

____

*) Wie heftig der Brand gewesen, ist daraus abzunehmen, daß in
so kurzer Eil über 700 steinerne Häuser, die Wohnkeller nicht einmal
mitgerechnet, sind danieder gefallen und zernichtet, unter denen auch die
St. Catharinen-Kirche, das starke und wolgebauete Waisenhaus u. s. w.
Unter andern ist auch die schöne herrliche Bibliothek des berühmten
Seel. Herrn D. Henrich Müllers, aus Uebereilung des Feuers in ein
Gewölbe gebracht, aber leider! ganz verbrannt. Vgl. Bericht von der
schröcklichen Feuersbrunst, Etwas J. 1737, S. 488, 495.

ter im Jahre 1659 erschienenen Schrift Müllers: „Himmlischer Liebes-Kuß oder Uebung des wahren Christenthums, fließend aus der Erfahrung Göttlicher Liebe", welche später auch den Titel der „Göttlichen Liebes-Flamme" erhalten hat, ausdrücklich hinstellt, aber wieweit noch Müller bei dieser von seinem Frankfurter Verleger später veröffentlichten Ausgabe betheiligt gewesen ist, dürfte sich schwerlich entscheiden lassen, und ebensowenig, ob und wie weit Müller die späteren Zusätze zu seiner früheren Schrift, die wir in dieser Ausgabe finden, gebilligt hat oder nicht. Vieles weiset darauf hin, daß es nur eine buchhändlerische Unternehmung des Verlegers gewesen ist, welche später sogar von völlig unberechtigten Individuen zum Zwecke des Gelderwerbs schmählich mißbraucht worden ist *).

Dagegen befindet sich unter den nach Müllers Tode

---

*) Vermehrter und durchgehends verbesserter Himmlischer Liebes-Kuß oder Göttliche Liebes-Flamme, das ist: Auffmunterung zur Vorstellung dessen unendlichen Liebe gegen uns. Mit vielen schönen Sinnbildern gezieret, und mit nöthigen Reglstern versehen. Auch ist dieser neuen Auflage beigefügt worden ein Evangelischer Wegweiser und Epistolischer Wegweiser, wie man sich derer Capittel auf die h. Sonnund Feiertage bedienen könne. Nürnberg 1738 in IV. Laut der Vorrede hat der Buchdrucker und Buchführer in Frankfurt am Mayn, B. C. Wust, dies Buch, als ein neues Werk (obschon es mehrentheils der alte Liebes-Kuß ist) in Mscto. von dem Seel. Müllero noch bei seinem Leben erhandelt, und mit Beisetzung der Worte: Göttliche Liebes-Flamme (so von D. Müllero selbst herkommen) 1676 zum ersten Male in IV. drucken lassen. Nachher bei Wusts Absterben, da sich die Juden, denen er schuldig gewesen, seiner Verlagsbücher bemächtiget, haben sie auch mit dieser Liebesflamme gewuchert, und immer unter dem Namen B. C. Wust, der alten Zahl 1663, wieder auflegen lassen, bis nach der Krönung Kaisers Caroli VI. den Juden untersagt ward, Christlicher Theologen Bücher zu verlegen und zu führen, da den itzigen Verlegern auf ihr Ansuchen 1720 und von neuem 1737 ein Kaiserliches privilegium darüber ertheilet wurde. Weitere Nachrichten von gelehrten Rostockschen Sachen J. 1743, S. 311 f.

publicirten Schriften eine Schrift, die zu den bedeutendsten unter allen seinen Arbeiten gerechnet werden muß. Es ist dies sein „Evangelischer Hertzens-Spiegel" *), welcher Predigten nach den Evangelischen Perikopen enthält, in denen als in einem Spiegel das Herz Jesu, Gott zu erkennen, und dann das Herz des armen Sünders, sich selbst zu erkennen, wie der Herausgeber sagt **), vor Augen gestellet wird. Es

---

*) Evangelischer Hertzens-Spiegel, in öffentlicher Kirchen-Versammlung bey Erklärung der Sonntäglichen und Fest-Evangelien, nebst beigefügten Passion-Predigten, der Gemeine Gottes zu S. Marien vorgestellet von Heinrich Müllern, weil. der h. Schrifft Doctorn und Professorn, der Theologischen Facultät Seniorn und Superintendenten in Rostock. Mit Churfürstl. Sächsischer besondern Freyheit. Drucks und Verlags Balthasar Christoph Wusts, in Frankfurt am Mayn. Im J. MDCLXXIX in IV. Ebendas. 1687 in 4. Ratzeburg 1697, in 4, welcher Ausgabe Joach. Lütkemanns Apostolische Aufmunterung oder Epistel-Predigten mit einer Vorrede D. Aug. Pfeiffers, Lübeckischen Superintendenten, hinzugefügt sind. Ferner: Stade 1705 in 4. Unter den neuern Ausgaben ist vorzugsweise zu nennen: Dr. Heinrich Müllers Evangelischer Herzensspiegel zur Beförderung der häuslichen Erbauung. Umgearbeitet und herausgegeben von Johann Georg Rußwurm, Pastor in Selmsdorf. Mit dem lithographirten Bilde Müllers. Schönberg (im Fürstenthum Ratzeburg) 1841. Diese Umarbeitung hat sich noch des Verf. Erklärung nicht nur die Beschränkung und Weglassung, sondern auch hie und da die Berichtigung, überall aber die Erbauung zum Ziele gesteckt, so daß der Verfasser, was nicht übersehen werden muß, auch ihm passend erscheinende Stellen aus alten und neuen homiletischen Werken aufgenommen hat. Dagegen ist von der Agentur des Rauhen Hauses ein völlig unveränderter Abdruck erschienen, der sich auch durch seine typographische Ausstattung empfiehlt. Dr. Heinrich Müllers evangelischer Herzensspiegel. (Unveränderter Abdruck.) Hamburg 1847. Verlag der Agentur des Rauhen Hauses, in IV. Die erste Abtheilung umfaßt die Evangelien-Predigten, die zweite die Epistel-Predigten.

**) Nach der Rostock, den 22. Martii 1679 datirten Dedication an mehrere Professoren der Universität ist der Herausgeber dieses Jahrganges von Predigten der damalige Studiosus Theol. Joh. Casp. Heinisius, der Müller näher gestanden, und von dem er das sagt, was dieser von Joh. Beneb. Carpzov gerühmet, „nemlich, daß er mich hertz-

geht durch diese Predigten der warme Hauch eines lebendigen
Glaubens an den Heiland der Welt, der das Werk der Versöhnung und Erlösung für uns arme verlorne Sünder voll-
bracht hat. Verhältnißmäßig kürzer als sonst die Müllerschen
Predigten zu sein pflegen, treten sie durch ihre geistliche
Kraft, durch ihre Klarheit und Uebersichtlichkeit, wie durch
die tiefe Innerlichkeit ihres Zeugnisses vortheilhaft hervor.
Der große Gegensatz des Glaubens und des Unglaubens an
den, welcher gesetzt ist zu einem Fall und Auferstehen vieler
in Israel, kommt überall zur Sprache. Daß er ein Stein
des Anstoßes und ein Fels des Aergernisses ist für alle, welche
durch eigene Schuld sich an ihm ärgern und ins Verderben
fallen, wird eben so ernst und gewaltig von ihm bezeugt, als
der Herr Jesus dargestellt wird als der, an den sich alle,
die nicht bleiben wollen in ihren Sünden, durch lebendigen
Glauben an sein Verdienst aufrichten sollen, damit sie nicht
verloren werden, sondern das ewige Leben haben. Die
Person Christi mit allen Gnadengaben, welche der eingeborne
Sohn Gottes uns bringt, wird von ihm stets in die Mitte
gestellt, und mit seiner reichen Gnade und seinem seligen
Frieden bezeugt, damit er durch den Glauben in unseren
Herzen wohne. Dieser Herzensspiegel weiset wiederholt

----

lich geliebet, sich meiner an Vaters Stelle väterlich in der Fremde angenommen, mich eine geraume Zeit an seinem Tisch gespeiset und ge-
tränket, mich treulich informiret, und reichlich mit Büchern und Schriften
versorget etc. Mit einem Wort: Meine Zunge ist viel zu unberedt,
und meine Feder viel zu schwach, die von dem seligen Herrn mir erwie-
sene hohe Wohlthaten auszusprechen und zu beschreiben. Ich werde, so
lange mein Geist Krafft hat, dieses theuren Mannes nicht vergessen,
welchen der Himmel der Erden nicht länger gegönnet hat, darumb daß
die Erde sein nicht werth gewesen." Die Ausgabe ist von Heinsius mit
Fleiß und Sorgfalt veranstaltet worden.

darauf hin, daß das Glaubensherz eines Christenmenschen sich darin offenbaret, daß es sich prüfet, wenn der HErr ihm verloren gegangen, daß es eifrig suchet, ihn wieder zu finden, mit dem sonst Alles verloren wäre: Mit dem Gebetsgeiste, der diese Predigten durchbringt, geht auch Hand in Hand der unmittelbarste kindliche Glaube an die Hülfe des rechten Arztes, der alle Schäden zu heilen vermag, und die Forderung, die Eitelkeit der Welt zu verschmähen, Alles zu verlassen, dem HErrn nachzufolgen, und in ihm volle Genüge zu gewinnen. Da aber Müller wohl weiß, daß der Glaube nie ohne Anfechtung ist, ist er stets bemüht, den Angefochtenen in den Spiegel des Herzens Jesu schauen zu lassen, damit unser durch ihn erleuchtetes Herz die ganze Fülle der Liebe Christi erkenne, in welcher er sein Leben für uns gelassen hat. Der Kampf und der Sieg des Glaubens, dem alle Hülfe zugesagt ist, wird daher immer aufs Neue den gläubigen Herzen vorgestellt, damit sie Jesum halten, und auch in der Trübsal seiner Gnade vertrauen. Der Herzensspiegel hält somit den Gläubigen eben so sehr die Kreuzesschule vor, als zugleich auch die Segnungen, welche das Herz, das in den Spiegel seiner Liebe hineingeblickt hat, aus seiner segnenden Hand empfängt. Ueberall ist es also die Erkenntniß unser selbst in aller unserer Armuth und Nichtigkeit und die Erkenntniß Christi und seiner Gerechtigkeit, durch welche wir Alles empfangen, zu welcher Müller in seinem Herzensspiegel hinleitet, um in Christo alle Schätze der Weisheit und Erkenntniß den verlangenden und gläubigen Herzen aufzuschließen.

Der Erfolg der Herausgabe des Evangelischen Herzensspiegels, welcher großen Eingang gefunden und sich viele

Freunde erworben hatte, bestimmte einen ehemaligen Zuhörer Müllers, der zu den Füßen dieses Gamaliels, wie er selbst bezeugt, zu der Zeit gesessen, einen von ihm nachgeschriebenen Jahrgang von Predigten über die Sonn- und Festtags-Evangelien unter dem Titel: „Evangelisches Präservativ wider den Schaden Josephs in allen dreyen Ständen" herauszugeben *). Der Herausgeber Mummius gesteht zwar selbst zu, daß er Anfangs nicht die Absicht gehabt habe, den Jahrgang zu veröffentlichen, da der Inhalt desselben in der Evangelischen Schluß-Kette tam quoad realia quam quoad moralia fast meistentheils enthalten sei, daß er sie aber nicht habe zurückhalten wollen, nicht zweifelnd, es werde noch manche Seele hiedurch gebessert, und das Zion Gottes ferner gebauet werden können **).

Und in der That verdienten dieselben trotz jenes Um-

*) Evangelisches Praeservativ wider den Schaden Josephs, in allen dreyen Ständen, heraußgezogen auß den Sonn- und Fest-Tags-Evangelien und in öffentlicher Versammlung zu S. Marien vorgestellet von Henrich Müllern, weyland der h. Schrift Doctorn und Professorn, der Theol. Facultät Seniorn und Superintendenten in Rostock: bazumal aber auß dessen hocherleuchtetem Munde in die Feder gefasset, und nunmehro auff vieler vieler Gott liebenden Hertzen flehentliches Anhalten zum Truck beforbert von Samuele Christiano Mummio, der Gemeine Gottes zu Eichsen in Pommern jetziger Zeit Pastore. Erster Theil, Von Advent biß Ostern, wobey die Passions-Predigten. Frankfurt und Rostock. In Verlegung Joachim Wilden, Buchhändlers. Druckts Johann Andreae MDCLXXXI. Nichts desto weniger erstreckt sich der Jahrgang dieser Predigten über das ganze Kirchenjahr bis zum 27. Sonntag p. Trin.

**) Der Herausgeber hat nur einige fehlende Predigten, nachdem die Evangelia, wie er sagt, nach der Jahreszeit zu erklären, nicht vorgekommen, als am IV. Sonntage des Advents, am Sonntage nach Weihnachten, am 2. Sonntag nach h. drei Könige bis auf Septuagesimam und sonderlich die dritte Predigt in den dreyen Haupt-Festen, wie auch die am VIII. Sonntag p. Trin., hinzugethan, doch aber so, daß er, wie bemerkt wird, sowohl seine Sachen als Redensarten gebraucht habe.

standes die Veröffentlichung durchaus, da sie wohl dazu
geeignet sind, dazu beizutragen, daß das geistliche Zion
erbauet werde. Die Erkenntniß war damals eine allge-
mine, daß es darniederliege, und daß, je größer die Verwüstung, desto ernster und fleißiger man am Aufbau
Zions arbeiten müsse. Müller aber war es, der die Noth und
Verwüstung Zions hoch bedauert, und keine Mühe und Arbeit
gespart hatte, dessen Wiederaufbau zu fördern. Und wie
ohne Frage Mummius mit dieser Auffassung im Rechte war,
so konnte auch niemandes Zeugniß wider den Schaden Josephs berechtigter und einbringlicher sein, als dasjenige
Müllers, der es wohl verstanden hatte, die Schäden der drei
Stände, des obrigkeitlichen, geistlichen und häuslichen Standes,
bis an die Wurzel bloß zu legen, sie mit der Salbe des
göttlichen Wortes zu heilen, und die ganze Gemeinde sammt
allen ihren Ständen und Gliedmaßen mit der Fülle himmlischer Lebenssäfte und Kräfte zu durchbringen. In diesem
Sinne spricht sich auch das die Herausgabe der Schrift
empfehlende Vorwort der theologischen Facultät zu Greifswald, d. d. 13. November 1681, aus, welches wiederholt
darauf hinweiset, daß alles darauf ankomme, wie viel wahre
Gemeinschaft jeglicher Stand, er sei geistlich, weltlich oder
häuslich, an und mit dem Haupt der Kirchen habe und be-
halte *), daß wir ohne den HErrn, dessen allmächtige Allge-

---

*) Es ist characteristisch für ihre Stellung und ganze Auffassung,
wenn die Facultät sagt: „Thorheit ists, daß man vorgeben will, Christi
Hand und Regiment äußere sich allein in Anordnung, Beförderung,
Erhaltung seines lieben Predigt-Ampts und deß dazu oder darunter gehörigen ganzen Kirchen-Wesens, er habe im Tempel seine Wohnung,
seine Werkstatt, sein Geschäffte und außerdem vermenge er sich in kein
anderes, und bekümmere sich wenig darumb, wie es im Obrigkeitlichen
Rath und Anschlägen, oder in häuslichem Wesen daher gehet. Thor-

genwart betont wird, nichts zu thun vermögen. Es spricht sich die Facultät nicht nur auf das günstigste über dieses Werk aus, sondern äußert auch ganz im Geiste Müllers und in Uebereinstimmung mit seinen ausgesprochenen Ueberzeugungen, daß die Welt ihrer leider noch allzuviel habe, die nichts als Christum, reine Lehre, Eifer um die Religion, Solidam Theologiam, Vertheidigung der Wahrheit ꝛc., im Munde führen, das Herz aber wisse von dem wahren Glauben, von Christi Sinn, von Liebe und Treue nichts, sondern sei voll Haß, Neid, Stolz, Einbildung, Frevel, Verachtung anderer Leute, Splitter-Gerichte und dergleichen, und wann solch Ottern-Gezüchte über dies und jenes komme, so müsse auch das Licht Finsterniß, das Gleiche krumm, das Weiße schwarz, die Wahrheit Lügen, die beste Andacht Phantasie und Ketzerei heißen. Es sei aber gut, daß ein Tag vorhanden, welcher aller dieser Heuchelei die Larve abziehe, und daß ein Richter zukünftig sei, der einen jeden nach seinem Herzen und Werken belohnen und über alle dergleichen falsche Urtheil-Sprecher ein gerechtes und ewig gültiges Urtheil sprechen und publiciren werde.

---

heit, von Christi Dienern heißet es zwar, es gebühre ihnen nicht den einen Fuß auff der Cantzel, den andern auff der Pfaltz zu haben. Aber nicht so von dem HErrn selbst, dem alles unter seine Hände und Füße gethan ist, der mit seiner Hand alles ordnet und schaffet, was wohl gelingen soll, der sowol sein Macht- als sein Gnaden-Reich auf Erden hat, und sowol dieses mitten in jenem beschützet, als jenes mitten in diesem beherrschet; der nicht allein mit seinem Evangelischen Lebens-Wort die Menschen beruffet, sammlet und erleuchtet, gerecht und selig machet, Ebr. 1, v. 3, sondern auch mit seinem kräftigen Macht-Wort, mit seinem allmächtigen Sprechen und Gebieten alle Dinge, sie haben Namen, wie sie wollen, auch alle Stände und gute Ordnungen unter den Menschen, bevorab in seiner Kirchen, und derselben zum Nutzen und Besten, trägt, regieret und erhält."

Die Predigten selbst verfolgen im Allgemeinen dasselbe Ziel, welches alle Predigten Müllers verfolgen, den Weg der Umkehr in Buße und Glauben an den Sohn Gottes, die Forderung der Verleugnung alles ungöttlichen Wesens und aller weltlichen Lüste, der Heiligung und des Wachsens und Zunehmens in der Heiligung aus der Kraft des heiligen Geistes. Aber sie suchen insbesondere den Schaden Josephs in allen den verschiedenen practischen Bezugnahmen auf die drei Stände, in denen ihre Verkehrtheiten, ihr Weltsinn und ihre ungeistliche Gesinnung aufgedeckt und gestraft werden, darzulegen. Er weiß dabei mit geistlichem Tiefblick das Weltkind in den verschiedenen Lebenslagen zu schildern, wie es sich von dem sündlichen Fleisch, von dem Zureden der verführerischen Welt, von den ärgerlichen Exempeln der damaligen Gegenwart einnehmen, und sich von Christo abführen läßt. Es wird nicht selten auf das Trachten der unteren Stände hingewiesen, es den höheren Ständen gleich zu thun, ja überhaupt den Unterschied der Stände möglichst zu verwischen und abzuschwächen. Immer aber stellt Müller den Verirrungen des Weltlebens, wie sie sich in den einzelnen Ständen äußern, das Christenleben mit seinem Segen, seiner Kraft und seinem Frieden gegenüber, um dann in der Anwendung zu zeigen, wie ein Jeder in seinem Stande ein solches führen soll. Schon die Freude der Weihnacht wird dargestellt in dem Nachweise, welche Gaben das liebe Jesulein einem jeden in seinem Stande und auch allen insgemein mitgebracht hat, wie er unter Regenten und Unterthanen Frieden giebt, daß jene diese als Kinder, diese jene als Väter lieben, und in ähnlicher Weise wird gezeigt, was er den Predigern und Eheleuten von Schätzen und Gaben gebracht, da der HErr

Jesus der rechte Schatz und wo er ist, auch der Himmel ist. Bald gehet sein „Präservativ" darauf hinaus, zu zeigen, wie ein jeder Christ seinen Neben-Christen nöthigen soll, zum Heilande zu kommen; nöthigen sollen die Regenten die Ihrigen durch heilsame, auch durch Sabbats-Gesetze, als Gottes Statthalter, auch mit ihrem Exempel, da, wenn die Regenten vorgehen mit einem unsträflichen Wandel, auch die Unter-thanen nachfolgen himmelan; Geistliche sollen dazu nöthigen als Diener Christi und Haushalter über Gottes Geheimnisse, und nach dem Vorbilde Christi nicht ablassen, Tag und Nacht einen jeglichen mit Thränen zu ermahnen, sollen selbst die halsstarrigen Verächter des Worts und der Sacramente nach Gottes Ordnung in den Bann thun, damit ihr Fleisch gezüchtigt, und ihr Geist selig werde. Aber auch Hausväter und Hausmütter sollen sonderlich ihre Kinder nöthigen durch treue Vermahnung und Zucht zum HErrn. Bald nimmt Müller Veranlassung darzulegen, wie ein jeder Christ in seinem Stande, auch ein jeder Christ insgemein, das Verlorne wieder suchen solle. Deßhalb haben Regenten als Gottes Statthalter darauf zu sehen, daß die Gottesfurcht bei ihren Unterthanen getrieben werde, damit das zerstörte Zion wieder aufgebauet werde. Geistliche müssen die ver-lorenen Schäflein suchen, damit nicht ein schreckliches Urtheil über sie ergehe. So müssen auch Hausväter und Haus-mütter aus dem Catechismo den Grund des Glaubens legen, und müssen ihn fleißig treiben, wollen sie die verlorenen Kinder wiedersuchen *). Schildert Müller einerseits den

____

*) Ihm ist Petrus ein Bild der Prediger, des geistlichen Standes, weil er den Namen vom Fels hat, weil er Jesum gehört, und sich auf

Gräuel der Verwüstung in Bezug auf die Regenten, und zeiget er, wie Eigennutz und Zwietracht Land und Leute, Städte und Dörfer verzehret, und wie die innerlichen Kriege, gleichwie die innerlichen Krankheiten, die gefährlichsten sind, so fordert er auch, daß Regenten Mosi eine Hütte bauen, welches geschieht, wenn sie heilsame Gesetze nicht allein geben, sondern auch darüber halten, sowohl die Hohen, als die Niedrigen strafen. Müller weiset aber auch den Gräuel der Verwüstung nach in der Verachtung des Wortes Gottes, und fordert, daß Lehrer und Zuhörer helfen sollen, sämmtlich zu arbeiten, zu bauen, zu bessern, daß dieser Verwüstung abgeholfen werde. Den Gräuel der Verwüstung stellt er dar, indem er sich an die Hausväter und Hausmütter wendet, in der in den Häusern herrschenden Uneinigkeit. Solle es an Segen nicht mangeln, so müssen die Eheleute fleißig beten, da das Gebet der Schlüssel sei, damit wir den Himmel, ja

---

ihn, als auf den Fels des Heiles, gegründet hat. Alle Lehrer sollen sich mit ihrer Lehre auf Christum gründen. Jacobus ist ihm ein Bild der Regenten, des Regier-Standes, weil er den Namen hat vom Untertreten. Ein guter Regent soll untertreten mit einem Fuß das, was ihm lieb, mit dem andern Fuß das, was ihm leid ist. Dem Fleisch ist lieb der Eigennutz, den muß er mit einem Fuß untertreten. Nicht soll er suchen, was sein, sondern was gemein ist. Giftige Schlangen, die ihn verlästern, muß er mit dem andern Fuß untertreten. Ein Regent muß eine eiserne Mauer sein, und sich nichts befremden lassen. Johannes ist ihm ein Bild des Hausstandes, hat den Namen von der Liebe. Er war ein Liebe-Prediger, hat fast nichts anderes gelehret, als die Liebe. Will der Ehestand im Segen bleiben, muß die Liebe da sein. Ohne Liebe ohne Gott, ohne Gott ohne Segen. Was verbindet die Herzen mit einander? Liebe. Die Liebe ist die Mutter, der Friede die Tochter. Denn Liebe muß den Frieden gebähren. Daß Gott ein Gott des Friedens ist, kommt daher, weil er die Liebe selbst ist. Trenne die Strahlen von der Sonne, so wirst du trennen den Frieden von der Liebe.

Gottes Herz im Himmel aufschließen. Von Anfang bis zu
Ende gehet aber durch diese Schrift nur das Eine Verlangen,
daß durch das Zeugniß des Worts viele Seelen mögen
bekehret und zu Gott gebracht werden.

Heinisius hatte die Freude gehabt, daß der von ihm nach
Müllers Heimgange veröffentlichte Evangelische Herzens-Spie-
gel und die beigefügten Passions-Predigten große und weit verbreitete Theilnahme gefunden hatten. Es hatte sich auch dabei
wieder gezeigt, daß Müllers Predigten Geist, Kraft und besonderer Nachdruck einwohne, die Herzen und Gemüther der
Menschen zu bewegen, und sie zur Buße, zum Glauben und
zur Heiligung hinzuleiten. So entschloß sich Heinisius, um
dem inständigen Verlangen vieler frommen Herzen zu entsprechen, die von ihm gehaltenen Leichenpredigten, durch
welche manch trauriges Herz erquickt worden war, gleichfalls
zu veröffentlichen *) in der freudigen Hoffnung, daß diese

---

*) Gräber der Heiligen, mit Christlichen Leich-Predigten bey Volck-
reicher Versammlung in öffentlichen Gottes-Häusern beehret und geschmücket von Heinrich Müllern, weyland der Heil. Schrifft Doctorn und
Professorn, der Theologischen Facultät Seniorn und Superintendenten
in Rostock; Nunmehro auff Anhalten vieler Gottliebenden Hertzen zum
Druck befördert von Johanne Casparo Heinisio, der Gemeinden Gottes
zu Bentwisch in Mecklenburg Pastore. Sampt dreyen nothwendigen
Registern. Mit Churfürstl. Sächs. besondern Freyheit. Drucks und Ver-
lags Balthasar Christoph Wusts, deß ältern, in Frankfurt am Mayn.
Im Jahr Christi MDCXXCV. in IV. Diese Sammlung ist dem
Herzog Gustaff Adolph von Heinisius gewidmet, und ist diese Widmung,
Bentwisch d. 27. August Anno 1684 datirt; sie umfasset LVII. von
Müller über alttestamentliche und neutestamentliche Texte gehaltene Pre-
digten. Beigefügt sind die funeralia auf Müller selbst. Als LVIII.
Leich-Predigt die von Barklai über Jer. 51, v, 9. 10 gehaltene Klag-
Stimm über den unheilbaren Schaden Babels (vgl. S. 67 f.), die bei-
den Programmata Exequialia, Programma Rectoris Academiae
Rostochiensis Henrici Rudolphi Redeker, Jc. & Prof. Publ. & Pro-

Arbeit zu vieler Seelen Erbauung gereiche, und daß ein jeder,
der sie lieset, daraus lerne, christlich zu leben, und dermal-
einst selig zu sterben. Diese Predigten wollen die wahre
Klugheit lehren, zu bedenken, daß wir sterben müssen. Je fleißiger wir den Tod betrachten, desto mehr werden wir fern
gehalten von aller Sünde, Wollust und Eitelkeit der gottlosen Welt. Das Leben in steter Buße, im Glauben an den
Sohn Gottes führt zu einem seligen Sterben, zu der seligen
Gewißheit, das unvergängliche, unbefleckte und unverwelkliche
Erbe zu empfangen, das uns im Himmel aufbehalten ist *).
Dazu wollen diese Leich-Predigten, so verschieden auch die
Persönlichkeiten sind, denen sie gehalten wurden, und die
concreten Verhältnisse, unter denen sie gesprochen wurden,
den Weg zeigen. Immer ist es die göttliche Gnade, welche
als der rechte und vollkommene Trost dargestellt wird. Die
lebendige Quelle dieses Trostes ist ihm der HErr selbst, der
nicht allein allen Mühseligen und Beladenen verheißt, daß
sie in ihm Ruhe finden sollen für ihre Seelen, sondern der
auch Allen, die in ihm, dem HErrn, sterben, einen ewigen
Sabbat schenkt, ihnen das himmlische Erbe verleiht und
Freude die Fülle, so daß, wie Christus ihr Leben war, Sterben ihr Gewinn ist. Dabei ist Müllers Bestreben in allen

---

gramma Decani et reliquorum Doctorum & Professorum Facultatis
Theol. in Academia Rostochiensi, und Epicedia, Monumentum aeternitatis erectum a collegis, fautoribus et amicis. Neuerdings sind
diese wieder erschienen bei Schmidt in Halle.

*) Heinsius führt als Grund seiner Widmung dieser Leich-Predigten
an Herzog Gustav Adolph an, daß derselbe durch die Gnade Gottes
dieser wahren Klugheit sich eifrigst befleißige, und seine einige Lust und
Herzens-Wonne sei, Gott dem Allerhöchsten von Grund der Seelen
ernstlich zu dienen.

seinen Ausführungen dahin gerichtet, die Herzen zu bereiten, daß sie von ihrer Unruhe und Herzensangst sich zu dem wenden, der mit der Martha beim Grabe des Lazarus weinte, und selbst die Auferstehung und das Leben ist. Weiß er die Hinfälligkeit des menschlichen Lebens, seine Ungewiß-heit und Flüchtigkeit in ergreifender Weise zu schildern, und die Herzen anzurühren, und zu erfassen mit der Mahnung an den Ernst des kommenden Gerichtes, so weiß er nicht minder alle, die ihren Trost im Himmel suchen, damit zu erquicken, daß er ihnen die Krone des Lebens vor Augen stellt, welche ihrer wartet, wenn sie recht gekämpft haben. In der Parentation gedenkt er auch wohl in rühmlicher Weise des Heimgegangenen und seiner Verdienste, aber stets in mäßiger und bemessener Haltung, vor Allem die Gnade Gottes rühmend, die sich in ihm und durch ihn also ver-herrlicht hat. Doch tritt das persönliche Moment verhält-nißmäßig überall mehr zurück, weil er kein anderes Verlangen und kein anderes Ziel hat, als die trauernden Herzen in Christo, dem Lebensfürsten, fest und gewiß, getrost und selig zu machen, damit sie in allem Elend dieser Zeitlichkeit, unter allen Thränen, welche hienieden zu weinen sind, muthig strei-ten, in ihm, dem HErrn, überwinden und selig sterben können. Man fühlt es allen diesen Leich-Predigten fast unabweislich an, daß der, welcher in ihnen das Wort Gottes bezeugt, ein mächtiges Pilgrimmssehnen nach oben hat, einen Zug nach der ewigen Heimath mitten in den Leiden dieser Zeit, und ein gläubiges Ergreifen jener Herrlichkeit, gegen welche die-selben für nichts zu achten sind. Der Tag des Todes ist ihm des Leidens Ende, ein Eingehen aus der Unruhe in die Ruhe, aus der Gefahr in die Sicherheit, aus dem Kampf in den Sieg und Triumph, in jene Freude, die Niemand von uns nehmen wird. Und wie sich das herzliche Verlangen nach einem seligen Ende in jedem dieser Zeugnisse ausspricht, so auch ein stilles, freudiges und getrostes Warten auf die Offenbarung unserer Herrlichkeit, wo wir bei dem HErrn sein werden allezeit, und als Kinder des Vaters und Miterben Christi das ewige Erbe empfangen *).

*) Außer diesen nach Müllers Tode herausgekommenen Schriften wurden noch drei in dem Streite einiger Studiosen mit den Hamburgischen Predigern geschriebene Sendschreiben Müllers veröffentlicht; das erste an den Stud. theol. Joh. Christoph Holzhausen, Von brüderlicher Bestrafung, datirt Rostoch. Dom. Reminisc. Anno 1662; das zweite an den Stud. theol. Stephan Döhren, Von dem unlauteren Zustande unserer lutherischen Christenheit und von dem sträflichen und ärgerlichen Leben der Hirten, die der Seelen nicht achten, datirt Rostock, den 20. Aug. 1663; das dritte an beide gerichtet, giebt eine schriftmäßige Antwort auf XI Fragen, ob ein wahrer Christ ohne Abbruch des allgemeinen und so auch seines königlichen geistlichen Priesterthums die christbrüderliche Strafe unterlassen könne, vom Predigtamte, wo man das Ministerium von der Person, die es führet, zu unterscheiden und die Kraft des Wortes und der Sacramente, welche bloß und allein von Gott kommt, an und für sich nicht in Zweifel zu ziehen hat; von der Beichte und deren rechtem und nützlichen Gebrauch; vom heiligen Abendmahl, dessen sich kein guter Christ mit gutem Gewissen enthalten möge. Diese Sendschreiben finden sich unter den übrigen Acten des Streits in: Gottfried Arnolds Fortsetzung und Erläuterung oder Dritter und Vierter Theil der unpartheiischen Kirchen- und Ketzer-Historia. Frankf. am Mayn. Im Jahr 1700. Th. IV., Sect. III., Num. XIV., S. 660 bis 664.

Noch ist zu nennen: Parva Biblia oder kleine Bibel D. Henrice Müllers, darin alle Dicta und Hauptörter Alten und Neuen Testaments, welche von ihm, ihrem Wortverstande nach, und philologice, hin und wieder sind erklärt worden, aus allen seinen Schriften zusammengezogen und in biblische Ordnung gebracht von M. David Hermannus. Dresden 1694 in 8. Endlich ist hier noch folgende Schrift zu erwähnen: Herrn Doct. Heinrich Müllers Schrifften wider die Heuchler, Schmeichler, Lügner, Verleumbder, falschen Ohrenbläser, Neider und Müßiggänger. Sampt einem Anhange von frommen Gerechten und falschen Ungerechten

Richtern. Psal. 5, v. 7. Du bringest die Lügner um, der HErr hat ein Greuel an den Blutgierigen und Falschen. In ihrem Munde ist nichts gewisses, ihr Inwendiges ist Herzeleyd. ihr Rachen ist ein offenes Grab, mit ihren Zungen heucheln sie. Schuldige sie Gott, daß sie fallen von ihrem Fürnehmen. Psal. 125, v. 5. Ein böses Maul wird kein Glück haben auff Erden. Psal. 140, v. 11. Ein Freveler und böser Mensch wird verjaget und gestürzet werden. Wedel, Verlegt von Heinrich Wernern, im Jahr Christi 1690. Nicht mit Unrecht ist über diese Schrift bereits bemerkt worden (Weitere Nachrichten von gelehrten Rostockschen Sachen J. 1743, S. 314), daß das Buch „ein zusammengeraffter Mischmasch sei, wozu D. Müller mit etwa drei Bogen seinen Namen habe hergeben müssen, um das übrige, so von M. Aug. Herm. Francken sich herschreibt, und ohne Namen hinzugethan ist, zu verkaufen." Es gehen voraus achtzehn kurze Abschnitte von Erwählung der Prediger, vom Ampt der Prediger, von Beförderung zum Predigt-Ampt, von der Falschheit der Geistlichen, vom Geist der Prediger, von eigensüchtigen Priestern, von der Heuchelei, vom Müßiggang u. s. w. Dann folgen XXX. Regeln des Gewissens und guter Ordnung in der Conversation oder Gesellschaft. Auffgesetzt von M. Aug. Herm. Francken; ferner Historien, Lehren und Exempel des achten Gebots, vier Tugenden und vier Laster. Bereits hatten beim Erscheinen dieses Buches die pietistischen Streitigkeiten begonnen, und wird in der Vorrede an den Leser bemerkt, daß diese Schriften zusammengetragen seien in der Hoffnung, es werde die jetzige böse Welt daraus sich bessern, widrigenfalls man werde genöthigt werden, den andern Theil zu diesem Werke herauszugeben, da dann die Namen der heute zu Tage berühmtesten Spötter und Verleumbber, sowohl Männ- als Weiblichen Geschlechts, sollen benennet werden, damit jedermann so viel möglich ist, sich vor solchen Boßhafftigen Teuffels-Kindern hüten kann. Die Veröffentlichung des Buches scheint in der Absicht stattgefunden zu haben, die Tendenzen des Pietismus zu fördern, da es am Schlusse der gedachten Vorrede ausdrücklich heißt: Inzwischen lebe der Leser wohl, und bleibe gewogen den Pietisten. Das Characteristische ist, daß der Pietismus glaubte, Müller als einen der Seinigen ansehen, darstellen und gebrauchen zu können.

Zwölfter Abschnitt.

Schlußbetrachtungen. Müller als Repräsentant der vorpietistischen Richtung. Verhältniß zur lutherischen Orthodoxie und zur calixtinischen Theologie. Müllers verschiedene Stellung von der letzteren. Klagen über die Nothstände in der Kirche, und Mittel der Abhülfe im Unterschiede von den pietistischen. Müller als geistlicher Redner. Charakteristik seiner Beredtsamkeit. Schriftmäßigkeit und Volksthümlichkeit, Stoff, Form und Diction seiner Predigten. Wesen und bleibendes Verdienst seines pastoralen Wirkens.

Versuchen wir nun, die Stellung Müllers innerhalb der theologischen Entwickelung seiner Zeit zusammenfassend zu characterisiren, so kann er als einer der bedeutendsten Repräsentanten der vorpietistischen Richtung bezeichnet werden, der eben so sehr noch mit den dogmatischen Grundanschauungen der voraufgegangenen Periode verwachsen ist, als sich in ihm eine Reihe von theologischen Gedanken finden, die andere dogmatische Auffassungen einleiten, und allmälig zu pietistischen Grundanschauungen hinüberführen. Müller erkennt nicht nur vollkommen die Bedeutsamkeit und Wichtigkeit der reinen, aus Gottes Wort geschöpften Lehre an, sondern er ist auch noch wesentlich in derselben gewurzelt, und vertritt sie eben so entschieden in seinen Predigten und ascetischen Schriften, als er sie in seinen gelehrten Schriften vertheidigt, und aus voller Ueberzeugung ihre Gegner nicht selten mit scharfer Polemik bekämpft. Er steht insbesondere in

einem tiefen Gegensatze zur Römischen Lehre, und nicht minder zu den specifischen Lehren der reformirten Kirche, von
deren Bedenklichkeit und Gefährlichkeit für das Seelenheil
er so lebendig überzeugt ist, daß er häufig in seinen Predigten darauf eingeht, sie aufdeckt als solche, welche den Heilsweg verdunkeln, und im Unterschiede davon die rechte seligmachende Lehre bezeugt.   Dies gilt insbesondere von seiner
Bekämpfung und Zurückweisung der Particularität der Gnade,
und von seinem freudigen, herzerquickenden Zeugnisse, von
der Universalität der Gnade, wie die lutherische Kirche sie
bekennt.   Auch die Person Christi wird in den christologischen
Lehrauffassungen der Concordienformel in seinen ascetischen,
wie in seinen gelehrten Schriften dargestellt, und hat er
allen seinen christologischen Ausführungen nichtsbestoweniger eine solche Frische und Unmittelbarkeit zu geben
gewußt, welche sich nur erklärt aus der Macht, Tiefe und
Intensität seines Glaubens an den Sohn Gottes, der die
menschliche Natur angenommen, so daß beide Naturen in
ihm zu einer Person geeinigt sind.   Und doch war Müller
weit entfernt davon, in seinen Predigten dogmatische Ausführungen zu geben, sondern die Heilswahrheit von dem Sohne
Gottes, welcher der Welt das Leben giebt, durchdringt alle
seine geistlichen Gedanken und Ausführungen.   Nirgends
herrscht in ihnen der eigentliche Lehrton, ja man wird nicht
einmal sagen können, daß das didactische Element auch nur
irgendwie überwiegt.   Auch die lutherische Abendmahlslehre
wird von ihm in ihrer ganzen prägnanten Fassung gelehrt
und verkündigt, aber wenn sich auch dogmatische und insonderheit polemische Expositionen einmischen, so ist doch namentlich in seinen ascetischen Schriften die Unmittelbarkeit der

Glaubensüberzeugung stets vorwaltend, mag er die substantielle Präsenz des Leibes und Blutes Christi im Abendmahl
bezeugen, oder die absolute Ubiquität des erhöheten Gottes-
und Menschensohnes in demselben der Gemeinde an das Herz
legen. In allen diesen Beziehungen steht er zur lutherischen
Orthodoxie in einem engen und solidarischen Verhältniß, ohne
irgendwie Lehrconcessionen zu machen.

Damit steht auch nicht im Widerspruch seine scheinbare
Hinneigung zu den Helmstädtern und zu der calixtinischen
Theologie. Jene hatte hauptsächlich nur in den von uns entwickelten Umständen und thatsächlichen Verhältnissen ihren
Grund, zu denen noch eine gewisse Empfindlichkeit von seiner
Seite über eine ihm vermeintlich von der theologischen Facultät widerfahrene Zurücksetzung hinzugekommen sein mag. Diese
fand aber kaum statt, da ihm jede unionistische und eben so sehr
auch jede synkretistische Tendenz fern lag. Auch zeigt seine ganze
spätere Lehrstellung, daß er mit vollem Rechte sich zur Theologie
der Concordieformel bekennen konnte, wie die theologische
Facultät es bei der Ausgleichung der stattgehabten Zerwürfnisse von ihm begehrt hatte. In mancher Beziehung steht
auch seine ganze Eigenthümlichkeit mit der calixtinischen
Theologie im Widerspruch. Zwar hatte auch Müller sich in
früheren Jahren, wie wir gesehen haben, eifrig mit Philosophie beschäftigt, und hatte sich selbst bei der Erörterung
einzelner, damals besonders hervorgetretenen philosophischen
Frage betheiligt, aber er war davon später mehr zurück-
gekommen, und war jedenfalls weit davon entfernt, das
Studium der Philosophie in dem Maaße zu betonen, als solches von Calixt und der Helmstädter Facultät überhaupt
geschehen war.

Insbesondere aber unterscheidet ihn und seine Theologie von der calixtinischen, daß er das Schriftstudium in die Mitte stellte, während jene es verhältnißmäßig zurückstellte. Die humanistische Richtung der calixtinischen Theologie und ihr Lehrzusammenhang mit Melanthon, der nicht in Abrede genommen werden kann, war ihm etwas Fremdes, und seiner innersten Grundrichtung nach, welche durchaus lutherisch war, Widerstrebendes. Je tiefer Müller selbst in der ganzen lutherischen Lehrentwickelung gewurzelt war, desto weniger konnte er die calixtinische Ansicht, und die daraus hervorgehende Vermischung der Confessionen gutheißen, als ob die Heilslehre nicht von den Gegensätzen der Confessionen ergriffen würde. Unbedenklich läßt sich daher sagen, daß seine Annäherung an Helmstädt als eine vorübergehende, und durch eine Verknüpfung äußerer Verhältnisse allein zeitweise herbeigeführte anzusehen ist. Müller theilt nicht nur den vollen Lehrinhalt der Augustana, sondern er war auch in die ganze dogmatische Entwickelung der lutherischen Kirche bis zur Concordienformel aus Ueberzeugung eingegangen, und machte nicht nur die Principien der lutherischen Kirche geltend, sondern legte auch den ganzen Reichthum der lutherischen Lehre mit der Glaubens-Energie, die ihm eigen war, auseinander, weil er der Fassung der Heilswahrheiten, wie die lutherische Kirche sie in ihrem Bekenntniß mit Einschluß der Concordienformel präcisirt hatte, hohen Werth und eine tiefgreifende Bedeutsamkeit beizulegen sich gedrungen fühlte. Dadurch ist auch der durchgreifende Unterschied seiner Theologie von der calixtinischen festgestellt.

Eher hat Müller darin etwas Gemeinsames mit Calixt und der von ihm eingeschlagenen Richtung, daß er wie dieser auf manche in der Kirche herrschende Uebelstände hinweist. Dennoch ist auch dieses nur scheinbar, da Müllers Rügen der kirchlichen Zustände und Verhältnisse aus einer ganz anderen Quelle fließen, als dies von Calixt gesagt werden kann. Es sind nicht theologische Lehrmeinungen, die Müller zu solchem Verhalten bestimmten, auch nicht etwa der ihm eigene Wunsch, neue Wege in der Kirche einzuschlagen, und das Gemeindeleben auf anderen Grundlagen, als den bisherigen zu erbauen, sondern der tiefe Schmerz über das Verlorengehen so vieler, die den Weg des Heils nicht finden, die Wehmuth über die Verblendung der Kinder dieser Welt, welche dem Argen in seinem Reiche anheimfallen, die warme Theilnahme an der Seelennoth derer, welche der Gnade widerstreben, und endlich das heiße Verlangen den heilsbedürftigen Seelen vom Tode zu helfen, ob sie sich etwa bekehren möchten von dem Irrthum ihres Weges. Dieses sind die inneren treibenden Factoren, welche die ganze Persönlichkeit Müllers durchbringen, und überall in seiner ganzen Wirksamkeit uns entgegentreten. Das Wort Gottes, welches die Seelen selig macht, an die Herzen zu bringen, und es für sie fruchtbar zu machen, sie zu bereiten für die Gnadenwirkungen des heiligen Geistes aus dem Worte, das war es, was Müller unablässig anstrebte, und in seiner ganzen kirchlichen Thätigkeit unermüdlich zu erreichen suchte. Die Orthodoxie Müllers wird überall getragen von dem warmen Lebenshauche lebendigen Glaubens und seine Polemik, wenngleich sie allerdings auch die falsche Lehre in Bezug nimmt, und das mit Recht, da diese den Heilsweg verdunkelt und gefährdet, richtet sich vorzugsweise gegen den Unglauben und gegen die Sünde in allen ihren Formen, und sucht die Wirzeln derselben durch das lebendige und kräftige Wort Gottes, das schärfer ist, denn kein zweischneidiges Schwert, auszuroben. Oft zeigt sich gerade in seiner Polemik seine tiefe Kenntniß des menschlichen Herzens, in dessen feinste Falten er einen Einblick gewonnen hat, und einzubringen weiß. Das hohe Maaß auch seiner gelehrten Bildung vereinigt sich hier nicht selten mit dem Reichthum seiner practischen Begabung zu einer Macht überwältigender Beredtsamkeit, die ihres Eindrucks und Zieles gewiß ist. Es hängt sich auch wohl an diese Polemik ein äußerliches Moment oder eine Sonderbarkeit, sei es in der materiellen Auffassung und Vergleichung, sei es im formellen Ausdrucke an, aber es übersieht sich dieses leicht, und wird kaum empfunden gegenüber der sich unausweichlich aufdrängenden Erkenntniß, daß hier ein treuer Hirte und Seelsorger, dessen Herz in der Liebe Christi brennt, die verlornen Schäflein sucht, sie bald straft mit heiligem Ernst und glühendem Eifer, bald ihrer Schwäche und Gebrechlichkeit mit tragender Liebe sich annimmt, sie warnt und mahnt, sich versöhnen, und die Wunden ihres Gewissens von dem Heilande der Welt, der auch für sie am Stamme des Kreuzes gestorben, heilen zu lassen.

Es hatte aber auch das Zeugniß, welches Müller in seinem Liebeseifer über die kirchlichen Verhältnisse seiner Zeit ablegt, in den tiefen inneren Nothständen seinen Grund, die der unheilvolle dreißigjährige Krieg hervorgerufen hatte, und noch lange im Bestande blieben, als schon die äußeren Nothstände, welche derselbe hervorgerufen hatte, einigermaßen überwunden, wenn auch nicht beseitigt waren. Mit der Entheiligung des Sabbats und der Verachtung des göttlichen Worts gingen andere tiefe Schäden, die dadurch zum Theil auch herbeigeführt waren, Hand in Hand. Müller fühlte sich gedrungen, den Schaden Josephs aufzudecken, und gegenüber einer blos äußerlichen Kirchlichkeit auf die Erneuerung des christlichen Lebens von Innen heraus durch Buße, Glaube und Heiligung zu bringen. Wie er selbst trachtete nach dem, was droben ist, und um die eigene Seligkeit sorgte, so hat er auch stets in seinem kräftigen Zeugniß die Seligkeit derer vor Augen, an die er seine Mahnung richtet. Darum rührt er auch kräftig an alle Sünde und Laster, die in dem Gemeinleben im Schwange gingen, und weist die Thorheiten, Verderbtheiten und Laster der Zeit auf das ernsteste zurück. Aber es überwiegt dabei durchaus seine bauende Thätigkeit durch die Klarheit, Tiefe und Kraft, mit welcher er das Wort Gottes verkündigte, die Heilswahrheiten erschloß, und sie zugleich in geistlich lebendiger Weise anzuwenden, und in die Lebensadern der Gemeinde zu leiten wußte.

Mit seinen Klagen über die Schäden, die in der lutherischen Kirche dieser Zeit herrschten, steht er nicht allein. Johann Valentin Andreae hatte bereits in einer Reihe von Schriften die Nothstände der Kirche zur Sprache gebracht, und bekämpfte mit scharfem Spott und Witz in seinem Menippus sive satyricorum dialogorum centuria eine todte Orthodoxie, welche sich allem geistlichen Leben entfremdet hatte, und in keiner lebendigen Lebensgemeinschaft mit dem Sohne Gottes stand, so daß mit der Wurzel auch alle Frucht des christlichen Lebens fehlte *). In seiner nächsten Nähe aber

---

*) Andreae's polemische Schriften jedoch gehen von ganz anderen Anschauungen und Voraussetzungen aus, critisiren auch die verschiedenen Stände mit ihren Thorheiten und Verkehrtheiten, und wenden sich bei weitem mehr der äußeren Seite des kirchlichen, politischen und socialen

hatte nicht nur Joachim Schröder mit einem wahren Feuereifer für die Abstellung der kirchlichen und sittlichen Nothstände, und für die Besserung und Hebung mancher Zustände und Mißbrauche gewirkt, sondern auch Herzog Gustav
Adolph hatte bereits auf der zu Güstrow vom 14—18. Junius 1659 stattgehabten General-Synode, eingehend berathen
lassen, wie der Unkirchlichkeit und allem ungeistlichen Leben
durch Predigt, seelsorgerliche Vermahnung und kirchliche Zucht
entgegengewirkt werden könne *). Als unzweifelhaft kann gelten, daß das Gefühl von der Schwere dieser Nothstände und
von der Dringlichkeit ihrer Abhülfe ein weit verbreitetes war,
und besonders lebhaft in den trefflichsten, und geistlich am
weitesten geförderten Persönlichkeiten zum Ausdrucke kam.

Hier ist nun der Punkt, wo die von uns erwähnten
kirchlichen Anschauungen einsetzen, die pietistische Auffassungen,
wenn auch noch nicht geradezu einleiten, doch zu denselben
allmälig hinführen. Dazu möchten wir vor Allem rechnen
seine Betonung des Gedankens, daß alle Christen, ob sie gleich
keine specielle Vocation zum Predigtamt bekommen haben,
doch eine General-Vocation zum geistlichen Priesterthum
in der Taufe haben, durch welche sie die Salbung empfangen. Dabei klagt er die Geistlichen an, daß ihre Arbeit
nicht dahin gehe, daß sie Christo den Himmel, sondern
ihnen selbst den Beutel und den Bauch füllen. Zugleich
ist er geneigt, den Laien das Zugeständniß zu machen, daß
sie sich an der Arbeit durch heilsame Lehre und heilsamen

Lebens zu, als dies irgend von Müller auch nur entfernt gesagt werden kann.

*) Krabbe, Aus dem kirchlichen und wissenschaftlichen Leben Rostocks.
Zur Geschichte Wallensteins und des dreißigjährigen Krieges. S. 365 ff.
S. 301 ff.   S. 444 ff.

Wandel betheiligen, jedoch stellt Müller dabei die Cautel auf, daß die Schafe nicht von ihrem rechten Hirten abgeführet werden, und daß nicht zur Verachtung des Predigtamtes Anlaß gegeben werde. Müller theilt dabei aber die Meinung, daß, wann Prediger der ihnen anvertrauten Seelen nicht warten können oder wollen, ein rechtschaffner Christ oder Christin, kraft des ihnen beigelegten geistlichen und königlichen Priesterthums etliche versammelte Christen und Christinnen unterrichten, die Betrübten trösten, und die Nothleidenden besuchen möge, und solle dies nicht als in ein fremdes Amt eingegriffen angesehen werden.

Müller leitet aber auch offenbar zu der pietistischen Auffassung über dadurch, daß er eine Reformation, eine Erneuerung des christlichen Lebens, fordert, unterscheidet sich jedoch noch wesentlich, insofern er diese auf Grund der reinen Lehre und mittelst derselben durchgeführt und errichtet wissen will. Jedoch weist er bei jeder Gelegenheit darauf hin, daß der Kirche jene Reinheit des Lebens mangele, welche sie als die Gemeinschaft der Heiligen, als die Braut Christi, haben müsse. Diesen Gedanken hat der Pietismus weiter verfolgt, und seinen besonderen Lehrauffassungen zum Grunde gelegt. Umgekehrt aber liegt es Müller noch ganz ferne, die lutherische Kirche, wie der Pietismus es gethan hat, der Cäsareopapie zu beschuldigen. Vielmehr fordert er, daß der christliche Staat es nicht dulde, daß der Weltlichkeit auf alle mögliche Weise auf Hochzeiten, Kindtaufen, Kirchgängen und Gastereien Vorschub geleistet werde, und will, daß der leichtfertigen Kleider Neuerung durch gute Ordnung gesteuert werde, kurz, daß die Unterthanen gegen die hereinbrechende Verführung von den Regenten geschützt, und ihnen von denselben auch in dieser Beziehung Schutz und Hülfe zu Theil werde. Insbesondere sollen sie auch von Christo zeugen dadurch, daß sie treue Lehrer in Kirchen und Schulen einsetzen, sie ausreichend versorgen, da sie Säug-Ammen der Kirchen sind, damit sie ihr Amt nicht mit Seufzen thun. So Regenten nicht recht führen, so können auch die Unterthanen nicht recht folgen. Müller bringt daher darauf, daß sie nicht nur mit guten Exempeln ihren Unterthanen vorangehen, sondern daß sie auch durch alle ihre Maaßnahmen dazu mitwirken, ihre Unterthanen zur Seligkeit zu führen. Nach allem wird somit die innige Verbindung des Staates mit der Kirche vorausgesetzt, und auch im Einzelnen festgehalten.

Nehmen wir wahr, daß der Pietismus mehrfach eine Abneigung gegen den Beichtstuhl an den Tag legt, so könnte es den Anschein gewinnen, als ob schon bei Müller die Anfänge zu derselben sich fänden. Dies ist jedoch keineswegs der Fall, so entschieden auch, wie wir sahen*), Müller wider den Mißbrauch des Beichtstuhles eifert. Er will nur nicht, daß der Gebrauch der Gnadenmittel und der kirchlichen Institutionen der verderblichen Sicherheit Vieler, die in Wahrheit nicht dem Zuge des heiligen Geistes ihr Herz öffnen, sondern der Gnade widerstreben, Vorschub leiste, und bringt immer aufs Neue darauf, daß unsere Glaubenshand Christum wahrhaft ergreife, und sich an sein Verdienst halte, damit wir, die Schwachen, in ihm stark werden, und den Weg des Lebens finden. Freilich verlangt Müller zugleich, daß das neue Leben des Christen sich auch zeige in Kraft und Beweisung des Geistes, und sich bewähre in der Nachfolge des

---

*) S. 228 ff.

HErrn, aber er steht hierin ohne Zweifel inmitten der lutherischen Lehre und ihrer Forderung, daß wir immer völliger
werden sollen in der Heiligung.

Wenn Müller, wie uns das fast in allen seinen Predigten, insbesondere in denen seines Evangelischen Präservativs
wider den Schaden Josephs, entgegentritt, Unglauben und
Weltleben, ungeistliches Wesen und Nothstände der schwersten
Art in die Kirche eingedrungen findet, und alle drei Stände,
den obrigkeitlichen, den geistlichen und den häuslichen Stand,
an diesem Verderben betheiligt sieht, so geht er in dieser
Auffassung der pietistischen Richtung voran. Dennoch aber
unterscheidet er sich dadurch wesentlich von dieser, daß er weder
in der schlechten Verfassung der lutherischen Kirche den Grund
dieser Erscheinung sieht, noch ihre Abhülfe darin sucht, daß
ecclesiolae in ecclesia aufgerichtet werden. Im Gegentheil will Müller, wie er allein den Grund in dem tiefen
inneren Abfall von den Heilslehren sieht, welche die lutherische Kirche klar und deutlich bezeugt, auch allein durch die
Gnadenmittel des Wortes zur Kirche zurückführen, um diese
zu neuem geistlichen Leben zu erwecken, wenngleich er alle ihre
Stände mahnend heranzieht, als Theilnehmende an dem
geistlichen Priesterthum aller Christen sich an ihrem inneren
Aufbau zu betheiligen. Der gewaltige Ernst aber, mit welchem Müller stets auf Glaube und Heiligung bringt, und
ein lebendiges thätiges Christenthum fordert, ist gerade aus
seiner durchaus gesunden Stellung zu den Heilslehren geflossen, und hat nichts gemein mit der Art und Weise, mit welcher der Pietismus ähnlich lautende Forderungen aufstellte,
und zur Geltung zu bringen suchte. Jeder Hinweis auf
Bethätigung des Glaubens hat seine Wurzel bei Müller in

dem Glauben an das Verdienst Jesu Christi, und in der Kraft der erfahrenen Vergebung der Sünden zu einem neuen Leben *).

Betrachten wir endlich noch Müller als Prediger des Evangeliums, so kann seine Bedeutung nicht hoch genug angeschlagen werden. Es spricht nicht allein dafür der Umstand, daß schon bei seinen Lebzeiten seine Predigten und ascetischen Schriften eine für jene Zeit seltene allgemeine Anerkennung und Verbreitung gefunden, sondern auch daß sie wesentlich dazu beigetragen haben, sowohl in der Gemeinde während der Periode des Unglaubens das Bekenntniß zu Christo als dem Sohne Gottes, und dem uns durch ihn erworbenen Heil kräftig zu erhalten, als auch insbesondere in der Gegenwart die christliche Heilswahrheit im Bewußtsein der Gemeinde lebendig zu erneuern **). Kein Prediger hat so mächtig auf die Erbauung des Volks im Ganzen und Großen eingewirkt, und unbedenklich läßt sich sagen, daß die lutherische Kirche seit Luther keinen größeren geistlichen Redner gehabt hat als ihn, keinen, dem die Erhaltung und geistliche Belebung der lutherischen Kirche als Volkskirche mehr

____

*) Vgl. auch Weitere Nachrichten von gelehrten Rostock'schen Sachen über Müller's Verdienste um die geistliche Beredtsamkeit J. 1743 S. 314 ff. J. G. Rußwurm, Vorrede zum Evangelischen Herzensspiegel S. 13 ff. Bittcher, Heinrich Müller als geistlicher Redner in Tholucks literarischem Anzeiger für christliche Theologie und Wissenschaft überhaupt. J. 1844 N. 15—18. Christian Palmer. Evangelische Homiletik S. 220. S. 518. S. 554. Derselbe in: Herzogs Real-Encyclopädie. Bd. X., S. 83 ff.

**) Darauf weisen auch die vielen zum Zwecke der Erbauung veranstalteten verschiedenen Ausgaben der meisten ascetischen Schriften Müllers hin, von deren Aufzählung wir, zumal da sie oft in einem bestimmten ascetischen Interesse unternommen sind, geglaubt haben, hier absehen zu müssen.

am Herzen lag, keinen, der mit größeren Gaben von dem HErrn der Kirche ausgerüstet war, gerade diese Aufgabe zu erfüllen, die durch das Elend des unseligen dreißigjährigen Krieges herabgewüstete und theilweise fast erstorbene Kirche zu neuem Leben zu wecken, und mit dem Lebensstrome des aus dem Worte Gottes quillenden geistlichen Zeugnisses zu erquicken, zu beleben und neu zu befruchten.

Müller steht, wie wir sahen, durchaus im Bekenntniß der lutherischen Kirche, aber dies ist ihm ein solches, welches aus der Schrift herausgeboren ist. So ruht denn seine Verkündigung der Heilslehren auf dem Schriftwort, und uns begegnet bei ihm nicht etwa nur in seinen gelehrten Schriften, sondern auch in seinen Predigten eine Schriftforschung, die sich durch seltene Gründlichkeit und durch eine wahrhaft überraschende Tiefe auszeichnet. Er weiß die heilige Schrift nach allen Seiten hin aufzuschließen, und ihren reichen Inhalt stets heranzuziehen, und zu gegenseitiger Auslegung zu verknüpfen. Sein scharfes Eindringen in den sachlichen Inhalt und in den Gedanken-Zusammenhang einer Schriftstelle befähigte ihn, den ihm vorliegenden Text bis in die kleinsten Einzelheiten hinein zu benutzen und zur Anwendung zu bringen. Nichts, und wäre es das Geringste, entging ihm in dem zu behandelnden Texte, und wußte er jeden auch noch so feinen Zug in der Darstellung oft in überraschender Weise ins Licht zu setzen. Zwar kann es geschehen, daß seine Exegese auch in seinen Predigten plötzlich mehr noch den gelehrten Character annimmt, gleichsam zum exegetischen Excurse wird, und daß dabei auch wohl eine oder die andere Seltsamkeit in der Auslegung mit unterläuft, aber es ist dies immer nur ein Tribut, den er als Kind seiner Zeit, derer exegetischer

Apparat noch äußerst mangelhaft war, ihr unwillkürlich dar-bringen mußte. Im Uebrigen ist seine Exegese eine tief ge-hende, gedankenreiche und vom heiligen Geist getragene und durchdrungene. Da aber seine Predigt überall in jeder Wendung und Ausführung auf das auszulegende Schriftwort zurückweist, so erklärt sich daraus zugleich, daß seine Pre-digten reich an Gedanken sind, und eine solche Fülle von Stoff enthalten, daß man fast von demselben überschüttet wird. Aber die Klarheit und Uebersichtlichkeit der Anord-nung und die lebendige Frische und Unmittelbarkeit der Darstellung nimmt nichtsdestoweniger derselben alles Ermü-dende, Drückende und Lästige, und bahnt sich unaufhaltsam einen Weg zu den Herzen der Zuhörer, und das um so mehr, als er jedem Wörtlein seine Lehre, Ermahnung, Warnung und Trost, worin ihm, wie er selbst im Vorwort der Apostolischen Schlußkette sagt, der Kraft-Kern bestehet, bei-fügt. Dabei will er aus der heiligen Schrift, die ihm von Gott eingegeben ist, nur das vortragen, was nütze ist zur Lehre, zur Strafe, zur Besserung, zur Züchtigung in der Gerechtigkeit, daß ein Mensch Gottes sei vollkommen, zu allen guten Werken geschickt. Das ist das letzte Ziel, worauf Müllers ganze geistliche Thätigkeit gerichtet ist.

In der Vorrede zur Evangelischen Schluß-Kette, wo er sich über seine Interpretations-Methode und über seine Pre-digtweise ausspricht, bemerkt er: Geblümelt habe ich auch zuweilen, nicht, daß ich im Predigen des Blümlens gewohnt bin; sondern dem Leser einen Anmuth zu machen, und den Liebhabern der Allegorien an solche Allegorien zu führen, die nicht nur der Schrift keine Gewalt anthun, sondern auch zugleich tröst- und besserlich sein. Und damit hat Müller in der That sein Verhältniß zur Allegorie und den Gebrauch, den er davon macht, in entsprechender Weise bezeichnet. Nur mitunter bringt er die Allegorie zur Anwendung, insbesondere bei denjenigen Erzählungen der evangelischen Geschichte, deren Inhalt und sachlicher Verlauf neben dem nächsten und unmittelbaren Sinne eine symbolische Auffassung zuläßt, die dann bisweilen auch in Bezug auf ihre Form Anhaltspunkte für symbolische Beziehungen gewährt. Da weiß Müller, ohne den thatsächlichen Gehalt der evangelischen Geschichten irgendwie zu alteriren, die ganze reiche Fülle seiner Anschauungen in die von ihm zur Anwendung gebrachten Allegorien hineinzulegen. Haben auch mitunter dieselben etwas Spielendes, und widerstreben sie theilweise auch wohl zuweilen dem Geschmacke der Gegenwart, so zeigt sich doch auch in ihnen das ausgezeichnete Talent, welches Müller für die Darstellung und Ausmalung auch der kleinsten Züge besitzt. In concretester Weise versteht er es, die Allegorie zu veranschaulichen, und zugleich zur Anwendung zu bringen. Doch liegt die Macht seiner Rede nicht entfernt in der Benutzung der Allegorie, welche bei Müller verhältnißmäßig etwas Untergeordnetes ist, sondern in der evangelischen Tiefe und in der Frische und Unmittelbarkeit des Glaubens, womit er die Heilswahrheiten bezeugt. Es ist die geistige Macht einer vom Glauben an den Heiland und an das in ihm beschlossene Heil auf das lebendigste durchdrungenen Persönlichkeit, die in sich aus der Kraft des rechtfertigenden Glaubens eine Glaubensgewißheit trägt, die sich niemals verleugnet, und überall daran festhält unverbrüchlich, daß unser Glaube der Sieg ist, der die Welt überwunden hat.

Der Erörterung eigentlich theologischer Streitfragen enthält sich Müller in der Predigt, dennoch berührt er bisweilen, wie er auch in der erwähnten Vorrede zur Evangelischen Schluß-Kette und Krafft-Kern anführt, eine oder die andere derselben, weil der Krebs der falschen Lehre gewaltig um sich fresse. Insgemein aber sind es die reformirten Unterscheidungslehren, worauf von uns bereits hingewiesen ist, gegen welche er seine Polemik richtet. Vorzugsweise eifert er aber in ernster und gewaltiger Rede gegen die Schein- und Maul-Christen, die er als übertünchte Gräber darstellt, deren innere Hohlheit er unerbittlich aufdeckt, und deren nichtige Selbstgerechtigkeit, die sich in den äußerlichsten Werken, die des Glaubens baar und bloß sind, gefällt, er ins Licht setzt, und nicht selten mit scharfer Lauge geißelt. Von der Sitte seiner Zeit ist er insofern auch abhängig, daß wir bei ihm gelehrte Citate mannigfacher Art, namentlich aus den Kirchenvätern, finden*). Doch bewahrte ihn sein gesunder Takt, der ihn besonders erkennen ließ, was vor Allem dem Gemeindeleben noth thue, vor zu großer Anhäufung derselben, und auch in der Auswahl derselben weiß er sich so zu beschränken, daß wir meistens nur solche Allegationen finden, die zugleich einen geistlichen Sinn haben, und in ihrer

-----

*) Vorrede zur Evangelischen Schluß-Kette: „Nechst der Schrifft hab ich mich beflissen mit den Vätern zu reden, doch ihre Worte nicht allzeit verteutschet, weil sie in ihrer eigenen Sprache einen kräfftigern Nachdruck haben als in unser Teutschen. Wo ich auch gemerket, daß Seel. D. Luther nachdrücklich geschrieben, habe ich seine als unsers gemeinsamen Lehrers eigne Worte angeführt. Und da sonst bei einem und anderm bewärtem Lehrer etwas nützliches gefunden, dasselbe mit beygetragen, auch wol dann und wann aus den Gifft-Kräutern Honig gesogen, und die Wahrheit aus denen bestätiget, die sonst der Wahrheit widersprechen".

Kraft und Eigenthümlichkeit auch eine geistliche Anwendung leiden.

Müllers Beredtsamkeit ist recht eigentlich eine volksthümliche. Er beherrscht die Sprache in seltener Weise, und sein Ausdruck ist, abgesehen von den so eben besprochenen gelehrten Citaten, ein so reiner, natürlicher, dem Genius der deutschen Sprache entsprechender, daß seine Diction noch jetzt allgemein verständlich, und mit Ausnahme einzelner Wörter und Wendungen in vieler Beziehung als mustergültig angesehen werden kann. Zur Hebung seiner Diction trägt die ungemeine Frische und Lebendigkeit der Gedankenentwickelung bei, die sich dem ganzen Stil, wie dem einzelnen Ausdrucke mittheilt. Sein kurzer Periodenbau, in welcher Müller sich meistens bewegt, giebt seiner Rede etwas Prägnantes und zu Zeiten Schlagendes, wenn er Mißbräuche und Uebelstände bestreitet, oder mahnend und warnend sich an die Gemeinde wendet. Er liebt es, die schärfsten Gegensätze hinzustellen, und sich in denselben zu ergehen, wobei er mit lebhaften Farben sie auszumalen versteht. Und er bedient sich der Antithesen nicht etwa nur, wenn er etwas bestreitet, sondern auch ganz insbesondere, wenn er etwas sachlich erläutern und ins rechte Licht setzen will. Die vielfachsten Wendungen stehen ihm dabei zu Gebote, und nicht selten treten, wenn er von der einen zur andern übergeht, neue überraschende Gesichtspunkte hervor, die er mit großer Leichtigkeit gewinnt, und eben so gewandt entwickelt. Dabei fehlt ihm nie das rechte, zutreffende Wort, um einen Gegenstand klar und anschaulich zu bezeichnen, und nicht selten ist seine Darstellung eine so inhaltsreiche und beschauliche, daß es ist, als ob man in einen Spiegel hineinblickt, den er uns vorhält, welcher uns die mannigfachsten Bilder vergegenwärtigt, die indessen in demselben zu einem Gesammtbilde zusammengehen.

Wenn wir seine Beredtsamkeit eine volksthümliche nannten, so ist dies nicht in dem Sinne zu verstehen, als ob Müller in geschickter Weise an Zustände des Volkslebens angeknüpft, diese geschildert, und unter das Maaß des göttlichen Worts gestellt hätte. So sehr nun auch zuzugeben ist, daß Müller die Verhältnisse der drei Stände in der Kirche vielfach heranzieht, und bis in das Einzelne hinein darauf Bezug nimmt, so möchten wir hierauf keineswegs jene Bezeichnung zurückführen. Wir meinen vielmehr, daß es Müller gegeben war, die tiefsten Seiten des Herzens, wie sie im Volksleben oft unmittelbar sich äußern, anzuschlagen, und damit auch den Weg zu dem innern Leben seiner Gemeindeglieder zu finden. Das concrete Leben des Volks in seinen verschiedenen Beziehungen, namentlich in Allem, wo es sich um das Ergreifen des in Christo dargebotenen Heils handelt, wird von Müller richtig und mit einem Scharfblick aufgefaßt, dem nichts entgeht, was zur Characteristik dienen könnte. Doch nicht bloß so aufgefaßt, sondern auch dargestellt wird es von Müller in klarer und faßlicher Weise. Schriftsprache einerseits, welche Müller völlig inne hat, und in reicher Mannigfaltigkeit gebraucht, und individuelle, ihm durchaus eigene Ausdrucksweise beleben seine Darstellung, und machen sie gemeinbemäßig, und somit im rechten, und auf der Kanzel zulässigen Sinne volksthümlich. Darin liegt es auch begründet, daß seine Predigten nicht minder von der formalen Seite, als von der materiellen angesehen, unter allen Ständen, bei Hohen und Niedrigen, Eingang und Anerkennung gefunden haben *). Die stets sich gleich bleibende, man möchte sagen, wunderbare Frische und Belebtheit seiner Redeweise, der körnigte und gewinnende Ausdruck im Einzelnen, die rasch fortschreitende Erörterung und schlagende Beweisführung aus dem Worte Gottes, das Alles trägt nicht wenig dazu bei, den Predigten Müllers den Character des Volksthümlichen, weil Gemeindemäßigen, zu verleihen.

Ganz besonders aber manifestirt sich der Reichthum und die Gewandtheit seines Geistes in der Mannigfaltigkeit der Themata, die uns bei Müller begegnen. Seine Predigt ist durchaus thematische Predigt, und unterscheidet sich von vorne

---

*) Gleich ihm hat der ihm befreundete Christian Scriver einen nicht unbedeutenden Einfluß auf seine Zeit ausgeübt. Dieser war den 2. Jan. 1629 zu Rendsburg im Holsteinischen geboren, und studirte mit Heinrich Müller zu gleicher Zeit in Rostock. Scriver ward ein Jahr später immatriculirt. Beide traten gleichzeitig in das geistliche Amt, da Scriver im J. 1653 Archibiaconus zu Stendal ward. Im Jahre 1667 ward er Pastor an der St. Jacobi-Kirche zu Magdeburg, und folgte noch im höheren Alter im J. 1690 einem Rufe als Oberhofprediger und Consistorialrath nach Queblinburg. Er überlebte Müller lange, da er erst am 5. April 1693 starb. Jedoch ist Müller weit eher als ascetischer Schriftsteller aufgetreten, und scheint dadurch auf Scriver Einfluß ausgeübt, und ihn zu ähnlichen ascetischen Arbeiten veranlaßt zu haben. Bei Scriver zeigt sich aber auch der Einfluß schon in hervortretender Weise, den die pietistische Richtung allmälig geltend zu machen wußte. Die Einwirkung Speners auf Scriver, der mit ihm in mannigfacher Beziehung stand, ist unverkennbar. Hervorragend sind unter seinen ascetischen Schriften sein „Seelenschatz" und „Gottholds zufällige Andachten". Vgl. M. Christian Scrivers gesammelte Werke. Unverfälscht, verjüngt und zur Erbauung christlicher Leser neu herausgegeben, unter Mitwirkung der evang. Pfarrer J. G. Heinrich und Rud. Stier. Barmen, 1847 ff. Die aufrichtige Frömmigkeit und geistliche Tiefe Scrivers ist durchaus anzuerkennen, obwohl dieselbe mehrfach schon in pietistischer Form sich äußert, aber seine Beredtsamkeit dürfte sich nicht entfernt mit der Ursprünglichkeit und Kraft der Beredtsamkeit Müllers vergleichen lassen.

herein von der bloß textuellen, die sich ohne eine zusammen-
fassende Einheit des treibenden Gedankens in der betreffenden Pericope, in der Auslegung hin und her bewegt. Die
Ableitung des Themas geschieht allemal aus dem Text, und
wird nirgends anderswoher entnommen, so daß bei ihm
das Thema die substantielle Zusammenfassung des Inhalts
des gegebenen Schriftworts zu Einem Hauptgedanken ist.
Durch die thematische Predigt, welche ihm Heilszeugniß ist,
sieht er auch am leichtesten den seelsorgerlichen Zweck der
Predigt sich erfüllen, weil es dadurch möglich ist, unmittelbar
anfassend an alle Gemeindeglieder mit der aus dem Text
entnommenen Heilswahrheit heranzutreten. Daher kündigt
er auch meistens sein Thema an, und die Sorgfalt, mit
welcher dasselbe immer von ihm formulirt ist, zeigt in Verbindung mit seiner Behandlung der Disposition der Predigt, wie großes Gewicht er auf das Thema und die ganze
Gliederung der Predigt zur Erreichung ihrer Zwecke für das
Gemeindeleben legte. Die Anordnung ist aber auch nie eine
mühsame und erkünstelte, wie solches wohl dieser Predigtform
vorgeworfen wird, sondern Müllers Thematisirung ist leicht
und ungezwungen, und macht sich in derselben die ganze
Eigenthümlichkeit und Frische seiner Predigtweise bemerkbar.
Nicht eine Spur eigentlicher Schulform findet sich. Die
Gedankeneinheit, welche das Thema repräsentirt, wird auch
von ihm festgehalten, so daß Müller die ganze Entwickelung
und Ausführung des Predigtstoffes darauf bezieht. Doch verwendet er nicht selten auch manche Nebengedanken, welche
im Texte liegen, in geschickter Weise, indem er sie unter das
Thema zu subsumiren weiß. Die Virtuosität der practischen
Begabung Müllers bewährt sich auch darin, daß er niemals

zu gewöhnlichen und bekannten Themata seine Zuflucht nimmt, oder die bereits behandelten Themata einfach wiederholt, sondern stets ist ihre Formirung eine irgendwie verschiedene, und niemals wird man in ihnen das Ursprüngliche und Characteristische seiner Auffassung und seines Ausdrucks vermissen. Es haben aber auch alle seine Themata überwiegend eine bald mehr, bald weniger directe Beziehung auf die Willensbestimmung, da jede Predigt sich als nächstes Ziel vorsetzen muß, auf diese einzuwirken. Bei Müller, dessen ganze Seele von dem Verlangen beseelt ist, die ihm befohlenen Herzen zur Seligkeit anzuleiten, und Frucht zu schaffen für das ewige Leben, geht auch ersichtlich das Bestreben dahin. Obwohl sich endlich Müller auch der Forderung in Betreff der Gliederung der Predigt, ihrer Disposition, anschließt, so erhalten nichtsdestoweniger seine Predigten dadurch nichts Erzwungenes und Erkünsteltes, wenn man dabei von den Predigten absieht, wo Müller die Allegorie anwendet, und diese dann auch in der Disposition der Theile sich geltend macht und hervortritt. Zugleich aber herrscht bei Müller die freieste Bewegung in Betreff der Anlage und Durchführung der Predigt, welche gerade bei ihm sehr mannigfaltig ist.

Das Geheimniß der Macht seiner Predigt und der reichen geistlichen Bezüge, welche sie enthält, ruhet darin, daß Müller in der heiligen Schrift lebt, und aus ihr heraus einen Baustein nach dem andern zu gewinnen versteht. Dabei bringt das stetige und kräftige Gebetsleben, in welchem Müller lebt, ihm selbst immer aufs Neue kräftige geistliche Anregung und Nahrung, deren Segen auf seine Predigten übergeht. Wir wissen aus seinem Leben, wie viel und wie mächtig er betete, und welche geistliche Stärkung er sich und anderen dadurch gewährte. Das Gebet ist ihm auch die mächtige Waffe wider alle Anläufe des Teufels und alle Anfechtung, die von dem Fürsten dieser Welt und seinen bösen Engeln ausgehen. Er kämpft sie getrost und siegesgewiß im Gebete nieder, und weil er allezeit angezogen hat den Harnisch Gottes, und den Schild des Glaubens ergreift, kann er auch auslöschen alle feurigen Pfeile des Bösewichts. Müller ist daher stets erfüllt von der tröstlichen Gewißheit, daß der Fürst dieser Welt nichts an ihm hat, wenn er nur ohne Unterlaß anhalte mit Bitten und Flehen im Geiste.

Es zeichnet aber auch Müller eine tiefe Kenntniß des menschlichen Herzens aus. Er hatte in die Sündennoth des natürlichen Menschen hineingeblickt, und wußte aus eigener Erfahrung, daß die Wunden des Gewissens nur heil werden durch den Trost der in Christo uns geschenkten Sündenvergebung. Er kann daher auch in der Predigt den einzelnen Gemeindegliedern näher treten, da er ihre geistliche Bedürfnisse kennt, und, so mannigfach und so verschieden diese auch waren, ihnen zu entsprechen bemüht ist. In der That führt Müller wie das Lehramt und Strafamt mit heiligem Ernste, so auch das Trostamt des heiligen Geistes mit innerer Freudigkeit. Und er greift selten oder nie fehl, da er sich bei Allem, was er thut, auf das Wort Gottes stützt, von diesem unbedingt sich leiten läßt, und somit einen Stab hat, an welchem er in seiner homiletischen, wie überhaupt in seiner ganzen seelsorgerlichen Thätigkeit, feste Schritte thun kann.

Wenn er auch in formeller Beziehung besonders an Stellen, wo er, der Sitte der Zeit folgend, sich in gelehrte Erörterungen einläßt, bisweilen fehlgreift, weitschweifig wird, und sich in Dinge verliert, welche nicht in die Predigt ge-

hören, und auch sonst nichts Anregendes und Erbauliches darbieten, so geschieht dies doch verhältnißmäßig selten. Er
besitzt auch in dieser Beziehung bei weitem mehr Tact, als
seine Zeitgenossen. Selbst in der Ausdehnung des Predigtstoffes beschränkt er sich, obwohl gerade ihm eine so reiche
Fülle von Schriftkenntniß zu Gebote stand, häufig, und con-
centrirt seine Beweisführung und Anwendung, um ihr besto
leichter Eingang zu verschaffen. Seine Geistlichen Erquick-
stunden können als ein durchaus gelungenes Beispiel inhalt-
reicher Kürze angesehen werden, in denen nichtsdestoweniger
eine große Kraft der Beredtsamkeit sich kund giebt. Im Unterschiede von seinen Sonntagspredigten, wo er mehr diesen
Gesichtspunkt einhält, sind seine Festpredigten, die getrennt
von jenen und zu einem Ganzen vereinigt als Fest-Epistolische
Schluß-Kette erschienen sind, sehr viel umfänglicher, und ge-
statten sich auch bei Weitem mehr Digressionen und Excurse als jene, entbehren aber auch dagegen in fast auffälliger
Weise der größeren Intensität der Gedanken, welche wir in
jenen finden. Die theologischen Ausführungen, welche hie
und da gegeben werden, können freilich nicht eigentlich abstrus
genannt werden, aber sie verdrängen doch die unmittelbar
erbaulichen Ergüsse seiner ascetischen Ausführungen, oder
schwächen ihre Kraft und unmittelbare Wirkung.

Müllers geistliche Rede hat entschieden ein bedeutendes
rhetorisches Element in sich, und haben wir früher bei Beurtheilung seines Orator Ecclesiasticus darauf hingewiesen,
daß Müller die Regeln eines Cicero und Quintilian nicht
bloß kannte, sondern sie auch in Ausübung brachte. Er bedient sich der rhetorischen Kategorien, um seinen Stoff entsprechend zu gestalten und zu beherrschen. Es wird aber

auch gesagt werden können, daß er stets seinem Lehrstoffe
die adaequate Form zu geben wußte, so daß Stoff und
Form nie neben einander gehen, sondern eine lebendige Einheit bilden.   In Müller war ein durchaus ursprüngliches,
primitives Glaubensleben, das sich in seiner geistlichen Rede
sofort zeigte, sich in seiner Eigenthümlichkeit geltend machte,
und seiner ganzen Rede den ihm eigenthümlichen Character
aufdrückte.   Daß er die thematische Predigtform und ihre
Gliederung einhält, ist ihm keine Fessel, sondern er läßt in
derselben seine ganze Persönlichkeit frei und ungezwungen
walten, welche daher auch in allen seinen Predigten, die unmittelbar erkennbar sind, hervortritt.   Dabei verschmäht er
keineswegs rhetorische Mittel, wie sie ihm durch das Studium der Alten bekannt waren, ohne sich doch irgendwie der
Kunstgriffe der schlechten Rhetorik zu bedienen.   Je lebendiger er selbst von den Heilswahrheiten des Christenthums
durchdrungen war, desto mehr mußte sich diese seine innere
Glaubensüberzeugung auch in der Wärme, in dem Nachdruck
und in der Begeisterung seines Heilszeugnisses äußern.   Es
war aber kein äußeres Wissen, sondern ein inneres Wissen,
ein Glauben, das den ganzen erkennenden und wollenden
Menschen durchdrang.   Müller vermag daher durch die ganze
Macht seiner Persönlichkeit und durch die eng damit zusammenhängende Kraft und Lebendigkeit seiner Rede die Gemüther zu ergreifen, zu fesseln, und dahin zu bewegen, daß
sie das in Christo dargebotene Heil sich zueignen.

Zu den rhetorischen Mitteln seiner Beredtsamkeit gehört
vor Allem die Sprache Müllers, deren Ausdruck nicht nur
durchaus rein, sondern auch völlig angemessen ist, um in
ihrer Reinheit, Klarheit und Kraft fortzureißen, und die

Herzen durch jene unleugbaren Vorzüge zu gewinnen und zu überzeugen, und schließlich zu dem Namen Christi, in welchem und durch welchen wir selig werden sollen, hinzuleiten. Die deutsche Sprache in Müllers Munde hatte eine wunderbare Frische und unbesiegbare Kraft, mit welcher er sich den Zugang zu den Herzen zu bahnen, und sie zu überwinden wußte. Die Sprache ist recht eigentlich classisch zu nennen, wenn man absieht von einzelnen Wörtern und Ausdrücken, die der Prosa des alltäglichen Lebens angehören, und somit weniger geeignet sind, auf die Gemüther der Menschen eine dauernde Einwirkung zu üben. An Luthers und an Arndts Sprache erinnernd, theilt seine Sprache insofern die Eigenthümlichkeit beider, als er, wie jene, dieselbe an der heiligen Schrift ausgebildet hatte. Dagegen unterscheidet sich noch Müllers Diktion durch gedrungene Kürze des Ausdrucks, besonders aber durch die Jugendlichkeit, Anmuth und Energie der Rede. Und diese großen Vorzüge gehen ihm keinesweges verloren durch die überwiegend logische Anordnung der Predigten in der Form des Themas und der Theile, sondern machen sich von Anfang bis zu Ende geltend, ohne irgend welchen Eintrag durch jene Form der Gedankenentwickelung zu erfahren. Seine Darstellung entspricht stets dem Gange seiner Gedanken, schließt sich diesen möglichst an, und bewegt sich überhaupt um so rascher fort, als er nicht in langen Perioden redet, sondern mehr gedrängt und concis. Die Glaubenswärme aber und die Glaubensfreudigkeit, die ihm eigen ist, hängt auf das Innigste zusammen mit der Erfahrung des Heils, das er bezeugt. Man fühlt es ihm an, daß er Leben und Seligkeit im Glauben an den Herrn Jesum gefunden hat, und nicht minder, daß treue Hirtenliebe es ist, die ihn treibt, die Nothstände und Verderbnisse des kirchlichen Lebens nach der Wahrheit zu schildern, und die Schrecken des Gerichtes den Unbußfertigen vorzuhalten, und daß er in dem Allen nicht sich und das Seine sucht, sondern die Seligkeit derer, die ihm befohlen waren.

Der Glaube an Christum soll in der Erneuerung des Wandels die Früchte des Geistes hervorbringen. Diese Gnadenabsicht des HErrn schärft Müller der Gemeinde immer von Neuem ein, und bringt darauf, daß sein Zion sich aus lebendigen Steinen erbaue, daß der HErr selbst wohne in allen Häusern und in allen Herzen, und daß ihm die rechten Lob- und Dankopfer im Glauben dargebracht werden. So wenig er irgendwie der Werkgerechtigkeit Vorschub leistet, da er die Werkheiligen straft als solche, die im Gesetz Mosis ihre Seligkeit suchen, oder selbsterwählten Liebesdiensten das Wort redet, so ernst und unermüdlich bringt er darauf, daß die Gläubigen ihre innerliche Gottesgemeinschaft in ihrem ganzen Wandel offenbaren, daß sie bezeugen, daß sie des HErrn sind, und aus der Kraft des Glaubens rechte Frucht schaffen, daß sie Werke thun, die in Gott gethan sind, ihm zum Lobe und zum Preise, und sich ihm zum Eigenthumsvolke bereiten, das täglich im Glauben und Gehorsam ihm dienet. Je tiefer er selbst die Vergänglichkeit dieses irdischen Lebens, und alle Noth, Elend und Sorge der Welt empfand, desto dringender weist er die Gläubigen nach Oben, daß sie als die Pilgrimme dieser Erde, welche keine bleibende Stadt haben, die zukünftige suchen. Selbst ein rechter Beter und Streiter Gottes, mahnet er die Gläubigen unaufhörlich, allezeit wacker zu sein und zu beten, damit sie würdig werden mögen zu stehen vor des Menschen Sohn. Im lebendigen Glauben hat Müller stets auf den seligen Ausgang des Christenlebens hingeblickt, wo der HErr kommen, ihn von allem Uebel erlösen, und ihm aushelfen werde zu seinem himmlischen Reiche. Dahin weist er nun auch alle Herzen, die dem Frieden nachjagen.

Es ist nicht etwa ein elegischer Zug, der durch sein Zeugniß hindurchgeht, wiewohl gesagt ist, und noch weniger eine Unterschätzung des irdischen Lebens und seiner Gnadengaben, aber in dieser Welt der Sünde und des Todes erbleicht ihm alle irdische Herrlichkeit, und ist ihm nichts gegen die ewige Herrlichkeit, die an uns offenbaret werden soll. Wir, die wir durch die Sünde Kinder des Todes, und dem ewigen Verderben verfallen, sind in Christo Kinder des Vaters und Erben des ewigen Lebens. Darum soll alles Sehnen und Verlangen, alles Dichten und Trachten der Herzen gerichtet sein auf den gen Himmel erhöhten HErrn, bis wir ihm entgegengerückt werden auf den Tag seiner Zukunft. Daher auch sein mächtiges Zeugniß gegen alle Weltlust und Weltseligkeit, gegen allen Dienst der Eitelkeit und gegen alle Werke der Finsterniß, und der in allen Tonarten durch seine Predigten klingende Mahnruf: Wachet und betet! Gleichwie er selbst auf der Warte des Glaubens stand, so wollte er auch, daß alle Gläubigen das himmlische Erbe dem irdischen vorziehen, und heilige Herzen und Hände zu dem HErrn aufheben möchten. Niemand soll die Stunde der Buße aufschieben, und diese Stunde heißt ihm heute, niemand soll sie versäumen, damit ihm Heil widerfahre. Sind wir aber des Heiles in Christo durch den Glauben theilhaftig geworden, so warten wir auch auf den Herrn vom Himmel, getrösten

uns der ewigen Herrlichkeit, und haben in Allem weit überwunden.

In solchem Sinne und Geiste hat Müller bis zu seinem
Heimgange unablässig und unermüdlich gewirkt, als wollte
er die kurz ihm vergönnte Zeit dazu auskaufen, um alle Seelen
zu werben, die an ihn gewiesen waren. Der HErr selbst
hatte ihn tüchtig gemacht, das Amt zu führen des Neuen
Testaments. Bei aller Anerkennung, die ihm ward, hat er
doch auch oft und viel kämpfen müssen gegen die Rotte
Korahs, die ihm ins Angesicht widerstand, und nichts wissen
wollte von der Wahrheit des Evangeliums. Aber was ihn
freudig und getrost machte, war, daß er dasselbe von keinem
Menschen empfangen, und daß er gewiß war, es sei eine
Kraft Gottes, selig zu machen alle, die daran glauben. Und
das war es, was ihn so freudig und getrost machte, daß er
sich wußte als Botschafter an Christi Statt, und daß er mit
dem Worte seiner Gnade konnte an alle die armen, in der
Knechtschaft der Sünde seufzenden Herzen herantreten, sie zu
vermahnen und zu bitten an Christi Statt: lasset euch versöhnen mit Gott! Obwohl gedrückt von der Schwachheit
des Leibes, und reich an Schmerzen und Kreuz, war er allezeit fröhlich in dem Bewußtsein der überschwänglichen Gnade
seines Gottes in Christo Jesu, und gehoben von der Herrlichkeit seines Amtes, verlorenen Sündern das Wort des
Heils zu verkündigen, das ihre Seelen selig macht. Mit
seinem Leben und seinem Amte ist er selbst eine lebendige
Predigt von der Herrlichkeit des Evangeliums, die er vielen
Tausenden seiner Mitwelt und Tausenden und aber Tausenden der nachfolgenden Geschlechter bezeuget hat bis auf diesen
Tag. Und wie er die Gemeinde Gottes, die der HErr

Jesus mit seinem Blute theuer erkauft hat, auf seinem betenden Herzen trug, so hat er auch an ihr sein Hirtenamt
treulich ausgerichtet bis an das Ende, so daß sich erfüllen
wird an ihm das Wort des Propheten: Die Lehrer werden
leuchten wie des Himmels Glanz und die, so viele zur
Gerechtigkeit weisen, wie die Sterne immer und ewiglich!
(Dan. 12, 3.)

Register.

A.

Abendmahl. 182, 278 ff., 295 ff.
Abgangszeugniß. 144.
Absolution 203 ff., 206 f.
Adolf Friedrich, Herzog von Mecklenburg. 66, 70, 102, 151, 154, 162, 163, 175, 255.
Affelmann, Joh. 85.
Agricola, Rud. 28.
Alanus ab insulis. 49.
Albertus Magnus. 49.
Analogia fidei. 107.
Andreae, Jac. 114.
Andreae, Joh. Val. 333.
Anna Sophia, Prinzessin von Brandenburg. 82.
Aristotelische Philosophie. 22, 28 f., 31 f., 39.
August, Herzog von Braunschweig. 166.
Avenarius, J. 53.

B.

Bacmeister, Joh. 149, 163, 303.
Bacmeister, Luc. 177.
Baco von Verulam. 36 ff., 40.
Baier, W. 61.

Barclai, Ludw. 67, 259 f., 260, 263, 306, 309, 322.
Battus, Abrah. 75, 176, 238 f.
Bauernpostille. 53.
Beichte. 203 f., 336.
Beichtpfenning. 202, 258.
Beichtpraxis. 183, 185, 203 ff., 243 f., 260 f.
Bellarmin. 251 f., 253.
Berengar von Tours. 296.
Bergius, Joh. 276.
Bergpostille. 54.
Beringe, Joh. 75.
Biblia illustrata. 22.
Bodock, Laur. 163, 187, 191.
Böhme, Jacob. 30 f.
Bombardenwerfen, Verbot des. 134.
Bottsack, Joh. 80 f.
Bruno, Jordano. 33 ff., 46.
Bynaeus. 168.

C.

Calixt, Fr. Ulr. 159, 170.
Calixt, Georg. 83 f., 139, 159, 169.
Calixtinische Richtung. 160 f., 166.
Calov, Abrah. 16 ff., 86 f., 139.
Campanella. 31, 46.
Capell, Ludw. 291.
Capitulation Rostocks. 69.